DRESSLER

Kenneth Oppel

Vom Suchen und Finden

Aus dem Amerikanischen von
Sandra Knuffinke und Jessika Komina

Dressler Verlag · Hamburg

MIX
Papier
FSC FSC® C014496

Deutsche Erstausgabe
1. Auflage

Poppenbütteler Chaussee 53, 22397 Hamburg

Originalausgabe: Simon & Schuster Books For Young Readers
An imprint of Simon & Schuster Children's Publishing Division
Originaltitel: *Every Hidden Thing*

Published by Arrangement with FIREWING PRODUCTIONS INC.
Dieses Werk wurde vermittelt durch die
Literarische Agentur Thomas Schlück GmbH, 30827 Garbsen
Aus dem Amerikanischen von Jessika Komina und Sandra Knuffinke
Covergestaltung: zero-media.net, München
unter Verwendung diverser Motive von FinePic®, München
Satz: Dörlemann Satz, Lemförde
Druck und Bindung: GGP Media GmbH,
Karl-Marx-Straße 24, 07381 Pößneck, Deutschland
ISBN 978-3-7915-0040-9
www.dressler-verlag.de

Für Philippa

Inhalt

Teil I Der Zahn

Teil II Die Badlands

Teil I

Der Zahn

Zwei Tage streifte er durch die Wildnis, *ohne Nahrung oder Wasser, erfüllt von seiner Vision. Der Junge war nackt, bemalt nur mit weißem Lehm, und er war auf der Suche nach dem Geschenk, das er in seiner Vision gesehen hatte. Mit scharfkantigen Steinen ritzte er sich in die Haut über seinen Rippen, doch noch immer gaben Himmel und Erde ihre Geheimnisse nicht preis. Langsam verlor er die Hoffnung. Er hatte sich verirrt und musste jemanden finden, der ihn führte. Er war ein Junge und musste zum Mann werden. Selbst als die Nacht hereinbrach, stolperte er weiter, in der Hoffnung, dass der Morgen die Erleuchtung mit sich brächte. Stattdessen kam sie aus der Dunkelheit.*

Das Auge war ein gähnendes Loch in einem schwarzen Schädel. Der Junge kämpfte mit dem Monstrum, das ihn unter die Erde ziehen wollte. Er trat um sich, schrie, stemmte die Hände gegen die dunklen Kiefer, die sich um ihn schließen wollten. Die Zähne bohrten sich in seine Hände. Er wurde hinabgerissen an einen Ort, an dem es keinen Mond, keine Sterne gab, doch er kämpfte weiter. Jedes Licht verschwand und mit ihm die Zeit. Bald rührte er sich nicht mehr, im Glauben, er sei tot und würde nie mehr den Morgen dämmern sehen.

Als er erwachte, ging gerade die Sonne auf, und er war am Leben, schlurfte blutüberströmt voran. In der Faust hielt er einen schwarzen Zahn.

1

Der Elasmosaurus

Als gewalttätig hätte ich meinen Vater nicht unbedingt bezeichnet, aber er scheute keineswegs davor zurück, seine Fäuste einzusetzen. Und das war mein Glück. Denn wenn er an jenem Abend in der Akademie der Naturwissenschaften nicht auf Professor Cartland losgegangen wäre, hätte ich wohl nie die Gelegenheit bekommen, Rachels Augen aus der Nähe zu betrachten.

Als wir uns im Foyer zum ersten Mal begegneten, kannte ich nicht einmal ihren Namen. Sie war eher unscheinbar und ihre biedere Kleidung verlieh ihr den Charme einer Kohlmotte. Nase und Kinn waren zu markant, als dass man ihr Gesicht zart hätte nennen können. Ihr helles, feines Haar, das einen Stich ins Rötliche aufwies, trug sie in der Mitte gescheitelt und straff zurückgesteckt.

Sie fiel mir lediglich auf, weil sich im ganzen Foyer zu dem Zeitpunkt nur zwei Mädchen befanden – und es sich bei dem anderen um Anne Atkinson handelte. Anne hatte ich schon mehrmals getroffen. Sie war der älteste junge Mensch, den ich kannte. Mit ihrem gebeugten Gang und der akkurat festgezurrten Spitzenhaube wirkte sie genauso klapprig wie ihr betagter

Onkel, der sich wie bei jedem unserer monatlichen Treffen auf sie stützte.

Und nun war da Rachel. Ich fragte mich, mit wem sie wohl gekommen war. Sie verließ die überfüllte Halle, wo die Leute plaudernd auf den Vortrag warteten, und schlenderte in einen der Ausstellungsräume. Hinter dem Riesenhirsch-Skelett und der prähistorischen Meeresschildkröte stand er: der *Hadrosaurus foulkii*.

Der Koloss imponierte mir jedes Mal aufs Neue, egal, wie oft ich ihn schon gesehen hatte. Joseph Leidy hatte ihn entdeckt, vor gerade einmal sechzehn Jahren. Es war das erste Dinosaurierskelett, das je auf amerikanischem Boden gefunden wurde. Auf den Hinterbeinen stehend war es knappe viereinhalb Meter hoch. Acht Meter lang, vom Kopf bis zur Schwanzspitze gemessen. Die Vorderbeine schienen einen künstlichen Baum zu umklammern, der der Stabilität halber hinzugefügt worden war. Man konnte sich direkt unter seinen Brustkorb stellen.

Rachel starrte konzentriert zu ihm hoch und zwischen ihren Augenbrauen bildete sich eine senkrechte Falte.

»Noch nie gesehen?«, fragte ich.

Sie drehte sich nur halb zu mir um, gerade weit genug, um einen kurzen Blick auf mich zu werfen, bevor sie sich wieder dem Hadrosaurus zuwandte.

»Nein.«

Nein. Mehr nicht. »Sind Sie nicht von hier?«

Seit er vor einigen Jahren aufgestellt worden war, erfreute sich der Hadrosaurus einer solchen Beliebtheit, dass die Akademie ihre Besuchszeiten verkürzt hatte und Eintritt verlangte. Ganz Philadelphia musste ihn inzwischen gesehen haben.

»Wir kommen aus New Haven.«

»Ah.« Sie schien sich kein bisschen für mich zu interessieren. Anders als die meisten Mädchen. Ich überlegte, ob ich aus dem Mund nach der Essiggurke roch, die Teil meines Abendessens gewesen war. Aber wahrscheinlich war sie einfach schüchtern. Ich wollte, dass sie sich zu mir umdrehte und mich endlich richtig ansah. »Das sind nicht die echten Knochen«, sagte ich.

»Stimmt. Es sind nur Gipsabgüsse.«

Ich musterte sie erneut. »Woher wissen Sie das?«

»Aus einem Fachaufsatz, den ich gelesen habe.«

Ich sah mich um, ob nicht zufällig Professor Leidy in der Nähe war. Ich flüsterte trotzdem. »Den Schädel haben sie nie gefunden, darum mussten sie sich selbst einen ausdenken.«

»Und haben den eines Leguans als Vorlage genommen.«

Sie faszinierte mich von Sekunde zu Sekunde mehr. Und dann sah sie mich zum ersten Mal direkt an. Ihr Blick war vollkommen nüchtern. Keine kokett gehobene Augenbraue, kein Lächeln. Er vermittelte mir das Gefühl, dass sie auch ohne meine Gesellschaft zufrieden sei. Wenn nicht sogar zufriedener. Einen Moment lang wusste ich nicht, was ich sagen sollte. Was untypisch für mich war.

»Ihre Haarspange ist sehr hübsch«, log ich.

»Nein, ist sie nicht.« Sie stieß einen kleinen Seufzer aus, als wäre sie enttäuscht von mir.

Ich war noch nie einem Mädchen begegnet, das nicht gern über seinen Haarschmuck redete. Ich lachte leise. Kurz dachte ich, sie würde mit einfallen.

»Ich meine bloß, sie hat so etwas … Besonderes … durch ihre …«, stammelte ich.

»Es ist eine ganz normale Haarspange«, schnitt sie mir das Wort ab und hob die Hand an den Kopf.

Ich sah Tuschespuren an Daumen und Zeigefinger ihrer linken Hand.

Sie bemerkte meinen Blick und erklärte, bevor ich sie darauf ansprechen konnte: »Ich skizziere die Ausgrabungsstücke meines Vaters für ihn.«

Jeder, der sich heute in diesem Gebäude befand, war auf die eine oder andere Weise Naturwissenschaftler. Wahrscheinlich war ihr Vater einer der vielen wohlhabenden Amateure.

»Ist er ein Sammler?«

»Ja. Und ziemlich anspruchsvoll in Bezug auf seine Skizzen.«

»Dann müssen Sie eine gute Zeichnerin sein.«

Es gab niemanden, der nicht gern Komplimente bekam, das Mädchen jedoch zeigte keinerlei freudige Regung, sondern legte bloß den Kopf schief und erwiderte: »Es ist nicht leicht. Aber ich hoffe, besser zu werden, wenn ich genug übe.«

»Mein Vater hält heute Abend den Vortrag.«

Sie wirkte aufrichtig überrascht. »Sie sind Michael Bolts Sohn?«

Ich deutete mit dem Kinn auf die große Ausstellungsvitrine an der Wand. »Das da drin ist sein *Laelaps aquilunguis.*«

Mein Vater war vielleicht nicht der erste Forscher, der in Amerika einen Dinosaurier entdeckt hatte – aber immerhin der zweite. Was er gefunden hatte, waren lediglich Teile eines Skeletts, doch davon hatte ich mir jeden einzelnen Knochen eingeprägt: Unterkiefer, Schlüsselbein, beide Humeri, Femur, Tibia, Fibula, mehrere Zehenglieder, Lumbal-, Sakral- und Kaudalwirbel. Es waren genug Stücke, um Rückschlüsse auf die Größe des Tiers, sein Gewicht und seine Fressgewohnheiten zuzulassen. Und um sich das Recht zu sichern, es benennen zu dürfen. *Adlerklauenbewehrter, schrecklicher Springer.* Ein Fleischfresser mit langen, gekrümmten Krallen, mit deren Hilfe er seine Beute aufschlitzte.

»Es heißt, er soll vielleicht auch bald aufgestellt werden«, fuhr ich fort.

Ohne etwas zu erwidern, ging sie zur Vitrine und betrachtete die Knochen, ganz und gar versunken. Ich fragte mich, ob sie mich einfach vergessen hatte.

»Sie scheinen sich ja sehr für Dinosaurier zu interessieren«, bemerkte ich.

Sie drehte sich nicht zu mir um. »Stimmt. Obwohl ich mich besser mit Schlangen auskenne.«

»Wirklich?«

»Ich halte mir einige.«

Ich war entzückt. »Wir haben eine Schildkröte. Horatio. Er läuft frei im Haus herum. Und eine Gila-Krustenechse haben wir auch.«

»Läuft die auch frei im Haus herum?«

»Nein. Die lebt in einem Terrarium. Sie liebt rohe Eier und lässt sich gern am Kopf kraulen. Man darf nur nicht vergessen, dass sie giftig ist.«

An dieser Stelle erntete ich normalerweise ein entsetztes Quieken. Rachel aber nickte bloß und wartete darauf, dass ich weitererzählte. »Wir haben in einem leeren Zimmer einen Farngarten angelegt, mit Salamandern und drei Fröschen. Unsere Haushälterin beklagt sich andauernd darüber, weil sie sie immer wieder aus der Spüle fischen muss.«

Jetzt lächelte sie. »Ich mag Salamander.«

»Wussten Sie, dass verlorene Gliedmaßen bei denen einfach nachwachsen?«

»Ja«, antwortete sie zu meiner Enttäuschung, denn das war das einzig Interessante, was mir zu Salamandern einfiel.

»Ich weiß eine ganze Menge über Salamander«, fügte sie hinzu. »Bei über vierhundert bekannten Arten gibt es ja auch einiges zu wissen.«

Also unterhielten wir uns über Salamander. Sie wurde ein wenig lebhafter, und ich glaube, ich auch, denn ich mochte solche Gespräche. Mit jemandem in meinem Alter konnte ich sie jedoch selten führen – schon gar nicht mit einer jungen Frau. Noch nie hatte ich den Geruch eines Mädchens so bewusst wahrgenommen – nicht nur den nach blumiger Seife, sondern auch den ihres Haars, ihrer warmen Haut. Mit Grauen bemerkte ich, dass sich zwischen meinen Beinen etwas regte, und zählte lautlos von zehn an rückwärts. Normalerweise funktionierte das gut, nur ausgerechnet jetzt nicht. Darum stellte ich mir nun Mrs Shaw, meine ehemalige Geschichtslehrerin, vor, das funktionierte immer.

Genau wie jetzt, wenn auch langsam. Um mich – und sie, für den Fall, dass sie nach unten sah – abzulenken, fragte ich sie, wie es komme, dass sie sich für Naturwissenschaften interessierte.

»Ich habe schon immer viel in Pfützen gestarrt«, antwortete sie.

Darüber musste ich lachen. Dann erzählte sie mir, wie sie ihre erste Lupe geschenkt bekommen hatte. Ich mochte ihre Art, zu reden, so offen und direkt. Für ein so unscheinbares Mädchen war sie erstaunlich faszinierend. Als Nächstes fragte sie mich, was mein wissenschaftliches Interesse geweckt habe.

Ich zuckte mit den Schultern »Knochen faszinieren mich einfach. Daran herrschte bei uns zu Hause auch nie ein Mangel.«

»Das waren dann wohl Ihre Bauklötze und Puzzlespiele«, sagte sie mit einem weiteren kleinen Lächeln.

»Mein Vater hat mir die Namen beigebracht. Mit sechs Jahren konnte ich einen Fuß zusammensetzen. Mit acht schaffte ich ein komplettes Eichhörnchen. Bei Gesellschaften schob er mir manchmal vor den versammelten Gästen einen Haufen Knochen hin und stoppte die Zeit. Einmal habe ich in drei Minuten einen Waschbären geschafft. Ich kann so ziemlich alles zusammensetzen.«

Einen Moment lang sagte sie nichts, dann: »Tja, ich freue mich jedenfalls schon auf den Vortrag Ihres Vaters.«

»Vielleicht haben wir ja später noch mal Gelegenheit, uns zu unterhalten.«

»Bitte entschuldigen Sie mich«, sagte sie, drehte sich um und ging. Und ich fragte mich, ob sie nun doch die Essiggurke gerochen hatte.

Ich betrat den Damenwaschraum, legte die Hände auf das kühle Marmorbecken und wartete darauf, dass die Röte aus meinen Wangen wich. Ich war es nicht gewohnt, dass junge Männer mich ansprachen, schon gar nicht so gut aussehende, aber mir war natürlich klar, warum er es getan hatte. Ich war das einzige Mädchen weit und breit – ihm war langweilig gewesen und er wollte ein bisschen seinen Charme spielen lassen. Denn zweifellos wusste er, wie charmant er war. Und erst diese Prahlerei darüber, wie schnell er Skelette zusammensetzen konnte.

Dennoch, er hatte mich kein bisschen belächelt, als ich mein Interesse für Salamander erwähnt hatte. Das gefiel mir. Es hatte sich angefühlt wie ein Gespräch unter Ebenbürtigen. Beinahe. Und das war selten.

Er war groß und hatte einen dichten Lockenschopf. Ein bisschen ähnelte er einem tapsigen Welpen, dessen Körper schon seine zukünftige Größe erahnen ließ: dicke Pfoten, riesige Augen. Ich wusste nicht, ob ich jemals eine so wohlgeformte Nase gesehen hatte. Sie stand im exakt richtigen Winkel und endete in zwei perfekten Nasenlöchern. Ich hätte nicht gedacht, dass Nasenlöcher perfekt sein konnten, aber seine waren es.

Darwin sprach von günstigen Merkmalen, die absolut willkürlich unter den Individuen einer Population verteilt seien. Körperliche Reize zählten nicht zu meinen, etwas anderes zu behaupten, wäre zwecklos. Mein Gesicht im Spiegel war die ewig selbe Enttäuschung. Jeden Tag sah ich Schönheit, wohin ich auch blickte: Sie blühte auf Feldern, huschte zwischen Bäumen umher, stand zu Marmor erstarrt in Kunstgalerien oder lief einfach auf zwei Beinen die Straße entlang. Die einzige Möglichkeit für mich, ihr nahezukommen, bestand darin, sie zu zeichnen, Tuschestrich für Tuschestrich.

Dummes Ding. Trotzdem hast du dich in der Wärme seiner Blicke, seines unbeschwerten Lächelns, gesonnt wie wahrscheinlich schon unzählige Mädchen vor dir. Alles, was er wollte, war ein bisschen Aufmerksamkeit, und dafür warst du gut genug.

Na also. Mein Puls beruhigte sich wieder, und auch die fleckige Röte war von meinen Wangen verschwunden. Schluss mit dem Unsinn. So einfach, wie eine Tür zuzuschlagen.

Als ich ins Foyer zurückkehrte, suchte Papa schon nach mir, und ich erkannte seine Ungeduld an der Neigung seines Kopfes. Alles drängte in Richtung des Vortragsraums.

»Ich habe gesehen, wie du dich mit einem jungen Mann unterhalten hast«, bemerkte er ohne Umschweife.

»Das war der Sohn von Michael Bolt.«

»Aha. Die Brut unseres illustren Redners.«

Wir betraten den Saal und nahmen unsere Plätze ein. Unauffällig sah ich mich um, konnte den Jungen jedoch nirgends entdecken, und dann betrat der Vorsitzende der Akademie das Podium, um zu einer langatmigen Einführung auszuholen und den heutigen Redner vorzustellen.

»Und nun wollen wir Professor Michael Bolt willkommen heißen.«

»Professor«, flüsterte mein Vater spöttisch. »Wohl kaum, ohne einen Posten an einer Universität.«

Papa hatte sich schon oft darüber ausgelassen, dass Bolt keinen akademischen Grad vorzuweisen hatte. Dass er sich einen Großteil seines Wissens selbst angeeignet hatte, ein Amateur ohne Lehrstuhl. Ich war mir sogar ziemlich sicher, dass mein Vater, der das Institut für Paläontologie an der Yale-Universität leitete, noch vor Kurzem Bolts Bewerbung um eine Stelle zurückgewiesen hatte.

Professor Bolt marschierte zum Podium, ein hochgewachsener Mann mit so riesigen Füßen, dass seine Schuhe Spezialanfertigungen sein mussten. Er war in jeder Hinsicht eine übergroße Kopie seines Sohnes. Oder wohl eher die erwachsene Vorlage. Er ging forsch und mit wiegenden Schultern, die ihn ein wenig aus der Balance zu bringen schienen. Doch er stolperte nicht; er preschte wacker voran. Ich musterte seinen sorgfältig gestutzten Kinnbart und den kecken Schnäuzer. Beides verlieh ihm das Aussehen eines Fuchses, besonders in Kombination mit dem buschigen Haar, das zu beiden Seiten seines Kopfes abstand wie ein Paar gespitzte Ohren.

Und während des Vortrags entpuppte Professor Bolt sich als mitreißender Redner.

Er erzählte uns von einer Lieferung Kisten von einem gewissen Dr. Hawthorn aus Kansas, der zwar gelernter Zahnarzt sei, aber auch ein leidenschaftlicher Naturforscher. Er berichtete – so ehrfürchtig, als hätte er die Bundeslade vor sich gehabt –, wie er in der ersten Kiste eine Anzahl nachlässig in Zeitungspapier eingeschlagener Knochen gefunden habe. Es hätten noch Reste des Kalkgesteins, aus dem sie geborgen worden waren, an ihnen gehaftet. Ein Knochen nach dem anderen kam zum Vorschein, jeder einzelne von einer Größe, die auf eine riesenhafte Kreatur schließen ließ.

Ich konnte kaum still sitzen vor Spannung. Dies war genau die Art von Entdeckung, von der ich selbst träumte. Doch als ich meinen Vater ansah, wirkte er betont unbeeindruckt.

Als Nächstes nahm Professor Bolt sein Publikum mit auf eine Reise in die Vergangenheit, zurück in die Frühgeschichte der Welt, als Kansas noch ein Binnenmeer gewesen war, voller Wesen, die unsere Ozeane schon lange nicht mehr bevölkerten. Vieles davon wusste ich längst, aber ich hatte noch nie jemanden so lebendig davon erzählen hören. Am Himmel kreisten Geschöpfe, die uns heute wohl an Drachen denken lassen würden – Pterodaktylen wie die, die vor Kurzem in Europa gefunden worden waren. Kadaver, die, als all diese Kreaturen starben, auf den Meeresgrund sanken, wo sie von Schichten aus Schluff und Sediment bedeckt wurden, die zu Stein erstarrten und die Knochen für Jahrmillionen konservierten. So lange, bis Mutter Erde dafür sorgte, dass der Kontinent sich aufbäumte, das Binnenmeer austrocknete und später Gletscher die weicheren Gesteinsschichten abtrugen, wodurch die tief vergrabenen Skelette dieser riesigen Echsen zurück ans Tageslicht gelangten.

An dieser Stelle ließ Bolt mit großer Geste die Vorhänge aufziehen, hinter denen der Elasmosaurus zum Vorschein kam. Ausgebreitet auf einer Reihe von Tischen, maß das Skelett dieses imposanten Meerestiers gut und gerne zehn Meter vom Kopf bis zur Schwanzspitze: Ich bestaunte die Rippen, die ruderartigen Flossen, den erstaunlich winzigen Kopf.

Beifall erhob sich im Saal, und ich fiel mit ein, doch als ich einen Blick zu meinem Vater hinüberwarf, sah ich, dass er nur halbherzig applaudierte. Dafür umspielte ein eigenartig selbstgefälliges Lächeln seinen Mund.

Nachdem Professor Bolt eine Weile über die Anatomie des Elasmosaurus referiert hatte, bat er das Publikum um Fragen und Kommentare, und Papa zögerte keine Sekunde. Ich hatte das ungute Gefühl, dass er auf genau diesen Moment gewartet hatte.

Er stand auf. »Wenn Sie erlauben, Sir?«

»Ich bitte darum«, erwiderte Bolt mit einem etwas angespannten Lächeln.

»Das scheint mir eine auffallend lange Reihe von Wirbeln zu sein, jaja, außerordentlich lang.«

Papa hatte die leicht irritierende Angewohnheit, seine Sätze an den ungewöhnlichsten Stellen mit »jaja« zu spicken. Was jedoch selten bedeutete, dass er mit dem Angesprochenen einer Meinung war.

»Der Schwanz«, fuhr Papa fort, »muss ja doppelt so lang gewesen sein wie der Hals.«

»Ganz recht«, antwortete Bolt. »Dieses Tier hat sich nach meinen Erkenntnissen hauptsächlich mithilfe seines Schwanzes vorwärtsbewegt, die flossenartigen Gliedmaßen dienten eher der Stabilität.«

»Erstaunlich«, kommentierte mein Vater. »Haben Sie je die Möglichkeit in Betracht gezogen, Professor Bolt, dass die Wirbelgelenke bei diesem Tier umgekehrt angeordnet sein könnten?«

Der Professor zögerte kaum merklich. »Ich habe Monate daran gearbeitet, die Wirbelsäule zusammenzusetzen, Professor Cartland, daher kann ich Ihnen versichern, dass die Ausrichtung der Wirbel korrekt ist.«

Ich spürte, wie sich meine Zehen in den Schuhen verkrampften. Wenn Papa sich doch nur wieder setzen würde.

»Jaja«, sagte er stattdessen. »Wenn ich vielleicht kurz vortreten dürfte, Sir, um meine Theorie zu veranschaulichen?«

Das war keineswegs üblich und unter den Zuschauern erhob sich Gemurmel. Bolt jedoch, das Gesicht zu einer lächelnden Grimasse erstarrt, gab meinem Vater einen einladenden Wink. »Nur zu, nur zu.«

Hilflos sah ich zu, wie Papa sich mit seinen überkorrekten

Trippelschritten nach vorn begab. Als er die Tische erreichte, verschränkte er die Hände hinter dem Rücken und beugte sich leicht vor.

»Es ist absolut verständlich, Professor Bolt, dass Sie davon ausgegangen sind, der Hals des Tiers müsse kürzer sein als der Schwanz, wie es bei Echsen der Fall ist – die ja, wenn ich mich nicht irre, Ihr eigentliches Fachgebiet sind.«

Ich spürte, wie meine Wangen angesichts dieser kaum verhüllten Beleidigung heiß wurden.

»Nun ja, Professor Cartland, ich habe tatsächlich einige Aufsätze im Bereich Herpetologie veröffentlicht, sie machen jedoch nur einen geringen Teil meiner insgesamt hundertsechsundvierzig Publikationen aus.«

Damit traf er, wie ich wusste, einen äußerst wunden Punkt bei Papa, der nicht annähernd so viel publiziert hatte.

»Dürfte ich Sie dennoch auf die Möglichkeit hinweisen«, entgegnete Papa energisch, »dass das, was Sie für den Hals der Kreatur halten, in Wirklichkeit der Schwanz ist?«

Eine Welle der Heiterkeit brandete durch die Zuschauerreihen, und Bolt, der sich dadurch bestärkt fühlte, lächelte.

»Das sei Ihnen durchaus gestattet, Professor, allerdings fürchte ich, dass Sie enttäuscht werden. Die Proportionen des Körpers würden jenseits aller bekannten Normen liegen. Und zudem wäre ein Hals von einer solchen Länge doch wohl weder praktisch noch erfüllte er seine Funktion.«

»Aber lassen Sie uns nicht vergessen, dass wir es mit einem Meerestier zu tun haben, jaja, bei dem der lange Hals nicht auf dieselbe Weise von Muskeln gestützt werden muss, wie es bei einem Landlebewesen der Fall wäre. Im Gegenteil, man könnte sogar mutmaßen, dass ein solcher Hals von Vorteil sein könnte, um von unten nach ahnungslosen Fischen zu schnappen.«

»Ihre Überlegungen sind originell, das muss ich Ihnen zugestehen«, sagte Bolt. »Dennoch bin ich der Meinung, dass Sie diese ebenso gut von Ihrem Platz aus hätten kundtun können.«

»Bitte sehen Sie es mir nach, Professor Bolt, dass ich Ihre Geduld derart auf die Probe stelle«, lenkte Papa ein, »aber wir sind doch unter Freunden hier, und der Zweck dieser Akademie besteht nun mal in der gemeinschaftlichen Ergründung wissenschaftlicher Fragen. Unser aller Ziel ist die Wahrheit. Nehmen Sie meine Einwände also bitte nicht persönlich.«

»Ich nehme sie sehr wohl persönlich, Sir, weil Sie mir offen Inkompetenz unterstellen.«

»Aber nicht doch, nicht doch.«

Die Spannung im Vortragssaal war inzwischen mit Händen greifbar. Jemand rief: »Setzen Sie sich doch wieder, Professor Cartland, damit auch andere zu Wort kommen!«

»Bitte vielmals um Verzeihung«, sagte mein Vater. »Ich bin gleich am Ende, wenn ich nur noch eine letzte Vermutung äußern dürfte, Professor?«

Bolt nickte knapp.

»Ich frage mich, jaja«, murmelte mein Vater und die restlichen Zuschauer und ich schnappten nach Luft, als er den Schädel des Elasmosaurus ergriff, »ob der Kopf nicht vielleicht« – er ging die zehn Meter zum anderen Ende der Tischreihe – »viel besser hierher« – hob den letzten Schwanzwirbel an und schob ihn in die Schädelbasis – »passen würde.«

Ein lautes Klicken war zu vernehmen. Gut möglich, dass ich es mir nur einbildete, aber die beiden Knochen schienen so mühelos ineinanderzugleiten wie zwei Puzzleteile.

Cartland hielt sein Werk hoch. »Was für mich der Beweis wäre, Professor Bolt, dass der Schwanz in Wirklichkeit der Hals ist und Sie Ihren Dinosaurier *verkehrt herum* zusammengebaut haben.«

Mir war, als hätte sich in meinem Brustkorb etwas gelöst und wäre geradewegs in meinen Magen geplumpst. Das Entsetzen im Gesicht meines Vaters bestätigte meine schlimmste Befürchtung: Cartland hatte recht.

Vater richtete sich zu voller Größe auf. »Ich verlange, dass Sie diese Behauptung zurücknehmen, Professor Cartland.«

Doch Cartland, dieser Schurke, verschränkte nur zufrieden die Arme. Er war ein gutes Stück kleiner als mein Vater und so bullig wie ein Kanonenofen. Was von seinem Haar noch übrig war, begann weit hinten auf seinem glänzenden Kopf. Die Enden seines Schnurrbarts wiesen streng nach unten und verdeckten seine Mundwinkel, die, wie ich annahm, zu einem triumphierenden Lächeln gehoben waren. Blanker Hass stieg in mir auf. Er hatte das Podium mit dem einzigen Ziel betreten, meinen Vater zu demütigen und seinen Ruf zu zerstören.

»Bedaure«, erwiderte Cartland, »aber das kann ich nicht.«

Die Stirn meines Vaters umwölkte sich. Seine Augen, die selbst zu den besten Zeiten nicht friedfertig wirkten, blitzten. Das linke stand ein wenig schräg, was einem den Eindruck geben konnte, dass er an einem vorbeisah – oder aber, dass man einen Verrückten vor sich hatte. Im Moment schien eindeutig Letzteres zuzutreffen.

»In dem Fall, Sir, muss ich Sie bitten, mein Fossil zurückzulegen und mich vor die Tür zu begleiten.«

Cartland lachte, doch als er antwortete, lag ein Hauch von Beunruhigung in seiner Stimme. »Ich werde Sie ganz gewiss nicht vor die Tür begleiten.«

»Legen. Sie. Mein. Fossil. Zurück.«

»Na schön«, erwiderte Cartland und kam der Aufforderung nach. »Möchten Sie sich gleich hier prügeln?«

Amüsiertes Getuschel aus dem Publikum – allerdings nur von jenen Zuschauern, die einige ganz bestimmte Versammlungen in den letzten Monaten versäumt hatten.

Ich war schon halb aufgesprungen, als mein Vater Cartland die Faust ins Gesicht rammte. Ein guter, wohlplatzierter Schlag aufs Auge – ich kann nicht behaupten, dass ich nicht insgeheim jubilierte. Ich bezweifelte, dass Cartland so ein geübter Kämpfer war wie mein Vater, aber er war massiger, und ich hätte meinem Vater am liebsten zugebrüllt, auf seine Deckung achtzugeben, er werde zu leichtsinnig. In dem Moment stürzte Cartland auch schon nach vorn und versetzte meinem Vater einen Schlag in die Magengrube, woraufhin dieser sich vornüberkrümmte.

Ich stürmte zum Podium. Im Publikum brach ein Chor missbilligender Rufe los.

»Gentlemen!«

»Ist das denn die Möglichkeit?«

»Nicht schon *wieder*, Bolt!«

»Sir!«, rief jemand meinem Vater zu. »Sind Sie nicht Quäker?!«

»Ganz recht, Sir!«, schnaufte mein Vater. »Wenn auch heute kein besonders guter!« Und damit hieb er abermals nach Cartlands Gesicht, der dem Schlag jedoch erstaunlich geschickt auswich.

»Vater!« Ich packte seinen Arm, aber er schüttelte mich ab.

»Der Schädel«, keuchte er an Cartland gewandt, »wurde neben den Wirbeln gefunden, aus denen ich den Hals zusammengesetzt habe. Die Aufzeichnungen des Ausgräbers waren unmissverständlich!«

»Das mag sein«, erwiderte Cartland. »Nichtsdestotrotz sind es *Kaudal*wirbel, keine Zervikalwirbel!«

Irgendwie gelang es ihm, ruhig und würdevoll zu bleiben, während mein Vater ihn wutschäumend umkreiste. Als wüsste er, dass ihm niemand etwas anhaben konnte, weil er recht hatte.

»Vater!«, rief ich abermals. »Hör auf!«

Doch er stürzte bereits erneut auf Cartland zu – keine gute Idee, denn der standhafte Professor hob lediglich den Fuß und trampelte meinem Vater auf einen seiner übergroßen Schuhe. Die waren von einem Schuster in Chicago gefertigt und hatten ein Vermögen gekostet. Mein Vater jaulte auf, duckte sich und rammte Cartland mit voller Wucht den Kopf in den Bauch. Die beiden Männer gingen zu Boden, wo jeder unter verbissenen Hieben und Stößen versuchte, die Oberhand zu gewinnen.

Plötzlich tauchte das Mädchen aus dem Foyer neben mir auf, ihre Wangen feuerrot. Noch nie hatte ich ein kampfentschlosseneres Gesicht gesehen. Kurzerhand ergriff sie meinen Vater beim Ohr und verdrehte es, als wollte sie eine Rübe aus der Erde ziehen.

»He!«, schrie ich. »Jetzt aber mal halblang!«

»Er soll meinen Vater in Ruhe lassen!«

Verdattert blickte ich von Cartland zu dem Mädchen. »*Das* ist Ihr Vater?«

»Ja!«

»Na, dann soll *Ihr* Vater gefälligst meinen in Ruhe lassen!«, fuhr ich sie an und deutete auf das sich windende Knäuel vor uns: Cartland hatte sich inzwischen behauptet und würgte meinen Vater, dem ein dünner Speichelfaden aus dem Mund rann.

Also schnappten wir uns unsere wild gewordenen alten Herren und versuchten unter lautem Geschrei, die beiden auseinanderzubringen. Inmitten des Handgemenges verfingen sich kurz meine Finger mit ihren.

Sie blickte mich an, und ich konnte nicht wegsehen. Ihre Augen waren wirklich außergewöhnlich, nicht nur ihr durchdringendes Blau – sondern die weißen und bernsteinfarbenen Schlieren in der Iris, als schössen Sternschnuppen und Polarlichter aus dem Schwarz ihrer Pupillen. Es fühlte sich an, als ob ich der Geburt des Universums beiwohnen würde.

Die Erkenntnis traf mich vollkommen unerwartet: Ich würde mich mit absoluter Sicherheit in dieses Mädchen verlieben.

2

Die Kiste

Am nächsten Morgen fand ich die Kiste.

Sie stand ungeöffnet unter Vaters Schreibtisch. Aus den Stiefelabdrücken auf dem Deckel schloss ich, dass er sie schon eine ganze Weile als Fußbank benutzte. Das sah meinem zerstreuten Vater ähnlich. Ich zog die Kiste hervor und schaffte Platz dafür auf einem der Arbeitstische.

Sie war klein, nicht viel größer als eine Schuhschachtel, und über und über mit dem verblichenen Siegel der Kickapoo-Arzneimittelcompagnie bestempelt. Adressiert war sie in schwer leserlicher Handschrift an den »Hochverehrten Professor Michael Bolt«. Offenbar setzte der Absender auf Schmeicheleien, um die Aufmerksamkeit meines Vaters zu erregen. Normalerweise eine Erfolg versprechende Strategie, doch diesmal hatte es die Sendung nicht davor bewahrt, als Fußstütze zu enden.

Mein Vater bekam tonnenweise Fundstücke von Amateuren zugesandt. Uralte Pflanzenabdrücke in Sandstein, den riesigen Zehenknochen irgendeines ausgestorbenen Säugetiers, zwei ausgestopfte Fichtenwaldsänger mit ungewöhnlicher Flügelzeichnung. Und Echsen. Haufenweise Echsen. Manchmal wurden sie ihm an die Akademie geschickt, andere wiederum kamen direkt bei uns zu Hause an. Unsere Haustür war voller Schrammen wegen all der Kisten, die hindurchgewuchtet worden waren. Sie stapelten sich im Flur und den schmalen, lang gezogenen Zimmern im Erdgeschoss.

Der Fußboden knirschte vor getrocknetem, von unzähligen Fossilien gemeißeltem Lehm. Ständig musste man sich einen Weg zwischen Türmen aus staubigen Büchern und Papieren sowie Tabletts, auf denen sich noch unklassifizierte Funde stapelten, hindurchsuchen – und dabei möglichst nicht auf Horatio, unsere Schildkröte, treten, die scharrende Streifzüge durch unser Haus unternahm und einem mit Vorliebe genau in dem Moment vor die Füße kroch, wenn man gerade mit etwas Schwerem, Zerbrechlichem beladen war.

Es gab weder einen Salon noch ein Wohnzimmer oder eine Bibliothek. Keinen Raum mit dicken Ledersesseln, in denen es sich Gäste hätten bequem machen können. Die Dekoration beschränkte sich auf ein Wühlmausfell, ein Präparateglas mit Alkohol, in dem sich eine Schlange kringelte und den Oberschenkelknochen einer Antilope.

Mrs Saunders, unsere Köchin und Haushälterin, hatte striktes Verbot, in den Vorderzimmern zu putzen – Vater hatte zu viel Sorge, dass sie versehentlich irgendwelche wertvollen Körperteile oder Zettel mit elementaren Notizen darauf entsorgen könnte. Nicht, dass sie jemals freiwillig einen Fuß in diese Räume gesetzt hätte, nicht einmal, wenn man sie dazu aufforderte. Sie hasste unser Chaos und konnte unsere Salamander genauso wenig ausstehen wie den Anblick und den Geruch der Gila-Krustenechse, die die Angewohnheit hatte, ihre Nahrung wieder hochzuwürgen.

Vater hatte oft Studenten oder Kollegen da, die ihm bei irgendetwas zur Hand gingen. An manchen Tagen herrschten bei uns Zustände wie auf dem Telegrafenamt. Alles brummte vor Neuigkeiten und Geplauder. Das Haus war wie ein Museum, das jemand auf den Kopf gestellt und so lange geschüttelt hatte, bis alles aus Schränken und Regalen geflogen war. Es war ein Zoo. Eine Leichenhalle. Bei uns gab es mehr tote Tiere als im örtlichen Schlachthof. Mehr alkoholgefüllte Gläser als im Wirtshaus um die Ecke.

Ich liebte es. Dennoch war ich froh, dass ich im Obergeschoss mein eigenes Zimmer hatte, mit einer Tür, die ich hinter mir schließen konnte. Und manchmal schloss ich sie sehr sorgfältig. Um den Staub und die vagabundierenden Salamander draußen zu halten. Oder die Wut- und Freudenschreie meines Vaters.

Vor zwei Wochen war ich aus dem Internat nach Hause geschickt worden. Für den Rest des Schuljahrs. Ich war suspendiert, hauptsächlich wegen der Sache mit Harold Thom. Er hatte mich gefragt, was mein Vater eigentlich während des Kriegs gemacht hatte. Eine heimtückische Falle, denn die meisten Quäker waren aus religiöser Überzeugung nicht in den Kampf gezogen. Einige aber schon, darunter auch Thoms Vater. Als ich geantwortet hatte, mein Vater sei Pazifist und habe in einem Feldlazarett gedient, hatte Thom lediglich geschnaubt, das sei ja wohl ein Witz, denn jeder wisse schließlich, dass mein Vater keine Skrupel habe, seine Fäuste zu benutzen, wenn er wollte. Nur im Angesicht des Kriegs habe offenbar seine Feigheit gesiegt.

Ich drosch auf ihn ein, bis ihm das Blut aus Mund und Nase schoss. Keine besonders gute Idee an einer Quäkerschule. Schließlich zerrten mich ein paar seiner Freunde von ihm herunter und schleiften mich zum Büro des Direktors. Dieser wusch mir gehörig den Kopf wegen meiner »bedauernswerten Neigung zu körperlicher Gewalt«. Außerdem sei ich in der Stadt in Billardbars und beim Glücksspiel erwischt worden und hätte mehrere meiner Mitschülerinnen mit meiner »anzüglichen Redeweise« verstört. »Und nicht zuletzt«, fügte der Direktor hinzu, »ist Ihre Handschrift eine Zumutung.« Ich glaube, der letzte Punkt stellte aus seiner Sicht meinen schlimmsten Charakterfehler dar. Dieses Jahr würde ich meinen Schulabschluss nicht machen, informierte er mich, sondern müsse ab nächstem Herbst das komplette Schuljahr wiederholen, wenn ich jemals an einer Universität angenommen werden wollte. Mein Schulabschluss war mir egal, genau wie meine Aussicht auf einen Platz an der Universität. Aber ich wusste, dass mein Vater das anders sah. An meinen ersten Tagen zu Hause dröhnte mir der Kopf von seinen zornigen Tiraden.

Doch das war längst vorbei. Ich glaube, insgeheim war er sogar ganz froh, mich wieder bei sich zu haben. Da er nicht gerade ein Organisationstalent war, stellte er mich schon bald dazu ab, ihm beim Sortieren und Bestimmen seiner Forschungsobjekte zu helfen.

Und so war ich bereits den ganzen Morgen brav damit beschäftigt, Kisten und Briefe zu öffnen und eine Bestandsaufnahme zu machen … und dabei konzentriert zu bleiben.

Doch ich sah noch immer ihre Augen vor mir. Rachel. Ihren Namen hatte ich erst von meinem Vater erfahren, als wir nach dem Abend in der Akademie auf dem Heimweg gewesen waren. Selbst im Schlaf ging sie mir nicht aus dem Kopf. Im Traum versuchte ich, eine Reise zu planen, um sie wiederzusehen. Erst mit dem Pennsylvanian von Philadelphia nach New York, wo ich an der Penn Station ankommen würde, und von dort aus weiter mit einem Zug der New-England-Line, der mich innerhalb von zwei Stunden nach New Haven bringen würde. Sie würde mich doch sicher nicht fortschicken, wenn ich plötzlich vor ihrer Tür stünde, oder? Doch die Zugfahrpläne – ein undurchdringliches Gewirr aus Zahlen und Buchstaben – ergaben keinen Sinn, und außerdem kam ich ständig zu spät und landete nie dort, wo ich hinwollte, bis ich schließlich mit klopfendem Herzen aufwachte.

Ich wollte mit ihr reden, ihr beweisen, dass ich kein großspuriger Trottel war. Kein hitzköpfiger Raufbold wie mein Vater. Eine richtige Ansprache hatte ich mir zurechtgelegt! Noch immer hatte ich ihre Stimme im Ohr, ihren Geruch in der Nase, sah, wie sie ernst zu mir hochblickte. Nur ein einziges Wiedersehen. Sie war keine Schönheit und hatte einen sturen Bock zum Vater. Und doch hatte sie sich fest in meinem Herzen eingenistet.

Eine versteinerte Muschel rutschte mir aus der Hand, und ich kroch unter den Schreibtisch, um sie aufzuheben – wo ich auf besagte Kiste der Kickapoo-Arzneimittelcompagnie stieß.

Auf dem Arbeitstisch stemmte ich mit einem Meißel den Deckel hoch. Drinnen fand ich ein Polster aus Präriegras und drei Leinenbündel. Ich hatte gerade angefangen, das größte auszuwickeln, als ich hörte, wie die Haustür aufflog und gleich darauf wieder ins Schloss fiel. Mit einem mächtigen Seufzer stürzte Vater ins Zimmer.

»Es ist zu spät, sagen sie.«

Die ganze Nacht lang hatte er sich ein Taschentuch mit Eis auf den geschwollenen Wangenknochen gepresst und wie ein Besessener seinen Elasmosaurus-Artikel überarbeitet. Dieser sollte bereits in der nächsten Ausgabe des Journals der American Philosophical Society erscheinen. Vater hatte sogar (für viel zu viel Geld, meiner Meinung nach) einen Satz Druckplatten gekauft, um seinen ruhmreichen Fund angemessen zu bebildern.

»Der Artikel ist schon im Druck.« Er ließ sich auf seinen Drehstuhl fallen – die einzige Sitzgelegenheit, die nicht von einem Stapel Papier beansprucht wurde – und sackte in sich zusammen.

»Bist du sicher, dass Cartland recht hatte?«, fragte ich überflüssigerweise.

»Das wusste ich, sobald er es ausgesprochen hatte. Hawthorn, dieser Dämlack von Zahnarzt, hat mich auf die völlig falsche Fährte gelockt. Er hat mir versichert, dass der Schädel neben diesen Wirbeln gefunden worden sei ... Aber ich bin selbst schuld: Warum verlasse ich mich auch darauf, was andere sagen? Wenn ich vor Ort gewesen wäre, wenn ich die Knochen selbst ausgegraben hätte, dann wäre es nie zu dieser Verwechslung gekommen.«

»Und was hast du jetzt vor?«

»So schnell wie möglich alle Ausgaben des Journals aufkaufen.«

Er musste mir nicht erklären, was für eine Demütigung das für ihn war. Er hatte keinen akademischen Grad. Keinen Lehrstuhl an einer renommierten Universität. Alles, was er vorzuweisen hatte, waren seine Arbeit und seine Publikationen.

»Jeder macht mal Fehler«, sagte ich, in der Hoffnung, ihn ein wenig aufzumuntern. »Denk doch nur an Agassiz, diesen Geologen aus Harvard, der auf den Giganten von Cardiff reingefallen ist.«

Mein Vater lächelte schwach. »Natürlich. Den Schwindel hat auch Cartland auffliegen lassen.«

»Trotzdem, du hast immer noch den Elasmosaurus zum Leben erweckt, nur eben ...«

»Verkehrt herum«, beendete mein Vater den Satz, und wir lachten beide.

Geistesabwesend hob er die Hand an sein geschwollenes Gesicht und zuckte zusammen. »Wenigstens habe ich ihm eine ordentliche Abreibung verpasst, was?«

»Na ja, er dir auch.«

»Ich würde sagen, ich habe mehr Treffer gelandet als er. So ein alter Schmarotzer. Weißt du eigentlich, wie der an seinen Posten in Yale gekommen ist?«

»Ja, das hast du –«

»Hat einen reichen Verwandten beschwatzt, ein paläontologisches Institut aus dem Boden zu stampfen, inklusive Ausstattung. Und genau dieses Institut leitet er jetzt!«

Eine Reihe von Röchellauten kam aus dem Terrarium der Gila-Echse.

»Hast du sie schon gefüttert?«, fragte mein Vater.

»Vor gerade mal einer Stunde.«

»Das Geräusch macht sie nur, wenn sie Hunger hat.«

»Sie wird zu dick.«

Mein Vater ging zum Terrarium und kraulte die Echse am Kopf. »Gutes altes Mädchen«, murmelte er liebevoll.

Mir tat sie immer ein wenig leid, wenn ich sie so breitbeinig durch ihr enges Zuhause staksen sah. Vater ließ sie manchmal frei im Arbeitsraum herumlaufen, aber einmal hatten wir sie danach tagelang nicht wiederfinden können, woraufhin Mrs Saunders sich geweigert hatte, herunterzukommen und für uns zu kochen, bis wir die Echse aufgespürt und zurück in ihr Terrarium gesperrt hatten. Seitdem ließ Vater sie nicht mehr so oft laufen, denn weder er noch ich litten gern Hunger.

Vaters zerstreuter Blick fiel auf die Kiste, die ich gerade geöffnet hatte. »Irgendwas Interessantes?«

»Weißt du eigentlich, dass du die als Fußbank benutzt hast?«

Er reagierte nicht. Ich war mir nicht sicher, ob er mich überhaupt gehört hatte. Schon hatte er eins der Leinenbündel geöffnet und starrte auf den Inhalt. In seinem Gesicht rührte sich kein Muskel.

Behutsam legte er das Bündel auf den Tisch. Es war ein knapp zwanzig Zentimeter langes Stück Knochen, an dem noch ein paar hartnäckige Steinreste hafteten. An einem Ende spitz zulaufend, am anderen dicker, glänzend wie ein Stück poliertes Hartholz. Ich versuchte, es einzuordnen. Ein Schienbeinknochen? Ein Teil einer Elle? Doch die Form stimmte nicht. Beide Enden wiesen unsaubere Bruchstellen auf. Ich öffnete das zweite Bündel, während mein Vater nach dem dritten griff. Sein Teil war massiver als das erste, mit einer breiten ovalen Basis. Er hielt es an das dicke Ende des anderen. Die beiden gehörten eindeutig zusammen. Und meins …

Das dritte Stück verjüngte sich zu einer sehr scharfen Spitze. Auch dort war die Oberfläche glatt, doch als ich mit dem Daumen darüberstrich, ertastete ich eindeutige Rillen. Ich legte die Spitze an die anderen beiden Teile.

Plötzlich fiel mir das Atmen schwer. »Das ist der größte Zahn, den ich je gesehen habe.«

»Wer hat ihn geschickt?«, wollte mein Vater wissen.

Ich wühlte in der Kiste. »Da ist ein Brief!«

»Lies vor!«

Typisch Vater, mich erledigen zu lassen, was er genauso gut selbst machen konnte. Aber er war offenbar so aufgeregt, dass er nicht in der Lage war, seine Aufmerksamkeit auf so etwas Banales wie einen Brief zu richten. Er betastete die Zahnteile und nahm sie genau in Augenschein, während ich den Umschlag aufriss, den Brief herauszog und vorzulesen begann.

Sehr geehrter Herr Professor Bolt,
zunächst einmal möchte ich Ihnen meine Bewunderung aussprechen, da es mein größter Wunsch ist, eines Tages selbst ein Fossiliensammler nach Ihrem Vorbild zu werden. Ich bin Streckenabschnittsaufseher bei der Union Pacific Railroad in der Nähe von Edford und …

»Was macht denn ein Streckenabschnittsaufseher?«, fragte ich.

»Genau das, was der Name besagt. Weiter jetzt!«

… gehe nun schon seit einigen Jahren meiner Sammelleidenschaft nach. Inzwischen darf ich eine Vielzahl von Blättern und Blüten aus der Kreidezeit mein Eigen nennen.

»Du meine Güte«, unterbrach mich mein Vater. »Geht das nicht schneller?«

»Du lässt mich ja nicht!«

Während Untersuchungen nordöstlich von Fort Crowe bin ich kürzlich auf Teile eines Femurs und eines Sakrums gestoßen, die meinem ungeübten Auge so groß erschienen, dass sie nur von einem Dinosaurier stammen konnten. Was jedoch meines Erachtens für Sie, Sir, von größerem Interesse sein könnte, ist dieser Zahn, den ich ebenfalls dort gefunden habe. Ich habe noch nie ein imposanteres Exemplar zu Gesicht bekommen und glaube, dass die Kreatur, die dort im Stein liegt, riesig sein muss. Ich selbst habe noch nicht die Zeit gefunden weiterzugraben, bin allerdings überzeugt, dass noch eine Menge mehr Knochen in dieser Gegend zu finden sind. Anbei sende ich Ihnen den Zahn als Zeichen meiner Glaubwürdigkeit, in der Hoffnung, dass Sie mich als fähigen Helfer in Betracht ziehen. Meine Ansprüche sind bescheiden, dennoch verfüge ich nicht über die notwendigen Mittel, um die Ausgrabungen fortzusetzen und damit weiter Gottes Werk zu verrichten.

In Erwartung Ihrer fachkundigen Meinung verbleibe ich hochachtungsvoll,
Edward G. Plaskett

Dies war eindeutig der Zahn eines Fleischfressers. Die gezackten Ränder sorgten dafür, dass der Zahn sich tief in seine Beute bohrte und sie festhielt. Ich stellte mir vor, wie dieses Ding mir ins Fleisch drang, wie ich nicht mehr davon loskam und langsam verblutete …

»Wie lang, würdest du schätzen …«, murmelte mein Vater.

Ich hatte schon das Maßband in der Hand. »Achtundzwanzig Komma sechs Zentimeter.«

Mithilfe eines Messschiebers bestimmte mein Vater den Umfang und diktierte mir die Maße der dicksten und der schmalsten Stelle. Ich griff zu Feder und Tinte und notierte. Gleich darauf riss Vater mir die Feder aus der Hand und fing an zu rechnen, wobei er leise vor sich hin murmelte. »Wenn wir den *Laelaps* als Referenz nehmen …«

Laelaps aquilunguis – praktisch ein Mitglied unserer Familie, so oft hatte ich ihn schon gesehen. Oder zumindest Skizzen, wie er mit Haut und Muskeln ausgesehen haben mochte. Doch selbst seine größten Zähne brachten es nicht einmal auf zweieinhalb Zentimeter.

Vater schrieb immer mehr Zahlen auf. »Der Größe des Zahns nach zu urteilen, müsste der Kiefer …« Wieder machte er eine Notiz. »Was auf eine Schädelgröße von anderthalb Metern schließen lässt. Das hieße, wieder in Bezug zum *Laelaps* …«

Cuvier, ein französischer Anatom, hatte die These aufgestellt, man könne auf Grundlage eines einzigen Zahns ein komplettes Tier rekonstruieren. Und genau das versuchte mein Vater nun. Er berechnete die Länge der Wirbelsäule, die Maße der Hüft- und Oberschenkelknochen.

»Ein Zweibeiner«, verkündete er schließlich und sah triumphierend zu mir auf, »rund fünfzehn Meter lang und ungefähr zehn Meter hoch.«

Nicht mal in meiner Fantasie hatte es jemals ein so riesiges Tier gegeben. Ich dachte an den Megalosaurus, den Buckland vor ein paar Jahrzehnten in England entdeckt hatte. Der war groß. Doch während der Megalosaurus bequem in mein Fenster im ersten Stock lugen könnte, würde diese neue Kreatur wohl eher das Dach einschlagen, um mich dann im Ganzen zu verschlingen.

»Das muss der König der Dinosaurier gewesen sein«, flüsterte ich.

»Ein *Rex*«, bestätigte Vater. »Ha! Du hast ihm schon einen halben Namen gegeben!«

So lange ich mich zurückerinnern konnte, hatte ich Dinge gesammelt. Als kleiner Junge mochte es das Ei eines Fichtenwaldsängers gewesen sein, ein Ochsenknöchel oder die Larve eines Monarchfalters. Der Nervenkitzel bei der Jagd, nach etwas Verlorenem, das nun wieder aufgetaucht war. Meine Beute hortete ich auf Regalen in meinem Zimmer. Das machte mich glücklich – doch sobald ich etwas gefunden hatte, war beinahe im selben Moment der Drang wieder da, dieses Verlangen nach etwas Neuem, das ich entdecken musste.

Jetzt jedoch erschien mir alles, *alles*, was ich in meinem Leben je gefunden hatte, nichtig.

Jeder andere Gedanke wich aus meinem Kopf. Ich wusste es sofort. Ich wusste, dass ich diese Kreatur finden musste, jeden einzelnen Knochen. Ich wollte sie mit meinen eigenen Händen aus dem Fels schlagen, sie zusammensetzen und das montierte Skelett in den Ausstellungsräumen der Akademie sehen.

»Wir dürfen niemandem davon erzählen«, sagte mein Vater streng zu mir, als könnte ich auf die Idee kommen, seine Erkenntnisse per Telegramm in ganz Philadelphia zu verbreiten.

»Der Brief ist auf den zweiten April datiert«, bemerkte ich.

»Na, und?«, setzte er an, hielt jedoch gleich darauf inne und riss die Augen auf. »Welcher Tag ist heute?«

Der Kopf meines Vaters war so vollgestopft mit Genialität, dass für belanglose Kleinigkeiten – wie zum Beispiel Jahreszeiten oder Wochentage – manchmal einfach kein Platz mehr war.

»Der vierte Juni.«

»Das sind neun Wochen!« Wie um sich zu beruhigen, zwirbelte er seinen Bart, dann warf er mir einen wütenden Blick zu. »Warum hast du die Kiste nicht früher aufgemacht?«

Das war nun wirklich ein starkes Stück. »Ich hab's dir doch gerade gesagt! Du hast die Kiste als Fußbank benutzt.«

»Das ist doch absurd!«

Ich hob den Deckel an und zeigte ihm die Stiefelabdrücke. »Sie stand unter deinem Schreibtisch!«

Er winkte ab. »Wie dem auch sei. Wir müssen Mr Plaskett sofort ein Telegramm schicken. Bevor er sich an jemand anderen wendet.«

Und mit »jemand anderen« meinte er Cartland. Es gab nicht allzu viele Naturwissenschaftler, die sich als Paläontologen bezeichneten. Selbst Leidy und Hayden sahen sich eher als Geologen und Biologen.

Wenn wir die Ersten waren, denen Plaskett von seiner Entdeckung erzählt hatte – und das war mehr als zweifelhaft, mussten wir schnell handeln.

»Schreib mit«, kommandierte mein Vater und wippte auf den Fußballen auf und ab.

Ich griff nach einem leeren Blatt und tauchte die Feder in die Tinte. Vielleicht war es besser so. Ich wusste schließlich, was aus seiner Handschrift wurde, wenn er aufgeregt war – ein grässliches Gekrakel, schlimmer noch als meins. Und das wollte was heißen.

Mein Vater sah durch mich hindurch und wandte sich direkt an unseren unsichtbaren Fossilienjäger in Wyoming: »Mr Plaskett. Sie gefallen mir. Sind engagiert. Finanzieller Vorschuss unterwegs. Erzählen Sie niemandem davon. Weitere Anweisungen für Grabungen in Kürze per Post.« Dann schien sein Blick wieder auf mich scharfzustellen. »Das reicht. Ich muss ihm schnell Geld schicken, damit er nicht auf die Idee kommt, für jemand anderen zu arbeiten …«

»Du willst *ihn* graben lassen?«, platzte es ungläubig aus mir heraus. »Einfach so? Das sollten wir selbst machen! Auf die Weise gibt es auch keine Missverständnisse – wie mit dem Elasmosaurus!«

Ich hatte den richtigen Nerv getroffen. Vaters Blick schweifte rastlos durch den Raum, auf der Suche nach einem Ruhepunkt. Dann ließ er die flache Hand auf den Tisch krachen. »Zum Donnerwetter, du hast recht. Den würde ich liebend gern selbst ausgraben! Die Zähne und alles, was dazugehört!«

»Genau! Worauf warten wir noch?«

Er blinzelte, und sein Blick verlor an Intensität. »Nichts lieber als das, nur … im Moment fehlt mir leider das Geld für eine solche Expedition. Weißt du, wie wenig ich auf der Bank habe?«

Ich nickte, denn Vater hatte mich mit unseren Rechnungen betraut. Leider fiel das Thema Haushaltsverwaltung nämlich ebenfalls nicht in den Bereich seiner Genialität. »Im Moment zweiundsechzig Dollar.«

Mein Vater presste die Lippen zusammen. »Wirklich so wenig?«

Er hatte schon seit Jahren kein Geld mehr verdient. Als ich

noch klein war, kurz nach dem Tod meiner Mutter, hatte er eine Weile am Daverford-College Zoologie gelehrt. Doch dort hatte er nur fünf Semester durchgehalten, bevor er mit den Worten, unter solchen Pedanten nicht arbeiten zu können, wütend das Handtuch geworfen hatte. Damals hatte ich natürlich noch nicht gewusst, was ein Pedant war – ich stellte mir vor, dass es etwas Hundsgemeines sein musste, wie eine Art Kobold. Inzwischen hatte mein Vater mich mit der Bedeutung dieses Worts hinreichend vertraut gemacht – und mit all seinen schillernden Synonymen.

Großvater hatte immer gewollt, dass Vater Farmer wurde wie seine Geschwister, und ihm sogar ein ansehnliches Stück Land geschenkt. Vater hatte das Grundstück samt Haus verpachtet, und eine Zeit lang war es uns gelungen, uns mit den Pachteinnahmen über Wasser zu halten. Als das Geld nicht mehr ausreichte, hatte er zuerst das Haus, dann das Land verkauft, und bislang hatten wir von dem Gewinn gelebt. Doch unsere Finanzen schrumpften von Jahr zu Jahr, trotz der Unmengen von Artikeln, die mein Vater für Enzyklopädien und wissenschaftliche Journale verfasste.

»Was ist denn mit der Akademie?«, schlug ich vor. »Können die nicht helfen?«

Er schnaubte. »Die Akademie ist ein Klub für Amateure, die sich gern als Wissenschaftler aufspielen. Die stecken ihr Geld nur in ihre Sammlungen und ihr Journal. Von denen bezahlt niemand für Fossilien und schon gar nicht für Expeditionen.«

Stirnrunzelnd marschierte er im Zimmer auf und ab. »Andere hingegen«, fuhr er fort und redete sich immer mehr in Rage, »arbeiten für so renommierte Institute wie Yale und gelangen problemlos an Geld. Cartland zum Beispiel, ich bin mir sicher, dass er irgendwas plant –«

»Und was ist mit dem Geld, das Großpapa für mich beiseitegelegt hat?«, unterbrach ich ihn. Ich wusste, dass ich mich damit auf gefährliches Terrain wagte, aber etwas anderes fiel mir nun mal nicht ein.

»Das ist ein Treuhandfonds«, wandte mein Vater ein, »und der ist für dein Studium vorgesehen.« Sein Blick wurde streng. »Obwohl sich die Chancen, dass du je an einer Universität angenommen wirst, nach deinen neuerlichen Eskapaden wohl kaum verbessert haben.«

»Warum muss ich denn überhaupt studieren?«, fragte ich. »Wäre so etwas nicht viel lehrreicher? Mit dir auf Expedition zu gehen? Gemeinsam in die unerforschte Welt der Dinosaurier vorzudringen? Das ist doch mehr wert als jede Vorlesung.«

»Nicht mehr«, entgegnete mein Vater. »Heutzutage reicht es nicht, sich selbst Wissen anzueignen. Da braucht man einen Abschluss von einer anerkannten Universität.«

»Den hast du auch nicht.«

»Nein!«, sagte er energisch. »Aber die Zeiten ändern sich. Heute muss man einen akademischen Grad vorweisen, wenn man ernst genommen werden will!«

»Du wirst doch ernst genommen!«, widersprach ich.

Seine Nasenlöcher zogen sich zusammen. »Nicht von Cartland und seinesgleichen. Ich werde nie eine Stelle an einer Universität bekommen. Nein, das Geld ist für dein Studium – denn studieren wirst du, und zwar sobald du mit der Schule fertig bist.«

»Aber die Expedition«, lenkte ich das Gespräch zurück auf

das Thema, auf das es mir ankam. »Wenn wir Großvater fragen würden, ob er uns das Geld *vorübergehend* investieren lässt –«

»Ich werde meinen Vater nicht darum bitten, und du wirst es auch nicht«, fuhr er mich an. »Und zur Universität gehst du – das steht außer Frage. Gut, nicht diesen Herbst, wie es aussieht, aber nächstes Jahr.«

»Aber wenn wir das Geld für die Expedition hätten?«, fragte ich.

»Über diese Frage nachzudenken, ist zwecklos. So, jetzt bring die Nachricht zum Telegrafenamt. Ich muss zur Bank und einen Scheck für Mr Plaskett ausstellen lassen.«

Ich nahm meinen Mantel vom Haken. Das Telegramm würde ich aufgeben.

Doch währenddessen schmiedete ich bereits einen Plan, wie ich den *Rex* selbst würde ausgraben können.

3

Die Expedition

»Ich komme mit«, sagte ich zu Papa.

Ich war gerade in der Bibliothek und zeichnete die Wirbel eines seiner prähistorischen Pferde, als er mir die Neuigkeit verkündete. Seine Sommerexpedition in den Westen war genehmigt worden. Die Armee würde eine Eskorte zur Verfügung stellen. Die Union Pacific Railroad gewährte allen Beteiligten freie Fahrt. Und Papa hatte zwölf selbst zahlende Yale-Studenten zusammengetrommelt, die es kaum erwarten konnten, sich an seiner Seite ins Abenteuer zu stürzen. Normalerweise verließ Papa sich auf erfahrene Fossiliensucher, die ihm ihre Funde schickten. Dies war die erste Expedition, die er persönlich leiten würde. Ich war entschlossen, dabei zu sein, und sagte ihm das schon seit Monaten immer wieder, doch er hatte sich nie zu einem Versprechen hinreißen lassen.

Er tätschelte mir die Hand. »Das ist ausgeschlossen, mein Kind. Es ist schon alles arrangiert. Deine Tante Berton hat sich freundlicherweise bereit erklärt, dich hier in New Haven bei sich aufzunehmen, und sie hat schon den ganzen Sommer Unternehmungen für dich geplant.«

»Was das für Unternehmungen sind, kann ich mir lebhaft vorstellen. Picknicks und Kirchenveranstaltungen – und wahrscheinlich wieder ein Debütantinnenball. Nein danke, der eine, bei dem ich gewesen bin, hat mir vollkommen gereicht.«

Es gibt einen Punkt im Leben so mancher jungen Frau – teilweise schon sehr früh, bei mir mit etwa zwölf Jahren –, an dem sie sich der Erkenntnis stellen muss, dass sie genauso gut unsichtbar sein könnte. Dass sie nicht die Hübscheste im Raum ist, nicht einmal annähernd, sondern weit abgeschlagen auf dem letzten Platz liegt. Die Blicke der Männer gleiten über sie hinweg, als wäre sie ein Tapetenmuster oder eine Säule, die ihnen den Blick auf etwas anderes, weitaus Interessanteres verwehrt. Ich hatte schon Bewunderung in den Augen von Jungen gesehen – nur galt sie immer anderen Mädchen, nie mir.

Anfangs war ich vollkommen niedergeschmettert und wütend über die Oberflächlichkeit der Männer. Wie konnte man nur mit einem so beschränkten Blick durchs Leben gehen? Bei Kirchenpicknicks blieb ich meistens allein. Auch beim Eislaufen oder Schlittenfahren. Mit der Zeit begann ich, mein Schicksal zu akzeptieren. Wenn die Männer sich nicht für mich interessierten, würde ich mich auch nicht für sie interessieren. Ich versuchte, es als Befreiung zu sehen. Schließlich brauchte ich nun nicht mehr auf mein Aussehen oder meine Haltung zu achten, musste nicht über schlechte Witze lachen oder so tun, als fände ich ihre endlosen Monologe faszinierend. Die Einsamkeit hatte ihre Vorteile, denn durch sie konnte ich meinen Verstand und meine Energie voll und ganz auf die Dinge konzentrieren, die mir wirklich etwas bedeuteten.

»Deine Tante will nur dein Bestes«, entgegnete Papa.

»Sie hat aber keine Ahnung, was für mich das Beste ist. Ich interessiere mich für die Naturwissenschaften. Für Fossilien. Alles, was sie im Sinn hat, ist, mich überall herumzuzeigen, bis sie endlich einen Verlobten für mich gefunden hat.«

Mein Vater runzelte streng die Stirn über meine Aufmüpfigkeit, doch mit dem leuchtend violetten Bluterguss um sein linkes Auge wirkte er eher wie ein trauriger Clown.

»Was in Gottes Namen wäre denn gegen einen passenden Verlobten einzuwenden?«, fragte Papa.

»Gar nichts, abgesehen davon, dass ich im Moment nicht heiraten will und sich das vielleicht niemals ändern wird. Für meine Zukunft wünsche ich mir etwas anderes und dabei wäre mir ein Mann bloß im Weg.«

Mein Vater legte den Kopf schief und verschränkte die Arme. »Aha, du redest wieder von der Universität.«

»Ich kann mir einfach nicht vorstellen, dass mir irgendein Mann gestatten würde, Vorlesungen zu besuchen und auf der Suche nach Fossilien in der Erde zu wühlen.«

Ein Bild von Samuel Bolts Gesicht zuckte mir durch den Kopf, von seinen warmen Augen und dem wuscheligen Haarschopf. Flink wie ein Spatz huschte es herbei und war genauso schnell wieder verschwunden.

»Nun ja, keine verheiratete Frau sollte in der Erde wühlen«, räumte mein Vater ein.

»Und das ist einer der vielen Gründe, aus denen ich möglicherweise nie heiraten werde.«

Papa seufzte schwer. »Mit einer solchen Einstellung, jaja, fürchte ich, wirst du als alte Jungfer enden.«

Diese Bezeichnung war mir schon immer ein Graus gewesen, diese Verquickung von alt und jung, ein Niemandsland aus Einsamkeit, Verbitterung und Absonderlichkeit. Eine scheußliche Art, über eine Frau zu reden, die, aus welchen Gründen auch immer, kein Glück gehabt hatte, ungewöhnlich war oder einfach ein anderes Leben führen wollte.

»Von mir aus kann dieses Wort irgendwann in meinen Grabstein gemeißelt werden«, sagte ich, »solange obendrüber ›Paläontologin‹ steht, und zwar in sehr viel größeren Buchstaben.«

Er schmunzelte ein bisschen. Ich fasste neuen Mut und griff nach meiner Lupe, mit der ich die Wirbel untersucht hatte.

»Die hier hast du mir selbst geschenkt, Papa. Als ich acht Jahre alt war. Damals hast du mich ermutigt, meine eigene Sammlung anzulegen, mein Zimmer in ein Museum zu verwandeln. Du hast mich nicht dazu erzogen, mich für Kleider oder die neuesten Haarmoden zu interessieren, sondern mir beigebracht, wie man Fossilien findet, wie man ein Totungsglas benutzt, wie man Vögel häutet, und sogar zu schießen. Ich zeichne seit drei Jahren deine Forschungsobjekte und meine Bilder werden zusammen mit deinen Artikeln veröffentlicht –«

Während ich redete, nickte mein Vater ununterbrochen und wedelte mit den Fingern auf und ab wie ein Dirigent, der ein störrisches Orchester zur Ruhe bringen will.

»Du bist mir eine großartige Hilfe, mein Kind. Und es gibt doch viele Frauen, die sich als Amateurinnen sinnvoll in die Forschung einbringen.«

»Das will ich aber nicht sein. Ich habe dich schon oft genug über Amateure spotten hören. Professor Bolt mit eingeschlossen. Ich will zur Universität gehen und dort einen Abschluss machen. Auch Frauen können es heute zu einem Doktortitel bringen. In Berkeley wurde gerade die allererste Ingenieurin angenommen. Miss Maria Mitchell –«

»– hat ebenfalls keinen Abschluss«, fiel mein Vater mir ins Wort.

»– hat einen Kometen entdeckt und wurde als erste Frau in die American Philosophical Society aufgenommen. Und das schon vor Jahren! Ich wäre eine sehr gute Paläontologin, Papa. Meine Zensuren sind tadellos.«

»Das stimmt allerdings –«

»Wenn du Zweifel an meinen Fähigkeiten hast, dann nimm mich mit auf die Expedition, und lass mich mein Können unter Beweis stellen.«

»Jaja«, sagte er, was natürlich keineswegs Ja bedeutete. »Und wer soll deine Anstandsdame sein?«

»Eine Anstandsdame habe ich noch nie gebraucht.«

»Als du jünger warst, war es noch akzeptabel, dass du mich hin und wieder auf meinen Reisen begleitet hast. Aber schon damals gab es Leute, die das für unangemessen hielten. Jetzt wäre es ein ausgewachsener Skandal. Du bist schließlich kein Kind mehr –«

»Genau –«

»Sondern eine junge Frau. Denk doch nur an die Reise. Selbst die Zugfahrt wird Tage dauern und meine Mitarbeiter sind ausnahmslos Männer.«

»Die meisten davon kenne ich.« Seine Studenten kamen manchmal zum Abendessen in unsere Villa, wo mein Vater

Hof hielt und ihnen Nahrung für Geist und Körper gleichermaßen zuteilwerden ließ. »Keiner von ihnen hat jemals auch nur das geringste Interesse an mir bekundet. Darum denke ich, wir können uns darauf verlassen, dass mir auch auf unserer Reise in den Westen niemand den Hof machen wird.«

»Vielleicht nicht, aber Männer sind nun mal Männer, und ich kann nicht die ganze Zeit auf dich achtgeben. Wir werden im Zug übernachten müssen und, sobald wir angekommen sind, zusammen mit den Soldaten in einem Lager. Das bedeutet Zelte, Latrinen und simple Feldverpflegung. Und das alles mitten in der Wildnis. Da ist einfach kein Platz für eine junge Frau.«

»Ich komme schon zurecht.«

»Und dann die Indianer. Die Sioux sind bekannt für ihre Grausamkeit.«

»Aber du hast doch nicht vor, in ihr Gebiet einzudringen«, wandte ich ein.

»Ha! Das heißt noch lange nicht, dass wir ihnen nicht begegnen werden.«

»Selbst wenn, dafür haben wir schließlich die Soldaten bei uns. Außerdem bin ich eine bessere Schützin als du. Ich helfe dir bei der Suche und den Ausgrabungen und den Rest der Zeit kann ich den Köchen zur Hand gehen. Zur Not *schieße* ich uns was zu essen. Du hast gesagt, ich sei eine großartige Hilfe, also lass mich auch helfen.«

Er schüttelte den Kopf. »Nein. Es ist zu gefährlich und es schickt sich nicht.«

»Papa –«, begann ich, doch als er diesmal die Hand hob, wirkte sie wie ein Schild.

»Du verbringst den Sommer hier in New Haven und machst dich bei deiner Tante nützlich. Das ist mein letztes Wort.«

Ich sagte nichts, doch ich dachte: Oh nein, das letzte Wort ist noch längst nicht gesprochen.

Ich mochte die Andachten. Sie waren die einzigen Gelegenheiten in der Woche, zu denen mir manchmal – nicht immer, aber manchmal – eine ganze Stunde lang der Klang von Vaters Stimme erspart blieb.

Besinnliches Schweigen. Eine Quäkerandacht konnte vergehen, ohne dass auch nur ein einziges Wort gesprochen wurde. Es ging darum, in sich hineinzulauschen und abzuwarten – wenn der göttliche Geist einen zum Sprechen drängte, so durfte man es tun.

Ich hatte noch nie in einer Andacht gesprochen. Vielleicht, weil ich mit meinen Gedanken meistens ganz woanders war. Außerdem hatte ich noch nie das Gefühl gehabt, den anderen irgendetwas mitteilen zu wollen. Oder Gott. Aber manchmal, mitten in dieser großen Stille, überkam mich plötzlich ein Gefühl, als ob ein strahlendes Licht von mir ausginge, das durch den ganzen Raum und noch weiter reichte. Es hatte keinen Namen, dieses Licht, keine Form und auch keine Bedeutung. Aber es war da und das war ein gutes Gefühl.

Jedes Mal, wenn Vater sich räusperte, zog sich mir der Magen zusammen, denn ich wusste genau, was dann folgte. Die meisten fassten sich kurz, wenn sie denn etwas sagten. Ein Gebet für einen sterbenden Freund. Ein rasches Zitat aus der Bibel. Vater dagegen hielt Vorträge. Über Beobachtungen. Offenbarungen. Träume. Einmal hatte er von der Schönheit der Schöpfung gesprochen, davon, dass jeder Grashalm, jeder Insektenflügel heilig sei, und seine Stimme hatte dabei gebebt. Ich hatte mit glühenden Wangen zu Boden gestarrt, bis er endlich fertig war. Danach war es still geblieben – natürlich sollte es immer still sein, doch diese Stille war anders gewesen. Es war die Art von Stille, die einsetzte, wenn etwas den Menschen die Sprache verschlagen hatte. Oder wenn sie vor Scham am liebsten im Boden versunken wären. In dieser Andacht hatte niemand anderes mehr gesprochen. Vater hatte alle Worte aufgebraucht. Nachher hatte ich einige verständnisvolle Blicke geerntet. Sogar mitleidige. Ein Mann hatte mir die Schulter gedrückt, als hätte es in meiner Familie einen Todesfall gegeben.

An diesem Sonntagmorgen war mein Kopf noch rastloser als sonst. Nicht, weil ich Angst hatte, dass mein Vater etwas sagen würde.

Sondern weil ich wusste, dass ich es tun würde.

Und meine Worte kämen ganz sicher nicht von Gott.

Ich hatte den ganzen Abend daran gefeilt, sie immer wieder im Geiste durchgestrichen und neu überschrieben.

Entschlossen richtete ich mich auf meinem Stuhl auf, nur um im letzten Moment doch die Nerven zu verlieren und mich in ein grunzendes Hüsteln zu flüchten. Mein Vater warf mir einen fragenden Blick zu. Eine Weile starrte ich zu Boden, dann hob ich abermals den Kopf, die Augen fest zugekniffen. Ich hatte meinen Plan sorgfältig durchdacht, und jetzt hing alles, *alles*, von diesem einen Moment ab. Ich konnte nicht kneifen. Meine Stimme zitterte, als ich sagte:

»Die Schöpfung ist unermesslich. Und es gibt noch so vieles, das keinen Namen hat. Ich fühle mich dazu berufen, diesen Dingen Namen zu geben.«

Ich öffnete die Augen und stellte mich dem Schweigen im Raum, in dem ich nun eine gewisse Aufmerksamkeit wahrzunehmen glaubte. Niemand sah mich direkt an, doch ich hatte das Gefühl, als beugten sich alle unmerklich zu mir herüber, in gespannter Erwartung. Mein Puls raste.

»Ich fühle mich dazu berufen, in den Westen zu reisen und die Geschöpfe Gottes zu suchen, die dort in der Erde auf ihre Entdeckung warten.«

Jetzt hatte ich sie am Haken, das spürte ich: Die Luft war mit Spannung geladen wie vor einem Blitzeinschlag. Sie wollten mehr erfahren, wollten wissen, was dieser sonst so schweigsame Junge zu sagen hatte. Meine Stimme hörte auf zu zittern.

»Diese Gottesgeschöpfe will ich finden und ihnen Namen geben. Ich werde gen Westen reisen und dort Adams Werk fortsetzen!«

Das Meer aus Schweigen umspülte meine Worte, zog sie hinab in seine Tiefen. Ich senkte den Kopf. Jetzt spürte ich die Blicke der gesamten Gemeinschaft auf mir, den meines Vaters mit eingeschlossen. Ich gab mir Mühe, möglichst fromm zu wirken.

Als wir den Andachtsraum verließen, nickten mir mehrere Leute zu und lächelten. Ein paar schüttelten mir sogar die Hand.

Auf dem Heimweg, als wir wieder allein waren, sagte Vater: »Adams Werk. Ein starkes Bild. Sehr ergreifend, deine Ansprache.«

»Es kam einfach so über mich, völlig aus dem Nichts.«

Vater war stolz auf seinen Intellekt. Aber ich wusste, dass er genauso fest an spirituelle Eingebungen glaubte. Ich war kein geübter Lügner, aber wild entschlossen, es auf einen Versuch ankommen zu lassen. Trotz des kühlen Wetters spürte ich, wie mir der Schweiß den Nacken hinunterrann. Mein Vater zwirbelte die Spitzen seines Schnauzbarts.

»Ich muss schon sagen, deine plötzliche Inbrunst überrascht mich.«

»Du sprichst doch selbst fast bei jeder Andacht!«

»Nur wenn mich wirklich etwas tief bewegt –«

»Und kann mich etwa nichts tief bewegen? Ich bin ein äußerst spiritueller Mensch!«

Was wohl jeden meiner Lehrer in Staunen versetzt hätte. Und vermutlich auch sonst alle, die mich kannten.

Als mein Vater wieder etwas sagte, klang seine Stimme streng.

»Samuel, was bei der Andacht gesagt wird, sollte von Gott kommen.«

»Gott will, dass wir in den Westen fahren«, beharrte ich. »Wir würden sein Werk tun.«

»Genug jetzt. Hast du etwa wirklich darauf spekuliert, dass die anderen uns Geld geben würden?«

»Keiner weiß Bildung so sehr zu schätzen wie Quäker«, antwortete ich. »Schließlich bauen wir ständig Schulen oder stiften Stipendien und –«

»Du hast dich blamiert, und damit auch mich.«

»Wenigstens versuche ich es!«, entgegnete ich heftig. »Und gebe nicht einfach –«

»Nicht in diesem Ton!«

»Ich dachte, das ist unsere einzige Chance. Wie wir ihn selbst ausgraben können.«

»Wir werden darauf vertrauen müssen, dass unser werter Mr Plaskett ein gutes Auge und einen robusten Rücken hat.«

Zu Hause angekommen, aßen Vater und ich schweigend in der Küche zu Mittag. Den ganzen restlichen Tag versuchte ich, nicht an den *Rex*, der in Wyoming in der Erde schlummerte, zu denken. Und nicht an Rachel Cartland. Immer wieder redete ich im Geiste mit ihr. Als würde ich ihr einen Brief schreiben.

Sehr geehrte Miss Cartland. *Liebe Rachel.* Ich habe unsere Unterhaltung in der Akademie sehr genossen und mich gefragt, ob Sie wohl Interesse an einer Korrespondenz hätten … Hast du es auch gespürt, als wir uns begegnet sind, oder habe nur ich das Gefühl, dass … Besonders interessiert mich Ihre Meinung zu Salamandern. Eigentlich sind mir Salamander egal. Das, was zwischen unseren Vätern vorgefallen ist, tut mir leid, aber ich wüsste nicht, warum wir deswegen keine Freunde werden sollten. Was meinen Sie? Hahaha! Ich treffe nur selten auf jemanden, der meine Begeisterung für die Naturwissenschaften teilt. Was ging dir durch den Kopf, als du vor mir gestanden hast? Denn als ich in deine Augen gesehen habe … Ich hoffe, Ihr Vater hat keine allzu schlimmen Verletzungen davongetragen … Um ehrlich zu sein, hoffe ich, dass sein Dickschädel auf die Größe eines Kürbisses angeschwollen ist. Mein Vater kann manchmal ein wenig aufbrausend sein. Ich weiß nicht, ob ich in deinem Blick Hass oder Sympathie gelesen habe, als wir am Ende unsere Väter von der Bühne schleiften. Unsere Hände haben sich berührt. Hast du es überhaupt bemerkt? Vielleicht sehen wir uns ja wieder einmal bei einem Vortrag oder einer Versammlung. Ich muss ständig an dich denken.

Abends, als wir die Lampen anzündeten, machte sich Hoffnungslosigkeit in mir breit. Vater hatte recht gehabt. Mein Plan, die Gemeinschaft um Geld anzuzapfen, war ein Fehlschlag. Ich hatte uns zum Gespött gemacht. Und Rachel Cartland würde ich wahrscheinlich nie wiedersehen. Als es – recht spät – klingelte, ging Mrs Saunders zur Tür und rief kurz darauf nach meinem Vater. Ich folgte ihm unauffällig. Mein Herz machte einen zaghaften Satz, als ich John Eddington erkannte. Schnell versteckte ich mich im Arbeitsraum, um ihr Gespräch zu belauschen.

»Wir waren alle sehr gerührt über die Worte Ihres Sohns«, sagte Mr Eddington zu meinem Vater. »Die Zuwendungen kamen völlig unaufgefordert, ich habe sie gesammelt, sodass Sie sie für Ihre Zwecke verwenden können. Wirklich sehr ergreifend, diese Interpretation vom Werk Adams.«

Ich setzte mich auf Vaters Drehstuhl, streckte die Beine aus und legte die Füße auf eine leere Kiste. Nachdem mein Vater sich ausschweifend bei Mr Eddington bedankt und ihm eine gute Nacht gewünscht hatte, trat er ins Zimmer. Seine Miene wirkte zutiefst verblüfft.

»Wie viel ist es?«, fragte ich.

Vater öffnete einen Umschlag und zählte rasch die Scheine. »Genug für eine Expedition.«

Ich stieß ein erfreutes Jauchzen aus, woraufhin Vater mir einen strengen Blick zuwarf – aber nur kurz.

»Na, dann sollten wir die Gemeinschaft nicht enttäuschen, oder?«, sagte ich. »Wo sie solches Vertrauen in uns setzen.«

»Nein, das sollten wir nicht«, erwiderte mein Vater, und das spitzbübische Grinsen, das sich auf seinem Gesicht ausbreitete, verlieh ihm noch mehr Ähnlichkeit mit einem Fuchs.

»Sieht aus, als ginge es gen Westen«, sagte ich.

Am Tag bevor Papa in den Westen aufbrach, lieferte er mich bei Tante Berton ab. Zusammen tranken wir Tee in ihrem Salon. Ich wusste, dass Vater Tante Berton kein bisschen lieber mochte als ich, aber er war ihr gegenüber ausnehmend höflich, beinahe schon unterwürfig. Schließlich setzte er weiterhin auf ihre hohe Meinung und ihre finanzielle Unterstützung. Onkel Berton war schon seit einigen Jahren tot und so wachte nun seine Witwe über das Familienvermögen wie ein Drache über seinen Goldschatz.

Nach dem Tee verabschiedete ich mich knapp von meinem Vater. Ein Dienstmädchen brachte mein Gepäck in das für mich vorgesehene Zimmer. Ich machte mir nicht die Mühe, auszupacken.

Später saßen meine Tante und ich schweigend und so ernst, dass es beinahe zum Lachen war, beim Abendessen. Hin und wieder bedachte sie mich mit einem missbilligenden Blick, woraufhin ich ihr ein strahlendes Lächeln schenkte, was sie nur noch mehr zu verärgern schien.

»Wie schludrig du aussiehst«, bemerkte sie schließlich.

»Tue ich das?«

»Ja, Kind. So findest du nie einen Ehemann.«

»Wahrscheinlich nicht.«

»Willst du deinem Vater denn dein Leben lang auf der Tasche liegen?«

»Ich bin nicht teuer in der Unterhaltung.«

»Schlimm genug, dass du keine Mutter hast«, schimpfte sie,

als wäre das meine Schuld. »Dein Vater hat dich absonderlich werden lassen. Ich werde bis zum Ende dieses Sommers eine vorzeigbare Dame aus dir machen. Es ist nicht leicht, in der heutigen Zeit einen Bräutigam zu finden, nachdem der Krieg uns so viele unserer jungen Männer genommen hat. Und was denkst du, welche Mädchen sie sich aussuchen?«

»Die hübschesten und reichsten, die sie bekommen können, nehme ich an«, entgegnete ich.

Sie wirkte zufrieden. »Genau. Nun, am schlimmsten trifft es natürlich diejenigen, die unattraktiv *und* arm sind. Wenigstens bist du nicht arm. Es besteht also noch Hoffnung.«

»Danke, Tante Berton, das tröstet mich ungemein.«

Tante Berton ging früh zu Bett. Ihr Zimmer lag im selben Flur wie meins.

Keine der Schlangen, die ich mitgebracht hatte, war giftig, obwohl eine von ihnen so kampflustig zischte und in die Luft schnappte, dass einem angst und bange werden konnte. Ich wartete eine Stunde, dann schlich ich den Flur hinunter, öffnete die Tür zu Tante Bertons Zimmer und blieb kurz stehen, damit sich meine Augen an die Dunkelheit gewöhnten.

Meine Tante, fest in ihrer Nachthaube verschnürt, schlief wie ein Stein, nur geräuschvoller. Ich ließ die drei Schlangen neben ihrem Bett frei. Es gab Schlangenliebhaber, die behaupteten, diese Tiere seien besonders anschmiegsam und suchten deswegen die Nähe der Menschen. Ich dagegen war der Meinung, dass sie es einfach gern warm hatten. Wie viel Wärme Tante Bertons verhutzelter Körper ausstrahlte, vermochte ich zwar nicht zu sagen, war mir jedoch ziemlich sicher, dass meine Schlangen auf ihre Kosten kommen würden.

Besonders gern mochten sie Achselhöhlen. Ich ging zurück in mein Zimmer und las, bis das Geschrei anfing.

Früh am nächsten Morgen wurde mein Vater herbestellt, um mich wieder abzuholen.

Tante Berton kam nicht nach unten, um uns zu verabschieden. Sie blieb im Bett, vollkommen erschöpft von den Strapazen der vergangenen Nacht.

»Das hast du mit Absicht gemacht«, warf Papa mir vor, als sich unsere Kutsche in Bewegung setzte.

Ich sagte nichts. Das war ein Trick, den ich von ihm gelernt hatte: den Blick meines Gegenübers mit völlig ausdrucksloser Miene zu erwidern.

Mein Vater war nicht leicht aus der Fassung zu bringen, jetzt aber schäumte er vor Wut.

»Wie konntest du deiner Tante so etwas antun?«

»Sieht aus, als müsste ich nun doch mit dir in den Westen kommen.«

»Glaubst du etwa, du wirst noch belohnt für deine Frechheit?«

»Wo soll ich denn sonst hin? So kurzfristig wird mich niemand mehr aufnehmen. Und wahrscheinlich würde sich jetzt sowieso niemand mehr dazu bereit erklären. Nach der Sache mit den Schlangen.«

Die Hufe unseres Pferds klapperten über das Pflaster.

»Ich könnte natürlich versuchen, eine Stelle als Hauslehrerin zu finden«, bot ich großzügig an, »oder als Gesellschafterin für irgendeinen alten Herrn –«

»Schluss jetzt«, schnitt mein Vater mir das Wort ab. »Vielleicht ändert deine Tante ja noch ihre Meinung.«

»Sie hat gesagt, das sei das letzte Mal gewesen, dass sie mich unter ihrem Dache beherbergt habe.«

Papa umklammerte die Zügel fester. »Du hast mich in eine sehr unangenehme Situation gebracht.«

»Du kannst mich nicht einfach unbeaufsichtigt hierlassen. Stell dir vor, was für Scherereien ich mir einhandeln könnte.«

Er seufzte.

»Ich freue mich schon, dir eine großartige Hilfe zu sein«, sagte ich und hakte mich bei ihm unter.

4

An Bord des Union Pacific

Nach drei schlaflosen Nächten war ich vollkommen erschöpft, als wir schließlich mit dem Nachtzug aus Chicago Omaha erreichten. Vater hatte die billigste Klasse gebucht, um Geld – *mein* Geld, wie ich mir gern in Erinnerung rief – zu sparen, daher waren unsere Sitze in etwa so bequem wie Kirchenbänke. Er hatte mir jedoch versprochen, dass wir uns für die letzte Etappe mit dem Union Pacific vernünftige Kojen in einem komfortablen Schlafwagen leisten würden.

Der Bahnhof war eine riesige Bretterbude. Ein undurchdringliches Gewirr von Gleisen. Das Rumpeln rangierender Waggons im Depot. Wenigstens bot das Dach Schutz vor der Sonne. Es war noch früh, aber draußen lauerte schon die Hitze. Der heiße Wind roch nach Teer und dem Hopfen aus irgendeiner nahen Brauerei.

Der Mann am Fahrkartenschalter informierte uns, dass der Schlafwagen der ersten Klasse bereits ausgebucht sei.

»Komplett?«, fragte mein Vater.

Von irgendwo drang Gesang zu uns herüber.

»Von einer größeren Gesellschaft, Sir. Sie haben bereits vor zwei Tagen gebucht. Ich kann Ihnen jedoch bequeme Sitze und

Kojen in der zweiten Klasse anbieten. Selbstverständlich haben Sie Zutritt zum Salon- und Speisewagen.«

Der Gesang wurde lauter. Beladen mit unserem Gepäck schlurfte ich über den Bahnsteig und fühlte mich wie ein Yak.

»Wir hätten auch im Voraus buchen sollen«, sagte ich vorwurfsvoll zu meinem Vater.

Mit einem Mal stürzte ein Dutzend junger Männer in College-Jacketts auf den Bahnsteig, die aus vollem Halse *»Come In Old Adam, Come In«* schmetterten. Sie wirkten so ausgeruht und energiegeladen, dass ich sie auf den ersten Blick hasste. Ich konnte nicht genau erkennen, ob sie sich beieinander eingehakt hatten, aber so, wie sie sich in einer Reihe auf uns zubewegten, erinnerten sie ein bisschen an eine Revue-Tanzgruppe.

»Ist das da vorne nicht Professor Bolt?«, rief einer von ihnen.

Mein Vater fuhr herum und kniff die Augen zusammen. Er war kurzsichtig, aber zu eitel, um eine Brille zu tragen, wenn er nicht gerade bei der Arbeit war.

Der Gesang verstummte abrupt. »Professor Bolt!«, rief ein weiterer junger Mann ehrerbietig. »Was für eine Freude, Sie hier zu treffen, Sir!«

Mein Vater lächelte. Nichts machte ihn glücklicher, als von Fremden erkannt zu werden. Obwohl er streng genommen gar kein Professor war, war er recht berühmt. Oder vielleicht eher berüchtigt – je nachdem, wen man fragte. Einmal hatte ich gehört, wie einige College-Studenten ihn als »Rauf-Bolt« bezeichneten.

»Was führt Sie nach Nebraska, Gentlemen?«, erkundigte sich mein Vater.

»Wir haben hier nur ein paar Tage Station gemacht, Sir, um

uns auszustaffieren und schießen zu üben, und jetzt gehen wir auf Fossilienjagd im Westen.«

»Ach, tatsächlich?«, erwiderte mein Vater mit einem verschlagenen Grinsen in meine Richtung. In diesem Moment dachten wir wohl beide dasselbe. Eine Truppe junger, arbeitswilliger Männer, die sich nur zu gern für einen angesehenen Paläontologen abrackern würden.

»Die Herren gehören zu mir«, ertönte da Professor Cartlands Stimme, der hinter dem größten der Studenten hervorkam.

»Ah, verstehe«, sagte mein Vater, dessen gute Laune auf einen Schlag verpufft war.

Cartland wirkte frisch rasiert und so adrett, wie seine kräftige Statur es zuließ, mit Weste, Jacke – und einer dieser für den Westen typischen Schnürsenkel-Krawatten, die auch einige seiner Studenten trugen.

»Guten Morgen, Bolt«, sagte er.

»Den wünsche ich Ihnen ebenfalls«, entgegnete mein Vater und richtete sich zu voller Größe auf.

Eine Sekunde lang fragte ich mich, ob sie wieder aufeinander losgehen würden, gleich hier im Bahnhof von Omaha. Doch sie wechselten bloß ein paar höfliche Worte, bevor ich nicht mehr hinhörte. Soeben war Rachel Cartland neben ihrem Vater aufgetaucht.

Selbst im Chaos der vergangenen Wochen, zwischen Reisevorbereitungen und meinen Träumereien darüber, den *Rex* auszugraben, hatte sie sich immer wieder in meine Gedanken gestohlen. Oft hatte ich versucht, mir ihr Bild vor Augen zu rufen, doch es war nie vollkommen gewesen. Meistens waren es bloß Details. Die kleine Lücke zwischen ihren Schneidezähnen. Ihre

Augen, die forschend zu mir hochblickten. Aus dem Gedächtnis allein gelang es mir einfach nicht, sie vollständig zusammenzusetzen. Schließlich hatte ich sie auch nur einen einzigen Abend lang gesehen.

Und jetzt stand sie vor mir. Sie wirkte größer, als ich sie in Erinnerung gehabt hatte – lag das an ihren Stiefeln? Und sie trug einen Hut. Ihre Kleidung war zweckmäßig – weißer Rock und weiße Bluse, wegen der knapp vierzig Grad, die in der Sonne herrschten. Ihre Wangen waren gerötet und sie wirkte gesünder und hübscher als in der Akademie.

Mir wurde bewusst, dass ich lächelte. Sie starrte mich an wie eine misstrauische Katze.

»Guten Tag, Miss Cartland«, sagte ich.

»Guten Tag«, entgegnete sie.

Ich riss meinen Blick von ihr los und musterte die Studenten mit noch größerer Abneigung. Sie reiste also in Begleitung all dieser schneidigen Burschen. Wahrscheinlich schwänzelten sie pausenlos um sie herum.

Hinter der Gruppe sah ich mehrere Männer mit Gepäckwagen, die nun begannen, die Koffer in den Zug zu laden.

»Sie nehmen auch den Union Pacific nach Westen?«, fragte Cartland meinen Vater.

»Ganz recht«, antwortete dieser gepresst.

»Ah«, entgegnete Cartland. »Dann sehen wir uns ja an Bord.« Er wandte sich an seine Studenten: »Hier entlang, Gentlemen«, sagte er und ging vor in Richtung erste Klasse.

Ich warf Rachel einen letzten verstohlenen Blick zu, bevor ich Vater half, unser eigenes bescheidenes Gepäck in den Wagen zu laden. Dann stiegen wir ebenfalls ein und nahmen unsere

Plätze in der zweiten Klasse ein. Ich klopfte auf das abgenutzte Sitzpolster.

»So schlecht ist es hier gar nicht«, bemerkte ich fröhlich. Mein Herz klopfte noch immer wie wild. Ich war absurd gut gelaunt. Wir waren unterwegs in den Westen, um den größten Dinosaurier der Welt auszugraben. Und Rachel Cartland saß im selben Zug wie ich. Es würde sicherlich viele Gelegenheiten geben, um mich mit ihr zu unterhalten. Ich fühlte mich, als hätte ich mitten im Sommer ein Weihnachtsgeschenk bekommen.

Mein Vater starrte aus dem Fenster, und sein Mund bewegte sich unablässig, als kaute er auf einem Stück Knorpel. »Wir sollten aussteigen.«

»Was?«, fragte ich beunruhigt.

»Wir können den nächsten Zug nehmen.«

»Aber warum sollten wir …« Ich beugte mich zu ihm hinüber und senkte die Stimme. »Du denkst doch wohl nicht, dass er uns folgt.«

»Wäre das so abwegig?«

Das war paranoid, selbst für meinen Vater.

»Sie haben ihre Fahrkarten vor uns gekauft«, rief ich ihm in Erinnerung. »Das hat der Bahnhofsvorsteher selbst gesagt.«

Vater schien mich gar nicht zu hören. »Immer muss er mir in die Quere kommen.«

Als er mein verständnisloses Gesicht sah, zischte er: »New Jersey!«

Jetzt erinnerte ich mich. Vater meinte die Mergelgruben, wo er vor Jahren den *Laelaps* entdeckt hatte. Die Gruben befanden sich auf dem Gelände einer Düngemittel-Vertriebsgesellschaft. Cartland hatte gleich nach Vaters Fund heimlich mit dem Besitzer gesprochen und ihm Geld zugesteckt, damit dieser ihn informierte, sobald seine Leute auf etwas Interessantes stießen.

»Aber er kann unmöglich wissen, wo wir hinwollen«, flüsterte ich und runzelte die Stirn. »Oder hast du jemandem davon erzählt?«

»Natürlich nicht. Du etwa?«

»Nein!«

»Aber wohin will er dann?« Er stieß mir den Zeigefinger auf die Brust. Als müsste ich die Antwort wissen. »*Das* ist die Frage, die uns Sorgen machen sollte.«

Seine Unruhe begann, auf mich überzuspringen. »Denkst du etwa –«

Doch Vater sah plötzlich an mir vorbei und lüpfte seinen Hut. »Guten Tag, Ma'am.«

Ich drehte mich um, als eine Dame an uns vorbeiging, die einen angenehm zarten Lavendelduft verströmte.

»Guten Tag«, erwiderte sie und lächelte. Sie war sehr hübsch und schien allein zu reisen. Mein Blick folgte ihr bis zum Ende des Wagens. Mit einer schlanken, weiß behandschuhten Hand öffnete sie die Tür eines Privatabteils und trat hinein. Ich wandte mich wieder Vater zu. Sein Blick lag auf der Tür des Abteils und ein leises Lächeln umspielte seine Lippen.

Dann, als wäre nichts geschehen, richtete er seine Aufmerksamkeit wieder auf mich. Misstrauisch sah er sich um. Als wollte er sichergehen, dass keiner von Cartlands Leuten in der Nähe war. Er beugte sich vor.

»Ich habe den Schaffner schon gefragt, wo Cartland aussteigt, aber der Kerl wollte nicht mit der Sprache rausrücken.«

»Moment mal«, sagte ich. »Machst du dir etwa wirklich Sorgen, sie könnten dasselbe Ziel haben wie wir?« Welch beunruhigender Gedanke, dass sie irgendwoher den Fundort unseres Zahns kennen könnten. Aber das war unmöglich. Der Westen war riesig. Die Staaten und Territorien dort erstreckten sich über Hunderte Meilen in alle Richtungen. »Du hast doch gesagt, die meisten seiner Fossilien stammen aus Nebraska und Kansas. Wahrscheinlich ist er dorthin unterwegs.«

»Vielleicht will er ja diesmal weiter nach draußen. Vielleicht hat er einen Hinweis auf ein gutes Knochenlager bekommen.« Vater nestelte an seiner Hutkrempe. »Und mit diesen Studenten hat er auf jeden Fall eine gute Truppe kostenloser Arbeiter.«

»Die machen bestimmt mehr kaputt, als sie finden«, sagte ich in der Hoffnung, ihn zu trösten.

Trotz seiner schier unerschöpflichen Energie ließ Vater sich sehr leicht entmutigen – und dann war es an mir, ihn wieder aufzumuntern. Es gab Tage, an denen er sich weigerte, sein Bett zu verlassen. Aber ich hatte mich daran gewöhnt und bislang hatte er sich immer wieder von diesen Tiefs erholt. Dann stand er wieder in aller Frühe auf (und weckte damit mich), unternahm Spaziergänge, um die Morgenluft zu genießen, und war voller Ideen und Tatendrang.

»Er hatte noch einen anderen Mann bei sich«, sagte er jetzt. »Hast du ihn gesehen? So ein kleiner Hänfling. Zu alt für einen Studenten. Und ein Yale-Jackett hatte er auch nicht an. Ein Wissenschaftler kann er nicht sein, sonst würde ich ihn kennen. Und sogar seine graue Maus von Tochter hat er dabei.«

Empörung durchzuckte mich. Ganz offensichtlich waren Vater ihre Augen nicht aufgefallen. »Ich glaube, sie ist selbst begeisterte Fossiliensammlerin.«

»Was hat er sich nur dabei gedacht? Ohne Anstandsdame. Überhaupt, sie auf eine solche Reise mitzunehmen!« Seine Augen wurden schmal. »Wenn ich nur wüsste, wo sie hinwollen.«

Ich lehnte mich zurück und glättete eine Falte in meiner Hose. »Ich könnte mich ein bisschen mit ihr unterhalten.«

Mein Vater legte nachdenklich den Kopf schief. »Stimmt, du hast ja schon in der Akademie mit ihr geredet.«

»Nur kurz. Vor deinem Vortrag. Und, na ja, während eurer Prügelei.«

Er nickte. »Sie würde deine Aufmerksamkeit sicher genießen. Und vielleicht verrät sie dir ja etwas über die Pläne ihres Vaters.«

»Ich tue mein Bestes«, versicherte ich ihm.

Der Zug setzte sich ruckartig in Bewegung und verließ den Bahnhof. Ich war in Hochstimmung. Alles, was mir wichtig war, befand sich in diesem Zug. Mein Geologenhammer, die Hoffnung auf einen großartigen Fund – und Rachel Cartland.

Mein Vater zwinkerte mir zu. »Halte deine Freunde nahe bei dir, aber deine Feinde noch näher, was?«

»Viel näher«, erwiderte ich und lachte.

»Du hast so rote Wangen«, sagte Papa zu mir. »Hab ich's mir doch gedacht, dass die Hitze zu viel für dich ist.«

»Mir geht es gut.«

Die Begegnung mit Samuel auf dem Bahnsteig hatte mich durcheinandergebracht. Ich war davon ausgegangen, dass ich ihn nie wiedersehen würde, schon gar nicht nach dem unglücklichen Zwischenfall in der Akademie. In den Wochen danach hatte ich kaum an ihn gedacht.

»Ich lasse etwas Wasser bringen«, sagte Papa und trat in den Gang, um jemanden vom Zugpersonal herbeizuwinken.

Ich hatte nicht um ein Privatabteil gebeten, sondern wäre mit einer ganz normalen Koje zufrieden gewesen wie alle anderen auch – aber Papa hatte darauf bestanden. Wahrscheinlich hätte ich mich entschlossener widersetzen sollen, schließlich wollte ich nicht den Anschein erwecken, dass ich eine Sonderbehandlung brauchte. Das Abteil war sehr luxuriös. Dicke Polster, auf dem Boden dunkelroter Teppich und an der mahagonivertäfelten Wand eine Gaslampe. Die Sonnenblende war heruntergezogen, doch durch das geöffnete Fenster drang kaum frische Luft. Darum war ich dankbar, als ein Zugbediensteter einen Krug Wasser brachte. Ich nahm einen großen Schluck und versuchte, meine Gedanken zu ordnen.

Ich hörte die Stimme meines Vaters, der seinen Studenten half, ihre Plätze zu finden. Es hatte den Anschein, als wollten sie jeden Moment wieder anfangen, zu singen. Nach ein paar Minuten kam er zurück und setzte sich in den zweiten Sessel im Abteil.

»Mir scheint, Professor Bolt und sein Sohn wollen ebenfalls auf Fossilienjagd gehen.«

Auf dem Bahnsteig hatte Samuel mich angelächelt, als wären wir alte Bekannte, als wäre er nicht der Sohn des Mannes, der meinen Vater angegriffen hatte. Als entstammte er nicht derselben Familie wie dieser Rüpel.

»Es überrascht mich ja, dass unser guter Bolt genug Geld

für eine Expedition zusammenkratzen konnte«, fuhr Papa fort, während er sich mit seinem Hut Luft zufächelte. »Da draußen muss irgendetwas sehr Vielversprechendes sein, jaja, wenn er dafür eine solche Reise auf sich nimmt.« Er sah mich an. »Aber weit dürfte er nicht kommen, nur mit seinem Jungen als Hilfe.«

Ich schnaubte leise. »Er hat mir erzählt, er könne jedes Skelett zusammensetzen. Schneller als jeder andere.«

»Aha. Genauso bescheiden wie der Vater.«

»Unmöglich«, pflichtete ich ihm bei.

»Hör mal«, sagte Papa. »Meine Studenten habe ich bereits gewarnt – falls die Bolts versuchen sollten, mit dir zu reden, besonders Samuel, verrat ihm ja nichts von unseren Plänen.«

»Ich habe nicht vor, mit ihm zu reden.«

»Andererseits ...«, entgegnete Papa und schenkte mir ein seltenes Lächeln. »Bolt ist ein redseliger Mann und sein Sohn scheint ihm in der Hinsicht nachzuschlagen. Solche Menschen können äußerst informativ sein. Und du warst schon immer eine gute Zuhörerin, mein Kind.«

Erstaunt starrte ich ihn an. »Du meinst, ich soll versuchen, ihm ihre Pläne zu entlocken?«

»Schaden kann es nicht. Vielleicht rutscht ihm ja zufällig etwas heraus. Es würde mich nicht wundern, wenn sie versuchen würden, uns zu folgen.«

Er musste mein Stutzen bemerkt haben, denn gleich darauf fügte er hinzu: »Natürlich nur, wenn du es über dich bringst. Ich weiß ja, wie schüchtern du bist.«

Es war nicht meine Schüchternheit, die mir Sorgen machte. Sondern sein Charme. Irgendein unvernünftiger Teil von mir sehnte sich tatsächlich danach, mit ihm zu reden, seine Augen zu sehen, sein Lächeln. Er würde mich bloß ablenken. Ich wollte – *musste* – meinen Vater auf dieser Reise beeindrucken, ihm mein Können beweisen.

»In Ordnung. Ich werde sehen, was ich herausfinden kann.«

Alles, was ich tun musste, war, Samuels Charme einen Riegel vorzuschieben. Das Problem mit Riegeln war nur: So stabil sie auch sein mochten, ohne eine entsprechend widerstandsfähige Tür waren sie nutzlos.

5

Liebe deinen Feind

Sie saß allein am anderen Ende des Salonwagens und nähte. Als Vater und ich hereinkamen, sah sie nicht einmal auf.

Draußen vor den großen Fenstern zog die endlose Prärie vorbei. Der Wagen war geräumig. Überall standen ausladende Lehnsessel, die meisten besetzt von Yale-Studenten, die ihre Lieder summten. Lachten. Ihre Bowiemesser und Pistolen miteinander verglichen, deren Glanz vermuten ließ, dass sie sie gerade erst gekauft hatten.

Auch Cartland war hier. Er rauchte Zigarre und unterhielt sich mit einem kleinen, drahtigen Mann. Das musste der Hänfling sein, von dem mein Vater gesprochen hatte. Auf dem Knie des Mannes lag ein Notizbuch, in das er mit der rechten Hand eifrig hineinkritzelte.

»Ah, Bolt!«, rief Cartland, als er meinen Vater sah, und winkte uns zu sich. »Mr Landry hier begleitet uns auf unsere Expedition, jaja, um einen Artikel für das *Harper's Magazine* zu schreiben.«

»Ach, tatsächlich? Guten Tag, Mr Landry.«

»Professor Bolt, sehr erfreut.« Der Journalist wirkte aufrichtig begeistert, als er meinem Vater die Hand schüttelte.

»Sind Sie schon einmal draußen im Westen gewesen, Mr Landry?«

Cartland lachte leise. »Sie brauchen gar nicht erst zu versuchen, Mr Landry unser Reiseziel zu entlocken. Er weiß selbst nicht, wo es hingeht.«

»In der Tat, ich habe keinen blassen Schimmer«, bestätigte Landry.

Seine ruckartigen Kopfbewegungen und der permanent alarmierte Blick erinnerten mich an ein Erdmännchen, das ich einmal im Zoo gesehen hatte.

Cartland blies eine lange Rauchwolke aus. »Er hätte allerdings einige Fragen zu Ihrem famosen Elasmosaurus.«

Ich warf meinem Vater einen besorgten Blick zu und sah, wie er die Brauen hob. Dann aber rang er sich ein Lächeln ab. »Ach, ich könnte mir vorstellen, dass Ihre Version der Ereignisse die unterhaltsamere ist, Cartland.«

»Niemand braucht meine Version, wo es doch Ihre, jaja, schwarz auf weiß gibt.« Cartland zog aus einem Stapel Papiere die neueste Ausgabe des Journals der American Philosophical Society hervor. In dem Moment stieß die Lokomotive ein schrilles Pfeifen aus und ich zuckte zusammen.

Vaters Lächeln verhärtete sich. »Da haben Sie sich aber sehr beeilt, um sich eine Ausgabe zu sichern.«

»Ich habe den Herausgeber gebeten, mir eine zu schicken – frisch aus der Druckpresse.«

Cartland hatte wirklich Nerven, meinen Vater derart zu provozieren und das Journal vor ihm zu schwenken wie ein rotes Tuch vor einem Stier. Die Nasenlöcher meines Vaters blähten sich. Ich trat einen Schritt näher, um ihn sofort packen zu können, sollte er zum Angriff übergehen. Obwohl ich eigentlich nichts dagegen gehabt hätte, wenn Vater ihm erneut eine Abreibung verpasst hätte. Ich warf einen Blick zu Rachel hinüber, die von ihrer Näharbeit aufsah. Ich konnte nur hoffen, dass sie mitbekam, wie ihr Vater alles daransetzte, meinen zu brüskieren.

Doch Vater wandte sich bloß mit ruhigem Blick an den Journalisten. »Nun, Mr Landry, ich weiß ja nicht, was mein geschätzter Kollege Ihnen über meinen Elasmosaurus erzählt hat, aber es ist eine komplizierte Angelegenheit, etwas zusammenzusetzen, was Jahrmillionen lang getrennt war.«

»Ganz recht, ganz recht«, murmelte Landry, während sein Bleistift über das Papier kratzte.

»Aber das kann Professor Cartland möglicherweise schlecht beurteilen, weil er selbst erst … Wie viele Dinosaurier haben Sie gefunden, Cartland? Ach ja: keinen. Nicht einen einzigen. Vergessen Sie nicht, *das* in Ihrem Artikel zu erwähnen, Mr Landry, dann werde ich ihn ganz sicher lesen.«

Das Geplauder der Yale-Studenten verstummte. Alle sahen zu uns herüber.

Cartland wedelte mit seiner Zigarre durch die Luft. »Lassen Sie uns fair bleiben, Bolt, jaja. Alle unsere Fossilien wurden schließlich von Steinbrucharbeitern und Amateuren ausgegraben.«

»Das stimmt nicht, Sir«, wandte ich empört ein. »Als der *Laelaps* ausgegraben wurde, war mein Vater dabei. Er hat selbst mitgeholfen.«

»Ein Geburtstagsgeschenk für meinen Sohn«, ergänzte mein Vater grinsend.

»Genau«, sagte ich. »Ich war gerade sechs geworden.«

»Oh, solche Anekdoten lieben die Leser«, meldete sich Landry zu Wort, der hastig mitschrieb.

»Da lag er plötzlich, mitten im Mergel, ich erinnere mich noch genau«, begann mein Vater zu erzählen. »Es regnete und regnete, und die Männer oben riefen mir zu, heraufzukommen, es könne einen Erdrutsch geben. Ich war nass bis auf die Haut, mehr Matsch als Mensch. Aber ich wusste, was ich gesehen hatte: ein Schulterblatt und, noch im Gelenk verankert, den Oberarmknochen einer Kreatur, die niemand zuvor jemals erblickt hatte. Ich kletterte erst aus der Grube, als ich jeden Knochen geborgen hatte, den die schwarze Erde mir zu überlassen bereit war!«

Im Salon herrschte gebanntes Schweigen. Die Studenten starrten Vater an, vollkommen gefesselt von seiner Geschichte. Auch Rachel hörte zu, und unsere Blicke trafen sich kurz, bevor sie wieder wegsah. Sogar der Journalist vergaß, in sein Buch zu kritzeln, und starrte mit großen Erdmännchenaugen zu meinem Vater hoch.

»Und dort, wohin wir jetzt unterwegs sind«, fuhr Vater fort, wohl wissend, dass ihm die Aufmerksamkeit des gesamten Wagens sicher war, »werden wir noch erstaunlichere Kreaturen ausgraben, riesenhafte Kreaturen, von denen man noch in hundert Jahren sprechen wird.« Er strahlte Cartland und Mr Landry an. »Aber ich bin mir sicher, dass auch Mr Cartland nicht mit leeren Händen zurückkehren wird. Er besitzt eine beachtliche Sammlung von Pferdefossilien, müssen Sie wissen. Manche davon nicht größer als eine Katze. Possierliche kleine Geschöpfe.«

Leises Gelächter erhob sich um uns.

»Sie sind ein begnadeter Geschichtenerzähler, Bolt«, sagte Cartland, »aber ich glaube, bei all Ihrer Prahlerei, jaja, haben

Sie die wahre Geschichte übersehen. Die Evolution! Diese meine Pferde, über die Sie so gern spotten, sind Millionen Jahre alt, und wenn meine Sammlung erst vollständig ist, wird sie der physische Beweis für die umstrittene Evolutionstheorie unseres englischen Freundes Charles Darwin sein. Wie alles Leben begann, wie es sich über Jahrmillionen stets den Gegebenheiten angepasst hat. Es mag mehr Spaß machen, Dinge auszugraben und ihnen Namen zu geben, aber die Evolution erklärt die gesamte Geschichte der *Natur*, des Lebens auf unserem Planeten.«

Cartlands nüchterne Worte brachten ihm kein Gelächter ein, aber sie waren dennoch von durchschlagender Kraft. Ich wusste nicht viel über Evolution und natürliche Auslese, aber auch mir war nicht entgangen, dass immer mehr darüber geredet wurde. Viele der Studenten nickten und brummten ernst. Cartland hatte meinen Vater soeben zum dilettantischen Fossilienjäger degradiert, zum übermütigen Amateur.

»Tja«, entgegnete mein Vater mit einem gezwungenen Lächeln. »Dann freue ich mich schon darauf, Ihre Pferde im Museum bestaunen zu dürfen, wenn es mir denn gelingt, mich durch die Massen zu drängen, die sich vor meinen Kolossen versammelt haben.«

»Aha!«, rief Landry. »Und wo gedenken Sie, diese *Kolosse* zu finden, Professor Bolt?«

Mein Vater war so in Schwung, dass ich Sorge hatte, er könnte etwas verraten. Darum sagte ich schnell, bevor er zu einer Antwort ansetzen konnte: »Sie werden ja sehen, wann wir aus dem Zug steigen.«

»Sensationell!«, schwärmte Landry und kritzelte weiter. »Was für ein geheimniskrämerisches Völkchen! Diese Rivalität gefällt mir. Paläontologenfehde im Wilden Westen!«

Mein Vater trat mir unauffällig, aber nachdrücklich auf den Fuß, und als ich empört zu ihm aufsah, deutete er mit dem Kinn in Rachel Cartlands Richtung.

Mehr Ermutigung brauchte ich nicht.

Mit einem zufriedenen Seufzer ließ er sich in den Sessel auf der anderen Seite des Gangs fallen, als wäre dieser Platz allein ihm vorbehalten.

»Miss Cartland«, grüßte er mich herzlich.

»Mr Bolt«, antwortete ich.

Er nahm eine Zeitung vom Tisch neben sich und begann, zu lesen. Ich wandte mich wieder meiner Näharbeit zu, musterte ihn jedoch aus den Augenwinkeln. Seine Körperhaltung war die eines Jungen, seine schwingenden Arme und Schultern zeugten von ungebremstem Elan und Ungestüm. Gleichzeitig ging er leicht vornübergebeugt und sein Kopf wirkte kaum merklich eingezogen. Ich war froh über dieses winzige Anzeichen von Unsicherheit. Diese minimale Trübung seiner strahlenden Aura.

Einige der Yale-Studenten stimmten ein vielsagendes Summen an und wärmten sich für ein weiteres Lied auf.

»Geht das mit dem Singen schon die ganze Reise so?«, erkundigte sich Samuel Bolt, der nun grinsend zu mir herübersah.

»Leider ja.« Ich ließ die Nadel sinken. Sein Profil war wirklich nahezu perfekt. »Ich hoffe, dass sie etwas ruhiger werden, wenn wir erst am Ziel sind.«

»Ein kleiner Hitzschlag wirkt da manchmal Wunder.«

»Oder ein Schlangenbiss.«

Er lachte. Sein Nasenrücken war mit einem Hauch von Sommersprossen gesprenkelt. Ich senkte den Blick wieder auf meine Näharbeit. Konnte denn nichts dieses Lächeln auslöschen? Es hinderte mich daran, klar zu denken. In dem Moment fingen die Studenten an zu singen, so laut, dass ich nicht verstand, was er als Nächstes sagte.

»Wie bitte?«

Er setzte erneut an, brach dann jedoch ab, stand auf und setzte sich in den Sessel mir gegenüber. Unsere Knie waren kaum dreißig Zentimeter voneinander entfernt. »Ich darf doch?«, fragte er.

»Natürlich.«

Seine Wimpern waren so dicht, dass die meisten Mädchen vor Neid erblasst wären. Auch sein Mund war hübsch geformt. Und er hatte ein ausgeprägtes Kinn, was seinem schmalen Gesicht etwas Wolfsartiges verlieh.

»Unsere Väter sind ein explosives Gespann, was?«, sagte er dann. »Wie die beiden sich aufführen! Ein Glück, dass wir neulich in Philadelphia da waren, um dazwischenzugehen.«

Er redete eine Spur zu zwanglos für meinen Geschmack, so als wäre das Ganze nichts als ein großer Witz. Vorsichtig stach ich meine Nadel in den Stoff.

»Wenn ich mich recht entsinne, war es Ihr Vater, der als Erster zugeschlagen hat.«

Sein Grinsen erstarb. »Aber nur, weil *Ihr* Vater meinen

öffentlich bloßgestellt und versucht hat, seinen Ruf zu schädigen.«

Offenbar reagierte er ziemlich aufbrausend, wenn jemand seinen Vater beleidigte. Aber das traf wohl genauso auf mich selbst zu.

»Was mein Vater zu beanstanden hatte«, entgegnete ich etwas sanfter, »hätte er Ihrem besser unter vier Augen gesagt. Ich wünschte wirklich, es wäre so gewesen.«

Samuel nickte, und im nächsten Moment war die Entrüstung von seinem Gesicht verschwunden. »Na ja, mein Vater ist ein unverbesserlicher Hitzkopf. Und dafür hat er ja ordentlich was einstecken müssen. Ist drei Tage lang mit einem Eisbeutel auf dem Gesicht herumgelaufen. Er ist ziemlich eitel, müssen Sie wissen. Ich habe gehört, wie er vor dem Spiegel irgendwas von ›für immer entstellt‹ gemurmelt hat.« Er feixte.

»Wie es scheint, hat er noch einmal Glück gehabt.«

»Ich hoffe, Ihren Vater hat es auch nicht allzu schlimm erwischt.«

»Er hatte einige Prellungen. Aber jetzt geht es ihm wieder gut. Danke, dass Sie fragen.«

Ich sah mich im Wagen um, in der Hoffnung, dass nicht einer von Papas Studenten auf die galante Idee kam, mir beistehen zu wollen. Aber ich hätte mir keine Sorgen machen müssen. Eine Halbwaise zu sein, hatte den Vorteil, dass ich oft unbeaufsichtigt war. Ich hatte nun mal keine Mutter oder ältere Schwester, die jeden meiner Schritte überwachten. Und mein Vater hatte meist andere Dinge im Kopf, wodurch ich sehr viel mehr Freiheiten hatte als die meisten Mädchen meines Alters. Ich war es gewohnt, allein zu sein, und genoss es.

»Was nähen Sie da eigentlich?«, fragte Samuel.

Ich hatte schon eine Lüge auf der Zunge, doch irgendetwas veranlasste mich dazu, ihm die Wahrheit zu sagen. Vielleicht weil ich wollte, dass er mir vertraute. Wenn ich ihm ein kleines Geheimnis verriet, würde er sich möglicherweise mit einem größeren dafür revanchieren. Mit etwas, das meinem Vater nutzen würde. Ich sah mich kurz um, ob uns auch niemand belauschte. Aber bei dem Gesang wäre ich ohnehin nicht zu hören gewesen.

»Einen Hosenrock«, flüsterte ich. »Ich habe in einem Magazin ein Schnittmuster dafür gefunden, und es sah nicht allzu schwierig aus.«

»Also eine Mischung aus Rock und Hose?«, fragte er, ebenfalls mit gesenkter Stimme.

Ich legte mein Nähzeug weg. »Etwas in der Art.« Ich ließ ihn nicht aus den Augen. Fand er mich nun seltsam? Denn seltsam *war* das Ganze. Keine Frau im Osten trug Hosenröcke. Und selbst im Westen, das hatte ich gehört, galten sie als exzentrisch, wenn nicht sogar unanständig. »Es ist einfach ein in zwei gleich große Hälften unterteilter Rock. Damit man als Frau beim Reiten keinen Damensattel braucht.«

Mit einem verschwörerischen Lächeln lehnte er sich zu mir herüber. »Sie wollen also wie ein Mann reiten?«

»Ja.«

»Weiß Ihr Vater davon?«

»Noch nicht.«

Er riss die Augen auf. »Was wird er dazu sagen?«

Ich hatte ein paar ziemlich genaue Szenarien vor Augen, keins davon erfreulich, aber im Moment fühlte ich mich geradezu furchtlos. »Ich weiß es nicht, und es ist mir auch egal. Wenn ich auf Fossiliensuche gehen will, muss ich vernünftig reiten können und nicht ständig aus dem Sattel rutschen wie irgendein albernes, aufgetakeltes Fräulein beim Ausritt im Park.«

Es folgte eine Pause, und eine Sekunde lang fürchtete ich, dass er mich enttäuschen und etwas Dummes sagen würde.

Was er sagte, war: »Ich fand schon immer, dass diese Damensättel furchtbar unpraktisch aussehen.«

»Die sind absolut heimtückisch!«, entgegnete ich erleichtert. »Man hat überhaupt keinen Halt und dieses verdrehte Sitzen ist Gift für den Rücken. Und dann erst das arme Pferd. Ich habe gesehen, wie fest sie die Sattelgurte anziehen – die Tiere bekommen kaum mehr Luft.«

»Dieser Hosenrock erscheint mir absolut sinnvoll«, sagte er. »Und was spricht denn auch dagegen?«

Plötzlich sah ihn mit völlig neuen Augen. Mir fielen nicht allzu viele Männer ein – wenn überhaupt –, die der Vorstellung von einer Frau im Herrensattel etwas abgewinnen könnten. Oder redete er mir nur nach dem Mund? Nein. Bei all seinem Charme und seiner Jovialität gab sein Gesicht eine gewisse Arglosigkeit preis. Ich konnte mir nicht vorstellen, dass er ein guter Lügner war.

Er blickte aus dem Fenster über die endlose, vom Himmel flach gepresste Grasebene, und einen Moment lang wusste ich nicht, was ich sagen sollte.

Ich deutete mit dem Kinn auf den kleinen Tisch neben meinem Sessel. »Sie haben hier ein paar Spiele«, sagte ich und sah das Angebot durch. »Kennen Sie dieses?«

Es war ein Buchstabenspiel, in so etwas war ich gut. Samuel kannte es nicht, also erklärte ich ihm rasch die Regeln. Es gab sechzehn Würfel mit jeweils sechs verschiedenen Buchstaben. Man schüttelte sie in einem kleinen Stoffbeutel gut durch und kippte sie dann auf ein kleines, quadratisches Tablett. Dann musste man versuchen, mit den Buchstaben so viele Wörter wie möglich zu bilden.

»Wie die Jagd nach Fossilien, nur dass es hierbei um Wörter geht«, erklärte ich.

»Dann sollte ich gut darin sein«, behauptete er.

»Das werden wir ja sehen.« Immer noch so großspurig. Ich reichte ihm ein Blatt Papier und einen Bleistift und drehte die kleine Sanduhr um. »Wir haben drei Minuten. Und los.«

Wenn ich das Spiel mit Papa spielte, herrschte die ganze Zeit Schweigen zwischen uns, so sehr konzentrierten wir uns auf die Buchstaben. Darum war ich umso erstaunter, als Samuel sagte: »Ihr Vater hat ja eine ganze Menge Helfer mit auf seine Reise genommen.«

»Zwölf Studenten«, bestätigte ich, während ich ein weiteres Wort notierte. Das war schließlich kein Geheimnis – jeder hier im Salonwagen hätte sie zählen können.

»Vergessen Sie nicht sich selbst«, sagte er.

Das freute mich. »Ich war tatsächlich schon bei mehr Ausgrabungen dabei als die meisten von ihnen. Manche hatten noch nie auch nur einen Geologenhammer in der Hand.«

Er stieß einen mitfühlenden Seufzer aus. »Bleibt zu hoffen, dass sie wenigstens nichts kaputt machen.«

»Mehr Sorgen mache ich mir wegen der Soldaten. Nicht, dass Papa sie auch noch beim Graben helfen lässt.«

Zu spät bemerkte ich, dass mir etwas herausgerutscht war.

»Wie viele Soldaten werden Sie denn begleiten?«, erkundigte er sich wie beiläufig. Es war eine naheliegende Frage, aber mir war klar, dass er auf Informationen aus war – genau wie ich.

»Das weiß ich nicht, um ehrlich zu sein. Sie begleiten uns zum Schutz vor den Indianern.«

»Gute Idee«, erwiderte er. »Daran hat mein Vater überhaupt nicht gedacht.«

»Tja, wir werden wahrscheinlich auch wesentlich mehr Aufmerksamkeit erregen.«

»Vermutlich, bei dem ganzen Gesang.«

Ich lachte. »Genau. Und Sie sind schließlich nur zu zweit.«

»So ziemlich.«

Einen Moment legten wir schweigend unsere Wörter.

»Werden Sie den gesamten Sommer im Westen bleiben?«, wollte er wissen.

Ich sah nicht hoch. Ich hatte eine ergiebige Buchstabenauswahl gefunden. »Ja.«

»Wird Ihre Mutter Sie da nicht sehr vermissen?«

»Ich habe keine.«

Als ich den Kopf hob, sah ich aufrichtiges Erstaunen in seinem Gesicht.

»Ich auch nicht. Sie ist an der Grippe gestorben.«

»Meine bei meiner Geburt.«

Den Blick wieder aufs Spielbrett gesenkt, sagte er: »Also sind wir beide ohne Mutter aufgewachsen.«

Ich sah kurz auf den stetig schwindenden Sand im oberen

Teil der Uhr und wandte mich dann wieder den Buchstaben zu. »Nur unter dem Einfluss unserer Väter.«

»Auf Gedeih und Verderb.«

Er lachte und ich lachte mit.

»Also deswegen ist aus Ihnen ein halber Junge geworden.«

»Der Letzte, der mich so genannt hat, hat dafür eins auf die Nase bekommen.«

»Und wer war das?«

»Matthew Kyles, auf dem Schulhof, als ich neun war. Die Zeit ist um.«

Er legte seinen Stift hin. »Interessant. Also ist mein Vater nicht der Einzige, den es manchmal in den Fäusten juckt.«

Ich war mir der Hitze in meinen Wangen sehr wohl bewusst und konnte nur hoffen, dass ich nicht allzu rot wurde. Mein Gesicht bekam dann immer furchtbare Flecken. »Ich war damals noch ein Kind.«

»Und warum hat der Junge Sie dann so genannt?«

»Weil ich mich auf untypische Weise für einen in zwei Hälften gerissenen Regenwurm interessiert habe.«

Samuel nickte wissend. »Ich habe mal einen gegessen.«

Das gefiel mir. »Wonach hat er geschmeckt?«

»Nach Erde hauptsächlich. Erde und ...« Seine braunen Augen huschten nach oben rechts. »Gurke. Haben Sie Ärger dafür bekommen, dass Sie Matthew geschlagen haben?«

»Er hat angefangen zu weinen und ich musste die ganze folgende Woche in den Pausen im Klassenzimmer bleiben. Was mir nur recht war. Da konnte ich wenigstens ungestört lesen.«

»Tja, dann hoffe ich, dass Sie mir nicht auch eins auf die Nase geben.«

»Das könnte passieren, wenn Sie mich noch einmal einen halben Jungen nennen. Vielleicht fangen Sie dann ja auch an zu weinen. Also, ich lese jetzt meine Wörter vor. Die, die wir beide haben, werden gestrichen, und dann zeige ich Ihnen, wie die restlichen gewertet werden.«

Ich konnte jetzt schon sehen, dass meine Liste wesentlich länger war als seine. Er hatte sich nicht besonders gut geschlagen. Es war ein gutes Gefühl, derart haushoch gegen ihn zu gewinnen.

»Wie kommt es, dass Sie so gut sind?«, wollte er wissen.

»Eine Jugend, vergeudet an Silbenrätsel und Bücher.«

»Dann waren Sie wohl ein eher ungewöhnliches Kind.«

»Sehr.«

»Haben Ihre Freunde es Ihnen nicht übel genommen, dass Sie immer gewonnen haben?«

»Ich hatte keine Freunde.«

»Nicht mal in der Schule?«

»In den Pausen habe ich immer nur unter einem Baum gesessen und gelesen.«

»Ich wette, Sie waren ein Lehrerliebling.«

Ich schüttelte den Kopf. »Dazu hätte ich wohl hilfsbereit oder zumindest gesprächig sein müssen.«

»Ich hätte mich zu Ihnen unter den Baum gesetzt«, verkündete er. Ich hob skeptisch die Augenbrauen, und er fügte hinzu: »Wenn Sie auch einen Wurm gegessen hätten.«

»Noch eine Runde?«, fragte ich und begann, die Würfel zu mischen, denn ich konnte spüren, wie meine Wangen rot anliefen, und wusste, dass mein großartiger Plan, seinem Charme einen Riegel vorzuschieben, ganz und gar nicht funktionierte. Was ich brauchte, war eine dicke, fensterlose Kerkertür.

»Ja«, sagte er. »Einmal muss ich Sie wenigstens schlagen.«

Wieder drehte ich die Sanduhr um. Er starrte auf die Buchstaben – als könnte er sie auf dieselbe unheimliche Art dazu bringen, sich zu ordnen, wie er es angeblich mit Knochen zu tun vermochte. Er war klug und sich dessen durchaus bewusst, aber dies hier war etwas, in dem ich unbestreitbar besser war als er. Ich machte mich an die Arbeit.

»Tja«, hörte ich ihn sagen, »ich bin jedenfalls froh, dass Sie nicht im Damensattel reiten werden. Ich habe gehört, das Gelände soll sehr unwegsam sein. Besonders im Gebiet um den South Platte River.«

»Ach ja?«

»Hat Ihr Vater vor, seine Pferdesammlung dort draußen zu vervollständigen? In Nebraska war er ja schon ziemlich erfolgreich.«

»Das würde ihn sicher sehr freuen.«

Ich hielt meine Antwort absichtlich vage. Bohrte er etwa schon wieder nach Informationen? War das der wahre Grund, aus dem er mich angesprochen hatte? Der einzige Grund? Erstaunt stellte ich fest, wie sehr mich dieser Gedanke verletzte, obwohl ich genau dasselbe tat.

»Die Zeit ist um«, sagte ich schärfer als beabsichtigt und fing an, meine Wörter vorzulesen. Diesmal hatte er besser abgeschnitten, doch nach der Hälfte meiner Liste fragte er: »›Vagabund‹? Sie haben ›Vagabund‹ gefunden? Wo?«

Ich zeigte nacheinander mit meinem Bleistift auf die Würfel. »Dafür gibt es übrigens sieben Punkte.«

Er schüttelte fassungslos den Kopf. »Wie konnte ich das bloß übersehen?«

»Vielleicht ist Ihr Blick ja doch nicht so scharf, wie Sie dachten.«

Stirnrunzelnd blickte er auf seine Wörterliste und in dem Moment tat er mir sogar ein bisschen leid.

»Ich bin sicher, Ihr scharfes Auge wird Ihrem Vater eine große Hilfe sein, bei der Suche nach seinem König der Dinosaurier.«

Er blickte so abrupt zu mir hoch, dass ich irgendeinen Nerv getroffen haben musste.

»Na ja, bei all seinem Gerede über Kolosse.« Ich nickte in Richtung seines Vaters. »Da muss er ja etwas richtig Großes im Sinn haben.«

Er zuckte mit den Schultern, doch sein Blick war noch immer argwöhnisch. Er war nicht besonders gut darin, seine Gefühle zu verbergen. »Mein Vater handelt eben nach dem Motto ›Je größer, desto besser‹.«

Ich fragte mich, ob ich soeben auf etwas gestoßen war. Wussten die beiden wirklich von etwas Großem, das dort draußen auf sie wartete?

»Wieder eine heiße Spur von diesem Zahnarzt in Kansas?« Ich versuchte, es scherzhaft klingen zu lassen.

Er zog eine Grimasse. »Ich glaube, den würde Vater nicht mal mehr eine Kartoffel für sich ausgraben lassen. Außerdem sind in Kansas hauptsächlich Meeresreptilien zu finden – und wir suchen nach echten Dinosauriern.«

Sie waren also nicht auf Reptilien aus. Und auch nicht auf dem Weg nach Kansas ...

»Was würden Sie denn am liebsten dort draußen finden?«, fragte ich.

»Tja, keine Ahnung. Auf jeden Fall nicht noch einen Hadrosaurier – nichts, das schon entdeckt wurde. Irgendwas Phänomenales!«

Seine Begeisterung war so echt, dass ich lächeln musste, denn sie erinnerte mich an meine eigene, wenn es um die Fossilienjagd ging.

»Meinen Sie, dann können Sie das Skelett auch wieder in drei Minuten zusammensetzen? Wie bei dem Waschbären?« Ich blickte ihn mit großen Augen an, um ihm ein bisschen zu schmeicheln und dadurch vielleicht mehr zu entlocken. Zu meinem Erstaunen jedoch verfinsterte sich seine Miene.

»Nun ja, das war nicht die ganze Geschichte. Ich habe einen Teil ausgelassen. Mein Vater hatte eine Stoppuhr und hat mir drei Minuten gegeben. Ich hatte das Skelett so gut wie fertig, nur noch zwei Knochen waren übrig, aber ich wusste nicht, wohin sie gehörten.« Während er erzählte, vernahm ich in seiner Stimme ein leises Echo der Frustration, der regelrechten Panik von damals. »Das hat mich vollkommen verunsichert. War das Tier überhaupt ein Waschbär? Ich begann, alles wieder auseinanderzubauen, und als mein Vater Stopp rief, hatte ich immer noch diese zwei mysteriösen Knochen in der Hand und fragte: ›Wo gehören die hin?‹ Da hat er gelacht und gesagt: ›Nirgends. Die habe ich nur daruntergemischt, um dich zu verwirren.‹ Alle haben mit ihm gelacht, und ich bin fast geplatzt vor Wut.«

»Wie alt waren Sie damals?«

»Acht.«

»Einem Kind einen solchen Streich zu spielen, ist schon sehr grausam.«

»Trotzdem glaube ich, es war eine gute Lektion. Hat mir gelehrt, auf meine Instinkte zu hören und mich nicht verunsichern zu lassen.«

Dass er mir nun die wahre Geschichte erzählt hatte – und nicht die prahlerische Version, die ich bei unserer ersten Begegnung zu hören bekommen hatte –, machte ihn mir gleich viel sympathischer, diesen neuen, verletzlicheren Jungen.

»War Ihr Vater ein guter Lehrer?«, fragte er mich.

»Ja. Ich glaube, er hätte gar nicht gewusst, wie er sonst mit mir umgehen soll.«

»Und er hat Ihnen Ihre erste Lupe geschenkt.«

Er hatte es sich gemerkt. »Genau. Und mir mein erstes Dinosaurierfossil gezeigt. Eines Morgens hat er mich in aller Frühe geweckt und ist mit mir zu einem Feld gefahren, auf dem ein Farmer beim Pflügen auf einige Sandsteinplatten gestoßen war.« Noch heute spürte ich die kühle Morgenluft im Gesicht, sah die langen Sonnenstrahlen, die durch die Bäume fielen. »Darin waren riesige Vogelspuren. Der Farmer sagte, sie müssten wohl von Noahs Raben stammen, denn er habe noch nie einen so großen Vogel gesehen. Mein Vater erklärte ihm, dass die Spuren nicht von einem Vogel stammten. Sondern von einem Dinosaurier. Das Tier sei auf zwei Beinen gelaufen und habe seinen Schwanz hinter sich her über den feuchten Boden gezogen. Man konnte die Schleifspur deutlich erkennen. Millionen Jahre alt. Das war einer der überwältigendsten Momente meines Lebens.«

Er nickte schweigend und erwiderte meinen Blick. Er kannte

solche Momente. Plötzlich hatte ich das Gefühl, ihm alles erzählen zu können, ohne dass er sich über mich lustig machen würde. Anders als die Männer, die Vater manchmal zum Abendessen einlud und die mich mit einem schmallippigen Lächeln abspeisten, voller Missbilligung oder sogar Mitleid. Also sagte ich: »Danach habe ich angefangen, alles genauer zu betrachten, länger. Die Lupe hat mir dabei geholfen. Eine Schnecke. Eine Motte. Ein Käfer. Selbst Dinge, die auf den ersten Blick gewöhnlich oder hässlich aussahen, waren auf einmal wunderschön.«

6

Ein Kuss zum Abschied

Wir redeten und redeten, während vor den Fenstern sanft die Landschaft Nebraskas vorüberwogte. Wir spielten noch eine Runde – und zugleich widmete ich mich heimlich meinem eigenen Spiel, das darin bestand, so viel über Rachels Expedition herauszufinden wie nur möglich. Es wäre schön gewesen, wenn ich wenigstens einmal gewonnen hätte. Aber um in ihrer Nähe bleiben zu können, hätte ich alles mitgespielt.

Das Einzige, was mir hin und wieder die Zeit in Erinnerung rief, waren die Bahnhöfe, in denen der Zug hielt. Cartlands Gruppe machte jedoch keine Anstalten, bald aufzubrechen.

Es war Vater, der unserem Gespräch schließlich ein Ende setzte, indem er zu uns trat und sich Rachel vorstellte.

»Ich glaube, das letzte Mal, als wir uns begegnet sind«, sagte er mit seinem charmantesten Lächeln, »hatten Sie gerade mein Ohr sehr fest im Griff.«

Zufrieden stellte ich fest, dass sie von seinem Lächeln und dem schelmischen Blick unbeeindruckt blieb. Stattdessen reichte sie ihm mit ernster Miene die Hand.

»So langsam stünde mir der Sinn nach Mittagessen«, sagte Vater.

Widerstrebend verabschiedete ich mich von Rachel und wir machten uns auf den Weg zum Speisewagen. Fetzen unserer langen Unterhaltung hallten mir durch den Kopf, und ich lauschte einzelnen davon erneut, sah Rachel lachen, die Stirn runzeln oder mich nachdenklich mustern. Jeder Gedanke an sie, jedes Bild von ihr war wie einer dieser Flusskiesel, die man kurz in die Hand nahm und dann wieder zurücklegte, damit sie nass und schön blieben.

Der Speisewagen füllte sich bereits, als wir ankamen. Der Oberkellner führte uns zu einem freien Tisch und informierte uns, dass bei Bedarf andere Gäste zu uns gesetzt würden. Mein Magen knurrte erwartungsvoll. Das Essen, das wir seit Philadelphia in verschiedenen Bahnhofslokalen gegessen hatten, war scheußlich gewesen. Graues Fleisch, das sich wenig vertrauenerweckend unter klumpiger Soße verbarg. Jedes Gericht hatte ausgesehen, als wäre es schon einmal gekaut und wieder ausgespuckt worden. Ich hatte gehört, dass die Küche im Union Pacific ziemlich gut sein sollte.

Vater beugte sich vor. »Ihr zwei habt euch ja lange unterhalten. Was hast du erfahren?«

Ich erzählte, dass ich Rachel gezielte Fragen über Nebraska und Pferde gestellt hätte. Und dass ihre Antworten ausweichend gewesen seien.

»Aber«, sagte ich, »wusstest du, dass sie eine Armee-Eskorte haben?«

»Wirklich?«, murmelte mein Vater. »Da hat Cartland wohl mal wieder seine Beziehungen spielen lassen. Das ist in der Tat eine sehr interessante Information. Diese Soldaten müssen schließlich irgendwo herkommen …«

»Also wissen wir schon mal, dass es in der Nähe ein Fort geben muss.« Ich war sehr zufrieden mit mir.

»Genau.« Vater zog einen Streckenplan der Eisenbahngesellschaften aus seiner Jackentasche. Dann warf er einen Blick auf seine Taschenuhr.

»An Silver Creek sind wir schon vorbei«, sagte er. »Als Nächstes kommt North Platte. Das ist in der Nähe von Fort McPherson. Von dort aus könnten sie bequem in Nebraska oder Kansas auf Expedition gehen. In der Gegend hat er viele von seinen Pferdefossilien gefunden. Oder weiter nach oben nach Süd-Dakota. Danach kommt Cheyenne – da gibt es auch ein Fort in der Nähe. Und dann … Tja, danach würden sie zusammen mit uns aussteigen.« Er wirkte niedergeschlagen.

»Wahrscheinlich fahren sie nur bis North Platte«, sagte ich, um ihn aufzumuntern. Der Gedanke daran, dass Rachel bald nicht mehr im Zug sein würde, gefiel mir gar nicht.

»Das würde bedeuten, dass sie heute Nacht um zwei Uhr aussteigen«, sagte Vater nach einem Blick auf den Fahrplan. »Hoffen wir das Beste.«

In diesem Moment wurde die nach Lavendel duftende Dame aus unserem Wagen an unseren Tisch geführt. Mein Vater und ich erhoben uns. »Guten Tag, Ma'am«, begrüßten wir sie beide.

»Stört es Sie, wenn ich mich zu Ihnen setze?«

»Aber nicht im Geringsten, bitte«, sagte mein Vater und bot ihr den Stuhl neben seinem an.

Wir setzten uns wieder und stellten uns vor. Ihr Name war Mrs Cummins, und sie reiste von St. Paul nach San Francisco, wo sie bei der Familie ihrer Schwester leben wollte. Ihren Mann hatte sie im Krieg verloren. Sie musste sehr jung geheiratet haben, denn sie konnte kaum dreißig Jahre alt sein und war außergewöhnlich hübsch.

Die meiste Zeit über redete sie mit meinem Vater, der ihr seinen Stuhl zugewandt hatte. Er versuchte unauffällig, seinen Schnurrbart in Ordnung zu bringen und die Falten in seiner Jacke zu glätten. Niemand war Frauen gegenüber aufmerksamer als er. Es war ein geradezu kosmisches Schauspiel: Er knipste sein sonnengleiches Strahlen an, und die Damen lehnten sich ihm entgegen, als übte er eine unwiderstehliche Anziehungskraft auf sie aus.

Doch trotz Mrs Cummins' voller Lippen und ihrer verheißungsvoll gewölbten Bluse dachte ich nur an Rachel. Wartete darauf, dass sie ebenfalls zum Mittagessen kommen würde. Der Unterhaltung zwischen meinem Vater und Mrs Cummins lauschte ich mit halbem Ohr. Und das auch nur, um sicherzugehen, dass er nicht zu viel über unsere Expedition ausplauderte. Er erzählte gerade genug, um die junge Witwe mit seiner Berühmtheit zu beeindrucken. Als unser Essen kam, schienen sich die beiden kaum dafür zu interessieren. Immer wieder legte sie meinem Vater die Hand auf den Arm, wenn sie ihre Worte unterstreichen oder ihr Staunen über etwas, das er gesagt hatte, bekunden wollte. Und offenbar erstaunte sie ziemlich viel. Ich sah, wie Vater den Rücken straffte und sich ein verwegenes Lächeln auf seinem Gesicht ausbreitete. Nie gingen ihm die Worte aus, während er ihr eine Frage nach der anderen stellte, die sie eifrig beantwortete.

Schließlich kamen Cartland und Rachel, um zusammen mit Landry und einem der Studenten zu essen. Sie sah kein einziges Mal zu mir herüber. Was mich beinahe in den Wahnsinn trieb.

Nach dem Essen gab Mrs Cummins Vater und mir die Hand und machte sich auf den Weg zurück in ihr Abteil.

»Nun denn«, sagte mein Vater und holte Luft, als genösse er eine besonders frische Brise, »was für eine reizende Dame. Wir sollten auch zurück in unseren Wagen gehen.«

»Wollen wir nicht lieber versuchen, noch mehr herauszufinden?«, fragte ich. »Über die Cartlands?«

»Nur nichts überstürzen«, entgegnete er weise. »Die besten Chancen haben wir nach dem Abendessen, wenn im Salonwagen die Bar öffnet. Und bis dahin sollten wir unsere eigenen Pläne besprechen.«

Enttäuschung stieg in mir auf, aber ich folgte Vater zurück zu unseren Plätzen.

Als es endlich Zeit fürs Abendessen wurde, gingen wir wieder in den Speisewagen. Zum großen Missfallen meines Vaters landeten wir diesmal jedoch nicht neben Mrs Cummins. Sie saß bereits an einem Tisch mit drei Yale-Studenten, die sie die meiste Zeit über gebannt anstarrten, während sie fröhlich plauderte. Ich beobachtete, wie sie einem der besser aussehenden Studenten die Hand auf den Arm legte.

Wir selbst hatten das Pech, an einen Tisch mit zwei wachsgesichtigen Schreibwarenhändlern gesetzt zu werden. Der gesprächigere der beiden setzte uns, sehr langsam und quälend ausführlich, die Schwierigkeiten ihres Berufs auseinander. Hastig schaufelte ich mir mein Essen in den Mund, um so schnell wie möglich wieder gehen zu können. Mein Vater jedoch machte sich einen Spaß daraus, den Mann immer wieder zu unterbrechen, um ihn mit Fragen zu löchern. Ich sah alle paar Minuten zum Tisch der Cartlands hinüber und hoffte, dass Rachel sich zu mir umdrehen würde. Einmal tat sie das auch und erwiderte einen elektrisierenden Moment lang meinen Blick, bevor sie sich wieder ihrem Vater zuwandte.

Am Ende der Mahlzeit hielten die Schreibwarenhändler meinen Vater für einen Pfundskerl und gaben ihm ihre Karten. Zum Abschied schüttelten sie uns herzlich die Hände und luden uns ein, sie zu besuchen, wenn wir einmal in Sacramento seien.

»Puh, was für eine Tortur«, seufzte mein Vater. »Aber ich glaube, im Salonwagen werden jetzt Drinks serviert.«

Als wir den Wagen betraten, öffnete einer der Zugbediensteten gerade die Bar. Die verspiegelten Regale waren mit allerlei einladend schimmernden Flaschen gefüllt. Je mehr Reisende mit dem Essen fertig wurden, desto voller wurde es im Salon. Die Leute, die keinen Sitzplatz mehr bekamen, genehmigten sich ihre Drinks und Zigarren im Stehen.

Mein Vater bestellte Whiskey. Viele Quäker lehnten Alkohol ab, aber mein Vater gehörte nicht dazu. Auch mir drückte er ein Glas in die Hand. Ich war zwar keinen Alkohol gewohnt, leerte meinen Drink aber trotzdem in zwei Zügen. Die Flüssigkeit brannte angenehm auf dem Weg in meinen Magen. Wärme breitete sich in mir aus. Ich spürte das unaufhörliche Rattern der Gleise unter meinen Füßen. *Rex-ex-ex, Rex-ex-ex, Rex-ex-ex …* Mein Vater war bald von einer Traube aus Yale-Studenten umringt, die ihn nach seinen Funden befragten. Gläser klirrten auf die Theke und wurden nachgefüllt. Meins mit eingeschlossen. Der Rauch der Zigarren, Pfeifen und Zigaretten wurde stetig dichter. Eine Gruppe Studenten begann zu singen, und diesmal musste ich lächeln.

Let me introduce a fellah, Lardy dah! Lardy dah!
A fellah who's a swell, ah, Lardy dah!

Aus dem Augenwinkel sah ich Rachel, die in einer Ecke am Fenster saß. Sie trank nicht, genau wie ihr Vater. Am liebsten wäre ich hinübergegangen, um mit ihr zu reden.

Mit einem Mal schien der Gesang lauter zu werden, und eine vertraute, schiefe Stimme mischte sich unter die anderen. Ich drehte mich um und sah – natürlich – meinen Vater, der sich mit vier der Studenten untergehakt hatte und in schunkelnder Eintracht mit ihnen schmetterte:

As he saunters through the street,
He is just too awful sweet;
To observe him is a treat, Lardy dah! Lardy dah!

Er hatte eine fürchterliche Singstimme, aber das hatte ihn noch nie davon abgehalten, sie mit Begeisterung einzusetzen.

In his hand a penny stick,
In his mouth a quill tooth-pick,
Not a penny in his pocket, Lardy-dah!

Keinen Penny in der Tasche – was wohl bald auch für uns gelten würde, wenn Vater nicht langsam aufhörte, jedermann Drinks auszugeben. Gerade klatschte er einen weiteren Schein auf die Theke, begleitet von Gejohle, Schulterklopfen und gehobenen Gläsern. Jemand drückte mir ein neues Glas in die Hand. Eins musste ich Vater lassen – er wusste, wie man einen Raum für sich einnahm.

»Wie viel hast du schon ausgegeben?«, schrie ich ihm ins Ohr und zog ihn beiseite.

»Kaum der Rede wert«, erwiderte er grinsend. »Ein Spottpreis für das, was ich in Erfahrung gebracht habe.« Er zwinkerte mir zu. »North Platte.«

Genau wie er es sich erhofft hatte: Cartlands Mannschaft würde heute Nacht um zwei aussteigen. Und ich musste weiterfahren bis nach Wyoming. Ohne Rachel.

Vater war bester Laune. »Wenn wir unseren *Rex* finden«, lallte er mit gerötetem Gesicht und beugte sich dicht zu mir herüber, »dann benenne ich ihn nach dir.«

Freude durchzuckte mich. »Wirklich?«

»Natürlich! Du hast schließlich die Mittel für diese Expedition aufgetrieben! Und dein gutes Auge wird mir bei der Suche eine große Hilfe sein!«

Ich war nicht ganz sicher, ob ich ihm glauben sollte, schon gar nicht in seinem derzeitigen Zustand, doch das tat der Freude, die in meiner Brust anschwoll wie ein Luftballon, keinen Abbruch. Mein Name. Für das Prunkstück meiner Sammlung. Doch bevor ich Vater danken konnte, hatte er sich schon wieder Cartlands bewundernden Studenten zugewandt, die nun die ersten Takte von »Dinna Forget Yer Promise, Jamie« anstimmten.

Dinna forget yer promise, Jamie,
Dinna forget to think o' me.
Let me kiss ye sweet gude bye,
Let me kiss ye sweet gude bye.

Die Studenten fielen einander theatralisch in die Arme und gaben sich schmatzende Küsse auf die Wangen. Auch mich küsste jemand und mein Herz machte einen Satz. *Rachel.* Doch als ich mich umdrehte, stand Mrs Cummins vor mir. Sie lachte über mein erstauntes Gesicht, bevor mein Vater ihre Hand ergriff und sie zum Tanz aufforderte. Die beiden wirkten sehr vertraut miteinander.

Ich sah mich nach Rachel um, die nun allein am Tisch saß, und plötzlich erfüllte mich Panik, dass ich sie nie wiedersehen würde. Also kippte ich meinen Drink hinunter und ging auf sie zu, ohne zu wissen, was ich zu ihr sagen sollte.

Ich setzte mich neben sie. Das war dreist, denn sie hatte mich nicht dazu eingeladen, aber das hier war der Wilde Westen, um uns wurde gesungen, und ich war vom Whiskey beflügelt.

»Ich wollte mich von Ihnen verabschieden.«

»Steigen Sie bald aus?«, fragte sie. Sie wirkte überrascht, was wiederum mich überraschte, bis mir klar wurde, dass sie nur schauspielerte. Ich lachte in mich hinein.

»Nein«, antwortete ich lässig und fühlte mich sehr weltgewandt. »Wir steigen erst *nach* Ihnen aus.«

Ihre Augen wurden groß. »Wie kommen Sie denn darauf?«

»Einer der Studenten hat meinem Vater erzählt, wohin Sie unterwegs sind.«

»Ach herrje.«

»Schon lustig«, fuhr ich fort. »Mein Vater hat mich auf Sie angesetzt, damit ich Ihnen entlocke, wohin Sie unterwegs sind.«

Sie zögerte einen Moment. »Meiner mich auch auf Sie.«

Ich lehnte mich zurück. »Wirklich? Also haben wir beide versucht, einander auszuspionieren?«

Sie lächelte. »War das der einzige Grund, aus dem Sie mich angesprochen haben?«

Kurz fragte ich mich, ob ich sie gekränkt hatte. Dann schüttelte ich den Kopf.

Sie wirkte nicht überzeugt. Ich wusste, dass jeden Augenblick ihr Vater zurückkommen könnte, also beeilte ich mich. »Würden Sie mir schreiben?«

»Ja«, antwortete sie prompt. »An welche Adresse soll ich die Briefe schicken?«

»Einfach an die Poststelle in –« Im letzten Moment konnte ich mich bremsen. Zu viel Whiskey. »Ha! Sie sind wirklich gut. Ich hätte Ihnen fast verraten, wohin wir unterwegs sind.«

»Warum tun Sie es dann nicht einfach?«

Was war das bloß in ihrem Blick, das mich immer wieder dazu verleitete, ihr die Wahrheit sagen zu wollen? Mein Innerstes für sie nach außen zu kehren. Vielleicht würde sie ja einen Sinn hineinbringen und ihn sicher für mich verwahren. Vielleicht dachte ich, dass sie mich lieber mögen würde, je mehr ich ihr erzählte. In der Schule hatten die Mädchen mir immer gern zugehört, aber ich hatte auch meistens versucht, ihnen zu schmeicheln. Ich erkannte schnell, was sie hören wollten, und wenn ich dann den Ausdruck in ihren Augen sah, wollte ich sie so glücklich machen, wie sie es noch nie gewesen waren.

Im Moment war alles, was ich wollte, dass Rachel Cartland bei mir blieb und mich mochte. Ich wollte, dass sie mir *vertraute*. Ich beugte mich zu ihr hinüber, obwohl uns bei dem Lärm im Wagen sowieso niemand hätte belauschen können. »Wir steigen in Crowe aus und reisen von dort aus weiter nach Norden, in die Badlands.«

Sie nickte gelassen, aber ich war mir ziemlich sicher, dass sie damit nicht gerechnet hatte.

»Darf ich Ihnen ein Geheimnis verraten?«, fragte ich dann.

Sie lächelte. »Sie sind ein fürchterlicher Spion.«

»Vielleicht sollte ich es Ihnen doch nicht erzählen.«

»Dann lassen Sie es lieber. Ich wünsche Ihnen eine gute Nacht.« Sie machte Anstalten, aufzustehen.

»Warten Sie«, sagte ich. Ich erzählte ihr von unserem Zahn. Alles. Sie hörte gebannt zu. Unsere Gesichter waren nur Zentimeter voneinander entfernt, und als ich zu Ende geredet hatte, musterten wir einander erwartungsvoll. Ihre Lippen waren recht schmal, aber ihre Oberlippe hatte eine sehr präzise, sehr hübsche Einkerbung in der Mitte, und mir wurde klar, dass ich sie küssen würde. Es kümmerte mich nicht, wer uns sehen würde oder wie es danach weitergehen sollte, und ich hatte das Gefühl, dass es ihr genauso ging. Dann aber sah ich aus dem Augenwinkel, wie sich mit behäbigen Schritten ihr Vater näherte. Beim Anblick seiner griesgrämigen Miene verlor ich den Mut. Ich wusste, dass mir nur noch wenige Sekunden allein mit ihr blieben.

»Vergessen Sie nicht, mir zu schreiben«, sagte ich. »Ich mag unsere Gespräche sehr.« Mein Herz hämmerte, und ich konnte nicht anders, als hastig hinzuzufügen: »Und Sie haben wirklich umwerfende Augen.«

Mein Aussehen hatte mir eigentlich noch nie Komplimente eingebracht.

Mein Vater hatte mich oft für meine guten Zensuren gelobt,

für meine wissenschaftlichen Skizzen und Beobachtungen – worauf ich natürlich sehr stolz war. Doch ohne eine Mutter bekam ich niemals zu hören, ich hätte schönes Haar, eine ansprechende Figur oder ausdrucksstarke Augenbrauen oder was man einem Mädchen sonst noch sagt, selbst wenn es nicht stimmt. Die Kommentare meiner Tante Berton beschränkten sich für gewöhnlich darauf, mich auf irgendwelche Unzulänglichkeiten hinzuweisen, wie zum Beispiel darauf, dass mein Haar eine Wäsche vertragen könne.

Das erste und einzige Kompliment für mein Äußeres, an das ich mich erinnern kann, bekam ich mit neun Jahren in der Schule. Damals sollte ich eine Passage aus Tennysons Gedicht »Ulysses« vorlesen und tat mich, schüchtern wie ich war, etwas schwer damit. Ich mochte es nicht, im Mittelpunkt zu stehen, und ratterte den Text so hastig wie möglich herunter. Mrs Hansard, die immer nett zu mir war, nickte und sagte: »Rachel Cartland, das war klar und korrekt vorgelesen, aber es fällt mir schwer zu glauben, dass du diese ergreifenden Zeilen nicht mitreißender vortragen kannst, wo doch dein Gesicht von solch betörender Inbrunst zeugt.«

Betörende Inbrunst. Diese Worte hatte ich den ganzen restlichen Tag lang fest umklammert, bevor ich sie schließlich zu Hause in Schönschrift aufschrieb und den Zettel ganz unten in einer Schublade versteckte, sodass ich mich hin und wieder daran erfreuen konnte.

Doch es hatte mich längst nicht mit so viel Wärme erfüllt wie Samuel Bolts Kompliment oder das Geheimnis, das er mir gerade anvertraut hatte.

»Wir sind da«, sagte Vater. Er stand neben meiner Koje und rüttelte mich am Ellenbogen.

Das Haar stand ihm zu Berge, und sein Blick wirkte trübe. Sein Atem war eine beißende Mischung aus Alkoholdunst und Tabak. Wobei ich mir auch nicht vorstellen konnte, dass ich besser aussah oder roch.

Ich hatte schlecht geschlafen nach all dem Whiskey. Jedes Mal, wenn der Zug ruckelnd in einem Bahnhof gehalten hatte, war ich aufgewacht. Ich hatte gewusst, dass an einem davon Rachel aussteigen würde, und der Gedanke hatte mich mit Traurigkeit erfüllt. Und Angst. Ich hatte zu viel verraten am Abend zuvor, hatte ihr alles über den *Rex*-Zahn erzählt. Und noch dazu, wohin wir unterwegs waren. Dummkopf.

Eilig und mit pochendem Schädel zog ich mich an, während ich einen Blick auf das Grasmeer warf, das sich im fahlen Licht des frühen Morgens schier endlos vor dem Fenster erstreckte. Die Cartlands waren inzwischen weit weg – es spielte keine Rolle, dass ich Rachel unser Geheimnis verraten hatte. Sie hatte versprochen, mir zu schreiben. Immerhin etwas. Es zeigte, dass sie mich mochte. Sofort fühlte ich mich ein wenig besser.

Als der Zug langsamer wurde, machten sich noch einige andere Fahrgäste aus unserem Wagen bereit zum Aussteigen. Ich ertappte meinen Vater dabei, wie er einen verstohlenen Blick in Richtung von Mrs Cummins' Privatabteil warf.

Viele der Bahnhöfe, in denen wir in Nebraska gehalten hatten, waren nicht viel mehr als ein Bahnsteig und eine Bretterbude nebst Wasserturm am Rande der Prärie gewesen. Crowe dagegen war eine richtige Stadt. Als wir in den Bahnhof einfuhren, stieg Rauch von den niedrigen Gebäuden in der Nähe der Gleise auf.

Vater sprang aus dem Zug, bevor dieser ganz still stand. Ungeduldig marschierte er los zum Gepäckwagen. Doch mein Blick huschte in die andere Richtung, wo vier blau uniformierte Armee-Offiziere Aufstellung genommen hatten. Einer von ihnen trug ein Abzeichen, das ihn als Captain auswies, und blickte neugierig zu meinem Vater hinüber.

»Professor?«, rief er.

Mein Vater fuhr herum und kniff die Augen zusammen, was ihn mehr wie einen Banditen denn wie einen angesehenen Wissenschaftler wirken ließ.

»Meinen Sie mich, Sir?«, fragte mein Vater.

»Ich bin Captain Longman aus Fort Crowe. Sie sind Professor Cartland, nehme ich an?«

Mein Vater strich sich übers Haar und richtete sich zu voller Größe auf. »Nein, Sir, ich bin nicht Professor Cartland. Ich bin Professor B–«

In dem Moment sprang ein Student in blauem Jackett aus dem Erste-Klasse-Wagen, gefolgt von einem weiteren, dann noch einem und noch einem. Wie sie mit großen Augen die Stadt, den Himmel und die Soldaten mit ihren wartenden Pferden und Planwagen beäugten, glichen sie einem Haufen aufgeregter Backenhörnchen. Und zudem schienen sie kurz davor, das nächste Lied anzustimmen.

Wie benebelt blickte ich zu dem Schlafwagenschaffner hinüber, der soeben Rachel Cartland auf den Bahnsteig half. Als Nächstes folgte Landry, der Journalist. Professor Cartland stieg als Letzter aus.

»Ah, Captain Longman«, rief er dem Offizier zu. »Erfreut, Ihre Bekanntschaft zu machen, Sir. Und vielen Dank für das Empfangskomitee.«

Während der Captain mit beflissen ausgestreckter Hand auf Cartland zuschritt, drehte Letzterer sich zu meinem Vater um und tippte sich grüßend an den Hut.

7

Crowe

Nur eine Marschkapelle hätte Cartland einen größeren Empfang bereiten können. Offiziere in steifen blauen Mänteln schüttelten zuerst ihm und seinen Studenten die Hände, dann Landry und Rachel. Es hätte mich nicht gewundert, wenn sie auch noch einen Salutschuss abgefeuert und dem Professor einen Orden verliehen hätten. Mr Landry huschte, eifrig in sein Notizbuch kritzelnd, von einem zum anderen.

Rachel wartete geduldig auf dem Bahnsteig, während ihr Vater mit den Offizieren plauderte und würdevoll nickte. Ich versuchte, ihren Blick aufzufangen, doch entweder bemerkte sie mich nicht oder sie hatte beschlossen, mich zu ignorieren, was ungleich schlimmer wäre.

Ich fühlte mich hintergangen.

»Das kann kein Zufall sein«, murmelte Vater finster.

Seine schlimmste Angst hatte sich bewahrheitet. Ich versuchte, mein aufkeimendes schlechtes Gewissen niederzuringen, indem ich mir einredete, dass das alles nichts mit mir zu tun haben könne. Gut, ich hatte Rachel erzählt, wohin wir wollten, aber doch erst vor wenigen Stunden! Das hier musste weit im Voraus geplant gewesen sein. Cartland musste sich lange, bevor er uns in Omaha begegnet war, entschieden haben, wohin die Reise ging. Wie sonst hätte hier die Armee auf sie warten können?

Das alles sagte ich auch meinem Vater, aber ich war nicht sicher, ob er mir überhaupt zuhörte. Er betrachtete Cartlands Entourage noch immer grimmig. Ich hatte das Gefühl, einen dressierten Löwen, der hin und wieder doch Menschen anfiel, unter Kontrolle halten zu müssen.

»Da sind ja unsere Sachen«, rief ich schließlich, um ihn abzulenken, und nickte in Richtung unserer ramponierten Koffer auf dem Bahnsteig. Mein Vater ergriff zwei davon und deutete knapp mit dem Kinn auf die anderen. Ich nahm sie und folgte ihm in das kleine Bahnhofsgebäude.

»Der Student gestern Abend hat mich angelogen«, schimpfte er. »Zweifellos auf Cartlands Anweisung hin. Und ich bin wie der letzte Schwachkopf darauf hereingefallen.«

Rachel hatte mich nicht angelogen, aber auch sie hatte mich in dem Glauben gelassen, dass sie früher aussteigen würden als wir. Der Gedanke erfüllte mich mit Scham und Enttäuschung.

»Hätten wir auch eine Militäreskorte beantragen sollen?«, fragte ich mit einem Blick zurück zu den Soldaten.

»Auf keinen Fall«, entgegnete mein Vater. »Die Sioux hassen die Armee mehr als alles andere. Ein Trupp von Soldaten würde sie nur provozieren. Ich mache mir mehr Sorgen um Cartlands Sicherheit als unsere eigene.«

Ich war nicht ganz sicher, ob er die Wahrheit sagte, aber ich hakte auch nicht nach.

In dem holzvertäfelten Wartesaal sahen wir uns nach Plaskett um, unserem Kontaktmann. Doch niemand trat vor, um uns zu begrüßen.

»Du hast in dem Telegramm doch wohl die richtige Zeit angegeben?«, fragte mein Vater scharf.

»Ja.«

Hinter dem Schalter des Stationsaufsehers hing eine Uhr, und wir sahen besorgt zu, wie die Minuten vorübertickten. Dass er die Ankunft des Zugs verpasst hatte, war unwahrscheinlich, denn die Gleise verliefen mitten durch die Stadt.

»Komm, suchen wir uns eine Unterkunft«, sagte mein Vater schließlich. »Und dann machen wir uns auf die Suche nach Mr Plaskett.«

»Du glaubst doch nicht –«, begann ich, bevor ich mich eines Besseren besann.

»Was?« Es klang so unwirsch, dass er denselben Gedanken gehabt haben musste. »Dass er unser Geld genommen und sich davongemacht hat?« Er riss sich ein Nasenhaar aus und verzog das Gesicht. »Ich habe ein gutes Gespür für Menschen. Und ich vertraue dem Mann. Seine Begeisterung ist echt. Genau wie das Fossil, das er uns geschickt hat.«

»Vielleicht wartet er ja draußen auf der Straße auf uns.«

Wir wuchteten unser Gepäck aus der Tür. Ich war geblendet vom grellen Widerschein der sonnengebleichten Fassaden. Eine vollkommen andere Welt als die kopfsteingepflasterten Alleen von Philadelphia. Kein einziger Baum beschattete die Straße. Die Stadt wirkte komplett improvisiert. Holzhäuser, Zelte aus grobem Leintuch, brachliegende, mit Pfählen abgesteckte Grundstücke. Jedes zweite Gebäude war ein Saloon. Jetzt, um neun Uhr morgens, wirkte alles eher verschlafen, doch nachts musste es hier ziemlich wild zugehen.

Zwei Jungen am Straßenrand beäugten uns hoffnungsvoll,

also gab Vater ihnen etwas Geld dafür, dass sie unser Gepäck zum Hotel trugen – einem der wenigen zweistöckigen Gebäude in der Stadt.

Drinnen erkundigte sich mein Vater beim Empfangssekretär nach Edward Plaskett.

»Den sieht man hin und wieder in der Stadt. Lebt aber nicht hier. Weiß nicht, wann ich ihn zum letzten Mal gesehen habe. Vielleicht vor ein paar Wochen …« Er sah von seinem Reservierungsbuch auf, in das er bis jetzt geschrieben hatte. »Wenn Sie Ihr Zimmer im Voraus bezahlen könnten, Sir?«

Mein Vater stutzte. »Sehen wir etwa wie Bettler aus?«

»Nein, Sir.«

»Ist das so üblich?«

»Hier in Crowe, ja.«

»Na schön.« Vater zog seine Brieftasche hervor und starrte eine Idee zu lange hinein. »Entschuldigen Sie mich bitte einen Augenblick«, sagte er dann und zog mich ein paar Schritte zur Seite.

»Habe ich dir einen Teil unseres Geldes gegeben?«, flüsterte er.

»Nein. Das hatte ich in Chicago vorgeschlagen, aber dann hast du es vergessen.«

»Ah.«

Ein alarmiertes Kribbeln lief mir über den Rücken. »Was ist los?«

»Nichts.« Er wandte sich wieder dem Empfangssekretär zu. »Ihr einfachstes Zimmer sollte genügen. Mein Sohn und ich teilen uns ein Bett, wenn nötig.«

Er zählte sehr langsam die Münzen ab. Als müsste er dadurch weniger bezahlen.

»Das Zimmer ist noch nicht fertig«, informierte uns der Mann. »Sie können im Salon warten und im Speisezimmer wird gerade das Frühstück serviert.«

Wir zogen uns in den leeren Salon zurück. Nackter Dielenboden, ein paar Sessel und ein Sofa mit einem besorgniserregend großen Fleck darauf.

»Was ist los?«, fragte ich abermals.

Mein Vater blickte versunken aus dem Fenster, als hätte er gerade eine Vision. »Es scheint, als wäre ich ausgeraubt worden.«

»Was? Im Zug? Wie viel ist denn weg?«

»Ach, so schlimm ist es gar nicht …«

Ich nahm ihm die Brieftasche aus den schlaffen Händen und öffnete das Scheinfach.

»Das ist ja nicht mal mehr die Hälfte!«, zischte ich.

»Ich wurde Opfer eines heimtückischen Verbrechens«, erwiderte er indigniert.

»Wer war es?«

»Wenigstens war sie so freundlich, mir noch etwas übrig zu lassen.«

»Sie? Wen meinst –« Dann, so leise, dass es kaum mehr als ein Vibrieren meiner Stimmbänder war: »Mrs Cummins?«

Gestern Abend, nachdem Rachel und Cartland gegangen waren, hatte ich mich in unseren Wagen zurückgezogen und meinen Vater seinem Zechgelage mit einigen der Studenten und Mrs Cummins überlassen. Das letzte Mal, als ich ihn gesehen hatte, hatte er eng umschlungen mit ihr auf einem Sofa gesessen.

Er hob die Hand. »Wir sprechen später darüber. Oder vielleicht besser gar nicht.«

»Sie hat dich *ausgeraubt*?«

»Ich hatte ja meine Zweifel, ob sie wirklich eine Kriegswitwe ist, aber dass sie zu solcher Hinterlist fähig ist, hätte ich nicht gedacht.«

»Wir müssen etwas unternehmen … der Sheriff. Gibt es hier einen Sheriff?«

»Sinnlos. Sie ist längst über alle Berge«, winkte Vater ab. »Wir werden mit dem auskommen müssen, was übrig ist.«

»Wie denn?«

»Wir müssen eben sparsam sein …«

»*Sparsam*? So wie du, als du jedem im Zug Drinks spendiert hast?«

»Ich telegrafiere nach Geld –«

»Wem denn? Dein Vater gibt dir keinen Cent.«

Wieder sah er aus dem Fenster. »Wir werden eben das, was uns geblieben ist, gut investieren.«

»Wir haben nicht mal unseren Führer«, brummte ich. Plötzlich wütend, sprang ich auf. Ich hatte für diese Reise gekämpft. *Ich* hatte die Mittel dafür beschafft – gut, es war anderer Leute Geld, aber ich hatte sie dazu bewegt, es uns zu geben. Und nun hatte Vater sich das meiste von einer Diebin abluchsen lassen. Gleichzeitig mit der Wut erfüllte mich Panik wie das Donnern der Brandung an der stürmischen Küste von New Jersey. Dort draußen in den Badlands wartete der Rex und wir saßen hier fest.

»Was machen wir jetzt?«, fragte ich, mehr an mich selbst gewandt als an meinen Vater. Auf ihn würde ich mich so schnell nicht mehr verlassen.

»Hmja«, machte mein Vater geistesabwesend und zupfte an seinem Kinnbart.

Mr Plaskett hätte sich um alles Weitere kümmern sollen. Aber wo war Mr Plaskett? Gab es ihn überhaupt? Und wenn nicht, wartete dort draußen überhaupt ein Fossil auf uns? Doch. Der Zahn zumindest war echt gewesen.

»Wir brauchen Pferde, einen Wagen, einen Führer, einen Kutscher, Proviant –«

Mein Vater hob den Kopf und sog scharf die Luft ein. »Gut.« Dann zog er einen Bleistift und einen Fetzen Papier aus der Tasche und reichte mir beides.

»Proviant für … dreißig Tage. Schreib mit.«

Am liebsten hätte ich ihm den Bleistift ins Gesicht geschleudert und ihn angefahren, dass ich nicht sein Sekretär sei, doch das tat ich nicht. Sondern schrieb mit.

»Speck, Bohnen, Reis, Äpfel, Zwiebeln, Tomatenkonserven, Mehl. Zwieback, Salz, Pfeffer und Essig. Und, sagen wir, außerdem: Dosenpfirsiche, Schinken und Austern.«

Ich verdrehte die Augen und ließ die Austern weg. Als Nächstes würde er noch Kaviar verlangen.

»Kümmere dich darum.« Er deutete auf ein verblichenes Schild mit dem Wort »Gemischtwarenladen« draußen vor dem Fenster.

»Und was machst du?«, fragte ich.

»Weitere Erkundigungen über Mr Plaskett einziehen und hoffen, dass ich ihn nicht in einem Saloon finde. Und dann besorge ich uns Pferde und einen Wagen.«

Draußen blinzelte ich in die grelle, heiße Sonne. Ich suchte mir die am wenigsten matschige Stelle, um die Straße zu überqueren. Als ich den Gemischtwarenladen betrat, brauchten meine Augen einen Moment, um an sich das schummrige Licht zu gewöhnen.

Keine Regale, keine Fässer voller Waren, kein verlockender Duft nach Zimt. Stattdessen eine Wolke schweren, überwältigenden Parfüms. An einem Ende des Raums befand sich ein vergitterter Tresen mit einem müde dreinblickenden Mann dahinter. Ein Stück weiter verlor sich ein langer Flur in der Dunkelheit, aus der gedämpftes Frauengelächter nach vorn drang. Die Geräusche machten mich neugierig, plötzlich wollte ich mehr davon hören. Doch der Mann hinter der Theke blickte mich an.

»Wie hättest du's denn gern?«, fragte er mich.

»Sie verkaufen keine Lebensmittel?«

»Da musst du zu Smitherman's.«

Ich verließ das Bordell und ging den Bürgersteig hinunter. In meiner Stadtkleidung fiel ich sofort auf. Schuhe, Hose, Jacke – nichts davon war staubig genug. Einige der Bretter unter meinen Füßen gaben nach, andere hatten dunkle Flecken. Wahrscheinlich Urin oder Erbrochenes, den schauderhaften Gerüchen nach zu schließen. Vor einem Saloon sah ich einen rotbraunen Fleck, der noch nass schimmerte. Vorsichtig machte ich einen Schritt darüber hinweg. Dann ging ich auf die andere Straßenseite zu einem Geschäft, vor dessen Eingang ein Schild verkündete:

T. SMITHERMAN
FEUERWAFFEN & MUNITION
EISENWAREN BLECH HOLZ

Und darunter, auf einem handbeschriebenen Stück Leinstoff, wie vergessen und noch schnell hinzugefügt:

Lebensmittel Ausrüstung

Als ich hineinging, stellte ich erleichtert fest, dass der Laden gut bestückt war. Ich reichte dem Inhaber meinen Zettel, der den Kopf in den Nacken legte und mich unter seiner Brille hindurch anlugte.

»Ganz schön lange Liste.«

Dann blickte er mich fragend an, was mich verwirrte. Kam so etwas nicht jeden Tag vor? Dass Leute von hier aus in die Wildnis aufbrachen? Siedler, Goldgräber, Soldaten? Was tat man schließlich sonst in Crowe – außer es gleich wieder zu verlassen?

»Wollen mal sehen. Speck: nein. Kaffee: nein. Bohnen: ja, aber nicht so viele, wie Sie wollen. Äpfel: ausverkauft, Reis: nein …«

Verdutzt sah ich mich in dem vollgestopften Laden um. »Aber das dort vorne ist doch Reis«, sagte ich und deutete auf einen großen Stapel Säcke. »Und da, Zwiebeln!«

»Verkauft.«

»Na, dann das Mehl dort!«

»Reserviert.«

Vielleicht versuchte er, mich an der Nase herumzuführen, weil ich aus dem Osten war. »Was ist mit Salz? Hätten Sie davon vielleicht ein paar Körnchen übrig?«

Er grinste. »Salz haben wir.«

In dem Moment ging die Tür auf und Rachel Cartland kam herein.

»Guten Tag«, sagte sie zum Ladeninhaber, ohne mich zu sehen. »Ich möchte die Bestellung für Cartland abholen.«

»Steht schon alles für Sie bereit, Miss«, sagte der Verkäufer und verschwand kurz im Hinterzimmer. »Ich rufe meine Männer, damit sie es Ihnen nach draußen tragen.«

»Aha«, ertönte eine Stimme rechts von mir. »Sie haben also den ganzen Laden leer gekauft.«

Ich drehte mich um, und als ich ihn erkannte, fühlte ich mich furchtbar beklommen. Auf dem Bahnsteig war ich seinen Blicken ausgewichen, weil er so erstaunt ausgesehen hatte – und verletzt.

»Wir haben im Voraus ein Telegramm geschickt«, erklärte ich. »Bekommen Sie nichts mehr?«

Von seinem gewohnten Lächeln keine Spur. Er schien die ganze Welt zu verfluchen. »Da sind wir nun also beide in derselben Stadt gelandet. Was für eine Überraschung.«

»Dürfte es aber doch nicht sein! Gestern Abend sagten Sie schließlich noch, Sie wüssten, wohin wir unterwegs sind.«

»Und Sie haben mich nicht korrigiert.«

»Sie haben mir ja keine Zeit gelassen«, gab ich zurück – und bekam sofort ein schlechtes Gewissen, denn das war nur die halbe Wahrheit. Ich war schlicht überwältigt gewesen von seiner Offenheit, seinem Kompliment und der Hoffnung, dass er es ernst gemeint hatte, obwohl sein Atem nach Whiskey roch.

»Sie hätten es mir sagen können«, murmelte er.

»Was hätte das geändert? Hätte irgendjemand von uns anders gehandelt? Wir wären trotzdem alle am selben Bahnhof gelandet. Unsere Väter würden trotzdem ihren Geschäften nachgehen.«

»Und was für Geschäften genau geht Ihr Vater in Crowe nach?«

»Er hat diese Expedition monatelang vorbereitet«, entgegnete ich, verärgert über seinen vorwurfsvollen Ton. »Darum haben wir jetzt Proviant und Sie nicht. Weil wir im Voraus geplant haben. Wir sind Ihnen nicht gefolgt.«

Er blieb stur. Das alles musste ihm selbst klar sein. Es gab keine andere Erklärung – und schon gar keine unlautere.

»Aber Ihr Vater – der wird doch wohl seinen Grund gehabt haben, sich ausgerechnet dieses Gebiet auszusuchen.«

Ich hatte nicht gedacht, dass ein Mensch so unverschämt sein konnte. »Stimmt, er hat gehört, dass es hier in der Gegend hervorragende Fossilienlager aus der Kreidezeit geben soll.«

»Wer hat ihm das erzählt?« Wie überaus hartnäckig!

»Das weiß ich nicht. Er steht mit vielen Leuten in Kontakt. Genau wie *Ihr* Vater.«

»Sie haben ihm von unserem Zahn erzählt, nicht wahr?«

Das war keine Frage. In diesem Moment mochte ich ihn nicht besonders und hätte am liebsten entgegnet: Ja, natürlich habe ich meinem Vater davon erzählt. Wir haben einander schließlich ausspioniert, oder etwa nicht? Und Sie waren nicht sonderlich gut darin.

Die Entscheidung war mir nicht leichtgefallen. Ich hätte die Information nutzen können, um Vater meinen Wert für diese Expedition zu verdeutlichen. Nur zu gern wäre ich seine tüchtige Spionin gewesen. Aber Samuel hatte mir diese Dinge unter vier Augen anvertraut, und es wäre mir absolut verwerflich vorgekommen, ein solches Geheimnis auszuplaudern. Erst recht, wenn man bedachte, *wie* er es mir erzählt hatte, so unbesonnen und begeistert, als hätte er es kaum erwarten können, mir davon zu berichten. Und was hätte mein Vater auch damit anfangen sollen? Er hatte seine eigenen Pläne für diese Expedition. Er musste sich nicht an denen anderer bedienen.

»Nein«, sagte ich. »Ich habe ihm nichts von dem Zahn erzählt.«

Seine Schultern sackten nach unten und er atmete tief durch. Er wirkte verlegen. »Danke. Bitte entschuldigen Sie, dass ich so unhöflich war. Dieser Tag ist einfach –«

In diesem Moment kam Mr Smitherman mit zwei jungen Männern zurück, die Kisten trugen. Ich hatte Mitleid mit Samuel und sogar mit seinem schlecht organisierten Vater.

»Vielleicht könnten wir unsere Bestellung ein bisschen dezimieren«, sagte ich zu Mr Smitherman.

Er stemmte die Hände in die Hüften. »Dazu bräuchte ich das Einverständnis von Professor Cartland oder Captain Longman, Miss.«

»Nicht nötig, Sir«, sagte Samuel eilig, »machen Sie sich keine Mühe.«

»Sind Sie sicher?«

»Ja, keine Sorge.« Ich merkte ihm an, dass er zu stolz war, um in unserer Schuld zu stehen – oder eher in der meines Vaters. »Es gibt doch bestimmt noch andere –«

»Versuchen Sie es mal ein Stück weiter bei Mr Powers«, schlug Mr Smitherman vor.

Samuel nickte. »Na also. Der wird uns sicher weiterhelfen können.«

Ich biss mir auf die Lippe. »Bei dem haben wir auch eine ziemlich große Bestellung aufgegeben.«

Er ließ kaum merklich den Kopf hängen. »Wir kommen zurecht.«

An den Ladeninhaber und seine Gehilfen gewandt, sagte ich: »Unsere Wagen stehen draußen. Die Männer können Ihnen beim Beladen zur Hand gehen.«

»Brechen Sie heute schon auf?«, fragte Samuel.

»Ja, nach Fort Crowe. Das liegt ein paar Meilen südlich von hier. Man hat uns angeboten, für ein oder zwei Tage dort haltzumachen.«

»Klingt ja, als hätten Sie eine ganz ordentliche Eskorte. Und wohin wollen Sie anschließend?«

Seine Frage war so offen wie sein Blick.

»Warum sollte ich Ihnen das verraten?«

»Wie Sie schon sagten, was ändert es, wenn doch jeder seine eigenen Pläne hat?«

Ich starrte ihn an. Er starrte trotzig zurück, als hätte er soeben einen Sieg eingefahren.

»Na schön«, gab ich schließlich nach. »Nach Norden. Vater hat von einem großen Flusstal erzählt und dass in den Badlands dort Knochen gefunden worden seien. Und Sie?«

Samuel sagte nichts. Doch ich konnte ihm die Antwort vom Gesicht ablesen.

8

Ned Plaskett

Ich trat auf die sonnige Straße hinaus, rasend vor Wut auf meinen unzuverlässigen Vater. Warum hatte er unsere Bestellung nicht auch im Voraus telegrafiert? Und auf mich selbst. Warum hatte ich nicht an seiner Stelle daran gedacht? Aber wie hätten wir auch ahnen sollen, dass Mr Plaskett uns im Stich lassen würde oder dass Cartland zur selben Zeit wie wir in Crowe ankäme? Das alles war einfach ein grausamer Zufall. Und die ganze Zeit lag dort draußen unser *Rex* und wartete darauf, geborgen zu werden. Egal, von wem.

Auf halbem Weg traf ich meinen Vater.

»Niemand hat Plaskett heute gesehen«, berichtete er. »Und alle Pferde in der Stadt sind reserviert.«

»Von Cartland und seiner Truppe«, sagte ich. »Und sie haben fast den kompletten Bestand bei Smitherman's aufgekauft.«

Wir drehten uns um und sahen zu, wie Kisten und Säcke auf Cartlands Wagen geladen wurden.

»Wir hätten die Sachen vorbestellen sollen«, sagte ich vorwurfsvoll.

»Darum hätte Plaskett sich kümmern sollen«, entgegnete mein Vater gepresst.

»Glaubst du, wir sind einem Betrüger aufgesessen?«, fragte ich.

»Ich bin noch nicht bereit, diese Möglichkeit in Betracht zu ziehen«, brummte Vater.

»Hör mal«, sagte ich. »Ich habe gerade mit Rachel Cartland gesprochen. Sie haben exakt dasselbe Ziel wie wir.«

Er starrte mich an und nestelte mit einer Hand an seinem Bart.

»Nördliche Badlands. Flusstal. Fossilien aus der Kreidezeit.« Ich nickte. »Plaskett hat uns versetzt. Vielleicht hat Cartland ihn gekauft und jetzt arbeitet er für *ihn*.«

Ich konnte nicht länger stillstehen. Vater folgte mir, als ich weiter in Richtung Powers' Lebensmittelladen marschierte. Panik pochte hinter meinen Schläfen. Wir hatten vier Tage gebraucht, um hierherzukommen. Wir waren ausgeraubt worden. Unser Führer war nicht aufgetaucht. Trotzdem mussten wir sehen, dass wir weiterkamen, und versuchen, den *Rex* zu finden, bevor Plaskett Cartland zu ihm führte. Ich hatte das Gefühl, als würde mir etwas Lebenswichtiges entrissen.

Als wir den Laden erreichten, schüttelte der Inhaber bedauernd den Kopf. »Ich würde Ihnen ja gern weiterhelfen, Gentlemen, aber –«

»Es kann doch nicht alles reserviert sein«, entrüstete sich mein Vater mit einem Blick auf die wohlgefüllten Regale.

»Die Armee hatte diesen Monat einen Versorgungsengpass. Darum mussten sie auf Mr Smitherman und mich zurückgreifen. Gut fürs Geschäft, aber natürlich nicht für unsere anderen Kunden.«

Vater straffte seine hängenden Schultern und verkündete:

»Ich bin Professor Michael Bolt aus Philadelphia und ich befinde mich auf einer wissenschaftlichen Expedition von großer Bedeutung.«

Diese Eröffnung schien den Mann eher misstrauisch zu stimmen. »Nun ja, wenn ich gewusst hätte, dass Sie kommen, Sir, hätte ich Ihnen etwas zur Seite legen können.« Er begann, leise vor sich hin zu pfeifen, und ließ den Blick durch seinen Laden schweifen, als wünschte er, wir würden uns endlich in Luft auflösen. »Vielleicht in ungefähr einer Woche, wenn die neue Warenlieferung kommt ...«

Zurück auf der Straße sagte ich: »Es muss doch noch andere Läden in der Stadt geben.«

Aber mein Vater hörte gar nicht zu. Er blinzelte zu einem Mann hinüber, der mitten auf der Hauptstraße in unsere Richtung geschlurft kam.

»Wer ist das?«, fragte er.

Meine Augen waren besser als die meines Vaters. Wer auch immer dieser Mann sein mochte, seine Hose war so schlammverkrustet, dass die Beine steif wie Ofenrohre waren. Über die Schulter hatte er eine Büffellederjacke geworfen; in einem Ärmel klaffte ein langer Riss. Zerbeulter, breitkrempiger Hut. Weißer Vollbart. Er wirkte steinalt. Schwer auf einen Stock gestützt, erweckte er den Eindruck, als sei er frisch der Bibel entstiegen. Ein Prophet, der nach Jahren der Einsamkeit halb wahnsinnig aus der Wüste zurückkehrte.

Als er näher gehumpelt kam, erkannte ich, dass sein Stock in Wirklichkeit eine langstielige Spitzhacke war. Er sah uns direkt an. Ich hatte das ungute Gefühl, dass er geradewegs auf uns zuhielt. Wahrscheinlich würde er jeden Moment zu einer flammenden Predigt ansetzen und versuchen, uns zu taufen. Erschöpft hob er die Hand, eine Geste, die man als Zeichen der Kapitulation oder als Gruß deuten konnte.

»Das ist Ned Plaskett«, informierte uns Mr Powers, der aus seinem Laden getreten war.

»Aha!«, sagte mein Vater ärgerlich.

Ich konnte nicht glauben, dass diese verlotterte Gestalt der Mann sein sollte, der uns geschrieben hatte.

»Sieht aus, als hätte der schon eine Expedition hinter sich«, bemerkte der Ladeninhaber, bevor er wieder nach drinnen verschwand.

»Ich hätte nicht gedacht, dass er so … alt sein würde«, murmelte ich.

Der Mann blieb direkt vor uns stehen, und mir wurde klar, warum die Leute auf der Straße so einen großen Bogen um ihn machten. Von dem Schlamm – oder Schlimmerem – an seiner Kleidung ging ein widerlicher Gestank aus.

»Professor Bolt?«, fragte der Mann mit sichtlich gequälter Miene.

Von Nahem wirkte er längst nicht mehr so alt. Eher wie Anfang dreißig. Sein Gesicht war sonnengebräunt, aber weitgehend faltenlos. Sein Haar und Bart waren in Wirklichkeit schwarz, nur staubig. Er nahm seinen Hut ab und gab meinem Vater die Hand, während er sich mit der anderen den Hut an die Brust presste und an der ausgefransten Krempe nestelte.

»Professor Bolt, ich kann Ihnen nicht sagen, wie leid es mir tut, dass ich so spät komme, Sir. Ich habe mich gestern schon auf den Weg in die Stadt gemacht, aber meine Stute ist in einen Dachsbau getreten. Hat sie glatt von den Füßen gerissen, und mich mit. Ich war sofort wieder auf den Beinen, aber dem armen Mädchen hat's das Genick gebrochen.«

Er mühte sich mit einem Bündel ab, das er auf dem Rücken trug, und ließ es mit einem schweren Plumps auf die Holzbohlen sinken.

»Also habe ich mitgenommen, was ich tragen konnte, und bin zu Fuß weitergegangen.«

Ich wusste nicht, was ich von ihm halten sollte. Sagte er die Wahrheit? Oder war die ganze Geschichte erlogen?

»Samuel, richtig?« Er ergriff meine Hand und schüttelte sie herzlich. »Freut mich sehr, Sie beide kennenzulernen. Was bin ich froh, dass Sie die Hoffnung in mich noch nicht aufgegeben hatten!«

»Sieht eher aus, als hätten *Sie* die Hoffnung in uns aufgegeben«, entgegnete ich. Ich konnte nicht anders. Mein Kopf und mein Verstand waren einfach überhitzt.

Verwundert blickte er von mir zu meinem Vater. »Ich fürchte, ich verstehe nicht ganz –«

»Uns ist zu Ohren gekommen«, erklärte Vater, »dass mein Kollege Professor Cartland ebenfalls in der Stadt ist und sich dasselbe Gebiet zum Ziel gesetzt hat wie jenes, das Sie uns beschrieben haben.«

Ned Plaskett leckte sich über die Lippen wie ein Nomade kurz vor dem Verdursten. Sein Kopf sackte nach vorn. Noch nie in meinem Leben hatte ich einen schuldbewusster dreinblickenden Menschen gesehen.

»Professor Bolt, ich hätte es Ihnen früher sagen sollen. Ich dachte einfach nicht, dass an der Sache was dran wäre – wirklich nicht. Aber da lag ich falsch, das sehe ich jetzt ein.«

Er begann, leicht humpelnd auf und ab zu gehen, und strich sich mit der Hand durch das schweißverklebte Haar.

Ich wartete darauf, dass er weiterredete und unsere schlimmsten Befürchtungen bestätigte. Übelkeit stieg in mir auf.

»Als ich so lange nichts von Ihnen gehört habe, habe ich draus geschlossen, dass Sie kein Interesse haben, und dachte, ehrlich gesagt, ich hätte mein Fossil verloren.«

»Nun ja, mein Junge hatte die Kiste falsch abgestellt«, brummelte Vater.

Ich war zu niedergeschlagen, um auch nur zu protestieren.

»Tja«, fuhr Plaskett fort, »jemand riet mir, mich an Professor Cartland in Yale zu wenden, also habe ich ihm geschrieben.«

Mein Puls raste. »Und was haben Sie ihm geschrieben?«

»Nur dass ich in der Gegend um Fort Crowe auf einige vielversprechende Fossilien aus der Kreidezeit gestoßen wäre, und ob er dran Interesse hätte, dass ich sie für ihn ausgrabe. Er wollte mich auch gleich anstellen, aber am selben Tag kam Ihr Telegramm. Also habe ich Professor Cartland geantwortet, es täte mir furchtbar leid, aber da ich das Angebot zuerst Ihnen gemacht hätte, wäre ich daran gebunden.«

»Mehr haben Sie ihm nicht verraten?«, fragte Vater.

»Mehr nicht.«

Mir wurde etwas leichter ums Herz. »Nichts über den Zahn?«

Plaskett schüttelte den Kopf. »Ich wusste nicht, dass er vorhatte, auf eigene Faust anzureisen. Glauben Sie mir, ich wäre nie auf den Gedanken gekommen, dass er nach Crowe kommen würde, und dann auch noch gleichzeitig mit Ihnen.«

»Dann stehen die Dinge doch gar nicht so schlecht«, sagte ich an Vater gewandt. »Immerhin haben wir unseren Führer.«

Vater strich sich über den Bart. »Cartland hat eine kleine Armee.« Er musterte Plaskett durchdringend. »Und Sie sind verletzt, wie es aussieht.«

Mr Plaskett spähte an sich hinunter und entgegnete: »Ach, Sie meinen mein Bein. Nein, ich hinke schon, seit ich sechs bin. Ist damals nach einem Sturz nicht richtig verheilt. Und der lange Marsch hat es wohl nicht gerade besser gemacht.«

Er schlug nach einer Fliege in seinem Gesicht, die eine blutige Spur auf seiner Wange hinterließ. Es schien ihn nicht zu stören. Seine Hosenbeine waren voller Kletten, sein stumpfes Haar zu einem Wust feuchter Stacheln verfilzt. Und ich machte mir zunehmend Sorgen, dass er seinen Hut in Fetzen riss.

»Ah ja«, sagte mein Vater. Sein Blick huschte umher und ich sah ihm an, dass er kurz vor der Panik stand. Ich wusste, was er dachte, denn ich stellte mir dieselbe Frage – so undankbar sie auch sein mochte: Wie gut würde dieser verwahrloste Bursche als Führer und Helfer taugen?

Vater sagte: »Verzeihen Sie meine Offenheit, Mr Plaskett, aber Ihr Zustand gibt mir doch ein wenig Anlass zur Sorge.«

»Was, mein Bein?« Er lachte überrascht auf. Es war ein unbefangenes Lachen, das sein Gesicht zu öffnen schien und sofort wesentlich gesünder wirken ließ. »Das hat mich noch nie an irgendwas gehindert.«

»Können Sie überhaupt ein Pferd besteigen?«

An einem Pfahl in der Nähe war ein braunes Pferd mit weißer Blesse angebunden. Plaskett legte dem Tier beruhigend die Hand auf die Nase, murmelte ihm etwas zu und löste dann mit einer geschickten Drehung aus dem Handgelenk den Strick. In einer einzigen fließenden Bewegung platzierte er seinen gesunden Fuß im Steigbügel und schwang sich in den Sattel. Bevor sein Gesäß auch nur das Leder berührte, wendete er das Pferd und preschte damit in vollem Galopp die Straße hinunter, wo ein Grüppchen Soldaten vor ihm auseinanderstob. Dort ritt er eine Runde um einen Wagen, dann ließ er das Pferd auf der Stelle kehrtmachen und galoppierte zu uns zurück. Ehe sein Reittier ganz zum Stehen gekommen war, war Plaskett schon wieder am Boden und knotete den Strick zurück an den Pfahl.

»Das war ja großartig!«, platzte es aus mir heraus.

Er zwinkerte mir zu und erwiderte: »Mal sehen, ob's gewirkt hat.«

»Sehr eindrucksvoll, Mr Plaskett«, bestätigte mein Vater. »Unser großes Problem ist allerdings die Ausrüstung, um die Sie sich, wenn ich mich recht entsinne, kümmern wollten. Aber jedes Pferd und jede Bohne in der Stadt scheinen bereits reserviert zu sein.«

»Tom Powers versorgt uns schon«, sagte Ned schlicht.

»Er behauptet aber, er hätte nichts für uns«, wandte ich ein.

»Manche Dinge kann man nicht vorhersehen«, entgegnete Plaskett. »Wie zum Beispiel den Dachsbau, der meiner armen Clairie das Leben gekostet hat. Aber ich plane immer voraus. Kommen Sie.«

Er führte uns zurück in den Laden, wo Mr Powers gerade seine Theke abwischte. »Tom, hast du alles für uns vorbereitet?«

Wortlos winkte Mr Powers uns durchs Hinterzimmer, von wo aus wir in einen Hof mit einem großen Schuppen gelangten. Er öffnete den Riegel und zog die Tür weit auf, damit wir hineinsehen konnten. Darin stand ein Wagen, beladen mit so viel Proviant, dass es für den Rest des Sommers reichen musste.

»Das ist alles für uns?«, fragte mein Vater.

»Mitsamt dem Wagen.«

Ich konnte nur grinsen vor schierer Erleichterung, Vater jedoch fragte: »Warum haben Sie uns eben nicht gesagt, dass Sie unsere Ausrüstung haben? Nachdem wir uns Ihnen vorgestellt hatten!«

»Ned hat mich gewarnt, vorsichtig zu sein und die Sachen an keine Fremden zu verkaufen, bis er hier ist.«

Ich lachte, und selbst Vater nickte anerkennend. »Das war sehr umsichtig von Ihnen, Mr Plaskett. Ihre Besonnenheit gefällt mir.«

»Zum Glück hat er so vorgesorgt, sonst hätte die Armee auch noch den letzten Rest aufgekauft«, sagte Powers. »Und ich habe einen exzellenten Fuhrmann für Sie. Meinen Sohn Hitch.«

»Der Junge ist wirklich gut«, sagte Ned Plaskett.

»Nun, dann wollen wir ihn uns doch einmal ansehen, Ihren Sohn«, erwiderte mein Vater.

Mr Powers rief etwas in den hinteren Teil des Hauses, von wo kurz darauf ein klein gewachsener, stämmiger Junge erschien. Erst als er mit hoppelnden Schritten näher kam, ging mir auf, dass er gar kein Junge mehr war. In seinen schmalen Augen lag eine kindliche Unschuld, die nicht zu seinem ergrauenden Haar und den Falten in seinem Gesicht zu passen schienen. Ich hatte in Philadelphia schon einige Menschen mit denselben ungewöhnlichen Augen gesehen.

»Hitch«, sagte sein Vater, »Ned kennst du ja. Und das hier ist Professor Bolt.«

»Hallo. Wie geht es Ihnen?«, sagte er mit einstudierter Höflichkeit, während er meinem Vater die Hand schüttelte.

»Mir geht es gut, danke, Mr Powers«, antwortete Vater.

»Ich bin Hitch«, sagte er zu mir und gab mir ebenfalls die Hand.

»Samuel«, erwiderte ich, während ich mich fragte, wie alt er wohl sein mochte.

»Gut«, sagte er, dann lächelte er und ging zurück ins Haus.

»Ist er zurückgeblieben?«, fragte mein Vater den Ladenbesitzer leise.

»Ja«, antwortete Mr Powers. »Aber er kann gut mit Pferden umgehen. Außerdem ist er ein erfahrener Jäger und guter Koch. Stark ist er auch. Er wird schon für Sie sorgen.«

Mein Vater blickte Bestätigung suchend zu Ned.

»Stimmt«, bekräftigte Plaskett. »Und er hat das Herz am rechten Fleck. Gibt nicht viele Leute in dieser Stadt, die ich mit auf eine solche Expedition nehmen würde.«

»Außerdem redet er nicht viel«, fügte Mr Powers hinzu. »Ein ruhiger Gesell. Und er kostet Sie nur einen Dollar pro Tag.«

»Einverstanden. Wie steht es mit Pferden?«

Ned Plaskett kratzte sich ein paar Krümel getrockneten Schlamm aus dem Bart. »Das wird komplizierter.«

»Aber Sie haben welche?«

»Isaiah Collins hat das einzig verbliebene Gespann, aber er weigert sich, es zu vermieten. Er will es nur verkaufen.«

»Wie viel?«, fragte ich.

»Fünfhundert«, erwiderte Plaskett.

»*Fünfhundert*«, schnaubte Mr Powers. »Doppelt so viel, wie es wert ist!«

»Ja. Vielleicht kann ich ihn noch um fünfzig runterhandeln, aber mehr bestimmt nicht.«

»Am Ende der Expedition können wir es ja wieder verkaufen«, merkte ich an.

»Für einen Bruchteil des Preises«, murrte mein Vater.

»Aber wir brauchen nun mal Pferde«, rief ich ihm in Erinnerung.

»Sind die Tiere akzeptabel?«, wandte sich mein Vater wieder an Plaskett. Als hätte er auch nur die geringste Ahnung von Pferden.

»Nicht übel. Die Stangenpferde sind Mustangs, bisschen verschlissen vielleicht. Aber die Vorderpferde sind ganz anständig – einer der jüngeren Hengste bloß etwas ungestüm. Isaiah hat auch drei Ponys, die er uns für den Preis mitborgen würde. Insgesamt kein schlechtes Angebot.«

Vater fragte Plaskett, wie viel wir ihm für Ausrüstung und Wagen schuldig seien.

Plaskett nannte ihm den Preis, den er mit Mr Powers ausgehandelt hatte. Mein Herz zog sich zusammen.

»Wir haben hundert zu wenig«, sagte ich.

»Wir befinden uns zurzeit in einem vorübergehenden finanziellen Engpass«, erklärte Vater. »Ich wurde im Zug ausgeraubt.«

»Taschendiebe?«, fragte Ned Plaskett voller Mitgefühl.

»Ja«, sagte mein Vater. »Ich würde gern diesen Mr Collins treffen und sehen, ob wir zu einer anderen Vereinbarung gelangen können.«

»Sinnlos. Der ist ein schlimmer Sturkopf«, sagte Ned. »Und er hält die Pferde nur bis morgen für mich zurück.«

»Wird hier Billard gespielt?«, fragte ich Ned.

»Oh ja, hauptsächlich im Pioneer.«

»Da könnte ich uns hundert gewinnen.«

Verwundert wandte Plaskett sich an meinen Vater: »Wie stehen Sie zu dieser Art von Glücksspiel, Professor?«

»Ich sage, alles in Maßen, aber der Zweck heiligt die Mittel. Und der Junge ist gut. Er ist deswegen sogar von der Schule verwiesen worden.«

Wir aßen im Hotel zu Mittag, und als schließlich unser Zimmer bereit war, gingen wir hinauf, um uns ein wenig frisch zu machen. Vater rückte meine Krawatte zurecht.

»Wir sind ahnungsloses Stadtvolk, das geradezu darum bettelt, ausgenommen zu werden. Wir müssen mit äußerster Vorsicht vorgehen.«

In einem so fragwürdigen Etablissement wie dem Pioneer war ich noch nie gewesen. Es war nicht bloß ein Billardlokal. Es gab auch Liebesdamen, schillernd wie Kakadus. Und selbst um drei Uhr nachmittags schien das Geschäft gut zu laufen. An einem Ende des Raums standen mehrere Billardtische, um die sich kleine Gruppen versammelt hatten. Es gab auch Tische, an denen Karten gespielt wurde, hauptsächlich Pharo. Es roch ziemlich streng nach all den Körpern, von denen einige nicht allzu sorgfältig gewaschen zu sein schienen. Mein Magen verkrampfte sich.

Ich sah Vater bei zwei Spielen zu. Eins gewann er, das andere verlor er. Er gab sich keine große Mühe, sondern wollte mir nur ein Gespür für die Gegner verschaffen. Ich war nicht ganz sicher, wie ich mit diesen Leuten reden sollte, wie die Dinge hier liefen, also sah und hörte ich eine Weile nur zu. Als Vater schließlich weiter zum nächsten Tisch ging, äußerte ich mein Interesse an einem Spiel.

Mein erster Gegner schien ein Farmarbeiter zu sein, der seinen freien Tag in der Stadt verbrachte, ein gutmütiger Bursche. Ich ließ ihn einen Dollar gewinnen und gab anschließend alles, um ihn mir wieder zurückzuholen – inklusive Zinsen. Ich war um Längen besser als er, aber ich achtete darauf, ihn nur knapp zu schlagen.

Danach folgte ein Mann mit grobschlächtigem, rotem Gesicht und einem verwegen wirkenden Bart. Ich knöpfte ihm fünf Dollar ab und hatte ein wenig Sorge, dass er wütend werden könnte. Wesentlich nervöser allerdings machten mich ein paar der Männer, die zusahen. Einer von ihnen trug einen Verband aus Sackleinen über einem Auge. Die Farbe verschmolz so perfekt mit seiner pockennarbigen Haut, dass er wie ein Zyklop wirkte. Am meisten beunruhigte mich der Kleinste von allen. Er erinnerte an einen von diesen winzigen Hunden, die ohne Warnung zuschnappten. Er war drahtig und sehnig, seine Augen waren blutunterlaufen.

Nach etwa einer Stunde war ich um fünfunddreißig Dollar reicher und beschloss, dass es besser sei, eine Pause einzulegen und vielleicht in einem anderen Lokal in der Stadt weiterzumachen.

Ned Plaskett saß an einem der Tische, trank Kaffee und behielt uns im Auge. Seine Gegenwart beruhigte mich. Ich sah zu meinem Vater am zweiten Billardtisch hinüber, neugierig, wie viel er wohl schon gewonnen oder verloren hatte – doch er war noch mitten in einem Spiel, und ich wollte ihn nicht stören.

Auf der Suche nach einer Toilette landete ich in einem Flur im hinteren Teil der Bar, wo mir plötzlich Mrs Cummins gegenüberstand. Ihre Kleider waren so bunt, dass sie an einen Paradiesvogel erinnerte. Ihre Taille wirkte geradezu unmöglich dünn. Ihr Gesicht war geschminkt, und sie sah so wunderschön aus, dass ich um ein Haar vergessen hätte, dass sie uns bestohlen hatte.

Ihr Blick traf kurz auf meinen und glitt sofort weiter. Sie versuchte, sich an mir vorbeizudrängen. Zu meiner eigenen Überraschung hielt ich sie am Arm fest.

»Lass mich los. Oder ich rufe um Hilfe.«

»Ich will unser Geld zurück.« Meine Stimme war nicht mehr als ein gepresstes Flüstern.

»Ich weiß nicht, wovon du redest.«

Ich räusperte mich. »Sie haben meinen Vater bestohlen.«

»Ich wüsste nicht, woher ich dich kennen sollte, aber du scheinst mir ein unverschämter junger Mann zu sein.«

»Dann hole ich den Sheriff.« Natürlich hatte ich keine Ahnung, ob es in dieser Stadt überhaupt einen Sheriff gab, also fügte ich sicherheitshalber hinzu: »Und Captain Longman.«

»Der Captain ist einer meiner Stammkunden«, entgegnete sie lächelnd. »Und du bist sicher, dass du den Sheriff rufen willst? Damit bekannt wird, dass dein Vater Umgang mit Frauen von schlechtem Ruf pflegt?«

Ich ließ ihren Arm los. Das wäre sein Ruin. Nicht nur als Quäker, sondern auch als Mann der Wissenschaften, überhaupt für jeden, der sich als Gentleman verstand.

»Kannst du überhaupt beweisen, dass ich euer Geld gestohlen habe?«, fuhr sie fort. »Gibt es Zeugen? Wie man so hört, sind diese Züge immer voller Taschendiebe.«

Ich muss verzweifelt ausgesehen haben, denn ihre Miene wurde sofort weicher.

»Komm mal mit«, sagte sie dann. Sie klopfte an eine Tür, und als keine Antwort kam, zog sie mich ins Zimmer. Drinnen gab es nichts als ein Bett und eine Waschschüssel. Ich konnte mir denken, was normalerweise hier drinnen vorging, und wurde sofort nervös.

»Hat dein Vater mich gesehen?«, fragte sie unumwunden.

»Nein.«

»Ich mochte ihn.«

Ich schnaubte. »Ach, darum haben Sie uns das Geld für die Expedition gestohlen.«

»Auf mich hat er den Eindruck gemacht, als wärt ihr recht wohlhabend.«

»Sind wir aber nicht.«

Sie musterte mich von Kopf bis Fuß. »Wie viel brauchst du?«

Ich runzelte die Stirn. »Alles!«

Sie schüttelte den Kopf. »Wenn ich dir zweihundert zurückgebe, versprichst du mir dann, dass du von hier verschwindest und deinem Vater nichts verrätst? Dass du vergisst, mich jemals hier getroffen zu haben?«

In ihrer Stimme lag ein Hauch von Traurigkeit. Es war kein faires Angebot, nicht annähernd, aber mir war klar, dass ich sie nicht zwingen konnte, mir unser ganzes Geld zurückzugeben. Mit den zweihundert Dollar und dem, was ich schon beim Billard gewonnen hatte, würden wir uns die Pferde und Ausrüstung leisten können und hätten sogar noch genug übrig, um uns einen weiteren Monat über Wasser zu halten.

»In Ordnung«, sagte ich.

Aus einer verborgenen Stofffalte zwischen ihren Brüsten zog sie ein Bündel Geldscheine hervor und zählte zweihundert für mich ab – dann legte sie noch einen weiteren Dollar dazu.

»Wofür ist der denn?«, fragte ich.

»Für eins der Mädchen, wenn du möchtest.«

»Nein. Nein, danke«, sagte ich errötend.

»Zu schade. Ich bezweifle, dass sie oft so einen hübschen jungen Mann wie dich zu Gesicht bekommen.«

Eilig stopfte ich die Scheine in meine Tasche. »Danke«, sagte ich, obwohl es mir seltsam vorkam, mich bei einer Diebin zu bedanken. Aber ich war ihr nun mal dankbar.

Dann ging ich zurück in den Schankraum, um meinem Vater zu sagen, dass wir gehen könnten, doch der war gerade damit beschäftigt, sich einen Kopfstoß verabreichen zu lassen. Er prallte rückwärts gegen die Wand. Sein Widersacher war der kleine, drahtige Hundemann, der mir zuvor schon Sorgen bereitet hatte.

Ned Plaskett sprang auf und stürmte hinüber. Auch ich rannte los.

Mein Vater holte Luft, und in seinen Augen lag ein irres Flackern, von dem ich wusste, dass es Verzückung war.

»Nur zu, nur zu!«, rief er jetzt. »Wenn Sie so ein schlechter Verlierer sind, Sir, verpasse ich Ihnen gerne zwei Veilchen!«

»Und ich reiße Ihnen die Augen aus dem Schädel!«, bellte der kleine Terrier, und an der Art, wie er die Daumen spreizte, erkannte ich, dass er es ernst meinte.

Was in den nächsten Sekunden passierte, lässt sich unmöglich geordnet wiedergeben. Ich weiß nur noch, dass ich mich von hinten auf den kleinen Mann stürzte, genau wie Ned. Wir zerrten ihn von meinem Vater weg, und als Nächstes spürte ich einen Hagel aus Fausthieben und Fußtritten auf mich niedergehen, während ich selbst blindlings um mich schlug, im Versuch, mich nicht zu Boden reißen zu lassen. Schließlich ließ ein lauter Knall alle innehalten.

Ich wischte mir die blutige Nase und drehte mich zu dem Mann um, der auf der Theke stand, in der Hand eine rauchende Schrotflinte.

»Das reicht!«, donnerte er. »Sie, Sir.« Er deutete mit der Flinte auf den Hundemann, dessen Augen vor Wut hervorquollen. »Sie zahlen gefälligst, was Sie schuldig sind! Und dann machen Sie alle beide«, die Flinte schwang zu meinem Vater, »dass Sie hier rauskommen!«

Der bösartige kleine Terrier spuckte aus, zog ein Bündel Scheine aus der Tasche und schleuderte es meinem Vater vor die Füße. So würdevoll wie möglich hob mein Vater das Geld auf und zählte nach.

»Das ist zu wenig«, sagte er.

Ich nahm ihn beim Arm und zischte: »Wir haben genug. Gehen wir.«

Einen beunruhigenden Moment lang dachte ich, er würde sich gleich noch einmal auf den Mann stürzen, nach einem Blick auf sein aufgerissenes Revers und den ausgefransten Ärmel jedoch ließ er sich von Ned und mir zum Ausgang führen. Wir gingen zurück zum Hotel. Als ich mich noch einmal umdrehte, sah ich den kleinen Mann mit zwei seiner Gefährten vor dem Saloon stehen und rauchen. Alle drei starrten uns hinterher.

»Hattest du Erfolg?«, fragte Vater mich.

Ich nickte. »Zusammen haben wir genug für die Pferde und sogar noch ein bisschen was übrig.« Ich beschloss, ihm nicht zu verraten, wie viel Geld ich genau hatte. Den Rest würde ich lieber für Notfälle verwahren.

»Bevor wir aufbrechen«, sagte Plaskett, »sollten wir Ihnen und Ihrem Jungen noch ein Gewehr besorgen und vielleicht eine Pistole.«

Ich nickte, denn ich hatte schon immer eine eigene Pistole gewollt. Aber ich wusste auch, dass es zwecklos war. Mein Vater plusterte sich auf. »Das wird nicht nötig sein, Mr Plaskett. Ich kann diese Dinger nicht ausstehen. Ich bin Pazifist.«

Ich sagte nichts, sondern hielt mir stattdessen die Nase zu, um den Blutfluss zu stoppen. Vater mochte tatsächlich keine Waffen. Und das lag nicht nur daran, dass er Quäker war. Während des Kriegs hatte er in verschiedenen Feldlazaretten gearbeitet und genug Männer mit fehlenden Gliedmaßen versorgt.

»Ziemlich guter linker Haken für einen Pazifisten«, bemerkte Plaskett. »Aber im Ernst, die Sioux können ziemlich gewalttätig werden.«

»Sieht eher aus, als wären es die Weißen, vor denen wir uns in Acht nehmen müssen«, entgegnete Vater.

»Die kommen noch dazu. Sind Sie sicher, dass Sie ohne Gewehr losziehen wollen?«

Vater nickte.

»Nun ja, wenn's recht ist, Sir«, sagte Plaskett, »würde ich mich trotzdem gern weiter an meine Büchse halten.«

»Aber selbstverständlich, Mr Plaskett.«

»Dann sollten wir jetzt unser Geschäft mit Mr Collins abschließen. Und wenn ich Sie wäre, würde ich mich für heute Nacht ins Hotel zurückziehen. Nur, damit es nicht noch zu weiterem Ärger kommt. Gleich morgen früh brechen wir auf.«

Teil II
Die Badlands

Er kehrte als Mann zu seinem Stamm zurück. *Sie bauten eine Schwitzhütte aus Weidenästen und Büffelhäuten. In der Mitte des mit Beifuß bestreuten Bodens lagen im Feuer erhitzte Steine, die mit Wasser übergossen wurden. Anschließend wurde sein Körper mit rituellen Kräutern gesalbt, sein Haar geflochten. Er vollführte einen Tanz, denn er konnte die Kraft seiner Vision weder nutzen noch begreifen, solange er sie nicht auf diese Weise verinnerlicht hatte.*

Mit seinem Tanz erzählte er die Geschichte seines Kampfes mit der gehörnten Schlange, die den Blitzen der Donnervögel entsprungen war. Die Schlange hatte versucht, ihn unter die Erde zu ziehen, doch er hatte sie besiegt und einen ihrer Zähne als Trophäe mitgebracht, so lang wie der Fuß eines ausgewachsenen Mannes, die Spitze scharf. Er gab dem Zahn und der Kreatur, von der er stammte, den Namen Dark Beauty.

Er fertigte eigens eine Tasche an, um den Zahn auf der Jagd bei sich tragen zu können. Mit jedem Büffel, der vor ihm in den Staub sank, wog der Zahn schwerer, bis schließlich sein Pferd unter dem Gewicht zu straucheln begann. Einst war er schwach gewesen, jetzt aber war er stark und ein großer Jäger.

Wenn er nackt in die Schlacht ritt, trug er nichts als den Zahn an einem Band auf der Brust und wurde niemals verwundet. Manche behaupteten, der Zahn sei ein magisches Geschoss und fliege wie ein Pfeil. Mindestens zwei Männer schworen, gesehen zu haben, wie der Junge ihn aus der Brust jener, die er getötete hatte, zog.

Sein Volk liebte und fürchtete ihn zugleich. Nur er allein konnte sich den Zahn zunutze machen, weil er ihn gefunden hatte.

9

Grabbeigaben

Schon aus der Ferne konnte ich sie am Horizont aufragen sehen: hölzerne Plattformen, gehalten von schlanken Pfosten und Querstreben. Sie waren verwittert und instabil, und ich staunte, dass sie nicht längst zusammengebrochen oder von irgendeinem Tier zum Einsturz gebracht worden waren. Ausgebleicht von der Sonne, wirkten sie beinahe wie natürlich gewachsene Strukturen, die eine weltverlorene Kraft ausstrahlten. Unsere beiden Kundschafter, die dem Stamm der Pawnee-Indianer angehörten, umrundeten die Plattformen und kamen schließlich zu uns zurück, um Bericht zu erstatten.

Ich ritt im Herrensitz. Heute Morgen in Fort Crowe hatten einige der Yale-Studenten und Kavalleristen mit leicht verstörten Gesichtern zugesehen, wie ich mich in meinem Hosenrock auf das Pony geschwungen hatte. Vater jedoch war mit anderen Dingen beschäftigt gewesen. Er hatte lediglich ein paarmal »Jaja« gemurmelt – vielleicht, um sich selbst zu beruhigen – und es dabei belassen. Landry, der Journalist, hatte sich eine Notiz gemacht. Die Idee, dass er in seinem Magazin über meine Kühnheit berichten würde, gefiel mir.

Ich gewöhnte mich schnell an diese neue Art, zu reiten.

Meine Oberschenkel und mein Kreuz schmerzten ein wenig, aber ich genoss es, in einer Linie mit dem Pferd zu sein, perfekt im Gleichgewicht, den Blick gerade nach vorn gerichtet, beide Beine fest in die Flanken des Pferds gepresst. So sollte jede Frau reiten.

Ich ritt ganz vorn in der Kolonne, mit Papa und Lieutenant Frye. Hinter uns folgten Mr Landry und die Studenten, schließlich die Kavallerie. Danach kamen sechs Planwagen. Die Nachhut bildeten noch mehr Soldaten. Insgesamt waren wir vierundfünfzig und ich hatte etwas Sorge, wir könnten eher wie eine Militäreinheit wirken als wie ein wissenschaftliches Expeditionsteam.

Den ganzen Tag bewegten wir uns gemächlich durch die sanft hügelige Prärie in Richtung der Badlands. Morgen würden wir unser Ziel erreichen, hatte der Lieutenant gesagt. Hin und wieder bildete ich mir ein, einen Reiter am flimmernden Horizont zu sehen, und manchmal verlieh meine Fantasie ihm die Gestalt von Samuel Bolt.

Ich konnte sein entmutigtes Gesicht im Lebensmittelladen einfach nicht vergessen; er hatte so anders gewirkt als noch kurz zuvor im Salonwagen, als er sich zu mir herübergebeugt und mir das Kompliment über meine Augen gemacht hatte. Ob er am Ende noch genug Proviant bekommen hatte? Er tat mir leid, obwohl es natürlich nicht meine Schuld gewesen war. Und ich musste mir ins Gedächtnis rufen, dass es wichtigere Dinge gab, über die ich jetzt nachdenken musste. Ich war hier, um auf Fossilienjagd zu gehen und die Weichen für meine Zukunft zu stellen – und zwar eine andere Zukunft als die, die Papa sich für mich wünschte. Ich musste diese Expedition nutzen, um ihm zu beweisen, dass ich besser war als jeder seiner Studenten. Dennoch hoffte ich, dass Samuel noch bekommen hatte, was er brauchte, um sich auf die Suche nach dem Besitzer seines Zahns zu machen.

Die Pawnee waren inzwischen bei uns angelangt und sprachen mit Lieutenant Frye. Als ich die Indianer im Fort zum ersten Mal gesehen hatte, hatten sie Armee-Uniformen getragen, doch ein paar Stunden, nachdem wir aufgebrochen waren, hatten sie sie gegen die für ihr Volk traditionellen Lendenschurze und Beinlinge eingetauscht. Keiner der Offiziere schien sich daran zu stören. Natürlich hatte ich schon Bilder von Indianern in Büchern und Zeitschriften gesehen, aber noch nie echte. Ich staunte über ihr glänzend schwarzes Haar, das sie in der Mitte gescheitelt und zu zwei Zöpfen geflochten trugen, und über ihre Haut, die an poliertes Holz erinnerte.

»Sioux-Gräber«, informierte uns Lieutenant Frye. »So bestatten sie hier draußen ihre Toten.«

Erst jetzt erkannte ich das menschengroße, in Leder gehüllte Bündel auf der vordersten Plattform. Zehn Meter weiter sah ich zwei weitere solcher Gräber.

»Es sind Lakota«, fügte einer der Pawnee hinzu, dessen Name Duellant war. Der Lieutenant hatte mir zuvor auch seinen Pawnee-Namen verraten, aber zu schnell, als dass ich ihn mir hätte merken können. Duellant war offenbar eine Anspielung auf seine Fertigkeiten als Krieger. Er hatte eine hohe Stirn, eine stolze, gerade Nase und einen breiten Mund, der immer ein wenig amüsiert wirkte. Er war fast einen ganzen Kopf größer als der zweite Kundschafter, ein stämmiger

Gesell namens Bester-von-Allen, was auf seine Jagdkünste verwies. Auf den Bildern, mit denen ich aufgewachsen war, hatten die Indianer immer feindselig gewirkt, und in den Geschichten, die ich gelesen hatte, redeten sie sehr wenig und sprachen nur gebrochen Englisch. Darum war ich umso überraschter und beeindruckter von dem guten Englisch unserer Führer. Und sie redeten genauso viel wie alle anderen, wenn auch meistens miteinander, in ihrer eigenen, kompliziert klingenden Sprache. Oft hörte ich sie lachen.

Trotzdem überkam mich plötzlich Schüchternheit, als ich fragte: »Warum steht die eine Plattform so weit weg von den anderen?«

Duellant sah mich an. »Vielleicht Krankheit. Oder er war ein böser Mann, vielleicht, und sie haben ihn gefürchtet.«

»Das wollen wir uns einmal genauer ansehen, Gentlemen!«, rief mein Vater enthusiastisch.

»Das ist sicher nichts für Sie«, sagte Daniel Simpson, ein dicklicher Student mit schrecklichem Mundgeruch, zu mir und verzog mitfühlend das Gesicht.

»Glauben Sie, ich habe noch nie etwas Totes gesehen?«, fragte ich.

»Aber einen toten Menschen?«, schaltete sich Hugh Friar ein. Er war der Bestaussehende der Studenten, was ihm durchaus bewusst war. Seine Schultern waren von ansehnlicher Breite, und er hatte die aristokratische Stirn und das Profil eines römischen Kaisers, wie man sie von Münzen kannte. Er deutete auf einen etwas entfernt stehenden Baum. »Dort drüben ist Schatten, Miss Cartland. Da könnten Sie warten.«

Ich trieb mein Pony auf die nächste Grabstätte zu – es war

die etwas abseits gelegene – und stellte mich in den Steigbügeln auf. Die Plattform befand sich nun auf Kinnhöhe, aber ich wollte noch näher heran. Unter der Obhut eines zerstreuten Vaters aufgewachsen zu sein, hatte seine Vorteile, zum Beispiel, dass ich früher nach Herzenslust auf Bäume klettern konnte. Mein Pony war ein sanftmütiges kleines Tier, also nahm ich den Fuß aus dem Steigbügel und schwang mein Bein über seinen Hals. Dann hielt ich mich am Rand der Plattform fest und zog mich hoch.

Das Gebilde schwankte bedenklich, und einen Moment lang hatte ich Sorge, dass ich es niederreißen würde. Gut möglich, dass der eine oder andere Student einen Blick auf meine Fußknöchel erhaschte, aber das war mir egal. Kurz darauf war ich oben und kauerte neben der eingewickelten Leiche nieder.

Zufrieden nahm ich zur Kenntnis, dass Hugh und Daniel missbilligend zu mir hochstarrten.

»Sie werden sich noch verletzen, Miss!«, rief Lieutenant Frye.

»Na, nun ist sie oben, und zwar schneller als Sie alle zusammen«, sagte mein Vater zu seinen Studenten.

Ich lachte in mich hinein, froh, dass mein Vater meinen Vorstoß bemerkt hatte. Dennoch breitete sich nun ein ungutes Gefühl in mir aus. Ich hatte tatsächlich noch nie eine menschliche Leiche gesehen – es sei denn, man zählte Tante Berton mit. Und außer dem Lederdunst des Leichentuchs war nichts zu riechen.

»Wickle sie aus!«, rief mein Vater, der gerade sein Pony neben eine der anderen Plattformen trieb.

Ich griff nach dem Tuch und zögerte. Nicht aus Angst,

sondern weil ich aus dem Augenwinkel Duellants Blick aufgefangen hatte, der mich aus der Ferne beobachtete. Der amüsierte Zug um seinen Mund war verschwunden. Mit einem Mal packte mich Unbehagen. Ich war auf die Plattform geklettert, um zu beweisen, dass ich kein zartbesaitetes Mädchen war, um meinem Vater zu imponieren und meine eigene Neugierde zu befriedigen – jetzt aber fragte ich mich zum ersten Mal, ob mein Verhalten womöglich respektlos war.

»Ist das denn in Ordnung?«, fragte ich.

»Mach schon, jaja«, hörte ich meinen Vater rufen.

Doch ich sah nicht ihn an; sondern Duellant, dessen Miene unmöglich zu deuten war. Ich war kurz davor, wieder herunterzuklettern, gleichzeitig aber fürchtete ich, dass mein Vater und die anderen denken könnten, ich hätte die Nerven verloren und wäre für eine solche Expedition nicht zu gebrauchen.

»Sie brauchen sich keine Sorgen zu machen, dass Sie unsere Führer beleidigen könnten, Miss Cartland«, sagte Lieutenant Frye freundlich. »Die Pawnee und die Sioux sind Erzfeinde. Ist es nicht so, Duellant?«

Duellant nickte knapp und lenkte sein Pferd in die andere Richtung. Dieses Nicken war schon einmal besser als nichts. Behutsam löste ich das Leichentuch. Der Körper war mumifiziert; Haut und Gewebe spannten sich nur mehr als dünner, grauer Film über dem Schädel. Es sah aus, als wäre die Haut rot angemalt gewesen. Vielleicht ein Bestattungsritual? Der Kopf auf dem sehnigen Hals war zu einem seltsamen Winkel verdreht.

Ich wandte mich um und sah, dass nun Papa und einige seiner Studenten auf die anderen Plattformen kletterten.

»Ich würde sagen, dieser Mann hier ist seit zwei Jahren tot«, bellte Papa. »Zusammen mit seinem Gewehr begraben und einem Kartenspiel.« Er hielt die Dinge grinsend hoch. »Scheint Brauch bei ihnen zu sein, jaja, ihre Toten zusammen mit deren wertvollsten Besitztümern zu bestatten.«

Ich öffnete das Leichentuch ein bisschen weiter und fand ein kleines Bündel auf der Brust des Toten. Neugierig überlegte ich, was wohl darin sein mochte, doch im selben Moment durchzuckten mich wieder Schuldgefühle bei der Vorstellung, in den persönlichsten Sachen eines Fremden herumzuschnüffeln.

Lieutenant Frye, der sich neben der Plattform in seinen Steigbügeln aufgestellt hatte, nahm mir die Entscheidung ab. »Eine Mundharmonika«, sagte er, während er das Bündel auspackte. »Und eine Art zeremonieller Dolch. Sieht aus wie aus Stein. Sehr hübsch jedenfalls!«

»Gut, Männer«, rief Papa, »diese Leichen sind vielleicht nicht die prähistorischen Objekte, derentwegen wir hergekommen sind, aber wir werden nie die Wurzeln der indianischen Rasse bestimmen können, wenn wir nicht ein paar ihrer Köpfe haben. Hendrickson, die Bügelsäge!«

Schockiert sah ich zu Papa hinüber. »Findest du nicht, wir sollten sie jetzt in Frieden ruhen lassen?«

Einige der Studenten blickten etwas beklommen drein, aber keiner von ihnen sagte ein Wort.

Ärgerlich schirmte Papa seine Augen vor der Sonne ab und blinzelte zu mir hinüber. »Diese Menschen haben ihren Frieden längst gefunden, mein Kind. Wir studieren lediglich im Dienste der Wissenschaft ihre sterblichen Überreste.«

»Auf dem Friedhof von New Haven würdest du doch auch keine Toten ausgraben und sie im Namen der Forschung enthaupten!«

Mein Vater stieß ein herzhaftes Lachen aus, und ein paar der Soldaten und Studenten fielen mit ein. Ich spürte, wie meine Wangen heiß wurden. Jetzt hielten sie mich also alle für ein zimperliches kleines Ding.

»Das würde ich sehr wohl, wenn es der Wissenschaft dienlich wäre. Wir haben hier eine vollkommen fremde Rasse vor uns, die es zu untersuchen gilt.«

»Was ist mit Respekt vor der Totenruhe?« Zu dieser Bemerkung musste ich mich überwinden, denn ich merkte Papa an, dass ich seine Geduld schwer auf die Probe stellte. Doch er ignorierte mich einfach.

»Lassen Sie mich Ihnen eine Geschichte erzählen, Miss Cartland, wenn Sie gestatten«, meldete sich der Lieutenant, dessen Pony noch immer neben meiner Plattform stand, leise zu Wort. »Die Sioux sind grausame Krieger. Vor ein paar Monaten fanden wir uns bei einem nächtlichen Gefecht in der Unterzahl und mussten den Rückzug antreten. Wir hatten zwei Tote in unseren Reihen, und ich wollte die Leichen nicht einfach dort liegen lassen, wo sie den Sioux in die Hände fallen könnten. Also haben wir Gräber ausgehoben, die Toten in Decken gewickelt und sie beerdigt. Wir haben Zweige und Gras auf den Gräbern verteilt, um die frisch aufgewühlte Erde zu tarnen. Doch als wir am nächsten Morgen zurückkamen, waren die Leichen ausgegraben, aus den Decken gewickelt und ausgeraubt worden. Einen Mann hatten sie skalpiert, dem anderen hatten sie den Finger abgeschnitten, mitsamt dem

Ehering. Wenn Sie mich fragen, zeugt das nicht von Respekt vor den Toten. Tatsache ist nun mal, dass diese Menschen nach anderen Regeln spielen als wir.«

»Das mag sein«, erwiderte ich. »Aber ich habe den Eindruck, als wüssten wir auch nicht sonderlich viel über ihre Regeln.«

Der Lieutenant lächelte und sagte nichts mehr, und mit einem Mal erschien er mir nicht mehr ganz so gut aussehend wie noch am Abend zuvor beim Dinner im Haus des Commanders.

»Was ist jetzt mit der Säge?«, fuhr mein Vater seine Männer an. »Ach, was soll's, mein Bowiemesser wird es sicher auch tun. Diese Sehnen sollten nicht mehr viel Widerstand leisten.«

»Mach das nicht, bitte!«, schrie ich.

Unsere Pawnee-Führer sahen teilnahmslos zu, wie mein Vater sich an dem Toten zu schaffen machte, und ich fragte mich, was sie wohl dachten. Sosehr die Pawnee und die Sioux einander auch hassen mochten, beide Stämme waren Bewohner der Great Plains. Sie mussten mehr miteinander gemeinsam haben als mit uns. Und nun kamen wir und sammelten Köpfe wie Trophäen, die man sich an die Wand nagelte. Fragten Duellant und Bester-von-Allen sich da nicht, ob wir mit ihren Toten genauso respektlos umgehen würden?

Schließlich riss mein Vater den Schädel vom Hals des Leichnams und reichte ihn Roger Kinney hinunter, der bereits mit einem Leinensack bereitstand. Abscheu erfüllte mich bei dem Anblick, aber auch vor mir selbst, die ich hier auf jemandes Grab hockte. Ich wollte nur noch runter.

Aus dem Augenwinkel meinte ich, die Silhouette eines Reiters oben auf einem fernen Hügelkamm zu sehen. Doch als ich den Kopf wandte, war dort nichts als ein Streifen ölig flirrender Hitze.

»Haben Sie das gesehen?«, fragte ich den Lieutenant. »Dort auf dem Hügel?«

Er drehte sich wieder zu mir um und schüttelte den Kopf.

»Ein Reiter, glaube ich.«

»Gut möglich.« Er trieb sein Pony neben Duellant und Bester-von-Allen und wechselte einige Worte mit ihnen.

»Lasst ihren Plunder hier«, sagte mein Vater zu seinen Studenten. »Wir sind schließlich keine Grabräuber.«

»Nein, wir stehlen nur ihre Köpfe«, murmelte ich vor mich hin.

Als ich das Bündel auf der Brust des Leichnams wieder schloss, fiel mein Blick ein letztes Mal auf den Steindolch – und ich sah noch einmal genauer hin. Die Klinge war gut und gerne zwanzig Zentimeter lang, silberschwarz und auffallend glatt. Der Griff schien abgebrochen zu sein, sodass am unteren Ende nur eine raue Kante zurückgeblieben war, und in diesem Moment begriff ich, dass der Dolch überhaupt nicht aus Stein war. Die Sonne brannte auf mich herunter, unter dem Crescendo der Zikaden begann ich zu schwitzen, und plötzlich wurde mir übel. Ich hoffte, dass niemand zu mir herübersah. Ich wusste, dass es falsch war, aber ich konnte einfach nicht anders. Ich steckte den Dolch ein und wurde zur Grabräuberin.

An den Händen. Am Hals. Im Gesicht. *Klatsch.* In meinem Kragen, den Ärmeln, unter der feuchten Krempe meines Huts. Zack. Die Moskitos kamen über mich wie eine biblische Plage. In der brüllenden Hitze, in der wir durch die Prärie ritten, atmete ich sie ein und spie sie aus. Es waren die größten Moskitos, die ich je gesehen hatte. Sie schienen mir, so, wie sie sich an meine Haut klammerten, überraschend muskulös. So viele ich erschlug, sosehr ich fluchte, es kamen immer mehr. Zermürbend wie meine rasenden Gedanken.

Ich wollte so schnell wie möglich die Badlands erreichen. Doch ein Pony konnte nur eine bestimmte Strecke am Tag laufen – erst recht, wenn es dabei noch einen schweren Wagen ziehen musste. Immer wieder sah ich mich um. Als könnte jeden Moment Cartland mit seinen singenden Studenten und seiner Armee an uns vorbeidonnern und uns in einer Staubwolke zurücklassen. Nein. Sie wollten zuerst ins Fort. Wir waren ihnen um einen oder zwei Tage voraus. Doch kommen würden sie. *Klatsch.* Es war nicht Rachels Schuld. Aber ein bisschen übertölpelt fühlte ich mich trotzdem. Das ergab alles keinen Sinn. Für eine Sekunde hob ich mein schmerzendes Hinterteil aus dem Sattel. So lange Ritte war ich nicht gewohnt. Cartland konnte mir gestohlen bleiben, aber ich war froh, dass Rachel hier war.

»Diese Viecher scheinen es wirklich auf dich abgesehen zu haben«, bemerkte Vater, der völlig unbehelligt neben mir herritt.

Ich musterte ihn verwirrt. »Wieso lassen sie dich in Ruhe?«

Er zuckte mit den Schultern. »Manche Dinge kann man einfach nicht erklären. Erstaunliche Geschöpfe, diese Moskitos. Ich habe mal von einem Vorfall gelesen, bei dem eine Kuh an Exsanguination gestorben ist.«

Wieder schlug ich mir ins geschwollene, blutverschmierte Gesicht. »Und das heißt?«

»Vollkommene Ausblutung. Als man sie fand, war sie komplett ausgetrocknet.«

»Musst du mir das ausgerechnet jetzt erzählen?«

»Ist doch eine interessante Geschichte. Ich dachte, sie würde dir vielleicht gefallen.«

»Wenn die Viecher eine Kuh leer saugen können, möchte ich nicht wissen, wie *meine* Chancen stehen!«

Auf meiner anderen Seite zwinkerte mir Mr Plaskett zu. »Man kann sie sich vom Leib halten. Indem man sich mit Schweineschmalz einreibt, zum Beispiel. Richtig schön dick.«

Ich nickte eifrig. Solange es half, würde ich nur zu gern in Kauf nehmen, wie eine ranzige Bratpfanne zu riechen.

»Es ist nicht mehr weit«, sagte er dann und deutete mit dem Kinn nach vorn.

Wir waren im Morgengrauen in Crowe aufgebrochen und die Grasebene schien sich endlos hinzuziehen. Doch nun klaffte nach wenigen Minuten eine Spalte in der Prärie auf. Je näher wir heranritten, desto breiter und tiefer wurde sie, bis schließlich ein riesiger Canyon vor uns lag, der sich bis zum Horizont erstreckte.

Eine versunkene Welt öffnete sich inmitten unserer eigenen. Wasser, Gletscher und die Zeit hatten sie in den Stein gegraben und einen gewundenen Fluss, hohe, verwitterte Felstürme und ein Labyrinth aus engen Schluchten hinterlassen. Die steilen Wände offenbarten all ihre uralten Schichten – ockerfarben, schwarz, grau, rot –, wie ein Diagramm aus Vaters Geologiebüchern. Es war eine Landschaft, wie ich sie noch nie gesehen hatte, und doch hatten die Felsformationen etwas seltsam Vertrautes an sich. Einige der stufenartig ansteigenden Kuppen erinnerten an Mayatempel. Es gab karge Felsschlösser. Die Bögen und Türmchen einer gotischen Kathedrale. Eine bauchige Moschee mit zahnstocherdünnen Minaretten. Es war, als hätte sich die gesamte Geschichte der Menschheit in all ihren Formen und Ausprägungen vor siebzig Millionen Jahren schon einmal vollzogen und läge nun in Trümmern vor uns.

»Es gibt einen einfacheren Weg nach unten, für den Wagen«, sagte Ned Plaskett, der uns nun ein Stück am Ende der Prärie entlangführte. »Aber es kann sein, dass wir trotzdem mit anpacken müssen.«

Ich konnte kaum meinen Blick von dem Bild losreißen, das sich uns bot. Vater ging es genauso. Ein Paradies für jeden Fossilienjäger. All das Gestein mit seinen unergründlichen Geheimnissen. Hier könnte man jahrelang suchen und graben und würde doch nur einen Bruchteil zutage fördern. Am liebsten wäre ich auf der Stelle hinuntergeklettert und hätte mich an die Arbeit gemacht.

Doch zuerst mussten wir den Wagen nach unten schaffen und verbrachten eine schweißtreibende Stunde damit, ihn, mit Seilen gesichert, langsam hinunterzulassen. Ganz wie sein Vater es versprochen hatte, war Hitch stark und konnte gut mit Pferden umgehen.

Bald schon war die Prärie über uns außer Sicht, und es fühlte sich tatsächlich an, als begäben wir uns in eine andere Welt. Anfangs war der Untergrund steinig und nur spärlich von ausgemergelten Sträuchern und Kakteen bewachsen. Weiter unten wurde es grüner. Dieses Frühjahr habe es viel geregnet, erklärte Ned, weit mehr als gewöhnlich.

In der Nähe des braunen, sich sanft dahinschlängelnden Flusses war die Vegetation erstaunlich üppig. Der kleine Strom war gesäumt von Pappeln, hohem Gras und Blumen. Im Licht der tief stehenden Sonne erstrahlte der Fels in satten Gelb-, Pfirsich- und Rottönen. Der Wind brachte das trockene Laub der Pappeln angenehm zum Rascheln. Die Grillen zirpten so laut, dass man sie für Klapperschlangen hätte halten können. Und überall zwitscherten und keckerten Vögel.

»Da vorne ist ein guter Platz, um unser Lager aufzuschlagen«, sagte Plaskett, der auf einen grasbewachsenen Fleck am Flussufer zuhielt. Zwei Gabelböcke hoben gleichmütig die Köpfe. »Und hungern müssen wir auch nicht«, fügte er hinzu.

»Können wir die Stelle sehen, wo Sie den Zahn gefunden haben?«, fragte ich.

Plaskett sah hoch zur Sonne. »Wir haben nur noch ungefähr eine Stunde, bis es dunkel wird.«

»Ist es denn so weit bis dorthin?«, erkundigte sich nun auch Vater. Er war genauso ungeduldig wie ich.

»Fünfzehn Minuten.«

»Nur ganz kurz«, drängte ich. »Wenn Cartland hierher unterwegs ist, sollten wir so schnell wie möglich unseren Claim abstecken.«

Hitch war bereits dabei, die Pferde zu versorgen. Es war erstaunlich, in welchem Tempo er ihnen Sättel und Zaumzeug abnahm, wie flink und zielstrebig seine Finger Gurte und Schnallen lösten. Es war offensichtlich, dass er die Tiere liebte, so wie er sie während der Arbeit immer wieder streichelte und ihnen etwas zumurmelte.

Zu dritt ritten wir auf unseren Ponys los, mit Plaskett an der Spitze, der uns durch die verschlungenen Schluchten führte. Mein Herz hämmerte. Gleich würden wir dem Besitzer des kolossalen Zahns gegenüberstehen, der mich vom ersten Moment an in seinen Bann gezogen hatte.

Der Boden war mit Steinen aller Formen und Größen übersät, grauer Basalt, rosafarbener Granit, gelblicher Kalk, große, silbern schimmernde Brocken und cremefarbene Kiesel. Sie alle waren im Laufe der Jahrtausende unter dem Gewicht von Gletschern in Stücke gebrochen und von Flüssen gerundet und geschliffen worden. Ich sah grünen Beifuß, stachelige Kakteen und Haufen aus perfekt kugelförmigem Hirschkot.

»Sind fast da«, informierte uns Plaskett.

Ich blickte zu meinem Vater hinüber und sah in seinem Gesicht dieselbe ungeduldige Vorfreude, die auch ich verspürte. Nach einem ganzen Tag im Sattel klebte mir das Hemd am Rücken und die Krempe meines Huts triefte vor Schweiß. Irgendwo in der Nähe zirpte eine Grille, was mir meinen Durst noch bewusster machte. Fast da. Es wäre der größte Dinosaurier, der je entdeckt worden wäre, und wenn Vater sein Versprechen hielt, würde er meinen Namen tragen.

Endlich hielt Plaskett an und stieg ab. Auch Vater und ich schwangen uns von unseren Ponys und kletterten ihm hinterher auf eine terrassenartige Felskuppe. Glänzendes Gestein türmte sich zu beiden Seiten einer flachen Ausgrabungsstätte an der Flanke des Hügels.

Mein Herz machte einen erfreuten Satz. Ein langes Stück

eines violett-braunen Oberschenkelknochens, nur an wenigen Stellen gebrochen, war bereits freigelegt. Der Gelenkkopf lag direkt neben einem wuchtigen Stück Beckengürtel. Am anderen Ende erkannte ich die Buckel der lateralen und medialen Epikondylen, die einst das Schienbein umschlossen hatten. Nicht bloß die Länge des Knochens, sondern auch der Umfang war erstaunlich. Hätte man ihn aufrecht hingestellt, wäre er halb so groß gewesen wie ich.

»Das ist ein mächtig großer Oberschenkelknochen, was?«, sagte Plaskett stolz.

»In der Tat«, bestätigte mein Vater, aber ich merkte ihm an, dass ihn etwas beschäftigte. Sein Blick huschte immer wieder die Länge des Knochens auf und ab.

»Wie lang, würden Sie schätzen, ist er?«, fragte er.

»Etwas über einen Meter?«, erwiderte Plaskett, aber mir war sofort klar, dass er unrecht hatte.

Mein Vater zog sein Stoffmaßband aus der Tasche und hielt es an ein Ende des Knochens. »Nicht ganz. Gut fünfundneunzig Zentimeter.«

Ich stieß den Atem aus. »Du glaubst, er ist zu klein?«

»Nach meinen Berechnungen müsste er mindestens einen Meter vierzig lang sein. Und viel, viel dicker.«

Ich dachte an seine komplizierten Kalkulationen, gleich nachdem wir den Zahn ausgepackt hatten.

»Trotzdem«, sagte ich, »die Berechnungen geben ja nur eine grobe Annäher…«

»Ich bin mir sicher«, blaffte er. »Das sieht man doch auf den ersten Blick. Die Proportionen stimmen nicht im Geringsten.«

Ich hasste es, wenn er mich dermaßen zurechtwies, doch die

Erkenntnis, dass unser *Rex* möglicherweise nicht dort war, wo wir ihn vermutet hatten, war weit niederschmetternder.

Plaskett blickte verdutzt. »Ich verstehe nicht ganz, Professor. Was wollen Sie damit sagen?«

»Dass diese Knochen nicht zu dem Zahn gehören, den Sie uns geschickt haben.«

»Aber ich habe ihn genau hier gefunden!«, protestierte er.

»Das bezweifle ich nicht«, entgegnete mein Vater und kratzte sich am Bart. »Aber das bedeutet noch längst nicht, dass er auch zu diesem Skelett gehört.«

»Wo genau war denn der Zahn?«, fragte ich Plaskett.

Er deutete auf eine der Stellen, an denen der Oberschenkelknochen zerbrochen war. Im schwindenden Licht beugte ich mich dicht darüber. Knapp neben der Bruchkante entdeckte ich ein relativ großes Loch mit glatten Rändern. Ich winkte meinen Vater herbei.

»Bissspur?«, fragte ich.

Er nickte. »Richtig.«

»Hier hat ein Kampf stattgefunden«, sagte ich zu Plaskett. »Der Besitzer des Zahns muss mit diesem Tier hier gekämpft haben. Hat ihm ins Bein gebissen. Hier, sehen Sie? Gut möglich, dass er geradewegs den Knochen durchgebissen hat, aber dabei hat er einen Zahn eingebüßt. Wahrscheinlich war er deswegen zerbrochen, als Sie ihn gefunden haben.«

»Darauf wäre ich nie gekommen«, gestand Plaskett. »Aber vielleicht ist er ja selbst bei dem Kampf verletzt worden. Und gestorben. Vielleicht liegt er ja auch hier. Vermischt mit den Knochen des anderen.«

Das hatte ich gehofft, aber mein Vater verzog das Gesicht.

»Wohl kaum«, sagte er. »Im Reich der Tiere ist es eher ungewöhnlich, dass das Raubtier von seiner Beute getötet wird. Unser *Rex* hätte sich satt gefressen, dann hätte er den Kadaver liegen lassen und wäre weitergezogen. Aber wenn das hier sein Jagdrevier war, besteht zumindest die Chance, dass er auch irgendwo hier gestorben ist.«

Ned stand da wie ein begossener Pudel. »Tut mir leid, dass ich Sie auf die falsche Fährte geleitet habe, Professor. Ich habe das Gefühl, dass ich bisher nichts als eine Enttäuschung für Sie war.«

»Ned«, entgegnete Vater huldvoll. »Der Fehler hätte jedem passieren können. Und dieses Skelett ist trotzdem ein hervorragender Fund. Wir werden es freilegen. Und was auch immer für eine Kreatur es sein mag, sie wird Ihren Namen tragen.«

Ich warf Vater einen Blick zu. Würde jetzt jeder seinen eigenen Dinosaurier von ihm bekommen?

»Danke, Professor, aber so was ist wirklich nicht nötig.«

»Unsinn. Das ist nur recht und billig. Und jetzt wollen wir sehen, dass wir heute Nacht gut schlafen. Morgen bei Sonnenaufgang beginnen wir mit dem Graben, und dann werden wir schon herausfinden, was für ein Tier das hier ist.«

Ich ließ meinen Blick über die Hügel und Felstürme schweifen, die sich rings um uns erhoben und ein Labyrinth nach dem anderen bildeten. So viel Fels. Und irgendwo dort, möglicherweise nur einen Zentimeter unter der Oberfläche, lagen die Knochen meines *Rex*, zusammengekrümmt wie ein monströses Baby in einem steinernen Mutterleib.

10

Knochen

»Das ist ein Zahn«, sagte ich zu Papa.

Wie Wasser floss der Schein der Flammen über die schimmernde Oberfläche. Wir hatten unser Lager für die Nacht aufgeschlagen und saßen nun nach dem Abendessen am Feuer. Ich hatte einen ruhigen Moment abgewartet, um Papa den Zahn zu zeigen, damit er ihn angemessen würdigen konnte – und mich dafür, dass ich ihn gefunden hatte. Er nahm das riesige Fossil und sah erstaunt zu mir auf.

»Er lag bei dem Toten«, erklärte ich. »Zuerst dachte ich, es wäre ein Messer. Aber er ist abgebrochen – hier –, sonst wäre er sogar noch länger. Man kann die Kerben fühlen.« Ich strich mit den Fingerkuppen über die Oberfläche bis zur Spitze. Winzige Rillen, um die Beute besser halten zu können.

Atemlos starrte ich Papa an und wartete auf seine Reaktion. Unsere Expedition hatte gerade erst begonnen und mir war jetzt schon ein unglaublicher Fund gelungen. Zwar war mir noch immer etwas mulmig zumute, wenn ich daran dachte, wie der Zahn in meinen Besitz gelangt war, aber er war einfach ein zu großartiges Fossil, um ihn liegen zu lassen.

»Mein Kind«, sagte er endlich. »Das ist wirklich außerordentlich.«

»Ein Säbelzahntiger, Professor?«, fragte einer seiner Studenten, der zu uns getreten war.

»Nein«, sagte ich. »Die Reißzähne eines Säbelzahntigers sind vorne viel stärker gekrümmt. Und außerdem nicht annähernd so dick.«

Der Student musterte mich skeptisch, bis mein Vater schließlich bestätigte: »Sie hat recht. Das hier ist der Zahn eines fleischfressenden Dinosauriers.«

»Stell dir nur seine Kiefer vor!«, sagte ich. »Das muss ein wahres Ungeheuer gewesen sein.«

Inzwischen hatte sich eine kleine Gruppe um uns versammelt, und einen Moment lang herrschte andächtiges Schweigen, während wir alle versuchten, uns die Kreatur vorzustellen.

»Warum ist er so schwarz?«, fragte unser Journalist, Mr Landry.

»Vielleicht durch Manganoxid«, vermutete mein Vater, »das über Jahrmillionen in den Knochen eingedrungen ist. Was für ein Fund das wäre! Dieses Tier würde alles bisher Gesehene in den Schatten stellen.«

Wieder dachte ich an Samuel und den Zahn, von dem er mir im Zug erzählt hatte. Natürlich wusste ich nicht, ob dieser Zahn – mein Zahn – von derselben Art stammte, aber mir wurde mit Schrecken bewusst, wie sehr ich mir wünschte, ihm davon erzählen zu können. Er würde ihn bewundern, mich loben, und er würde meine Begeisterung teilen. Ich hatte das Gefühl, meine Entdeckung wäre erst komplett, wenn ich ihm davon erzählen konnte.

»Was glaubst du, warum sie ihn zusammen mit dem Indianer bestattet haben?«, fragte ich.

»Eine interessante Frage. Wo ist Duellant? Könnte jemand von Ihnen ihn ausfindig machen und zu uns bitten?«

Unser Expeditionsteam war so groß, dass in unserem Quartier eine Atmosphäre wie auf dem Jahrmarkt herrschte, mit mehreren großen Lagerfeuern und kleinen Gruppen von Soldaten und Studenten, die rauchten, Wildwestlieder sangen und damit prahlten, was sie nicht schon alles gesehen und erlebt hätten. Kurz zuvor war es einigen der Studenten gelungen, Bester-von-Allen dazu zu überreden, uns einen Tanz seines Volks vorzuführen, was überaus beeindruckend gewesen war.

»Duellant, sehr gut, jaja«, sagte mein Vater, als der Pawnee auftauchte. »Sehen Sie mal. Haben Sie jemals einen so großen Zahn zu Gesicht bekommen?«

Duellant kauerte sich hin, um den Zahn zu begutachten, aber mir fiel auf, dass er ihn kein einziges Mal berührte. Er schüttelte den Kopf. »Woher haben Sie den?«

»Er lag bei einem der bestatteten Sioux.«

Duellant wich einen Schritt zurück. Er sah meinen Vater an, dann mich, und ich spürte erneut das schlechte Gewissen in mir aufkeimen.

»Wir finden diese Knochen in der Erde, manchmal«, sagte er, »aber die meisten wollen sie nicht berühren.«

»Warum nicht?«, fragte Landry mit gezücktem Bleistift.

»Sie sind von den Riesenmenschen, die Tirawa als Erste auf die Erde gesetzt hat.«

»Riesen*menschen* – keine Tiere?«, hakte mein Vater nach.

»Männer und Frauen. Und als sie Tirawa erzürnt haben, hat er eine Flut geschickt und Feuer vom Himmel, um alle zu töten.«

Ich sah, wie rund um unser Lagerfeuer einige der Studenten und Soldaten amüsierte Blicke wechselten. In meinen Ohren jedoch unterschied sich diese Pawnee-Geschichte nicht sonderlich von Noahs Sintflut oder den griechischen Titanen, die den olympischen Göttern weichen mussten.

»Ah«, sagte mein Vater. »Und aus Angst, genauso bestraft zu werden wie diese alten Riesen, berührt Ihr Volk die Knochen nicht?«

»Es sei denn, sie haben eine Vision«, erwiderte Bester-von-Allen, der nun ebenfalls ans Feuer getreten war, sich jedoch sorgsam von dem Zahn fernhielt. »Wie Starkes Kalb.«

»Würden Sie uns von ihm erzählen?«, fragte ich. »Oh, bitte!« Einige der Studenten hatten bereits das Interesse verloren und wandten sich ab, aber ich wollte mehr hören.

Bester-von-Allens Gesicht leuchtete, als er mit weit aufgerissenen Augen zu erzählen begann und seine Worte mit Gesten untermalte. Starkes Kalb war ein Pawnee gewesen, dem vor gar nicht langer Zeit einer der alten Riesen im Traum erschienen war und ihm befohlen hatte, seine Knochen auszugraben. Er hatte Starkes Kalb den Weg zu einem Hügel beschrieben, und als er angefangen hatte, dort zu graben, war er auf Knochen gestoßen, die so groß waren, dass sie nur von einem Riesen stammen konnten. Danach war Starkes Kalb offenbar ein großer Medizinmann geworden und hatte den Zahn zusammen mit einem zeremoniellen Büffelschädel und anderen Heiligtümern in seiner Hütte aufbewahrt. Manchmal hatte er Staub von dem Zahn gekratzt und Tee daraus gekocht, um Kranke zu heilen. Einige behaupteten, seine Medizin hätte sogar gegen die Pocken geholfen.

»Haben die Knochen für die Sioux dieselbe Bedeutung?«, fragte ich. Ein Messer aus einem Grab zu stehlen, war eine Sache, aber ein Objekt, dem sein Besitzer mystische Kräfte zugemessen hatte – das war sehr viel schlimmer.

Duellant zuckte mit den Schultern. »Ich weiß nicht.«

»Wo könnte der Sioux diesen Zahn gefunden haben?«, fragte mein Vater und wog ihn in der Hand.

»Dort, wohin Sie gehen, ist die Erde voller Knochen.«

»Das will ich hoffen. Aber keine Sorge, jaja, niemand wird Sie zwingen, die Riesenknochen zu berühren!«, fügte er dann kichernd hinzu. »Danke für Ihre Hilfe!«

Mein Vater schien es nicht bemerkt zu haben, aber mir war nicht entgangen, wie Duellants Mund einen harten Zug angenommen hatte, bevor er aufstand und zusammen mit Bester-von-Allen davonging.

»Riesenmenschen!«, rief mein Vater. »Faszinierend, der Aberglaube dieser Wilden.«

Ich glaubte auch nicht an magische Knochen, aber dass Papa die Angelegenheit so spöttisch abtat, ärgerte mich – vielleicht weil ich das Gefühl, nicht ernst genommen zu werden, nur zu gut kannte.

»Hältst du die Indianer für wilder und abergläubischer als diesen Provinzprediger, den wir gestern im Fort kennengelernt haben?«, fragte ich. »Der glaubte nicht mal an Dinosaurier. Seiner Meinung nach sind das alles die Knochen der

Tiere, die während der Sintflut von Noahs Arche gefallen sind.«

»Ha! Zugegeben, der war nicht der aufgeklärteste Bursche«, erwiderte Papa.

»Er hat die Knochen Teufelsstelzen genannt«, fügte Mr Landry hinzu, »die nur hier vergraben wurden, um uns in die Irre zu führen. Das habe ich mir gleich aufgeschrieben.«

Er schenkte mir ein mitfühlendes Lächeln, und ich fragte mich überrascht, ob ich einen unerwarteten Verbündeten gewonnen hatte.

Vater räusperte sich und wandte sich dem Lieutenant zu. »Wie stehen die Chancen, dass wir die Gelegenheit bekommen, mit ein paar einheimischen Sioux zu sprechen?«

»Nicht gut. Die sind die Schlimmsten unter allen Indianern. Und die Gegend, in die wir unterwegs sind, grenzt leider direkt an unreguliertes Indianerterritorium.«

»Dennoch, vielleicht würden sie uns verraten, jaja, wo der Zahn gefunden wurde, wenn wir ihnen Geschenke mitbringen.«

»Jeder Mann in Uniform muss mit einem äußerst unfreundlichen Empfang rechnen«, warnte der Lieutenant.

»Erst recht, wenn du ihnen erzählst, dass wir ihre Toten geköpft haben«, merkte ich an.

»Und eins ihrer Gräber ausgeraubt«, entgegnete er spitz.

Daran musste er mich nicht erinnern. Was ich getan hatte, ging mir nicht aus dem Kopf – ich war genauso schlimm wie mein Vater, wenn nicht sogar schlimmer.

»Ich sehe keinen Grund, warum wir das eine oder das andere erwähnen sollten«, sagte er.

»Aber wenn der Zahn eine solche Bedeutung für sie hatte«, warf ich ein, »kommen sie sicher auch von selbst darauf, meinst du nicht?«

Mein Vater strich besitzergreifend über die schimmernde Oberfläche des Zahns, als hätte er vergessen, dass er mir gehörte. »Nun«, sagte er, »dann müssen wir wohl seinen wahren Besitzer ausfindig machen.«

»Knochen!«, rief ich. »Hier sind Knochen!«

Mein Herz raste. Ich trat einen Schritt zurück, als Vater zu mir geeilt kam.

Er hockte sich hin. »Gut. Sehen wir uns das mal an …«

Mit einer Ahle und einem Hammer machte er sich behutsam an die Arbeit. Ich drehte mich zu Ned um, der erwartungsvoll zusah, in einer Hand sein Fleischermesser, das er gern für die Suche im Sandstein benutzte. Die Sonne brannte mir heiß auf den Nacken. Bis heute Abend würde die Haut dort scharlachrot sein. Aber das war mir egal. Ungeduldig beobachtete ich, wie mein Vater immer mehr von dem Fossil freilegte. An einem Ende verjüngte es sich zu einer Spitze.

»Ein Zahn!«, rief ich.

Vater musste sich geirrt haben. Das hier *war* der Rex. Ned hatte ihn gefunden! Der Zahn, den wir gerade ausgruben, war mindestens genauso groß wie der erste, vielleicht sogar größer.

Den ganzen vergangenen Tag hatten wir uns mit Schaufeln und Spitzhacken in den Hang vorgearbeitet, in dem Ned den ersten Oberschenkelknochen gefunden hatte. Die Gesteinsschicht über dem Skelett musste beseitigt werden. Wir hatten weit oben begonnen, um nicht aus Versehen Knochen zu zerstören, und so eine Art Plateau geschaffen. Erst dann hatten wir langsam angefangen, nach unten vorzudringen, Zentimeter für Zentimeter. Heute Morgen hatten wir dann die Schaufeln und Spitzhacken gegen Ahlen und Geologenhämmer eingetauscht, und gingen weit behutsamer zu Werke. Dabei war ich auf den blutergussfarbenen Knochen gestoßen.

Ich sah zu, während mein Vater hämmerte und hämmerte und der Zahn immer größer wurde.

»Kein Zahn«, verkündete er mit einem Blick zurück zu uns.

»Bist du sicher?«, fragte ich unüberlegterweise – mein Vater hasste es, wenn man seine Meinung anzweifelte. Bittere Enttäuschung breitete sich in mir aus. Ich hatte so sehr auf einen weiteren riesigen Zahn gehofft. So sehr gehofft, dass es der *Rex* sein würde. Was wahrscheinlich albern war, denn immerhin lag hier direkt vor mir ein anderer Dinosaurier, und ich befand mich mitten in einer gigantischen Schatztruhe voller unentdeckter Fossilien. Doch auch das hielt mich nicht davon ab, mir den Rex sehnlicher zu wünschen als alles andere.

»Ich glaube eher«, sagte Vater nun, »es ist ein Horn.«

»Ein Horn?«

»Siehst du die Basis hier? Das darunter ist kein Kieferknochen, sondern der Schädel. Man kann den oberen Rand der Fenestra antorbitalis erkennen. Hier.«

»Haben Dinosaurier denn Hörner, Professor?«, wollte Ned wissen, der sich mit dem Handrücken über die Stirn wischte.

»Keiner von denen, die bisher entdeckt wurden«, erwiderte Vater, und auf seinem Gesicht breitete sich ein Lächeln aus.

Meine Aufregung kehrte zurück, und ich stieß ein Juchzen aus, das in der Schlucht widerhallte. »Der erste gehörnte Dinosaurier!«

»Und wir haben ihn gefunden«, stimmte Vater zu. »Jetzt aber zurück an die Arbeit.«

Er erlaubte mir, mit ihm zusammen am Schädel zu arbeiten, während Ned mit dem Teil weitermachte, den wir für die Hüfte hielten. Bei jedem Knochen, den ich freilegte, durchzuckte mich Freude. *Noch einer.*

Wir vergaßen, zu Mittag zu essen. Wir arbeiteten einfach weiter. Durch den vielen Regen waren die Moskitos in Hochform. Trotz des Schweineschmalzes, mit dem ich mein Gesicht, meine Hände und Unterarme eingerieben hatte, und meiner bis über die Hosenbeine hochgezogenen Socken plagten sie mich unaufhörlich. Sie liebten es, wenn man lange in derselben Position verharrte; so hatten sie alle Zeit der Welt, sich einen Platz zu suchen. Zwanzig, dreißig Stück auf einmal saugten mein Blut, genau wie bei der Kuh, von der Vater mir erzählt hatte. Das verdammte Vieh ging mir einfach nicht aus dem Kopf (selbst wenn die Geschichte nur ausgedacht gewesen war), die Vorstellung, wie seine Flanken zu schrumpeln und schlabbern begannen, während alles Blut herauswich, bis das Tier schließlich, alle viere von sich gestreckt, zusammenklappte wie ein Zelt.

Langsam traten die Umrisse des Schädels zutage. Doch hinter den spitz zulaufenden Augenhöhlen fiel der Schädelknochen nicht ab, wie ich erwartet hatte: stattdessen wölbte er sich nach oben.

»Was ist denn das?«, fragte ich Vater.

»Eine Art Knochenkrause«, antwortete Vater. »Unglaublich.«

Ich hatte einmal Bilder von Michelangelos unfertigen Skulpturen gesehen. Es sah aus, als versuchten sich Geschöpfe mühsam aus dem Stein zu befreien. Diese Bilder fielen mir nun wieder ein, als ich auf unsere Knochen starrte, die nur darauf zu warten schienen, ihre felsige Hülle abzuschütteln und sich hinaus in die Welt zu stürzen.

Am späten Nachmittag hatten wir eine ansehnliche Menge von Knochen freigelegt. Mit schmerzendem Rücken und steifen Knien, nachdem ich so lange verkrampft am Boden gekauert hatte, stand ich auf.

Der Schädel der Kreatur, der noch immer zur Hälfte im Stein steckte, war gewaltig. In seinem Inneren hätte sich ein Fuchs zusammenrollen können. Der Kiefer lief vorne spitz zu und war gekrümmt wie ein Papageienschnabel. Die Zähne fingen erst ein gutes Stück weiter hinten an. Das Horn erhob sich knapp über den Nasenlöchern. Wie bei einem gigantischen Rhinozeros, abgesehen von dem seltsamen Knochenschild im Nacken, der ebenfalls mit zwei kleineren Hörnern bewehrt zu sein schien. Ned hatte eine unterbrochene Reihe von Halswirbeln freigelegt sowie ein paar Rippen, riesig wie Fassbänder, und einen Teil des Beckens – gleich neben dem Oberschenkelknochen, den er als Erstes entdeckt hatte.

»Mit diesem Horn muss er dem *Rex* einen ganz schönen Kampf geliefert haben«, bemerkte ich.

»Für ein Tier, das gefressen worden ist, ist er erstaunlich gut erhalten«, erwiderte mein Vater. »Was würdest du sagen, Samuel, mit was für einer Art wir es hier zu tun haben?«

Ich trat an den Rand der Grube, um mir einen Überblick zu verschaffen. Dies war etwas vollkommen anderes, als sich eine beschriftete Skizze in einem Anatomiebuch anzusehen oder ein Skelett im Museum. Der Stein hatte Millionen Jahre lang Druck auf die Kreatur ausgeübt, sodass ihre Wirbelsäule und Rippen, das Becken und die Gliedmaßen zu kaum wiedererkennbaren Formationen auseinandergedriftet waren. Mein Blick huschte von einem Stück zum anderen, wie meine Hände es getan hatten, als ich noch ein Kind gewesen war und die Knochenpuzzles meines Vaters gelöst hatte.

»Massiger Rumpf«, diagnostizierte ich, »Vierbeiner, um die sechs Meter lang. Der Körperbau deutet nicht auf einen Jäger hin. Eher auf ein schwerfälliges Tier. Er hatte einen Schild, um den Nacken zu schützen, und ein Horn zur Verteidigung. Kiefer und Zähne zum Zermahlen von Pflanzenteilen. Also ein Herbivore. Aber ich wette, mit diesem Schnabel konnte er böse zubeißen! Er müsste … etwa anderthalb Meter hoch gewesen sein.«

Vater nickte. »Ja. Sehr gut. Ich würde sagen, wir nennen ihn … *Monoclonius crassus*. Einhörniger Koloss. Und zu Ehren seines Entdeckers hängen wir selbstverständlich noch ein plasketti an.«

Ned strahlte wie ein Kind unter dem Weihnachtsbaum. Ich konnte mich nicht entsinnen, wann ich zum letzten Mal ein glücklicheres Gesicht gesehen hatte. Ich versuchte, meinen Neid zu verbergen – und meine Enttäuschung darüber, dass es nicht der *Rex* war, den wir gerade tauften.

»Ich weiß gar nicht, was ich sagen soll, Professor.«

»Sagen Sie, dass Sie mir noch mehr Knochen finden, Ned!«

»Das werde ich, Sir!«

»Decken wir die Plane darüber und kommen morgen zurück.«

Die Sonne hing bereits tief über den Hügelkuppen und zeichnete lange Schatten über die Badlands. Uns war ein unglaublicher Fund gelungen, aber irgendwo dort draußen wartete immer noch mein *Rex*, und es würde nicht mehr lange dauern, bis Cartland mit seiner kleinen Armee von Fossilienjägern hier aufkreuzte.

Als wir zurück zum Camp ritten, war ich froh, dass Ned die Führung übernahm, denn ich hätte mich noch immer nicht in dem Gewirr aus Schluchten zurechtgefunden. Ich erschrak, als er mit einem Mal die Hand hob und anhielt.

»Stimmen«, sagte er.

Was ich für den Wind gehalten hatte, stellte sich als Wortfetzen heraus. Dann folgte das leise Wiehern eines Pferds. Indianer, dachte ich sofort.

Ich wusste nicht viel über Indianer. Der einzige, den ich je zu Gesicht bekommen hatte – zu Hause in einem Zirkus –, hatte sich am Ende als weißer Mann mit bemaltem Gesicht entpuppt und seine unverständlichen Beschwörungen als Lettisch. Aber ich hatte in Zeitschriften Geschichten über den Red-Cloud-Krieg gelesen. Über die Schlacht der Hundert Erschlagenen, die Hayfield-Schlacht. Über Angriffe auf die neuen Eisenbahnstrecken. In der Schule hatten wir über Hinterhalte gesprochen. Über Skalpierungen. Die Indianer waren Wilde. Und sie waren furchtlos.

Dann hörte ich Gesang, eindeutig. Hier unten in den Schluchten und Tälern war es schwer zu beurteilen, woher ein Laut kam. Alles hallte von den Bergflanken wider, schien in der Luft zu verharren wie Nebel, nur um kurz darauf aus einer völlig anderen Richtung zurückzukehren.

Zusammen mit Vater und Ned kletterte ich eine Erosionsrinne hinauf. Wie legten uns flach auf den Bauch und schoben uns über die flache Hügelkuppe. Auf der anderen Seite sahen wir den mäandernden Fluss. Entlang des Ufers waren Dutzende uniformierter Männer damit beschäftigt, eine Wagenburg zu errichten, einen Bereich für die Pferde einzuzäunen und Zelte aufzubauen. So viele blaue Uniformen mit glänzenden Goldknöpfen, dass man hätte meinen können, dort unten entstünde ein Fort. Eine Gruppe von Soldaten stellte sogar einen großen Ofen auf. Dann entdeckte ich Rachel, die ihrem Vater beim Aufbauen eines Zelts half und gerade mit gleichmäßigen, flinken Schlägen einen Hering in den Boden hämmerte.

Es war falsch, das war mir klar. Aber ich freute mich trotzdem, sie zu sehen. Sehr sogar. Dann erhaschte ich einen Blick auf Vaters finsteres Gesicht.

»Tja, wir wussten ja, dass es dazu kommen würde«, sagte er, »aber ich hätte nicht gedacht, dass sie die Unverschämtheit besitzen würden, ihr Lager nur ein paar Meilen von uns entfernt aufzuschlagen.« Er richtete sich auf. »Ich gehe jetzt da runter und stelle den Halunken zur Rede!«

»Hältst du das für eine gute Idee?«, fragte ich erschrocken.

»Ich will ihn nicht direkt vor der Nase haben. Das ist genau wie damals in den Mergelgruben in New Jersey!«

»Ja, aber was willst du denn –«

Vergeblich. Mein Vater marschierte bereits drauflos, sodass Ned und mir nichts anderes übrig blieb, als hinterherzueilen. Wir dürften keinen sonderlich würdevollen Auftritt hingelegt haben, wie wir schwankend und mit den Armen rudernd den Hang hinunterschlitterten. Einer der Studenten erspähte uns als

Erster, er schirmte seine Augen ab und stieß einen lauten Ruf aus.

»Da ist Professor Bolt! Männer, Professor Bolt ist auch hier!«

Immer mehr Leute versammelten sich am Rand des Lagers und blickten uns entgegen, während wir durchs hohe Gras stapften. Als wir näher kamen, sah ich das spöttische Grinsen in Professor Cartlands Gesicht. Und schließlich Rachel, die – in dem Hosenrock, den ich sie im Zug hatte nähen sehen – neben einem hochgewachsenen Offizier stand. Ihre Stiefel und ein modischer Hut ließen sie größer und hübscher wirken, als ich sie in Erinnerung hatte. Was mich aus irgendeinem Grund ärgerte.

»Cartland!«, rief mein Vater. »Was für eine Überraschung, Sie hier zu treffen!«

»Bolt, was sagen Sie zu diesen, jaja, bemerkenswerten Badlands?«

Mein Vater war nur noch etwa drei Meter von ihm entfernt, aber er schrie trotzdem so laut, als läge eine weit größere Distanz zwischen ihnen. Langsam begann ich, mir ernsthafte Sorgen zu machen.

»Sie müssen doch an unserem Lager vorbeigekommen sein!«, blaffte mein Vater.

»Das sind wir, und wir haben uns sehr gut mit Ihrem Fahrer unterhalten.«

»Dann sollte Ihnen klar sein, dass wir hier auf Fossiliensuche sind, und zwar auf längere Dauer. Ich kann nur hoffen, dass Sie vorhaben, weiterzuziehen.«

Ich sah, wie Mr Landry, der Journalist, mit leuchtenden Augen sein Notizbuch zückte.

Cartland stieß ein gekünsteltes Lachen aus. »Wenn mich nicht alles täuscht, Bolt, dann haben Sie keinerlei Besitzansprüche auf diese Gegend.«

»Ich bin sicher, wir können diese Angelegenheit wie zivilisierte Männer klären«, schaltete sich ein Offizier ein – ein Lieutenant, den Rangabzeichen auf seinem Ärmel nach zu urteilen. »Ich würde sagen, hier gibt es Felsen genug für alle.«

»Es ist nicht leicht, ein Gentleman zu bleiben«, entgegnete mein Vater, »wenn sich einem ein anderer an die Fersen heftet, um einem die eigene Entdeckung streitig zu machen.«

»Ich war der Auffassung, dass wir beide gleichzeitig von diesem Knochenvorkommen erfahren haben«, wandte Cartland ein. »Und zwar von Ihrem Führer, Ned Plaskett.« Er deutete auf Ned. »Sie sind doch Mr Plaskett, nehme ich an?«

Ned ließ den Kopf hängen wie ein geprügelter Hund.

»Der Einfachheit halber«, versuchte der Lieutenant, weiter zu schlichten, »warum nimmt nicht jede Partei mit einer Flussseite vorlieb? Dann kommen wir einander nicht in die Quere, und die Gegend sollte doch wohl auf beiden Seiten gleich interessant sein, nicht wahr?«

»Damit könnte ich mich durchaus abfinden«, sagte Cartland.

»Das klingt doch nach einem –«, begann ich, aber Vater schnitt mir das Wort ab.

»Nichts da!« Mit seinen staubigen, in alle Richtungen abstehenden Haaren, den kalkverschmierten Kleidern und seinem schmutzigen Gesicht wirkte mein Vater wie ein Landstreicher. »Ich lasse mich nicht von einem Saboteur in meiner Bewegungsfreiheit einschränken.«

»Professor Bolt«, sagte der Lieutenant, »vielleicht könnte es ganz beruhigend für Sie sein, uns in Ihrer Nähe zu wissen, wo wir uns doch so dicht am Indianerterritorium befinden.«

Vater winkte ab. »Wegen der Indianer mache ich mir nicht die geringsten Sorgen.«

»Also wäre Ihr Vorschlag, jaja, dass wir uns beide völlig frei durch die Badlands bewegen dürfen?«, hakte Cartland nach.

Ich wusste, dass meinem Vater sein Fehler in diesem Moment klar wurde. Doch er war zu stolz, um jetzt noch einzulenken.

Mein Vater rang sich ein Lächeln ab, straffte die Schultern und breitete die Arme aus. »So wäre es mir sehr recht.«

Cartland legte den Kopf schief. »Auf die Weise werden wir einander unweigerlich ins Gehege kommen.«

»Dann wollen wir eine einfache Regel aufstellen«, erwiderte mein Vater. »Lieutenant, ich darf wohl darauf hoffen, dass Sie für die Einhaltung sorgen? Wenn einer von uns auf Knochen stößt, gehört die Ausgrabungsstätte ihm. Und die andere Partei hält sich davon fern.«

»Einverstanden«, sagte Cartland, der sich das Grinsen nicht verkneifen konnte.

»Die Stellen werden mit Flaggen gekennzeichnet. Meine Farbe ist Weiß.«

»Unsere Blau«, sagte Cartland.

»Gut!«, verkündete mein Vater schon im Umdrehen. »Dann wollen wir Sie nicht länger von der Arbeit abhalten!«

»Schon was Interessantes gefunden, Bolt?«, rief Cartland ihm nach.

»Noch nicht«, log mein Vater. »Wir haben schließlich gerade erst begonnen.«

Ich sah kurz Rachel hinüber – nie hätte ich gedacht, dass es so aufregend sein könnte, einen einzigen, flüchtigen Blick zu wechseln. Dann folgte ich meinem Vater zurück zu der Stelle, an der wir unsere Pferde angepflockt hatten. Wir schwiegen, bis wir außer Hörweite waren.

»Sollen wir weiter flussaufwärts ziehen«, schlug ich vor, »sobald wir den Monoclonius ausgegraben haben?«

»Ich werde nirgendwo hinziehen«, entgegnete mein Vater.

»Aber Cartland hat zwölf Studenten«, gab ich zu bedenken, »und Dutzende von Soldaten.«

»Die Soldaten können doch keinen versteinerten Zweig von einem Oberschenkelknochen unterscheiden. Und ich wage zu bezweifeln, dass es sich mit seinen Studenten anders verhält.«

»Aber er kann an mehreren Orten gleichzeitig suchen. Wir hätten das Gebiet aufteilen sollen.«

Mein Vater schwieg. Genauso gut hätte ich versuchen können, einen dieser gewaltigen Monolithen zu versetzen. Es war ein herber Schlag, dass Cartland so nah von uns sein Lager aufgeschlagen hatte, aber gleichzeitig konnte ich meine Freude darüber nicht unterdrücken. Rachel würde mir nun hoffentlich oft über den Weg laufen.

Plaskett murmelte: »Professor, ich habe ein schrecklich schlechtes Gewissen. Das ist alles meine Schuld.«

Er tat mir leid, so geknickt, wie er dreinsah. Ich wünschte, Vater würde als guter Quäker seine Qualen lindern. Oder einfach als guter *Mensch*. Doch er war völlig versunken in seine eigenen finsteren Gedanken.

»Es ist nicht Ihre Schuld, Mr Plaskett«, sagte ich mit einem vorwurfsvollen Blick in Richtung meines Vaters. »Wenn wir Ihnen schneller geantwortet hätten, wäre das alles nicht passiert.«

»Martern Sie sich nicht mehr, Ned, wir alle machen Fehler«, fügte Vater großmütig hinzu.

»Ich werde alles wettmachen, indem ich doppelt so hart arbeite, Sir.«

»Das kann nicht schaden«, antwortete Vater. »Das Spiel verläuft jetzt nach anderen Regeln. Die anderen haben mehr Leute, aber wir sind flexibler. Cartland wird auf Sicherheit setzen. Er wird graben, die Fundstücke verpacken und sie zurück nach Hause schicken. Er wird sie nicht hier draußen katalogisieren und benennen.« Vater grinste. »Aber wir schon.«

Selbst wenn mein Vater stillstand, schien er unablässig in Bewegung zu sein. Wippte, die Hände tief in den Taschen vergraben, von einem Fuß auf den anderen, als wäre er permanent auf der Suche nach dem perfekten Gleichgewicht, nickte, sah zu Boden, dann wieder hoch zum Himmel, sein Verstand so rastlos wie ein Dampfmotor.

Jetzt nahm sein Fuchsgesicht einen verschlagenen Ausdruck an.

Es war unmöglich, nicht zu lächeln und sich vom Sog seiner Begeisterung mitreißen zu lassen.

»Ab morgen teilen wir uns auf und sichern uns so viele Knochenlager wie möglich. Markieren jeden Fossilsplitter, der uns unterkommt! Und dann graben wir gerade so weit, dass wir die Funde dokumentieren können. Wir benennen sie und machen unsere Ansprüche geltend! Verstanden? Indem wir unsere Funde von Crowe aus ans Journal der American Philosophical Society telegrafieren.«

»Und damit gehören sie uns!«, fügte ich hinzu, als mir sein Plan dämmerte.

»Schwarz auf weiß!«

»Dann ist es völlig egal, ob Cartland zu Hause in seinen Kisten denselben Dinosaurier findet. Denn bis dahin ist es längst zu spät!«

Mein Vater nickte. »So werden wir ihn schlagen.«

11

In den Ruinen der Welt

Als das Steinchen meinen Rock traf, drehte ich mich um und sah Samuel. Mein erster Gedanke war: na endlich.

Ich hatte am Fuß des Hangs gearbeitet und dort nach Knochensplittern gesucht. Der Boden hier war übersät mit den unterschiedlichsten Steinen und abgestorbenen Pflanzenteilen, aber meine Augen waren geduldig. Nach all den Jahren in den Wäldern von Connecticut hatte ich einen ziemlich guten Blick für versteckte Dinge entwickelt.

Samuel lugte hinter einem Vorsprung hervor und winkte mich zu sich herüber. Ich drehte mich nach Daniel Simpson und Hugh Friar um, meinen zwei Aufpassern – obwohl ich eher das Gefühl hatte, auf *sie* aufzupassen, da sie kaum Erfahrung mit der Fossiliensuche hatten. Sie arbeiteten an einer Felskante ein Stück weiter den Hügel hoch. Auch ein Soldat begleitete uns, der zufrieden damit schien, sich den höchsten Punkt zu suchen und von dort den Horizont im Blick zu behalten.

»Ich gehe kurz ein Stück«, rief ich ihnen zu.

Ich hatte herausgefunden, dass das der einfachste Weg war, ihnen mitzuteilen, dass ich eine Weile verschwand, um mich zu erleichtern.

Hugh wandte sich zu mir um und nickte. Daniel warnte mich, wie immer, mich vor Klapperschlangen in Acht zu nehmen.

Das Herz schlug mir bis zum Hals, als ich zu dem kleinen Felsvorsprung ging und um die Ecke bog. Dort wartete Samuel, das Gesicht unrasiert und sonnengebräunt, doch die warme Heiterkeit in seinen Augen war unverändert.

»Tut mir leid wegen des Steins«, sagte er leise und grinste. »Zuerst habe ich es mit einem Vogelpfiff versucht, aber den haben Sie nicht gehört. Das hier ist das erste Mal, dass ich Sie in einer kleineren Gruppe sehe.«

»Ach, beobachten Sie mich schon länger?«, entgegnete ich, insgeheim erfreut. Also war diese Begegnung kein Zufall.

Er nickte. »Ich wollte die ganze Zeit schon Hallo sagen, aber ich hatte das Gefühl, nicht sonderlich willkommen zu sein. Und Ihr Vater hatte immer so viele Männer im Schlepptau!«

Ich stöhnte auf. »In den ersten fünf Tagen hat er die komplette Mannschaft hinter sich hergeschleift, um allen beizubringen, wie man einen Knochen von einem Stein oder fossilisiertem Holz unterscheidet. Den meisten gelingt das allerdings noch immer nicht.«

Er lachte leise. Vermutlich waren das gute Nachrichten für ihn.

»Aber dann sind wir überall auf Ihre weißen Flaggen gestoßen, und Papa war fuchsteufelswild, weil Sie, so sagte er, versuchen, die gesamten Badlands für sich zu beanspruchen. Darum hat er uns gestern in kleinere Gruppen aufgeteilt und uns aufgetragen, unsere eigenen Flaggen aufzustellen.«

»Ein paar blaue habe ich schon gesehen«, bestätigte er. »Bestimmt werden es noch sehr viel mehr.«

Wir wechselten einen unsicheren Blick.

»Ich wusste nichts von der Sache mit Plaskett«, sagte ich dann. »Mein Vater hat mir nicht erzählt, dass er der Grund war, aus dem wir hergekommen sind. Aber wir sind Ihnen nicht gefolgt –«

Er hob die Hände. »Ich weiß –«

»Er wusste selbst nichts von Ihrer Expedition; er hat gar nicht damit gerechnet, dass Sie genügend Geld für so etwas aufbringen könnten.«

»Mein Vater ist selbst schuld«, erklärte er. »Wenn er Ned früher geantwortet hätte, hätte der sich gar nicht erst an Ihren Vater gewandt. Er hat auf vollkommen rechtmäßigem Wege von diesen Knochenlagern erfahren.«

Ich war nicht ganz sicher, ob er das wirklich glaubte, aber in jedem Fall war es eine nette Geste. Ich war wütend, dass ich meinen Vater verteidigen musste – nicht auf Samuel, sondern auf Papa selbst, denn dadurch kamen mir erst recht Zweifel an seinen Motiven. Er hatte doch mindestens gewusst, dass Bolt Plaskett beauftragt hatte, hier in den Badlands für ihn zu graben. Natürlich gab es kein Gesetz, das meinem Vater verboten hätte, ebenfalls herzukommen, aber dennoch wirkte sein Vorgehen ein wenig hinterhältig. Allmählich frage ich mich, ob er vielleicht tatsächlich darauf aus war, Bolt das Leben schwer zu machen. Nicht, dass das für Bolt umgekehrt nicht ganz genauso gelten würde ...

Ich musterte Samuel aufmerksam. »Sie versuchen doch nicht mehr, mich auszuhorchen, oder?«

Er schüttelte energisch den Kopf. »Sie mich?«

»Nein.«

»Also können wir offen reden? Ohne dass einer von uns es seinem Vater weitererzählt?«

»Alles bleibt unter uns«, stimmte ich zu. »Was unsere Väter machen, hat nichts mit uns zu tun.«

Freude durchzuckte mich bei meinen eigenen Worten; ich hatte das Gefühl, als ginge ich endlich meinen eigenen Weg – oder schuf mir zumindest einen nach meinen Vorstellungen.

Er lächelte. »Gut. Ich war sowieso kein besonders guter Spion.«

»Das stimmt allerdings. Was ist mit Ihrem *Rex*?« Schon die ganze vergangene Woche, während ich gehofft und gewartet hatte, dass er mich finden würde, hatte ich ihn danach fragen wollen.

Er stieß den Atem aus. »Wir haben ihn noch nicht gefunden. Aber dafür eine vollkommen neue Art von Dinosaurier. Wir sind noch dabei, ihn freizulegen. Er hat Ähnlichkeit mit einem riesigen Nashorn. Ja, er hat ein Horn! Und« – er hob die gespreizten Finger hinter seinen Kopf – »einen großen Knochenschild im Nacken.«

»Und die Zähne?«

»Definitiv ein Pflanzenfresser. Wahrscheinlich hat der *Rex* ihn angegriffen. Darum war sein Zahn auch dort. Ist im Femur stecken geblieben und abgebrochen. Muss ein ganz schöner Kampf gewesen sein.«

Ich konnte es nicht länger für mich behalten. »Ich habe auch einen Zahn gefunden.«

Seine Reaktion enttäuschte mich kein bisschen. Zuerst starrte er mich bloß an, dann beugte er sich hastig zu mir vor.

»Was für einen? Wo?«

»Von einem Fleischfresser.« Ich beschrieb ihm den Zahn und wie ich ihn an der Indianergrabstätte entdeckt hatte.

Seine Augen weiteten sich, und plötzlich bereute ich es, ihm jenen letzten Teil erzählt zu haben. Vielleicht sah er mich jetzt in einem anderen Licht. Und das zu recht. Einen unbehaglichen Moment lang musterte er mich. War das Entsetzen in seinem Blick? Oder Bewunderung?

»Ich hätte dasselbe gemacht«, sagte er schließlich. »Können Sie ihn für mich zeichnen?«

Erleichtert zeichnete ich die Umrisse in den Sand.

»Das ist die tatsächliche Größe?«

»So ziemlich.«

»Unglaublich«, sagte er kopfschüttelnd. »Unserer ist ein bisschen länger und nicht glänzend schwarz, aber glauben Sie ...?«

Natürlich hatte ich mich schon dasselbe gefragt. »Ob er aus demselben Kiefer stammt wie Ihrer?«

Er nickte eifrig. »Vielleicht hat der *Rex* ja den anderen Saurier angegriffen, dabei einen Zahn verloren, aber danach noch eine ganze Weile weitergelebt, bevor er irgendwo anders gestorben ist. Dort, wo der Sioux ihn schließlich gefunden hat.«

»Dann könnte unser ganzes Skelett dort liegen.«

Unser. Das Wort war mir einfach so herausgerutscht. Ich konnte nicht sagen, ob es ihm überhaupt aufgefallen war.

Seine Augen huschten wild hin und her, als versuchten sie, mit seinen Gedanken Schritt zu halten.

»Wenn wir nur wüssten –«, begann er.

»Woher der Sioux den Zahn hat?« Ich schüttelte den Kopf. »Der Lieutenant weigert sich, auch nur in die Nähe der Sioux zu gehen. Und selbst ohne die Soldaten bleibt die Tatsache bestehen, dass wir ... na ja, ihnen die Köpfe abgesägt haben.«

»Sie haben was?«

»Nicht ich! Aber mein Vater hat darauf bestanden, um sie zu untersuchen. Ich wollte ihn davon abbringen.«

Ich stieß die Luft aus. »Das sollten Sie den Sioux gegenüber wohl besser nicht erwähnen. Ich frage mich, ob sie den Zahn hier in den Badlands gefunden haben. Oder irgendwo ganz anders?«

»Stellen Sie sich vor, wir würden das Skelett finden«, murmelte ich.

»Das wäre was.« Er sah mich an und seine Augen glühten vor Aufregung.

Ich spürte, wie meine Wangen heiß wurden. »Seit ich den Zahn gefunden habe, wollte ich Ihnen davon erzählen.«

»Ich würde Sie gern küssen«, entgegnete er.

Überrascht hielt ich inne. Ich hatte mich schon bei unserem letzten Gespräch im Zug gefragt, ob er etwas Derartiges vorgehabt hatte. Und mich schließlich für Nein entschieden – er war eben ein bisschen angetrunken gewesen und von Natur aus impulsiv. Und warum sollte er mich ausgerechnet jetzt küssen wollen? Nachdem ich ihm gerade noch von abgehackten Köpfen und Grabräuberei erzählt hatte.

Zu meinem Entsetzen hörte ich mich antworten: »Was hält Sie davon ab?«

Wir waren mitten im Nirgendwo. All die Regeln, die wir aus dem Osten mitgebracht hatten, waren nach all den Meilen im Zug ausgefasert und dünn wie Spinnweben.

Und dann küsste er mich.

Die Welt bestand nur noch aus der Wärme ihres Munds, ihrem geheimen, aufregenden Geschmack. Hitze brandete durch meinen Körper.

Sie löste sich von mir. »Küsst du so alle deine Mädchen?«

Mir gefiel die Vorstellung, dass sie mich für einen Frauenheld hielt, aber ich erwiderte trotzdem: »Du bist mein einziges Mädchen«, und küsste sie abermals.

Allein die Tatsache, ihr so nah zu sein, all dem, was meine Augen bislang nur aus der Ferne hatten bewundern dürfen: überwältigend. Ihre Wange, Nase und Stirn an meinem Gesicht. Der Geruch ihrer Haut und ihres Haars. Ich ließ die Augen offen. Meine Hände strichen ihr übers Gesicht, zogen sie an mich. Ihre Wangen waren glühend heiß.

»Sachte«, murmelte sie an meinen Lippen.

Ich hatte nicht das Gefühl, grob gewesen zu sein, versuchte aber dennoch, zärtlicher zu sein.

»Das wollte ich schon lange tun«, sagte ich.

»Sanfter«, sagte sie wieder, und diesmal ärgerte es mich, weil sie mich wie einen sabbernden Tollpatsch behandelte.

»Als wärst du schon hundertmal zuvor geküsst worden!«

Die Wahrheit war, dass ich selbst erbärmlich wenig Erfahrung in diesen Dingen hatte, obwohl das Verlangen danach bei mir früh eingesetzt hatte. Schon als ich sieben war, hatte ich Mädchen küssen wollen. Einmal hatte ich mich bei einem Picknick mit Abigail Sims ins Gebüsch hinter dem Pavillon verzogen. Dort war es dunkel und schattig und es roch nach Hundepipi. Ohne Umschweife hatte ich meine Lippen auf ihre gedrückt. Doch sie hatte so fest die Zähne zusammengebissen, dass ich schmerzhaft dagegengestoßen war. Es war keine schöne Erfahrung gewesen, und Abigail hatte sich danach geweigert, neben mir zu sitzen. Später flirtete ich viel mit Mädchen – alle mochten meine Schmeicheleien, aber küssen durfte ich sie immer nur auf die Wange. Erst dieses Jahr hatte ich Rebecca kennengelernt, die hübsch und dunkelhaarig war und behauptete, mich »außerordentlich gern« zu haben, aber selbst sie ließ mich nicht einmal ihr Haar zur Seite streichen, damit ich ihren Nacken küssen konnte.

Rachel hob zwei Finger an die Oberlippe. »Du hast mich gebissen.«

»Vielleicht bist du einfach zu empfindlich.«

Sie lachte. »Ganz sicher nicht. Du bist zu grob. Und außerdem riechst du nach Schweineschmalz.«

Ich hatte mich an den Geruch längst gewöhnt. »Das hält mir die Moskitos vom Leib. Ich hab welches bei mir, falls du es auch mal versuchen willst. Sieht aus, als könntest du es gebrauchen.«

»Wie nett von dir. Aber nein danke.«

Obwohl ihr Gesicht ziemlich zerstochen war, wirkte ihre Haut glatt und gebräunt – viel schöner als bei unserer ersten

Begegnung in Philadelphia. Sie wirkte überhaupt viel weniger unscheinbar. Die lockere Frisur, der Schmutz an ihrem Rock, ihren Händen. Das alles stand ihr gut.

Zögerlich strich sie mir über mein stoppeliges Kinn. Noch nie hatte mich jemand so berührt und es war wundervoll. Dann fuhr sie mit den Fingerkuppen über meine Oberlippe.

»Ich würde dich gern rasieren.«

Lachend schüttelte ich den Kopf. »Du bist wirklich ganz schön seltsam.«

Sie erwiderte: »Ich muss langsam zurück, sonst kommen sie mich noch suchen.«

»Ja«, sagte ich, und unsere Lippen fanden abermals zueinander. Ihre Hände glitten über meine Brust, meinen Hals hinauf und in mein Haar. Ich gab mir Mühe, sie nicht mehr ganz so stürmisch zu küssen, sanfter.

»Ich muss gehen«, sagte sie dann und ließ mich los.

»In Ordnung. Aber wann sehen wir uns wieder?«

»Wann du willst.«

»Vater lässt uns morgens graben, nachmittags suchen wir nach neuen Knochenlagern. Vielleicht morgen, wenn ich mich loseisen kann!«

Sie lachte über meinen Eifer, und ich hätte schwören können, dass das in ihrem Blick aufrichtige Freude war.

»Wo werdet ihr sein?«, fragte ich.

»In derselben Gegend, denke ich.«

»Dann finde ich dich.«

»Sollen wir ein Geheimsignal vereinbaren?«, scherzte sie.

»Ich versuche es wieder mit dem Vogelpfiff.«

»Lass hören.«

Ich pfiff leise. Sie zog eine Grimasse. »Kein Wunder, dass ich den nicht erkannt habe.«

»Dann muss ich eben wieder Steine nach dir werfen!«

Sie grub noch einmal kurz ihre Finger in mein Haar und machte sich dann auf den Weg zurück zu den beiden Studenten.

Ich erwachte zum frühmorgendlichen Chor der Vögel, als hätte ich es einfach nicht länger abwarten können, endlich wieder an ihn zu denken.

Ich trat an den Eingang meines Zelts und öffnete die Klappe, hinter der der noch dunkle Morgenhimmel zum Vorschein kam. Wie ich den Anblick der ersten, zarten Lichtstrahlen im Osten liebte. Ich legte mich auf den Bauch, sah hinaus und fragte mich, was der neue Tag wohl bringen würde.

Mein Herz war von doppelter Glückseligkeit erfüllt. Ich war hier in den Badlands und durfte tun, wonach ich mich schon immer gesehnt hatte. Am liebsten hätte ich mich auf der Stelle angezogen, gefrühstückt und mich auf den Weg in die Hügel und Schluchten gemacht. Und gestern war ich zum allerersten Mal geküsst worden.

Ich mochte es, in seinem Haar zu wühlen. Es war dick, ein bisschen drahtig vielleicht, aber man konnte sich herrlich mit den Fingern darin verfangen, und wenn ich mit beiden Händen hineingriff, war es ein bisschen, als hielte ich sein wahres Wesen umschlungen. Das Beste aber war die Art, wie er mich ansah, dieser warme Blick, der in mir den Wunsch weckte, ihm alles über mich zu erzählen.

Ich spürte noch immer seine Haut unter meinen Fingern, das Piksen seiner Bartstoppeln. Seine Küsse waren stürmisch und zu grob gewesen und darum nicht sonderlich zufriedenstellend – das Wissen, dass er mich so küssen *wollte*, dafür umso mehr.

Nie hätte ich gedacht, dass ich einmal etwas so Warmes, Echtes, Schönes in den Armen halten würde. Nicht einmal der Schmalzgeruch hatte mich gestört ...

Beim Frühstück langte ich herzhafter zu als sonst und grinste in mich hinein.

Mein Pony war noch vor denen von Hugh und Daniel gesattelt und abmarschbereit, und ich sorgte dafür, dass Papa es auch bemerkte. »Ich warte noch auf Hugh und Daniel«, sagte ich beiläufig.

Dann, endlich, brachen wir auf. Papa hatte jeder Gruppe ihren Bereich zugeteilt, und wir mussten jeden Tag auf einer Karte das Gebiet markieren, das wir abgesucht hatten.

Wir ritten in dieselbe Richtung wie gestern, pflockten unsere Ponys an einem kleinen Teich an und gingen zu Fuß weiter in die Schlucht. Danach konzentrierte ich mich voll und ganz auf die Arbeit und durchkämmte den Staub nach allem, was auf einen größeren Fund weiter oben hindeutete, ließ den Blick über die Felsen schweifen, auf der Suche nach jedem noch so kleinen Knochensplitter.

Nach einer Stunde meinte Hugh, fündig geworden zu sein.

»Ich glaube, das ist nur Kalkstein«, sagte ich. In Wahrheit war ich mir sicher, dass es sich um einen Gletscherfindling handelte, aber ich wollte nicht unhöflich sein. Weder Farbe noch Textur deuteten auf einen Knochen hin.

»Nein, das ist eindeutig Knochen«, widersprach Hugh, ohne mich dabei auch nur anzusehen – was mich unsagbar wütend machte. Er zog einen Metallstab aus seiner Werkzeugtasche, schlug ihn in den Boden und knotete ein blaues Stück Stoff daran. »Fertig.«

»Wir lassen einfach später den Professor entscheiden«, sagte Daniel Simpson diplomatisch.

»In Ordnung«, erwiderte ich. Ich würde umso besser dastehen, wenn Papa einen Blick auf den Fund warf, einen ungeduldigen Seufzer ausstieß und Hugh aufforderte, die Flagge zu entfernen.

Wir suchten weiter. Als wir über einen schmalen Grat zwischen zwei Felsplateaus liefen, fiel mein Blick auf etwas Dunkles, das in etwa anderthalb Metern Tiefe aus einer der steilen Seitenwände ragte.

»Halt!«, rief ich und kauerte mich hin.

Die Form erinnerte an ein V, was auf ein Gelenk hindeutete. Und wo ein Gelenk war, da war auch ein Knochen – zwei miteinander verbundene Knochen –, etwas, was sich jeder Fossilienjäger wünschte. Denn das ließ vorausahnen, dass es sich nicht um ein einzelnes, verirrtes Stück handelte, sondern um einen Teil von etwas sehr viel Größerem, das dort im Fels verborgen lag.

»Das ist nur Holz«, befand Hugh und wandte sich ab.

»Glaube ich nicht. Ich will es mir genauer ansehen.«

»Zu steil«, sagte Daniel.

»Holz«, wiederholte Hugh und ging einfach weiter. Daniel folgte ihm. Offenbar erwarteten die beiden, dass ich ihnen wie ein gehorsames kleines Hündchen hinterhertrotten würde.

Der Sioux-Zahn war eine Sache, aber wir suchten nun schon seit einer Woche, und ich sehnte mich nach einem richtigen Fund, einem vollwertigen Fossil. So steil war der Hang gar nicht, von einem senkrechten Abgrund weit entfernt. Trotzdem konnte man nicht einfach hinuntermarschieren oder auch nur auf dem Hinterteil rutschen. Also legte ich mich flach auf den Bauch und streckte die Arme aus, in der Hoffnung, weit genug zu kommen, um den Knochen zu erreichen. Es war zu weit. Ich schob mich noch ein Stückchen über die Kante.

»Was machen Sie denn da?«, hörte ich Hugh rufen.

Der Schatten meines Huts nahm mir die Sicht auf den Knochen vor mir und ich kam immer noch nicht heran.

»Nicht weiter!«, schrie Daniel. »Sonst fallen Sie!«

»Ich falle schon n –«

Und dann fiel, oder besser gesagt, schlitterte ich mit dem Kopf voran den Hang hinunter. Ich versuchte, mit den Händen meine Fahrt zu verlangsamen, bekam schließlich den hervorlugenden Knochen zu fassen und klammerte mich daran fest. Mein Körper schwang herum, und ich tastete mit den Füßen, bis ich einen winzigen Vorsprung darunter spürte, der jedoch nicht viel mehr als eine Welle im Sandstein war. Ich stellte mich auf die Zehenspitzen, dicht an den Fels gepresst, und grub die Fingernägel in den Knochen – der, wie mir ziemlich schnell klar wurde, gar kein Knochen war. Sondern versteinertes Holz. Aus der Nähe war die Maserung nur zu gut zu erkennen. Ich sah nach oben. Dort an der Kante knieten Hugh und Daniel und starrten zu mir herunter. Daniel verängstigt, Hugh eher unwirsch.

»Sie hatten recht«, gab ich mit trockenem Mund zu. »Holz.«

Ich hörte das Zischeln und Klicken kleiner Steinchen, die sich aus dem bröckelnden Vorsprung unter meinen Füßen lösten.

»Wir gehen zu den Ponys zurück und holen einen Strick«, informierte mich Hugh. »Bewegen Sie sich nicht.«

»So lange kann ich mich nicht halten.«

»Sie müssen es versuchen.«

Ich verlagerte mein Gewicht. Kurz fragte ich, ob ich sterben und Samuel nie wiedersehen würde.

»Vielleicht kann ich ja im Sitzen nach unten rutschen.« Ich riskierte einen Blick über die Schulter und musste sofort einen Schwindelanfall niederkämpfen. Der Fels war so grau und zerfurcht wie Elefantenhaut, und es gab zahlreiche kleine Erhebungen und Unebenheiten, gegen die ich meine Füße stemmen konnte, um meine Talfahrt zumindest etwas abzubremsen.

»Ich glaube, das ist keine gute Idee«, rief Daniel.

Aber eine Wahl blieb mir sowieso nicht, denn in diesem Moment verlor mein linker Fuß den Halt. Ich hatte gerade noch Zeit, mich auf den Rücken zu drehen, bevor es abwärts ging. Es war eine schreckliche Rutschpartie. Ich versuchte, mich mit Händen und Füßen in Richtung kleinerer Furchen zu lenken, doch ich merkte, wie ich immer schneller und schneller wurde, spürte, wie es an meinen Handflächen und Beinen heiß wurde, und kurz darauf fand ich mich, alle viere von mir gestreckt, in einem dichten Beifuß-Strauch wieder. Das Gestrüpp war hart und kratzig, aber es hatte mich wahrscheinlich davor bewahrt, mir ein Bein zu brechen. Ich ließ mich zu Boden sinken und blieb einen Augenblick lang sitzen, um wieder zu Atem zu kommen und gegen die Übelkeit anzukämpfen, die sich plötzlich in mir ausbreitete. Über mir hörte ich die aufgeregten Stimmen der Studenten.

Ich hob den Arm und rief heiser zu ihnen hinauf: »Alles in Ordnung.«

Dann stand ich auf, meine Werkzeugtasche noch immer um den Körper geschlungen. Meine Strümpfe waren zerrissen und blutverschmiert, meine Handflächen aufgeschürft und voller Steinsplitter. Aber darüber hinaus war ich unverletzt. Nichts schien gebrochen.

»Bleiben Sie, wo Sie sind! Wir suchen einen Weg nach unten!«

Es dauerte. Ich lehnte mich an den Fels, bis meine Atmung sich langsam wieder beruhigt hatte – nur um dann einen Moment lang ganz auszusetzen, als mir plötzlich etwas ins Auge fiel. Und mit einem Mal war ich wieder ein kleines Mädchen, das im Morgengrauen auf einem Acker stand und ungläubig auf etwas Wundersames, Uraltes vor sich in der Erde starrte.

12

Pterodaktylus

Als ich später im Lager Papa gegenüberstand, hatte ich glücklicherweise schon Gelegenheit gehabt, mich zu waschen und mir vom Armeearzt die Wunden verbinden zu lassen. Ich hatte mein Gesicht und Haar vom Staub befreit und mir saubere Kleider angezogen. Trotzdem war Papa sehr böse mit mir.

»Die Studenten haben mir erzählt, wie leichtsinnig du gewesen bist«, schimpfte er. »Wenn das so weitergeht, schicke ich dich nach Hause, das kannst du mir glauben!«

Dies war nicht die Reaktion, die ich mir erhofft hatte. Wenn ich ein Junge gewesen wäre, hätte er mich sicher für meinen Mut und Einsatz gelobt.

»Du hättest dir ein Bein brechen können, wenn nicht gar den Hals.«

»Tja, das wäre es wert gewesen«, entgegnete ich.

Er verzog das Gesicht. »Was soll das heißen?«

Ich zog den Steinbrocken, den ich losgemeißelt hatte, aus der Satteltasche. Ich wusste, ich hätte ihn dort lassen sollen – wir sollten nicht mehr anrühren als nötig –, aber ich hatte es einfach nicht abwarten können. Zudem war ich äußerst vorsichtig gewesen. Jetzt reichte ich Papa meinen Fund.

»Faszinierend«, murmelte er. »Trotz der Länge scheinen mir das Halswirbel zu sein.«

»Das dachte ich auch gleich!«

»Ist die Stelle markiert?«

»Markiert.«

Wieder besah er sich das Fossil. »Wie dem auch sei, jaja, du musst wirklich vorsichtiger sein.«

»Es ist ja nichts passiert«, sagte ich und spreizte meine bandagierten Finger. »Und sieh mal, ich kann immer noch einen Hammer halten. Oder eine Schaufel, wenn wir uns ans Freilegen machen!«

»Aber das Interessanteste sind die Armknochen«, sagte sie, als wir nebeneinander am Felsen lehnten, die Beine vor uns ausgestreckt. Vier Tage waren vergangen, seit ich sie das letzte Mal gesehen hatte. »Ein Oberarmknochen, eine Speiche und ein langer Mittelhandknochen, von dem drei kurze Finger abgehen – und ein extrem langer. Der ist viel dicker als die anderen und in einem seltsamen Winkel nach hinten gekrümmt. Und er besteht aus vier Gliedern, drei davon sind eher kurz, aber das vierte ist dafür gut und gerne dreißig Zentimeter lang!«

»Ein Flügel!«, vermutete ich.

»Genau!« Sie ergriff meine Hände. Ihre Augen leuchteten vor Aufregung, genau wie sie es getan haben mussten, als sie die Knochen entdeckt hatte. »Ein Flugsaurier! Obwohl es ein Wunder ist, dass er überhaupt fliegen konnte. Er muss eine Flügelspanne von fast zehn Metern gehabt haben!«

»Hohle Knochen?«, fragte ich.

Sie nickte. »Ich habe mir ein Bruchstück des Humerus näher angesehen. Dünn wie Papier. Leicht genug, um damit fliegen zu können! Stell dir vor, wie sie genau hier durch die Luft gesegelt sein müssen!«

Ich folgte ihrem Blick zum Himmel und sah sie vor mir: riesige Reptilien, die auf einer Säule aus heißer Luft über der Erde kreisten.

»Damals müssen hier überall Sümpfe und Seen gewesen sein«, sagte ich. »Glaubst du, sie sind ins Wasser getaucht und haben Fische aufgespießt wie der Kaptölpel?«

»Oder sie haben im flachen Wasser gestanden wie Fischreiher. Ich wünschte, wir hätten schon den Schädel.«

»Der taucht sicher noch auf.«

»Und der zweite Flügel fehlt uns auch noch.«

»Man findet nie das ganze Vieh«, erwiderte ich. »Das sagt mein Vater immer. Irgendwas fehlt immer, und wenn es nur ein winziges Teilchen ist, aber das komplette Skelett bekommt man nie.«

Vielleicht war ich ein kleines bisschen neidisch, dass sie vor mir einen Flugsaurier gefunden hatte, denn ich fügte hinzu: »In Europa haben sie schon welche gefunden. Pterodaktylus.«

»Ich weiß, aber hier noch nicht. Und, was noch viel wichtiger ist, keinen, der auch nur annähernd so groß war. Unserer ist riesig! Eine vollkommen neue Art.«

Ihre Begeisterung brachte mich zum Lächeln. »Der erste amerikanische Drache.«

»Der Ausdruck würde meinem Vater nicht gefallen. Viel zu reißerisch und unpräzise.«

»Dafür aber einprägsam«, entgegnete ich. »Das ist ein großartiger Fund. Gratuliere! Ich fasse es nicht, dass du dich dafür einen Abhang hinuntergestürzt hast!«

Wir saßen ungefähr einen Fingerbreit voneinander entfernt, und ich spürte eine Anziehungskraft zwischen uns, als hielte man zwei Magnete aneinander. Ich rückte dichter neben sie und küsste sie. Nach einem Moment machte sie sich von mir los.

»Du küsst mich immer noch so, als hättest du Angst, ich könnte jeden Moment davonlaufen.«

Ich sah sie an, gekränkt, aber gleichzeitig ertappt. Denn sie hatte recht. Ich hatte das Gefühl, als müsste ich sie möglichst rasch von etwas überzeugen, bevor sie es sich anders überlegte.

»Das habe ich nämlich nicht vor, weißt du?«, fuhr sie fort. »Und je sanfter du mich küsst, desto sicherer kannst du sein, dass ich bleibe.«

Wahrscheinlich meinte sie es nett, aber ich war dennoch frustriert. »Gut. Dann zeig mir doch einfach, wie du geküsst werden willst.«

Wie ich erwartet hatte, zögerte sie.

»Na los«, neckte ich sie triumphierend. Jetzt machte sie sich sicher Sorgen, dass es aufdringlich oder undamenhaft wirken könnte, die Initiative zu ergreifen.

Doch im nächsten Moment trat Neugier in ihren Blick, dann Entschlossenheit. Sie beugte sich vor und legte die Lippen auf meine. Ich hielt ganz still. Dies war ein vollkommen anderes Erlebnis, so weich und gemächlich. Ich fühlte jeden Winkel ihres Mundes. Es war ein Kuss, der seine Zeit brauchte. Seinen ganz eigenen Rhythmus hatte. Dann waren ihre Hände in meinem Haar, zogen mich näher, sodass der Kuss leidenschaftlicher wurde, und es schien, als könnten wir einander gar nicht nah genug sein.

»Wie war das?«, fragte sie, außer Atem, als wir uns wieder voneinander lösten. Sie blickte besorgt.

Mit einem Mal befiel mich eine seltsame Schüchternheit. »Das war … großartig.«

»Ich fand es so viel zufriedenstellender«, bemerkte sie aufgeräumt.

Ich fragte mich, woher sie wohl so viel übers Küssen wusste. War sie schon einmal von jemandem geküsst worden? Oder hatte sie sich bloß in ihrer Fantasie den perfekten Kuss ausgemalt? Darüber gelesen? Plötzlich schämte ich mich für meine bisherigen Küsse: Wie roh und lieblos mussten sie auf sie gewirkt haben?

»Ich glaube, ich brauche mehr Übung«, sagte ich.

Ihre Augen funkelten amüsiert. »Ach, meinst du?«

Nachdem wir uns noch eine Weile geküsst hatten, fehlten mir vor lauter Glück die Worte.

»Du hast mir ja jetzt schon nichts mehr zu sagen«, stichelte sie liebenswürdig. »Und ich dachte, du wärst so fasziniert von meinem Verstand.«

»Das bin ich auch. Aber ich sehe dich auch einfach gern an.«

»Lass das bitte.«

Entzückt stellte ich fest, dass ihr Röte in die Wangen stieg. »Wirst du etwa rot?«

»Das ist nur deine Schuld. Hör sofort auf damit!«

»Du bist wunderschön«, sagte ich.

Mit einer Strenge, die mich überraschte, gab sie zurück: »Das bin ich nicht. Mein Gesicht ist allerhöchstens interessant – und das auch nur wegen meiner Augen.«

Ich wusste nicht so recht, was ich darauf erwidern sollte. Sollte ich darauf bestehen, dass sie hübsch sei, oder würde sie das nur noch mehr kränken? Sie schien ein sehr festgelegtes Bild von ihrer Erscheinung zu haben. Einen Moment lang sagte ich gar nichts, dann versuchte ich es mit:

»Na ja, *ich* finde dich jedenfalls hübsch, und es gibt nichts, was ich gerade lieber tun würde, als dich anzusehen.«

»Das würde dir bestimmt schnell langweilig.«

Ich lachte. »Du hättest jetzt antworten müssen: ›Und ich tue nichts lieber, als *dich* anzusehen.‹«

Sie stieß entnervt die Luft aus. »Das wäre eine Lüge. Wo es doch so viele interessantere Dinge anzusehen gibt.«

Ich schüttelte den Kopf. »Du hast wirklich gar keinen Sinn für Romantik, was?«

Ernst blickte sie mich an. »Nein. Damit musst du dich abfinden. Aber wenn es schon nichts Interessantes zu sehen gibt, können wir doch wenigstens über etwas anderes reden. Du hast mir noch überhaupt nicht erzählt, wie eure Ausgrabungen laufen.«

»Ich habe noch ein paar Stellen markiert, aber unsere Vormittage verbringen wir damit, einen von Neds Funden freizulegen.«

Ich erzählte ihr von dem prähistorischen Reptil, auf das er gestoßen war. Sein Schädel war doppelt so groß wie der eines Alligators. Die rissigen Knochen waren fleckig braun und die riesige Augenhöhle mit Stein gefüllt. Seine langen Kiefer und die ineinandergreifenden Zähne waren fest zusammengepresst, als hätten sie etwas gepackt, um es nie wieder loszulassen.

Ich liebte es, wie konzentriert Rachel mir zuhörte – so anders als jeder grantige Lehrer oder mein eigener Vater mit seiner Aufmerksamkeitsspanne von maximal zehn Sekunden. Er war mit den Gedanken immer woanders. Rachel wirkte nie abgelenkt oder ließ mich stehen, um etwas anderes zu tun oder den Raum zu verlassen.

Ich fühlte mich wie ein Kind, das ihr alle seine Kisten und Truhen voll kostbarer Fundstücke präsentierte.

Während ich erzählte, strich sie mit dem Zeigefinger leicht über meinen Handrücken. Es brachte mich ein wenig aus dem Konzept, aber es gefiel mir.

»Eigentlich erinnert es mehr an einen riesigen Waran als an einen Alligator«, fuhr ich fort. »Wahrscheinlich ein Mosasaurier. Ein niederländischer Arzt hat vor ungefähr hundert Jahren schon mal einen in der Nähe von Maastricht gefunden. Ich glaube, mein Vater ist ziemlich enttäuscht, dass er ihn möglicherweise nicht benennen darf.«

»Es ist trotzdem ein fantastischer Fund«, sagte Rachel.

»Nicht so gut wie deiner. Das war wirklich eine Meisterleistung.« An ihrem Lächeln erkannte ich, dass sie sich über mein Lob freute. Mit Komplimenten über Haarspangen oder ihr Aussehen konnte sie nichts anfangen, aber die Fossilienjagd lag ihr wirklich am Herzen. Mehr als alles andere.

»Ich möchte mal Paläontologin werden«, sagte sie.

»Du wirst bestimmt eine wunderbare.«

»Nur wenn mein Vater mich zur Universität gehen lässt.«

»Das sollte er«, sagte ich. »Ich würde es tun.«

»Wirklich?« Sie musterte mich, als wäre sie davon nicht überzeugt.

»Natürlich. Dann könnten wir zusammen auf Expedition gehen.«

Das entlockte ihr ein Lächeln, kurz darauf jedoch ließ uns ein wütendes Rasseln zusammenschrecken. Etwa sechs Meter von uns entfernt sah ich zwei Klapperschlangen, die, kerzengerade aufgerichtet, aus dem Gebüsch ragten. Ihre Hälse waren umeinandergewickelt, und ihre Köpfe wippten auf und ab, während sie sich wanden und immer wieder nach einander schnappten. Fasziniert beobachteten wir die beiden. Zuerst dachte ich, wir würden Zeugen eines Kampfs, dann aber begriff ich, dass es ein Paarungstanz war. Die beiden umkreisten einander wie in Trance, schraubten ihre Körper höher und höher. Umschlangen sich, bis sie eine Art Ring bildeten – und geradewegs auf uns zugerollt kamen. Ich packte Rachels Hand und zog sie zur Seite, doch die Schlangen erreichten uns gar nicht. Ihr Ring brach in sich zusammen, und sie landeten als untrennbar verworrener Haufen im Sand. Wir lachten.

»Die interessieren sich gar nicht für uns«, bemerkte ich.

»Die haben nur Augen füreinander.«

»Genau wie wir.« Wieder küsste ich sie. »Du musst doch nicht schon wieder zurück, oder?«

»Noch fünf Minuten«, sagte sie. »Wenn ich länger bleibe, denken die anderen wahrscheinlich, ich sei entführt worden.«

Zu Hause wäre das alles nie passiert. Rachel und ich. Unsere heimlichen Treffen. Unsere Küsse und Umarmungen. Aber hier draußen, in den Ruinen der Welt, gab es keine Häuser, keine Wände, die uns voneinander fernhielten. Keine verstaubten Regeln und Gesetze, die uns lähmten. Hier draußen wirkte der Gedanke an all das vollkommen lächerlich, diese Welt aus Ziegelsteinen und Holz, aus Papier und abgestandener Luft. Die Steine hier kannten keine Regeln, die Hügel keine Gesetze, und selbst dem Himmel, der sich endlos über uns spannte und über alles wachte, waren wir absolut gleichgültig.

Auf halbem Weg zurück ins Lager machte ich kurz halt, um mich an einem Felsen zu erleichtern.

Es war kein Geräusch gewesen, aber irgendetwas brachte mich dazu, mich umzudrehen. Hinter mir erblickte ich einen Jungen auf einem Pony. Mein erster Gedanke war: *Der gehört hierher*. Er trug nur einen Lendenschurz, der mit einem Gürtel um seine Hüfte befestigt war, und er und sein Pony schienen regelrecht mit den Farben der Landschaft zu verschmelzen. Er wirkte ein wenig jünger als ich. Auf seinem flachen Bauch und den gebräunten Armen zeichneten sich Muskeln ab. Sein nachtschwarzes Haar war zu zwei Zöpfen geflochten, die ihm, mit Perlen und Federn verziert, bis über die Schultern herabhingen. All die Bilder in den Magazinen wurden ihm nicht annähernd gerecht.

Verlegen knöpfte ich meine Hose zu und drehte mich vollends zu ihm um. Er war etwa drei Meter von mir entfernt. Hoch aufgerichtet saß er im Sattel und sah zu mir herunter. Wie er mir so nahe gekommen sein konnte, ohne dass ich es bemerkt hatte, war mir ein Rätsel. Ich sah das Messer an seinem Gürtel und den Bogen, den er um den Hals des Pferds geschlungen hatte.

Ich vermutete, dass er ein Sioux war, aber sicher war ich mir nicht. Da ich nicht wusste, was ich sonst tun sollte, sagte ich: »Hallo.«

Keine Antwort, nur dieser Blick. Er war nicht so groß wie

ich und schmaler. Aber er hatte ein Messer, darum wollte ich ihn lieber nicht gegen mich aufbringen. Vor allem war es jedoch sein Selbstbewusstsein, das mir Respekt einflößte. Er wirkte, als hätte er jedes Recht der Welt, hier zu sein, ganz im Gegensatz zu mir. Als wäre er absolut sicher, dass er mich im Kampf schlagen würde.

»Wie heißt du?«, fragte ich.

Nichts. Vielleicht verstand er mich nicht, vielleicht ignorierte er mich aber auch einfach.

Er kam nicht näher, aber er ritt auch nicht weiter. Ich wusste nicht, was er von mir wollte. Wie sollte es jetzt weitergehen? Wenn ich zurück auf mein Pony stieg und davonritt, würde er mir folgen? Er könnte mich mühelos mit einem Pfeil töten, bevor ich auch nur im Sattel saß.

Mein Blick schweifte zu meiner Satteltasche. Ein Geologenhammer. Eine Ahle. Nichts, was sich sonderlich gut als Waffe eignen würde. Als ich ihn wieder ansah, merkte ich, dass er meinem Blick gefolgt war. Er hob die Augenbrauen. Spöttisch? Herausfordernd? Wie angewurzelt starrte ich zurück.

Dann schnalzte er mit der Zunge, lenkte sein Pony herum und ritt davon. Ganz in Ruhe. Ohne sich nur ein einziges Mal zu mir umzudrehen.

Als ich in den Sattel stieg, zitterten mir die Knie. Auf dem Weg zurück zum Lager sah ich mich immer wieder um, und als ich ankam, berichtete ich sofort Ned und Vater, was passiert war.

»Ein Kundschafter?«, wandte sich Vater an Ned.

»Klingt, als sei er dafür etwas zu jung gewesen«, entgegnete Ned. »Vielleicht war es einfach bloß ein Junge, der allein unterwegs war.«

»Zumindest war er dir offenbar nicht feindlich gesinnt«, sagte Vater leichthin. »Wahrscheinlich hat er genauso einen Schreck bekommen wie du.«

»So hat er nicht gewirkt.«

»Seit dem Vertrag von Fort Laramie herrscht hier weitgehend Frieden«, erklärte Ned. »Was nicht heißt, dass es nicht trotzdem ab und an kleinere Kämpfe gibt. Und wo sich plötzlich so viele Leute für die Black Hills interessieren, wird es wohl wieder schlimmer werden.«

Von den Black Hills hatte ich schon gehört, wusste jedoch nicht mehr, in welchem Zusammenhang. »Was ist an denen so besonders?«

»Na ja, bei den Sioux gelten die als heilige Berge, und laut Vertrag gehört das Land ihnen, nichts dran zu rütteln. Aber jetzt sind da oben ein paar Goldsucher fündig geworden. Gerüchtehalber plant die Armee schon eine Expedition, um sich ein Bild davon zu machen, wie viel es ist.«

»Und was ist mit dem Vertrag?«, fragte ich.

»Tja, wenn sie dort oben wirklich Gold finden, wird der Vertrag wohl nicht mehr viel zählen«, sagte mein Vater. »Dann nehmen sie sich das Land.«

Er klang nicht sonderlich betroffen darüber, was mich überraschte.

»Aber das wäre Vertragsbruch«, wandte ich ein. »Das wäre unrecht.«

»Ganz meine Meinung«, entgegnete er. »Aber die Geschichte der Menschheit ist nun mal eine Geschichte des Eroberns und Erobertwerdens.«

»Die Indianer betrachten sich jedenfalls nicht als erobert«, sagte Ned. »Zumindest noch nicht. Die haben ordentlich Kampfgeist.«

»Mit Pfeil und Bogen gegen Gewehre«, erwiderte Vater. »Da könnten sie genauso gut versuchen, die Gezeiten zu stoppen oder den Lauf der Planeten. Aber wie auch immer – sie führen Krieg gegen die Armee, nicht gegen Leute wie uns.«

In dem Punkt war ich mir nicht so sicher. Und wenn mein Vater den Blick dieses Sioux-Jungen gesehen hätte, würde er vielleicht ebenfalls anders denken.

13

Der Barnum-Mann

Als ich am sechsten Tag, nachdem ich den Pterodaktylus gefunden hatte, ins Lager zurückkehrte, erblickte ich am Fluss einen trinkenden Gabelbock.

»Es hieß doch, wir brauchen frisches Fleisch«, sagte Hugh Friar, der mit seinem Springfield-Gewehr samt Munitionsgürtel vom Pferd sprang. »Dann bringen wir den da gleich mal mit ins Lager.«

Der Gabelbock sah uns, zeigte jedoch keinerlei Anzeichen von Angst, sondern neigte seinen grazilen Hals abermals zum Wasser. Selbst als der erste Schuss durchs Tal hallte – und danebenging –, kam das Tier nicht auf die Idee, zu fliehen, sondern hob bloß den Kopf und sah sich neugierig um. Hugh lud sein Gewehr nach und zielte erneut. Wieder schoss er daneben. Der Gabelbock blickte ihn nun direkt an, als könne er nicht fassen, was für ein schlechter Schütze Hugh war.

Anders als die Studenten hatte ich mir in Omaha kein Gewehr gekauft, also schwang ich mich von meinem Pony und bat Daniel, mir seins zu borgen.

»Sind Sie sicher, Miss Cartland?«, fragte er. »Können Sie denn damit umgehen?«

»Oh ja«, erwiderte ich, als er es mir reichte. »Ich benötige nur eine Patrone, danke.«

Ich ging neben Hugh in Position, der soeben einen dritten Versuch wagte. Diesmal traf er, aber es war ein unsauberer Schuss, der den Gabelbock am Hinterlauf erwischte, sodass das arme Tier mit eindeutig gebrochenem Bein vom Fluss wegstolperte. Es stieß einen erbarmungswürdigen Laut aus.

»Knapp«, murmelte Hugh und lud nach.

Ich zielte. Das Gewehr lag gut in der Hand, die Länge war gerade richtig. Der Schaft schmiegte sich hart und kühl an meine Wange.

Ich hatte bereits mit zwölf Jahren schießen gelernt. Papa hatte mir beigebracht, über Kimme und Korn zu zielen. Mit der Zeit hatte ich herausgefunden, dass ich am besten traf, wenn ich das Korn auf einen Punkt etwas unterhalb des Ziels richtete, sodass, wenn ich abdrückte und der Rückstoß den Lauf hochschnellen ließ, der Schuss nicht über das Ziel hinwegging, sondern für gewöhnlich genau richtig war. Papa sagte immer, ich sei eine gute Schützin. Das erste Tier, das ich erwischt hatte, war ein Rebhuhn. Ich war wie betäubt, als es als lebloses Federbündel vom Himmel fiel. Zuerst hatte ich mir Sorgen gemacht, dass mir übel werden oder ich ein schlechtes Gewissen bekommen würde, doch so war es nicht. Ich war glückselig. Mein erster Gedanke war: So fühlt sich also Macht an. Jedes Geschöpf auf Erden ist auf die eine oder andere Weise ein Jäger.

Ich drückte den Abzug und schoss dem Gabelbock glatt durch beide Schultern. Er brach zusammen und rührte sich nicht mehr. Als ich das Gewehr senkte, musterte mich Hugh, und sein Blick war gleichzeitig verärgert und bewundernd.

»Guter Schuss«, kommentierte er.

Ich gebe nur ungern zu, mit wie viel Genugtuung mich dieses Kompliment und die Tatsache erfüllten, dass ich mit einem Schuss erledigt hatte, was ihm mit dreien nicht gelungen war.

»Alles in Ordnung?«, ertönte da eine Stimme, und ich sah drei Männer auf Ponys, die eilig auf uns zuhielten, und einen einzelnen Wagen in der Ferne. Keiner von ihnen gehörte zu uns. »Wir haben Schüsse gehört.«

»Nur zu Jagdzwecken«, antwortete Hugh und deutete auf den Gabelbock im Gras.

»Gott sei Dank«, sagte der vorderste Reiter, der sich nun ein wenig ungelenk aus dem Sattel schwang. »Wir dachten schon, es gäbe eine Auseinandersetzung.« Er war ein groß gewachsener Bursche, keine zehn Jahre älter als ich, und unter seinem Schlapphut lugten zottelige Haarbüschel hervor. Feine, von seiner Sonnenbräune betonte Fältchen umrahmten seine lachenden Augen. Seine Wangen wirkten etwas hohl, aber er hatte überraschend gute Zähne, wenn sie auch leicht gelblich schimmerten. Insgesamt machte er einen recht ordentlichen Eindruck.

»Können Sie mir sagen, ob Professor Cartlands Lager hier in der Nähe ist?«

»Das ist es«, sagte ich. »Wir sind selbst dorthin unterwegs. Ich bin seine Tochter, Rachel Cartland.«

Er wirkte erstaunt darüber, dass ich ihm antwortete und nicht einer der Studenten. »Ah! Erfreut, Sie kennenzulernen, Miss Cartland. Ich hatte ja keine Ahnung, dass der Professor seine Tochter dabeihat. Mein Name ist Ethan Withrow. In der Stadt sagte man mir, Ihre Gruppe sei auf dem Weg nach Norden. Ich hatte gehofft, Ihren Vater kurz sprechen zu können.«

Trotz seines wettergegerbten Äußeren kam es mir vor, als stammte Ethan Withrow nicht aus dieser Gegend; sein Akzent klang mehr nach Ostküste. Zwar hatte Papa noch nie seinen Namen erwähnt, aber ich ging davon aus, dass auch er Wissenschaftler war oder zumindest Amateur-Fossilienjäger. Nun nahm ich seine Begleiter in Augenschein. Einer der beiden anderen Reiter hatte rotes Haar und einen buschigen Bart und wirkte, als sei er Sonnenbrände und lange Ritte gewohnt. Der dritte Mann war – da war ich mir einigermaßen sicher – ein Indianer, obwohl er das Haar kurz geschnitten und moderne Kleidung trug. Ob Pawnee oder Sioux, konnte ich nicht sagen. War er ihr Führer? Inzwischen war auch der Wagen so nah herangekommen, dass ich den Mann auf dem Kutschbock erkennen konnte. Er hatte etwas Verschlagenes an sich, und ich fragte mich, ob ich ihn auf den Straßen von Crowe schon einmal gesehen hatte, möglicherweise vor einem Saloon.

»Warum laden wir diesen kapitalen Bock nicht auf unseren Wagen«, bot Withrow an, »und machen uns dann zusammen auf den Weg zum Lager?«

Er wirkte vertrauenswürdig, und auch Hugh und Daniel schienen keine Einwände zu haben, also dankten wir ihm und ritten die letzte Meile gemeinsam. Es waren noch nicht alle Gruppen zurückgekehrt, Papa jedoch schon, und ich stellte ihm Withrow und seine Männer vor.

»Was führt Sie in diese Gegend, Mr Withrow?«

»Dasselbe wie Sie, Sir. Die Dinosaurier.«

Glaubte er wirklich, dass wir uns über diese Eröffnung freuen würden? Kein Fossilienjäger teilte gern seine Knochenlager. Wahrscheinlich hatte Withrow keine Ahnung, dass eine Stunde flussabwärts bereits einer von Papas erbittertsten Konkurrenten am Werk war.

»Sind Sie Amateur oder Wissenschaftler? Ich muss gestehen, dass Ihr Name mir nichts sagt.«

»Ich arbeite für Mr Barnum in New York City. Er ist ein umtriebiger Mann, wie Sie vermutlich wissen, immer auf der Suche nach neuen Wundern. Ich bin nur einer von seinen vielen Kundschaftern.«

»Und jetzt will er seinen eigenen Dinosaurier«, vermutete ich.

Withrow schob seinen Hut in den Nacken und wandte sich mir zu. »Je größer, desto besser, das war schon immer Mr Barnums Motto.«

»Verstehe«, sagte Papa. Ich staunte über seine Ruhe, denn ich wusste, dass er innerlich vor Wut schäumen musste. Ich kannte seine Einstellung zu Zirkusdirektoren. Langsam stopfte er seine Pfeife und bot auch Withrow etwas von seinem Tabak an. »Wie erfahren sind Sie denn in der Fossiliensuche, Mr Withrow?«

Er lächelte gutmütig. »Nicht sehr.«

»Wissen Sie zum Beispiel, was das hier ist?« Er nahm mein Notizbuch von einer Kiste und schlug die Skizze eines Hüftbeins auf.

»Das ist ... ein Knochen«, sagte Withrow und stieß ein so selbstironisches Lachen aus, dass es unmöglich war, ihn nicht zu mögen. Ich fragte mich, ob er wirklich so unwissend war, wie er zu sein vorgab. »Fragen Sie mich gar nicht erst, was für ein Körperteil das ist oder gar von welchem Tier er stammt.«

»Sie erscheinen mir ein wenig ungeeignet für diese Aufgabe«, bemerkte Papa.

»Das mag stimmen, Professor. Aber ich lerne schnell, und ich hatte gehofft, dass wir vielleicht beide voneinander profitieren könnten. Ich besitze zwei starke Arme und Thomas hier« – er deutete auf den Indianer – »ist ein erstklassiger Führer. Wir wissen nur nicht, wo wir suchen müssen, geschweige denn – falls wir etwas finden –, was wir vor uns haben. Aber wenn wir von einem Experten wie Ihnen angeleitet würden, könnten wir sicher von Nutzen sein.«

Papa schmunzelte. »Sie schlagen also vor, dass ich Sie zu meinem Konkurrenten ausbilde!«

»Keineswegs«, entgegnete Withrow. »Ich schlage vor, dass wir Sie bei Ihrer Arbeit unterstützen. Und wenn wir etwas entdecken, das Mr Barnum gefallen könnte, nun ja, dann würde er Ihnen einen sehr hohen Finderlohn dafür zahlen.«

»Tja«, sagte mein Vater mit einer Geste, die unser riesiges Lager einschloss, »wie Sie sehen, besteht bei uns kein Mangel an Arbeitskräften oder sonstigen Ressourcen.«

»In der Tat«, sagte Withrow, »Ihre Reise scheint gut finanziert zu sein. Aber denken Sie auch an zukünftige Expeditionen. Die wissenschaftliche Arbeit wirft längst nicht so viel ab wie das Zirkusgeschäft.«

Vielleicht hatte ich Withrow unterschätzt. Er war sehr überzeugend und in diesem Fall hatte er durchaus recht. Papa war ein wohlhabender Mann, aber nicht mal ein wohlhabender Mann war bereit, all sein Geld für Expeditionen aufzuwenden.

Mein Vater verschränkte die Arme, was, wie ich wusste, auf eine anstehende Belehrung hindeutete. »Wie viel wissen Sie über mich, Mr Withrow?«

Der Barnum-Mann grinste. »Nur, dass Sie der berühmteste Paläontologe Amerikas sind, Sir.«

Papa zu schmeicheln, war nicht die schlechteste Strategie, und er wirkte tatsächlich ein wenig versöhnt, wenn auch nicht für lange. »Dann sollte Ihnen auch klar sein, dass ich Wissenschaftler bin und kein Zirkusartist. Wenn ich mich auf eine Zusammenarbeit mit einem Mann wie Barnum einließe, würde ich damit die Seriosität meiner Arbeit und der Naturwissenschaften insgesamt untergraben. Ich bin nicht daran interessiert, die Massen zu unterhalten, sondern einzig und allein daran, die Wahrheit ans Licht zu bringen.«

»Ich weiß, ich weiß, was Sie denken, Professor«, entgegnete Withrow gelassen, als hätte er genau diese Reaktion vorausgesehen. »›Ach, dieser Barnum, der ist doch bloß hinter einer neuen Attraktion her.‹ Und damit liegen Sie auch gar nicht so falsch. Aber Mr Barnum interessiert sich tatsächlich ernsthaft für die Naturwissenschaften. Er hat Universitäten und Museen schon viele äußerst großzügige Spenden zukommen lassen.«

»Nun, wir Wissenschaftler verfügen offensichtlich nicht über Mr Barnums Gabe, Geld zu machen«, versetzte Papa.

»Es gibt keinen Grund, warum Geld und Wissenschaften sich nicht miteinander vereinbaren lassen sollten. Dafür müssten Sie Ihre Entdeckungen lediglich der Öffentlichkeit zugänglich machen.«

»Das tun wir bereits«, erwiderte Papa, »zum Beispiel im Foyer der Akademie der Naturwissenschaften. Haben Sie Joseph Leidys Hadrosaurier dort gesehen?«

»Das ist ein guter Anfang«, räumte Withrow ein, »aber wir müssen noch einen Schritt weiter gehen. In England hat ein gewisser Mr Hawkins Dinosaurierskulpturen angefertigt, mit Haut und Zähnen und Augen, und sie im Crystal Palace ausgestellt. In einem davon konnte man sogar sitzen und zu Abend essen. Was war das noch gleich ... ein ...«

»Iguanodon«, sagte ich, als mir die Bilder aus den Magazinen wieder einfielen.

»Effekthascherei!«, brummte mein Vater.

»Ein bisschen Effekthascherei schadet sicher nicht, wenn Sie damit die Menschen für das begeistern können, was Sie tun, Professor.«

»Mir gefällt der Gedanke, dass man sie so sehen kann, wie sie vielleicht gewesen sind«, gab ich zu. »Für uns ist es leicht, sie sich vorzustellen«, ich sah Vater an, »weil wir so viel Zeit mit ihren Knochen verbringen, aber die meisten Leute können damit überhaupt nichts anfangen. Es könnte helfen, wenn wir mehr Skelette montieren würden – Leidys Hadrosaurier scheint doch eine Menge Besucher anzuziehen.«

»Inzwischen verlangt die Akademie sogar Eintritt, nicht wahr?«, sagte Withrow.

»Eine Schande«, schnaubte Papa.

»Im Gegenteil. Es beweist, wie wichtig Ihre Arbeit ist. Es herrscht einfach so viel Unwissen dort draußen. Sie haben wohl nicht gehört, was Boss Tweed vor einigen Wochen in New York gemacht hat?«

Ich schüttelte den Kopf. Seit wir von Crowe aufgebrochen waren, hatten uns keine Nachrichten mehr von zu Hause erreicht.

»Aber dass Hawkins nach Amerika gekommen ist, um lebensgroße Skulpturen einiger englischer Saurier anzufertigen, wissen Sie, nehme ich an?«

»Für den Central Park«, erinnerte ich mich. Papa hatte mir davon erzählt und war selbstverständlich alles andere als erbaut davon gewesen, dass dieser Brite seine exzentrischen Ideen nun auch in unser Land brachte.

»Genau«, sagte Withrow. »Nun, Boss Tweed hält den bloßen Glauben an die Existenz von Dinosauriern für Blasphemie – es gebe kein Leben auf Erden, das weiter zurückreiche als die Bibel, und in der Bibel stehe nun mal nichts über Dinosaurier. Also hat er ein paar Männer in Hawkins' Atelier einbrechen und seine Arbeit zerstören lassen.«

»Das ist natürlich verabscheuenswürdig«, sagte Vater. »Wenn auch kein großer Verlust für die Wissenschaft. Seine bisherigen Skulpturen waren zumindest völlig abstrus.«

»Nun, Professor, Ihnen ist sicher bewusst, dass Sie bei Ihrer Arbeit auch von unserer Regierung nicht viel Unterstützung zu erwarten haben. Es gibt Männer wie den Senator von Virginia, der die Meinung vertritt, diese Überreste seien des Teufels und sollten besser gar nicht ausgegraben werden.«

»Mit solcherlei Kommentaren, jaja, sind wir durchaus vertraut«, sagte Vater, der an mich gewandt die Augen verdrehte.

»Aber hier geht es um die ganz großen Nummern, die die Schecks ausstellen. Die würden für eine geologische Erforschung des gesamten Westens bezahlen. Das ist natürlich sinnvoll! Sie wollen wissen, wo das Land urbar ist, wo es Wasser gibt, Kohle oder Gold. Und das ist auch wichtig! Aber wo Dinosaurierknochen liegen? Es sieht nicht danach aus, als würde man in Washington jemals Geld für Ihre Art von Arbeit aufwenden oder auch nur die Universitäten oder Museen subventionieren, die es tun könnten.«

Withrow schien gut informiert zu sein. Seine kleine Ansprache war äußerst beeindruckend.

»Alles, was ich damit sagen will, ist, dass es sich auf lange Sicht auszahlen könnte, einen Mann wie Mr Barnum zum Freund zu haben.«

»Und was genau schlagen Sie vor, Mr Withrow?«, fragte Papa ein wenig misstrauisch. »Dass Sie unseren größten Fund einheimsen? Dass wir ihn einfach so Mr Barnum überlassen?«

»Es gibt eine Sache, an der wir besonders interessiert sind.« Er nickte in Richtung seines indianischen Führers. »Thomas ist nicht weit von hier aufgewachsen. Er hat seine Familie durch die Pocken verloren und wäre wohl verhungert, hätte sich nicht ein Wanderprediger seiner angenommen. Aber er beherrscht noch immer die Sprache der Sioux, und dadurch kommen ihm hin und wieder Neuigkeiten von seinem Volk zu Ohren. Eine dieser Geschichten hat mich außerordentlich fasziniert. Ich bin gespannt, was Sie dazu sagen werden. Hat einer von Ihnen beiden jemals von der Dark Beauty gehört?«

Ich schüttelte den Kopf. Sein Tonfall ließ auf eine Legende hoffen, und ich erschauderte in der kühler werdenden Abendluft. Diese Geschichte musste ich unbedingt hören.

»Thomas sollte Ihnen selbst davon erzählen.«

Als Thomas anfing zu reden, wählte er seine Worte mit

Bedacht und hielt nach jedem Satz kurz inne, um ihn ausreichend widerhallen zu lassen. Es war die Geschichte eines jungen Sioux, der sich auf eine sogenannte Visionssuche begab, ein uraltes Mannwerdungsritual. Thomas zeichnete den Ablauf in lebhaften, kühnen Farben. Der Junge wanderte umher, bis er vor Nahrungs- und Wassermangel ins Delirium fiel und eine ganze Nacht lang mit einem Ungeheuer kämpfte, dessen Schädel aus schwarzen Knochen bestand.

Mein Puls beschleunigte sich. Seine Erzählung hatte etwas Hypnotisches, das von Sekunde zu Sekunde stärker wurde.

»Als er wieder zu sich kam, ging bereits die Sonne auf, und er war auf den Beinen, blutüberströmt und in der Faust einen schwarzen Zahn. Er nannte ihn die Dark Beauty.«

Die Erkenntnis traf mich mit solcher Wucht, dass ich Mühe hatte, meine Gesichtszüge unter Kontrolle zu halten. Der schwarze Zahn. Mein Zahn. Ich lauschte gebannt, als Thomas von den magischen Kräften berichtete, die dem Zahn innewohnten, und dass er sich schießen ließ wie ein Pfeil. Aus seinem Besitzer wurde ein großer Jäger und Krieger.

»Sie haben ihn zusammen mit dem Zahn bestattet«, schloss Thomas schließlich, »und seine Grabstätte ein Stück abseits der anderen errichtet.«

Mein Blick huschte von Thomas zu Withrow und dann zu meinem Vater. Genau wie mir musste ihm klar sein, dass hier von unserem Zahn die Rede war, doch er wirkte überraschend gelassen – sogar erheitert.

»Ein wirklich erstaunliches Märchen«, bemerkte er wohlwollend.

Withrow hob die Hand. »Ich erwarte gar nicht, dass Sie das

alles glauben. Dass der Zahn übernatürliche Kräfte besitzen soll und so weiter. Aber ich werde den Gedanken einfach nicht los, dass dieser Bursche auf ein Dinosaurierfossil gestoßen ist.«

»Ohne den Zahn zu sehen«, bluffte Papa, »ist das schwer zu beurteilen. Ich nehme an, Sie selbst haben den Zahn nie gesehen?«

»Nein.«

»Die Prärie-Indianer scheinen, jaja, sehr viel auf Visionen zu geben. Es ist nicht auszuschließen, dass dieser junge Mann nichts als einen interessant geformten Stein gefunden hat.«

»Hier liegen überall Knochen«, warf Thomas bedächtig ein. »Ich habe viele gesehen, als ich noch ein Kind war. Meine Leute glaubten, es seien die Knochen von Himmels- und Seeungeheuern.«

»Nehmen wir einmal an, unser Junge war auf einer solchen Visionssuche und ist dabei tatsächlich auf ein Dinosaurier-Fossil gestoßen«, sagte Withrow und beugte sich vor. »Für mich klingt das durchaus plausibel. Ist Ihnen, Professor, jemals eine Kreatur mit Zähnen von dieser Größe untergekommen? Das müsste doch ein wahres Ungetüm gewesen sein!«

»Wir haben gerade erst begonnen, die Vielfalt dieser Lebewesen zu entdecken, Mr Withrow. Aber ich kann Ihnen versichern, dass ich noch nie von einem Tier mit schwarzen Knochen gehört habe!«

»Wäre es nicht möglich, dass das umliegende Gestein ihn verfärbt hat?«

Es war absolut möglich, das wusste mein Vater genauso gut wie ich.

»Es gibt entsprechende Berichte, ja«, antwortete er. Vielleicht sträubte sich sein Professorenherz gegen eine handfeste Lüge.

»Kohle vielleicht? Man sieht ja so viele verschiedene Gesteinsschichten in den Felswänden hier. Oder Schiefer? Kalkstein?«

Withrow wusste mehr, als er anfangs hatte zugeben wollen, das war klar. Er musterte meinen Vater eindringlich.

»Das wäre möglich«, sagte Papa.

»Was meinen Sie, Professor? Wäre das nicht eine interessante Spur?«

»Wollen Sie damit andeuten, dass Ihr Freund Thomas weiß, wo dieser Zahn gefunden wurde?«

Ich starrte Withrow gespannt an, und mein Herz zog sich zusammen, als er bedauernd den Kopf schüttelte.

»Nein. Nein, das wissen wir nicht. Aber wir sind bereit, hart zu arbeiten, unter Ihrer Anleitung. Und selbstverständlich würde Ihnen die Entdeckung zugeschrieben. Sie könnten das Tier benennen, es untersuchen –«

»Aber die Knochen wären Ihr Eigentum.«

»Ihnen würden dafür die Ehre und der Finderlohn zuteil.«

Das klang nach keinem schlechten Handel, aber ich wusste, dass Papa unter keinen Umständen bereit war, sich von seinen Fossilien zu trennen. Er bewahrte sie in einem verschlossenen Kellerraum der Universität auf und vertraute nur wenigen Auserwählten den Schlüssel dazu an.

»Ich wünsche Ihnen von Herzen Glück bei der Suche, Mr Withrow. Aber wir haben bereits genug Arbeit, um bis zum Ende des Sommers beschäftigt zu sein. Ich möchte Sie lediglich bitten, unseren markierten Ausgrabungsstätten fernzubleiben. Sie werden feststellen, dass diese Gegend im Augenblick regelrecht überlaufen ist. Professor Bolt aus Philadelphia ist ebenfalls hier.«

Withrow hob die Augenbrauen. »Ach, wirklich?«

Ich war überrascht, wie sehr mich das erschreckte. Mir wäre lieber gewesen, Papa hätte ihm nicht von Bolt erzählt. Gut möglich, dass dieser Withrows Angebot annahm, um dadurch mehr Ausgrabungshelfer zu bekommen ... was ihre Chancen, den *Rex* zu finden, beträchtlich erhöhen würde. Zum ersten Mal wurde mir klar, wie sehr ich mir selbst diesen Fund wünschte. Warum sollte er Samuel und seinem Vater auch mehr zustehen als mir und Papa? Jeder von uns hatte einen Zahn – wenn das überhaupt etwas über die Ansprüche aussagte. Natürlich wünschte ich Samuel Erfolg, aber das hieß noch lange nicht, dass er mehr davon haben sollte als ich.

»Ja. Ein Stück flussabwärts. Versuchen Sie es ruhig bei ihm. Vielleicht ist er ja empfänglicher für Ihr Angebot.«

»Vielleicht, ja«, antwortete Withrow.

»Das bezweifle ich«, schaltete ich mich abrupt ein, und Papa warf mir einen fragenden Blick zu. »Diese vergeistigten Wissenschaftler haben alle keinen Sinn fürs Geschäft«, erklärte ich an Mr Withrow gewandt.

»Ha! Nun, vielen Dank für Ihre Zeit, Professor, Miss Cartland. Wir werden uns sicher bald wieder begegnen.«

14

Wortspiele

»Bei uns war er auch«, sagte ich, als sie mir von Ethan Withrows Besuch in ihrem Lager erzählte.

»Ja, er hat gesagt, dass er es bei euch versuchen wollte. Und, arbeitet ihr mit ihm zusammen?«

Ich schüttelte den Kopf und versuchte, mich zu entscheiden, ob sie erleichtert aussah. »Mein Vater hat sich völlig stur gestellt.«

»Hat er euch auch die Legende von der Dark Beauty erzählt?«

»Unglaublich, oder? Hast du ihm verraten, dass du den Zahn gefunden hast?«

»Natürlich nicht!«

Ich grinste. »Sind dir schon irgendwelche seltsamen Kräfte an dir aufgefallen?«

»Ich fühle mich tatsächlich irgendwie unbesiegbar«, gab sie lächelnd zu.

»Das warst du auch vorher schon«, erwiderte ich und meinte es ehrlich. Für mich hatte sie von Anfang an etwas Unzerstörerisches an sich gehabt, so als würde sich tief in ihrem Inneren ein harter Kern aus Selbstvertrauen und Überzeugung, dem nichts und niemand etwas anhaben konnte, verbergen.

»Mir gefällt die Vorstellung, dass der Zahn wie ein Pfeil fliegen soll.«

»Das muss ich noch ausprobieren«, entgegnete sie. »Vielleicht an einem der singenden Studenten.«

Wie gewöhnlich hatte ich sie mit ihrer kleinen Gruppe bei der Fossiliensuche gefunden. Nachdem sie sich erfolgreich davongeschlichen hatte, saßen wir nun zusammen in einer großen, rechteckigen Aushöhlung am Fuß des Hangs. Die Decke und Seitenwände waren so gerade, dass es aussah, als wären sie künstlich in den Fels gehauen worden – eine kleine Bühne, auf der Dinosaurier für ihre Artgenossen Theaterstücke aufführten. Wir mussten leise reden, weil es hier drinnen so hallte.

»Die Prärie-Indianer«, sagte sie, »müssen auf Unmengen von Fossilien gestoßen sein, die hier im Laufe der Jahrhunderte durch natürliche Erosion an die Oberfläche gelangt sind. Ich frage mich, ob sie deshalb an Riesen und Monster glauben. Die Beweise lagen ihnen immerhin buchstäblich zu Füßen.«

»Withrow scheint davon überzeugt zu sein. Ich glaube ja, es wäre keine so schlechte Idee gewesen, mit ihm zusammenzuarbeiten. Wir hätten Hilfe gebrauchen können und Geld auch. Er hat sogar angeboten, uns einen Vorschuss zu zahlen, damit wir länger hier draußen bleiben können. Sein Führer, dieser Thomas, der hätte mit den einheimischen Sioux reden können. Um herauszufinden, wo genau der Zahn herstammt.«

»So etwas könnte leicht schiefgehen.«

»Möglich. Erst vor Kurzem ist mir ein Sioux-Junge über den Weg gelaufen.«

»Hattest du Angst?«, fragte sie und legte mir die Hand auf den Arm.

Ich zuckte möglichst nonchalant mit den Schultern. »Nein. Oder na ja, ein bisschen vielleicht. Er hatte einen Bogen und ein Messer dabei.«

»Mir wäre das Herz stehen geblieben«, gab sie zu, bevor sie beinahe enttäuscht hinzufügte: »Wir sind noch niemandem begegnet. Unsere Kundschafter behaupten, sie hätten den Rauch von Lagerfeuern über der Prärie gesehen, was auf ein Dorf hindeutet. Obwohl ...« Ihr Blick glitt ins Leere, als sie sich an etwas zu erinnern schien. »Einmal, bei den Indianergräbern, hätte ich schwören können, ich hätte auf einem der Hügel einen Reiter gesehen.«

»Ich kann mir nicht vorstellen, dass die sich in eure Nähe wagen würden, wo ihr doch die halbe Armee im Schlepptau habt.«

Ihr Blick blieb nachdenklich. »Jetzt, wo ich weiß, wie viel der Zahn dem Mann bedeutet hat, habe ich ein noch schlechteres Gewissen, ihn genommen zu haben.«

»Es klang doch, als hätten sie ihn am Ende eher als zweifelhaften Segen angesehen.«

»Aber sie haben ihn dem Mann trotzdem mit ins Grab gelegt.«

»Vielleicht ja nur, um ihn loszuwerden. Vielleicht dachten sie, er sei verflucht.«

Natürlich war das Ganze nichts als eine Legende, aber ich war dennoch ein wenig neidisch auf Rachel, dafür, dass der Zahn sich in ihrem Besitz befand. »Und jetzt ist noch jemand auf der Suche nach ihm.«

»Hättest du ihn wirklich einfach fortgeben können, deinen *Rex*?«, fragte sie mich.

Ich atmete aus. »Es wäre mir sicher nicht leichtgefallen. Aber das Wichtigste wäre doch der Moment gewesen, in dem wir ihn gefunden hätten. Ein großer, überwältigender Moment. Und dass wir ihn hätten benennen können.«

»Nach dir!«

»Natürlich! Ich würde nicht wollen, dass ihm jemand anders einen Namen gibt.«

»Withrow schien mir nicht sonderlich erfahren zu sein«, sagte sie, »und er hat weniger Leute als wir.«

»Aber mehr als wir«, entgegnete ich.

»Wäre es dir lieber, dass er ihn findet oder mein Vater?«, fragte sie.

»Am liebsten wäre es mir, wenn *wir* ihn finden würden. Du und ich.« Ich küsste sie.

Nach einem Moment löste sie sich abrupt von mir. »Wie würden wir ihn nennen?«

»Er bräuchte einen majestätischen Namen.« Ich überlegte kurz. »*Tyrannosaurus Rex*! Wie wäre es damit?«

»Tyrannischer Echsenkönig. Nicht schlecht. Und wie würdest du *mich* nennen?«

Ich lachte. »Für dich ... Wie wäre es mit ... *Magevofoterus tigris*?«

Sie runzelte die Stirn, dann lächelte sie. »Hexenäugiger Tiger?«

»Ich glaube, ja.«

»Dein Latein und Griechisch sind mir zwar nicht ganz geheuer, aber der Name gefällt mir.«

»Jetzt ich.«

Sie dachte nach. »*Callidosaurus vulpes.*«

»Den zweiten Teil verstehe ich, aber den ersten nicht.«

»Von *callidus*. Listig. Verschlagen.«

»Ah, also bin ich eine Schlaufuchs-Echse.«

»Genau.«

»Wir könnten doch als Partner auf Fossilienjagd gehen, du und ich. Wir finden die Dark Beauty und verkaufen sie selbst an Mr Barnum.«

Sie lachte. Sie begriff nicht, wie ernst es mir war.

»Warum brennen wir nicht gleich zusammen durch und gehen zum Zirkus?«, scherzte sie.

»Ich würde es tun, wenn du mitkommst.« Doch ich war ein wenig verletzt darüber, wie leichthin sie meinen Vorschlag abgetan hatte.

»Ich sollte langsam zurück«, sagte sie seufzend.

Missmutig trat ich mit der Schuhspitze nach ein paar Steinchen. »Ich hasse es, wenn wir uns verabschieden müssen. Ich weiß nie, was ich sagen soll.«

»Du bist ja albern.«

»Ich dachte, ich bin listig und verschlagen.«

»Nicht in diesem Fall. Sag einfach: ›Bis bald.‹«

Ich zeichnete ein Raster in den Staub, vier Zeilen, vier Spalten, wie bei dem Spiel, das sie mir im Zug beigebracht hatte. Dann schrieb ich in jedes Kästchen einen Buchstaben. Ich folgte den Regeln und achtete darauf, dass die richtigen Kästchen einander berührten.

I	E	B	E
C	H	L	I
D	I	R	A
H	C	H	C

Mein Puls hämmerte. Ich hatte das Gefühl, als wäre mit einem Mal der Himmel aufgerissen und ich schutzlos der Sonne ausgeliefert, während ich wie der Wind über die Prärie ritt. Schnell, schwitzend, atemlos.

Rachel starrte auf die Buchstaben. »Das kann nicht sein.«

Ich runzelte die Stirn, wusste nicht, was sie meinte. »Das war mir gleich am ersten Abend klar«, sagte ich, »als unsere Väter sich geprügelt haben. Ich wusste, dass es passieren würde. Ich liebe dich.«

Die drei Worte hallten in meinem Kopf wider wie ein Donnerschlag. Am liebsten hätte ich sie immer und immer wieder gesagt.

Rachel blickte auf ihre Hände. Dann sagte sie sanft: »Samuel, ich mag dich wirklich sehr …«

»Nein«, fiel ich ihr ins Wort. »Bitte, sag das nicht. Dann will ich lieber nichts hören.«

So dumm. Da hatte ich geglaubt, meine Liebe sei so stark, dass sie sie mit einhüllen würde und sie gar nicht anders könnte, als dasselbe für mich zu empfinden. Ich war ein Schwachkopf.

»Beantworte mir eine Frage«, begann sie. »Zu wie vielen anderen Mädchen hast du das schon gesagt?«

Ihr Blick verlangte Aufrichtigkeit. »Zu einem. Na gut, es waren zwei – aber da habe ich es nicht ernst gemeint.«

»Und warum sollte ich es dir dann jetzt glauben?«

Ich versuchte, meine Gedanken zu entwirren. »Ich *dachte* bloß, ich würde sie lieben … Es war kindisch. Vollkommen anders als das, was ich für dich empfinde.«

Und das war die Wahrheit: Die Worte auszusprechen, fühlte sich dieses Mal tatsächlich vollkommen anders an.

»Da habe ich meine Zweifel«, sagte sie.

»Du glaubst mir nicht?«

Unter zusammengezogenen Brauen bohrte sich ihr Blick in meinen. »Es ist einfach zu früh. Du kennst mich noch gar nicht lange genug.«

»Ich kenne dich gut!«, rief ich.

»Ist alles in Ordnung, Miss Cartland?«, ertönte eine Stimme – Daniel Simpsons, wenn ich mich nicht irrte.

Schnell drückte ich mich tiefer in die Nische. Ich glaubte nicht, dass die anderen uns gehört hatten. Sie wollten bloß nach dem Rechten sehen.

»Komme gleich!«, rief Rachel zurück. Sie stand auf, klopfte sich den Rock ab und zupfte ihr Haar zurecht. Dann drückte sie mir kurz die Hand und marschierte davon.

Als wir zurück ins Lager ritten, überschlugen sich meine Gedanken.

Er konnte es nicht ernst gemeint haben. Es war zu viel, zu früh. Wie konnte irgendjemand sich seiner Liebe so schnell sicher sein? Er war ein unbesonnener Hitzkopf, besonders im Hinblick auf seine Gefühle. Ich mochte dieses Feuer in ihm, wirklich – aber ich traute ihm nicht.

Natürlich fühlte ich mich zu ihm hingezogen, mehr als jemals zu irgendwem sonst. Was er gesagt hatte – dass ich eine wunderbare Paläontologin werden würde und wir zusammen auf Fossilienjagd gehen könnten –, klang so reizvoll. Wie unbeschwert, wie selbstverständlich diese Worte über seine

Lippen kamen, als hätte er keine Ahnung, wie außergewöhnlich seine Ansichten waren. Das gefiel mir. Aber Liebe? Ich war ja nicht einmal sicher, ob ich wusste, wie es sich anfühlte, jemanden zu lieben.

Alles, was ich sicher wusste, hatte ich mir langsam angeeignet – zum Beispiel, wie man akribisch genaue Skizzen von Fossilien anfertigte. Man durfte keine Krümmung, keine Wölbung, keine Kerbe auslassen. Das dauerte seine Zeit. Man musste genau hinsehen und genau überlegen. »Ich liebe dich«, diese drei Worte waren bedeutsam, und ich hatte immer gedacht, man könne sie nur dann aussprechen, wenn man sich absolut sicher war, und nur einer einzigen Person gegenüber.

Samuel war durch und durch impulsiv. Doch sein Gesicht, als er die Worte gesagt hatte – offen wie das eines Kindes. Und wie es in sich zusammengefallen war, als ich erwidert hatte, dass ich ihn *möge*. Aber was hätte ich sonst tun sollen? Lügen? Nein. Das wäre nicht fair gewesen, nicht ihm gegenüber und gegenüber mir selbst auch nicht.

Durch all die Küsse und Umarmungen hatte ich ihm vielleicht einen falschen Eindruck vermittelt. Zu Hause im Osten hätte so etwas eine Verlobung nach sich gezogen. Aber hier draußen war ich leichtsinnig geworden und rücksichtslos dazu. Ich hatte es genossen, mich küssen und umarmen zu lassen. Seinen Blick auf mir zu spüren, seinen Worten zu lauschen – selbst den albernen Dingen, bei denen mir klar war, dass ich nicht das erste Mädchen war, das sie von ihm zu hören bekam. Manchmal hatte ich Sorge, dass mein gesunder Menschenverstand mir zu entgleiten drohte, wenn ich mich nicht selbst auf dem Boden der Tatsachen zurückholte.

Wie leichtsinnig von mir! Ich würde besonnener sein müssen. Wenn Papa davon Wind bekam, würde er mich in den nächsten Zug nach Hause setzen. Und dann hätte ich alles verloren, wofür ich so verbissen gekämpft hatte.

Niemand hatte mir je gesagt, dass er mich liebte. Zumindest nicht, soweit ich mich erinnern konnte. Natürlich konnte es sein, dass meine Mutter es mir zugeflüstert hatte, als Säugling. Doch selbst daran hatte ich meine Zweifel. Sie war ja nicht einmal mehr in der Lage gewesen, mich zu stillen. Vater hatte mir erzählt, man habe eine Amme rufen lassen müssen. Meine Mutter war schon vorher nicht gesund gewesen, und meine Geburt hatte ihr die letzte Kraft geraubt. Es war schwer vorstellbar, dass sie noch zu solch liebevollen Gedanken fähig gewesen war.

Mein Vater jedenfalls hatte sich nie dazu hinreißen lassen. Das war nicht seine Art. Andererseits hatte ich auch noch nie einen anderen Vater so etwas zu seinem Sohn sagen hören. Wenn ich recht darüber nachdachte, waren das wohl einfach keine Worte, die man oft vernahm, zumindest nicht in der Öffentlichkeit. Es waren große Worte. Ich sah sie über dem Horizont aufsteigen wie die Säulen und Arkaden einer antiken Kultur.

Ich wollte sie von Rachel hören. Stellte mir vor, wie ihre Augen dabei blicken würden. Wie sich ihre Lippen bewegten. Wie ihr Atem mein Gesicht streifte. Dieses Bild bekam ich einfach nicht mehr aus dem Kopf.

Als ich am Ende des Tages zurück ins Lager ritt, spukte mir noch immer unser letztes Gespräch durch den Kopf, und ich fühlte mich einsam und niedergeschlagen. Warum hatte sie meine Worte nicht erwidert? Es konnte nicht viele Gründe dafür geben. Der wahrscheinlichste war, dass sie mich einfach nicht liebte. Aber warum nicht? Was hatte ich denn getan oder nicht getan? Gesagt oder nicht gesagt?

Wenn ich als kleiner Junge ein bestimmtes Stück für meine Sammlung haben wollte, dann suchte und suchte ich unermüdlich, bis ich es schließlich fand. Ich war erst glücklich, wenn all die Fächer in meiner Sammelkiste voll waren.

Ich hätte ihr nicht sagen sollen, dass ich sie liebe. Das war zu viel. Ich hätte den Mund halten sollen. Vielleicht hatte ich damit alles kaputt gemacht, und sie hielt mich nun für einen Trottel. Vielleicht hatte ich sie ein für alle Mal verschreckt.

Aber ich sehnte mich mehr als alles andere nach diesen drei Worten.

15

Namensgebung

Sobald der Morgen graute, waren wir auf den Beinen und luden unsere Truhen auf den Wagen.

In den vergangenen fünf Tagen hatten wir sowohl den Monoclonius als auch den Mosasaurier fertig ausgegraben. Vater hatte uns so viel schuften lassen, dass ich Rachel seit fast einer Woche nicht gesehen hatte.

Fünf Tage, in denen meine Hände behutsam Knochen aus Millionen Jahre altem Fels meißelten. Doch meine Gedanken waren bei Rachels Mund. Oder dem kleinen Muttermal an ihrem Hals. Oder ihren strahlenden Augen. Die Gedanken an sie begleiteten das Klopfen meines Hammers, das Kratzen meiner Ahle, jeden einzelnen meiner Herzschläge. Dieses Stück Knochen, das ich gerade freigelegt hatte, das war für Rachel, und das nächste auch. In meinem Kopf erzählte ich ihr meine gesamte Lebensgeschichte, erstellte Listen mit Dingen, die ich sie fragen oder ihr sagen wollte. Und die ganze Zeit dachte ich an den Moment, in dem ich sie wiedersehen würde. Den Moment, in dem sie mir endlich sagen würde, dass sie mich auch liebte.

Am Abend zuvor hatten wir die großen Knochen für ihre Reise nach Philadelphia in Büffelgras gebettet. Vorher hatte ich

Vater dabei geholfen, ihre genauen Fundorte zu skizzieren, damit wir es später zu Hause leichter hatten, sie wieder zusammenzusetzen.

Während Hitch die Pferde anschirrte, gab Vater Ned einen Zettel mit einer Nachricht, die er an die American Philosophical Society telegrafieren sollte.

»Können Sie seine Handschrift entziffern?«, fragte ich Ned.

»Der Professor ist es ein paarmal mit mir durchgegangen.«

»Unsere Funde sollten in der nächsten Ausgabe des Journals erscheinen«, sagte Vater gut gelaunt, »noch bevor wir wieder zu Hause sind! Das ist der richtige Weg, Gentlemen. Die anderen mögen in der Überzahl sein, aber wir sind schneller.«

Er wurde wieder ernst, als er Ned Geld in die Hand zählte. Nach den Kosten für die Fracht, das umfangreiche Telegramm sowie Ausrüstung und Verpflegung für einen weiteren Monat würden wir von Glück reden können, wenn wir irgendwie über den Sommer kamen. Und am Ende auch noch nach Hause gelangten. Das sollte kein Problem werden, wenn wir es schafften, die Pferde zu einem angemessenen Preis zu verkaufen. Dennoch musste ich oft an Withrow und sein Angebot denken.

Vater zwinkerte mir zu. »Vielleicht müssen wir in Crowe wieder ein bisschen Billard spielen, was?«

Was mich nicht gerade ruhiger stimmte. Vater dachte noch immer, dass ich all das Geld gewonnen hatte. Und noch etwas, wovon er nichts wusste: Ich hatte etwas von dem Geld, das Mrs Cummins mir zurückgegeben hatte, für mich behalten. Zum einen, weil es mir sicherer schien, wenn mein Vater keinen Zugriff darauf hatte – der würde es womöglich verlieren, die Fossilienkisten damit ausstopfen oder ein Lagerfeuer anzünden.

Und zum anderen, weil ich gern selbst ein wenig Geld haben wollte. Mein Leben lang war ich von Vater abhängig gewesen und dies gab mir ein gutes Gefühl von Selbstbestimmtheit.

Nach einem hastigen Frühstück luden Hitch und Ned die letzten Sachen auf den Wagen.

»Ich habe meinen Revolver in deiner Bettrolle versteckt«, flüsterte Ned mir zu. »Ich weiß, dass dein Pa nicht damit einverstanden wäre. Darum bleibt die Sache besser unter uns, in Ordnung?«

»Danke«, sagte ich.

»Wir sehen uns morgen.«

Mit einem unguten Gefühl sah ich den Wagen verschwinden. Ich war genauso besorgt um die Sicherheit der beiden wie um unsere eigene. Wieder dachte ich an den Sioux-Jungen. An den Rauch, der sich jenseits der Badlands am Himmel kräuselte. Gut, Cartlands Kavallerie war bloß eine Stunde entfernt, aber andererseits war unser Trupp gerade um die Hälfte geschrumpft.

Kurz bevor es dunkel wurde, erreichte eine Gruppe von Soldaten mit einem Postsack aus Crowe das Lager. Zu meiner Überraschung war ein Brief von Tante Berton für mich dabei. Es war ein einzelnes, cremefarbenes Blatt Papier, auf dem sie mich drängte, schnellstens nach Hause zu kommen, und ihrer Sorge um meinen guten Ruf Ausdruck verlieh, da ich nun schon so lange unter Soldaten und Wilden und toten Dingen lebte. Ich lachte laut auf und wollte Papa den Brief gerade vorlesen, als ich sah, dass er selbst einen in der Hand hielt.

»Von wem ist der?«, fragte ich.

»Dem Postmeister, jaja, in Crowe.«

Sein Blick huschte über die Zeilen. »Wie es scheint, war unser Freund Bolt nicht untätig.«

»Was liest du denn da überhaupt?«

Ohne aufzusehen, antwortete er: »Ich habe mit dem Postmeister eine Abmachung getroffen, dass er mich informieren soll, wenn Bolt Fracht oder Telegramme in den Osten schickt.«

»Papa! Das ist Privatsache!«

Er blickte unwirsch zu mir hoch. »Offenbar nicht in Crowe. Der Mann war so nett, mir eine Abschrift zukommen zu lassen.« Er sah zurück auf den Zettel. »Bolt hat einen Mosasaurier, nichts Neues so weit ... Ach, und, jaja, er hat schon angefangen, seine Funde zu benennen ... *Monoclonius crassus*, sehr schön ...«

Er sprach ruhig, aber seine hohe Stirn war gerötet, und er wirkte sichtlich wütend darüber, dass sein Rivale vor ihm eine neue Art entdeckt hatte.

»... schlampige Arbeit, wie gewohnt. Ich hätte wissen müssen, dass er so vorgehen würde. Ansprüche anmelden, bevor er auch nur wieder zu Hause ist. Und sich darauf verlassen, dass später andere, wie ich zum Beispiel, die Fehler ausbügeln –«

Als er abrupt innehielt und die Brauen zusammenzog, wusste ich, dass irgendetwas ihn noch mehr aufgebracht hatte.

»Was?«, fragte ich besorgt.

»... Schädelteile, Scapula, Humerus, Ulna, vierter Mittelhandknochen, vier Zehenglieder ...« Er blickte hoch und mit einem Mal war ihm jegliche Farbe aus dem Gesicht gewichen. »Er hat einen Pterodaktylus mit einer Flügelspanne von rund zehn Metern. Einen Flügel und einen Kopf! Und er hat ihn *Quetzalcoatlus bolti* genannt!«

»Nein.« Samuel hätte es mir erzählt, wenn sie einen Pterodaktylus gefunden hätten. Es sei denn, das alles hatte sich erst in den vergangenen fünf Tagen ereignet, in denen ich ihn nicht gesehen hatte. Aber hätten sie in so kurzer Zeit so große Teile eines Skeletts freilegen können?

»Er hat unser Fossil geklaut!«, knurrte mein Vater gepresst.

»Was?«, fragte ich, noch immer so in Gedanken, dass ich nicht begriff, was er meinte. »Gestohlen?«

»Aus unserem Hang.«

»Das würde doch niemand tun!«

»Nein? Vielleicht würde das erklären, warum wir keinen Schädel und nur einen Flügel gefunden haben.«

»Meinst du nicht, das hätten wir gemerkt?«

»Nicht, wenn er nachts gekommen wäre, jaja. Bolt würde ich das zutrauen. Er ist ein geschickter Gräber; es wäre durchaus möglich, dass wir seine Sabotage nicht bemerkt hätten. Und die Studenten lassen überall am Hang Bruchgestein herumliegen, das reinste Chaos.« Er blickte mich scharf an. »Hast du dich mit dem Jungen getroffen? Ihm irgendwas erzählt?«

»Natürlich nicht!« Ich war schockiert über seine Anschuldigung – und gleich darauf über meine eigene glatte Lüge.

Die Zweifel waren immer da gewesen, hatten in meinem Bewusstsein geschlummert, und jetzt begannen sie, sich zu regen und ihre Tentakel auszustrecken. Hatte Samuel seinem

Vater irgendetwas von dem, was ich ihm anvertraut hatte, weitererzählt? Spionierte er mich etwa immer noch aus? Was sonst von dem, was er zu mir gesagt hatte, war gelogen gewesen?

»Kann es nicht sein«, entgegnete ich hoffnungsvoll, »dass sie einfach selbst einen gefunden haben?«

Mein Vater schritt auf und ab. Sein Kanonenkugelkopf bebte auf seinen Schultern. »Das würde mich sehr überraschen. Ich werde ihn sofort zur Rede stellen!«

»Und zugeben, dass du seine Telegramme gelesen hast? Das ist nämlich strafbar.«

»Hier draußen gelten andere Gesetze«, erwiderte mein Vater ausweichend, doch er schien wieder ein wenig zur Vernunft zu kommen. »Bolt ist ein Dieb, das steht außer Frage, aber im Moment können wir ihm das unmöglich nachweisen. Es zu versuchen, wäre Zeitverschwendung. Außerdem wird er ohnehin bald feststellen, dass seine Eile vergebens ist.«

»Wieso?«

»Bevor wir von Crowe aufgebrochen sind, habe ich dem Herausgeber des Journals der Philosophical Society ein Telegramm geschickt und mit ihm vereinbart, dass er in dieser Saison nur meine Entdeckungen veröffentlicht. Bolt wird sich ein anderes Magazin suchen müssen.«

Der Schock muss mir ins Gesicht geschrieben gestanden haben, denn Papa fügte gleich darauf hinzu: »Keine Sorge, meine Liebe. Daran ist nichts Verwerfliches. Es ist ein ganz und gar legitimes Abkommen, jaja. Bolt kann seine Entdeckungen weiterhin veröffentlichen, nur eben nicht in diesem

Journal und später, als ihm wahrscheinlich lieb ist. Bedeutend später.«

Damit drehte er sich um und ließ mich mit meinem Gedankengewirr allein. Ich fragte mich, wem ich weniger trauen konnte: meinem Vater oder Samuel Bolt.

Ich hatte kaum Hallo gesagt, als sie hervorstieß: »Habt ihr einen Pterodaktylus gefunden?«

Unter ihrem stechenden Blick keimte sofort ein schlechtes Gewissen in mir auf. »Nein. Das hätte ich dir doch erzählt!«

»Und du hast deinem Vater auch nichts von unserem verraten?«

Ich schüttelte den Kopf. »Was ist denn los?«

Sie ließ die Schultern hängen. »Ich weiß einfach nicht, ob du die Wahrheit sagst.«

»Natürlich tue ich das! Was hast du denn plötzlich?«

Mit einem Mal schien mein schlechtes Gewissen auf sie übergesprungen zu sein. »Mein Vater …« Sie senkte den Blick und setzte dann von Neuem an. »Er hat den Postdirektor von Crowe bestochen, damit er ihn die Telegramme deines Vaters lesen lässt.«

»Was?« Ich hatte die Tiraden meines Vaters über Cartlands Intrigen stets für übertrieben gehalten. Aber das war doch nun wirklich die Höhe! Bevor ich noch etwas sagen konnte, hob Rachel flehend die Hand.

»Ich weiß, es ist schrecklich, aber bitte hör mir erst zu. In dem Telegramm deines Vaters stand, er habe eine neue Art von

Pterodaktylus gefunden. Von der Beschreibung her klingt er exakt wie unserer, nur dass er den Schädel und den linken Flügel hat – genau die Teile, die uns fehlen.«

Empörung durchzuckte mich. »Und jetzt denkst du, mein Vater hätte sich an eurer Ausgrabungsstätte zu schaffen gemacht?«

»Warum hätte er dir sonst nicht erzählen sollen, dass er einen Flugsaurier gefunden hat?«

»Der einzige Dieb hier ist *dein* Vater!«, gab ich zurück. »Hat er dir eigentlich erzählt, was damals in den Mergelgruben von New Jersey passiert ist? Nein? Dass er hinter dem Rücken meines Vaters mit dem Besitzer ausgehandelt hat, die besten Fossilien zugeschoben zu bekommen?«

»Davon weiß ich nichts.«

Einen Moment lang schwiegen wir beide. Meine Gedanken überschlugen sich. Versuchte Cartland, meinem Vater ein Verbrechen anzuhängen? Als Erklärung für sein unvollständiges Skelett? Wenn ja, hätte er seiner Tochter eine wirklich haarsträubende Lügengeschichte aufgetischt.

»Ein paar unserer Studenten behaupten, sie hätten ihn von Weitem gesehen«, sagte sie schließlich.

»Gut, nehmen wir mal an, mein Vater hat eure Ausgrabungsstätte gesehen. Wie hätte er denn die Teile ausgraben sollen, ohne dass eure Leute es bemerkt hätten?«

»Bei Nacht.«

Es traf mich, wie selbstverständlich sie davon ausging, dass mein Vater schuldig war. Doch ich durchforstete bereits selbst mein Gedächtnis. Und stieß dabei auf all die Nächte, in denen ich aufgewacht war und mein Vater nicht neben mir in unserem Zelt gelegen hatte. Besonders das eine Mal, als ich ihn am Lagerfeuer gefunden hatte, voller Schmutz und Staub, sogar bevor Hitch wach war. Er war schon immer ein Frühaufsteher gewesen und hatte einen unruhigen Schlaf, darum hatte ich mir nichts dabei gedacht.

»Das kann nicht sein«, zischte ich, wütend über die schiere Möglichkeit, dass sie recht haben könnte. »Alles, was wir sicher wissen, ist, dass dein Vater das Gesetz gebrochen hat, um meinen auszuspionieren. Weil er neidisch ist, dass wir schneller vorankommen. Denn das tun wir!«

Sie sah weg. Dann fügte sie stockend hinzu: »Da ist noch etwas«, und erzählte mir von Cartlands Übereinkunft mit dem Journal, bevor sie Crowe verlassen hatten.

»Jetzt reicht es!«, schimpfte ich. »Das muss ich meinem Vater erzählen.«

Sie starrte mich finster an. »Nur zu. Bei der Gelegenheit kannst du ihn auch gleich fragen, wo er seinen Pterodaktylus herhat.«

Wieder schwiegen wir. Sie hatte recht. Wenn ich mit der Sache zu meinem Vater ging, würde auch alles andere auffliegen. Meine geheimen Treffen mit Rachel. All die Geheimnisse, die wir einander anvertraut hatten.

»Unsere Väter …«, begann ich, brach jedoch wieder ab.

»Was mein Vater getan hat, ist schrecklich«, räumte sie ein. »Ich schäme mich furchtbar für ihn. Und was deinen angeht – du musst zugeben, dass das alles sehr verdächtig wirkt.«

Ich nickte niedergeschlagen. Ich wusste, dass mein Vater ein Heißsporn war, aber die Vorstellung, dass er seinen Rivalen bestohlen haben könnte, tat einfach zu weh.

Rachel schwieg einen Moment, bevor sie mir unverwandt in die Augen sah. »Und du wusstest wirklich nichts von alldem?«

Ich blinzelte. »Willst du jetzt auch noch wissen, ob *ich* dabei meine Finger im Spiel hatte?«

Sie ließ sich nicht beirren. »Ja oder nein?«

»Nein! Ich wünschte, ich könnte es dir beweisen!« Ich fühlte mich absolut hilflos. »Was auch immer mein Vater getan hat, ich hatte nichts damit zu tun.«

Es war, als beobachtete sie mich aus weiter Ferne, und ich wünschte mir nichts dringender, als dass sie zu mir zurückkehrte. Ich musste diese Sache in Ordnung bringen, aber ich wusste einfach nicht, wie.

»Ich muss gehen«, sagte sie unerwartet. »Sonst schöpfen sie Verdacht.«

»Noch nicht«, bat ich verzweifelt, »nicht so.«

»Ich muss«, sagte sie und ging.

An diesem Abend war Vater bester Laune. Er hatte einen Knochen mit Gelenk gefunden, ebenso wie Ned, der seit dem frühen Nachmittag aus Crowe zurück war. Als wir uns vor dem Abendessen im Fluss wuschen, berichteten die beiden einander eifrig von ihren Entdeckungen und debattierten, welches Skelett wir als Erstes ausgraben sollten. Ich schwieg, noch immer tief im Kaninchenbau meiner Gedanken gefangen – bis ich meinen Vater sagen hörte:

»Wenn wir so weitermachen, haben wir bald schon wieder drei neue Arten zusammen.«

Schon wieder drei. Der Monoclonius. Der Mosasaurier. Und …

Mit einer bösen Vorahnung fragte ich: »Was war die dritte?«

Das Lächeln meines Vaters gefror. Dann gluckste er in sich hinein. »Da habe ich wohl unseren *Rex*-Zahn mitgezählt.«

»Hast du den Zahn dem Journal gegenüber etwa schon erwähnt?«, fragte ich. »Das wäre ein bisschen früh, meinst du nicht?«

Ich warf einen Blick zu Ned hinüber, der dreinblickte, als rumorte ihm eine zu fettige Mahlzeit im Magen. Doch auch er sagte nichts.

»Also, was war der dritte Fund?«, bohrte ich nach.

Ned ließ den Kopf hängen. Er war einfach zu ehrlich, um sich eine solche Lüge nicht ansehen zu lassen.

»Ich bin auf Teile eines Pterodaktylus-Skeletts gestoßen«, gab Vater schließlich zu, »habe sie in letzter Minute mit in den Osten geschickt. Ganz vergessen, dir davon zu erzählen.«

Diese Lüge traf mich am schlimmsten. So halbherzig. Hielt er mich denn für einen kompletten Dummkopf? Wir hatten alle unsere Funde miteinander besprochen. Hatten abends gemeinsam die Knochen vermessen, über ihre Funktion und Anatomie spekuliert. Er hätte niemals vergessen, mir von einem solchen Fund zu erzählen – es sei denn, er wollte ihn vor mir geheim halten.

»Wo hast du sie denn entdeckt?«, hakte ich nach. Wenn er dieses Spiel weiterspielen wollte, würde ich es ihm so schwer wie möglich machen.

Vater knöpfte sein Hemd zu und zog sich die Hosenträger wieder über die Schultern.

»Ned?«, versuchte ich es bei ihm.

»Professor«, wandte dieser sich unglücklich an meinen Vater. »Ich glaube, diese Frage sollten lieber Sie beantworten.«

Vater wischte sich das Wasser von der Stirn. »An einer von Cartlands Ausgrabungsstätten. Sie hatten die Sache vollkommen vermasselt. Hatten einen Flügel und die Hinterbeine ausgegraben, ein Stück vom Becken – es war offensichtlich, dass sie den Rest nicht mehr finden würden. Ned und ich haben uns nur ein bisschen umgesehen und mitgenommen, was sie übersehen hatten. Den Schädel und den anderen Flügel.«

»Nachts.«

»Natürlich nachts. Ich wollte mir bloß ein Bild machen, wie er vorankommt. Hatte nicht vor, irgendwas anzurühren – aber dieser Pterodaktylus. Ein Koloss, sage ich dir! Viel größer als die, die sie in Europa gefunden haben.«

»Und was ist mit eurer Abmachung? Dass niemand die Ausgrabungsstätten des anderen betritt?«

Anstelle von zerknirscht wirkte sein Gesicht regelrecht kampflustig. »Ich habe nichts von dem angerührt, was sie schon freigelegt hatten. Seinen Teil des Skeletts darf er gern behalten.«

»Den Schädel hätten sie sicher auch noch selbst gefunden!«

Eine wegwerfende Geste. »Ach wo, wahrscheinlich habe ich diese Knochen davor bewahrt, zurückgelassen oder von seinen tollpatschigen Studenten zu Brei zertrampelt zu werden.«

Wie gewohnt war mein Vater nicht um Worte verlegen. Er drehte sich die Dinge einfach so, wie sie ihm passten. Doch selbst an seinen Maßstäben gemessen, war dies ein starkes Stück.

»Du wolltest einen Flugsaurier, also hast du seinen gestohlen«, beharrte ich.

»Das war er mir ja wohl schuldig, nach New Jersey!«

»Aha, da kommen wir der Sache näher.«

»Wenigstens *ein* Fossil! Ich nehme mir nur, was mir zusteht. Cartland wäre jetzt nicht einmal hier ohne mich – und Ned. Er hat mehr Geld und Männer auf seiner Seite, als ich jemals bekommen könnte, und du, Samuel, solltest keine Sekunde an seinen bösen Absichten zweifeln. Er will mir so viele Funde abspenstig machen wie nur möglich. Nein, ich gehe sogar noch weiter: Er will mich ruinieren!«

Ich dachte daran, wie Cartland ihn in Philadelphia vor aller Augen bloßgestellt hatte. Wie er uns durch den Postdirektor ausspionieren ließ. Wie er meinen Vater daran hinderte, seine Entdeckungen zu publizieren. Vor diesem Hintergrund wirkte das Wort »ruinieren« nicht gänzlich abwegig.

Ich hätte meinem Vater erzählen können, was ich wusste. Dann hätte er wenigstens ein anderes Journal finden und seine Funde schneller veröffentlichen können. Doch dann würde er auch von mir und Rachel erfahren. Und im Moment war ich mir nicht sicher, ob ich ihm überhaupt helfen wollte. Ich war wütend und entsetzt über das, was er getan hatte, darüber, wie er sich zu rechtfertigen versuchte. Noch mehr verärgerte es mich jedoch, dass er die Dinge zwischen Rachel und mir so kompliziert machte. Seine Gier war der Grund, dass sie sich von mir zurückgezogen hatte. Sie liebte mich nicht, und jetzt zweifelte sie auch noch an meiner Ehrlichkeit.

»Das macht es nicht besser«, sagte ich zu ihm. »Ich finde das widerwärtig!«

Er fuhr zu mir herum und seine Augen glühten vor Zorn.

»Sprich nicht in diesem Ton mit mir«, sagte er kalt. »Das geht dich alles nichts an. Hier geht es um mich und meine Zukunft.«

Hitze pulsierte in meinen Schläfen. »Einen Dieb zum Vater zu haben, könnte sich sehr wohl auch auf meine Zukunft auswirken!«

Seine Schultern spannten sich an. Eine Sekunde lang dachte

ich, er würde mich schlagen. Stattdessen aber wandte er sich ab und ging davon. Als hätte *ich* etwas Unverzeihliches getan.

Also erzählte ich ihm nichts. Ich würde ihm nicht mehr helfen. Ganz wie er gesagt hatte, das alles ging mich nichts an. Sollten er und Cartland ihren Kleinkrieg ruhig allein ausfechten. Mochte der größere Schurke gewinnen.

16

Fossilienjagd

In aller Frühe brachen wir auf, als Erde und Gras noch schlummerten und ihre nächtliche Süße in die Luft hauchten, bevor die Hitze einsetzte. Die Sonne sandte lange Strahlen aus und schien alles zu verzaubern, was sie berührte. Der tristeste Baumstumpf, die bleichsten Blätter, der steinige Boden, selbst meine Haut – alles begann zu schimmern und erstrahlte vor Schönheit. Doch es verging einfach immer zu schnell, dieses wunderbare Licht.

Die ganze Zeit versuchte ich, nicht an Samuel zu denken, was jedoch lediglich dazu führte, dass sein Gesicht und seine Stimme mir pausenlos durch den Kopf spukten. Ich hatte furchtbar schlecht geschlafen.

Von einer Anhöhe aus erspähte ich mehrere Gestalten auf einem fernen Hügel und meinte, Ethan Withrow und seine Männer zu erkennen. Als ich die Hand hob, winkte einer von ihnen zurück. Ich fragte mich, wie erfolgreich sie wohl bislang gewesen waren.

Kurz darauf waren wir wieder unten in den Schluchten und drangen in einen Abschnitt der Badlands vor, den wir noch nicht erkundet hatten. Zwei Soldaten begleiteten uns, weil wir weiter als sonst vom Lager entfernt waren. Daniel Simpson markierte im Reiten unseren Weg auf der Landkarte und zog immer wieder seinen Kompass zurate. Ob Sam mich hier draußen finden würde?

Wir pflockten die Ponys an einer grasbewachsenen Stelle an und setzten unseren Weg zu Fuß fort. Als Erstes kletterten wir auf einen Hügel, um uns zu orientieren. Wenn man einmal das Schluchtenlabyrinth verlassen hatte, wirkten die Badlands regelrecht geordnet. Ich ertappte mich dabei, wie ich nach Sam Ausschau hielt.

Als wir ein Plateau erreichten, beratschlagten wir darüber, wie wir das Gebiet am besten für die Fossiliensuche strukturieren sollten. Ich wandte mich nach Osten und suchte den Hang nach einer Stelle ab, an der man am bequemsten in das enge Tal absteigen konnte. Die Sonne ergoss sich langsam über die Hügelflanke und brachte den Beifuß und das Gestein zum Leuchten.

Nach einer Weile entdeckte ich eine Reihe massiver Felsen, die gute Stufen abgeben würden. Und dann hielt ich inne, als mir klar wurde, dass ich keine Felsen vor mir hatte, sondern die größten Rückenwirbel, die ich je gesehen hatte.

Es dauerte vier Tage, bis ich sie wiederfand, so weit draußen waren sie. Ich fragte mich, ob sie versuchte, mir aus dem Weg zu gehen. Es begleiteten sie mehr Leute als gewöhnlich, unter anderem Soldaten. Ich fand ein gutes Versteck auf einer nahen Hügelkuppe. Dank des engen Tals konnte ich ohne größere

Schwierigkeiten nah genug an sie herangelangen, um ein Steinchen nach ihr zu werfen. Im Moment kauerte sie mit ihrem Hammer und der Ahle auf dem Boden. Hatte nicht ein einziges Mal aufgesehen, seit ich hier war.

Und diese Knochen –

Fantastisch. So groß, dass man sie gar nicht übersehen konnte. Eine Reihe verwitterter Kolosse, eindeutig Rückenwirbel, und dazu gewaltige Oberschenkelknochen. Mir wurden die Knie weich vor Sehnsucht. Die Dark Beauty? Hatten sie sie gefunden? In meiner Nähe begannen Grillen, einen ohrenbetäubenden Lärm zu veranstalten. Trotz der dicken Schicht Schweineschmalz fielen die Moskitos in Scharen über mich her. Es kümmerte mich nicht. Ihre Bisse juckten ohnehin nicht mehr so sehr wie am Anfang. Ich musste lange warten, bis Rachel sich von den anderen entfernte, um sich ein stilles Fleckchen zu suchen.

Ich schob mich rückwärts, um ein Stück weiter den Hang hinunterzuklettern. Zu spät bemerkte ich, dass mein Fuß eingeschlafen war. Ich strauchelte, fiel hin und kugelte den kompletten Hang hinunter. Unten angekommen, rappelte ich mich aus dem Staub hoch und humpelte weiter wie ein Buckliger. Als ich sie fand, hockte sie auf einem Felsen, kurz davor, sich die Unterhose herunterzuziehen. Bei meinem Anblick schnappte sie nach Luft.

»Ich bin's nur«, sagte ich.

»Ich dachte schon, du wärst irgendein verrückter Eremit.«

Halbherzig klopfte ich mir den Staub von den Kleidern. »Das ist ja ein großartiger Fund.«

Sie musterte mich argwöhnisch. Dachte sie etwa, ich wäre gekommen, um zu spionieren?

»Du hattest recht mit meinem Vater«, platzte es aus mir heraus in meinem Eifer, die Sache aus der Welt zu schaffen. »Er hat die Knochen von eurer Ausgrabungsstätte gestohlen.«

Sie nickte schweigend. Kein Erstaunen, aber auch keine Genugtuung.

»Ich hatte nichts damit zu tun. Ich überlege die ganze Zeit, wie ich es dir beweisen kann, aber es geht nicht. Darum hoffe ich, dass du mir einfach glaubst.«

»Das tue ich«, sagte sie.

Ich riss überrascht die Augen auf. »Wirklich?«

»Ja. Ich habe mich dazu entschlossen, dir zu glauben.«

Bei ihr klang es wie eine nüchterne, vollkommen emotionslose Entscheidung. Das versetzte mir einen kleinen Stich, aber ich sollte wohl dankbar sein.

Dann sagte sie: »Ich müsste jetzt wirklich kurz allein sein.«

»Ach so. Natürlich.« Ich entfernte mich ein Stück und kehrte ihr den Rücken zu.

»Noch ein bisschen weiter, bitte.«

Ich ging noch ein paar Schritte, bis sie zufrieden schien.

»Hast du die Knochen gesehen?«, fragte sie dann. Sie klang kein bisschen misstrauisch mehr, nur noch aufgeregt.

»Sie sind unglaublich«, erwiderte ich. »Geradezu gigantisch!«

»Die Wirbel lagen einfach dort herum! Sie sind nicht im allerbesten Zustand, aber allein, sie zu *sehen*! Du kannst jetzt zurückkommen.«

Als ich mich wieder zu ihr umdrehte, leuchteten ihre Augen vor Begeisterung. »Die Oberschenkelknochen sind so lang, wie mein Vater groß ist. Wenn man sie aufstellen würde, könnte man sie für Baumstämme halten!«

Sie berichtete mir, was sie sonst noch freigelegt hatten. In meiner Fantasie wurde die Kreatur größer und größer – genau wie meine Erleichterung. Dieser Dinosaurier war zu groß, um der *Rex* zu sein, den mein Vater berechnet hatte. Also war er es vielleicht doch nicht, sondern bloß … Mein Herz zog sich zusammen. Sondern bloß der größte Dinosaurier, der jemals gefunden wurde. Und er gehörte Cartland.

»Was hast du denn in der Zwischenzeit gefunden?«, drängte Rachel.

»Glaubst du, du könntest mich irgendwann lieben?«, rutschte es mir heraus.

Das Leuchten in ihren Augen verblasste ein wenig. Sie trat auf mich zu und legte mir sanft die Hände auf die Schultern. »Ich bin mir noch nicht ganz im Klaren über meine Gefühle. Solche Dinge brauchen ihre Zeit bei mir, und ich bin gerade ziemlich verwirrt. Im Moment möchte ich einfach nur graben und mich voll und ganz darauf konzentrieren.«

»Das kannst du?«

Sie nickte. »Ja, meistens denke ich an nicht viel anderes, wenn ich einmal bei der Arbeit bin.«

Ich nickte niedergeschlagen. »Bei mir funktioniert das nicht. In den letzten Wochen war ich wohl kein sonderlich brauchbarer Fossilienjäger. Selbst wenn ich über den Schädel des *Rex* stolpern würde, würde ich wahrscheinlich einfach weiterlaufen. Zu abgelenkt.«

Sie lächelte schwach. »Du bist ein wahrer Quell der Emotionen.«

Ich hatte den Verdacht, dass sie sich über mich lustig machte, und wandte mich ab. »Wenigstens bin ich *fähig* zu Emotionen.«

»Soll ich dir denn etwas vorspielen, was ich überhaupt nicht empfinde?«

Es tat weh, das zu hören, darum merkte ich kaum, was ich als Nächstes sagte. »Ich hätte gedacht, du wärst dankbar –«

»Dankbar?«, wiederholte sie mit erhobenen Augenbrauen. »Du meinst, weil du so gut aussehend und charmant bist und ich so hässlich?«

»Ja!« Ich wollte Tränen in ihren Augen sehen. Ich wollte sehen, dass ich sie verletzten konnte.

»Ich weiß, dass ich nicht hübsch bin«, entgegnete sie. »Das ist mir weder neu noch kannst du mich damit aus der Fassung bringen.«

Sie war eine Festung. Nichts konnte ihr etwas anhaben. Was mich nur noch wütender machte.

»Dein Herz muss aus derselben Substanz bestehen wie deine Zähne!«

Sie starrte mich an, und ich fragte mich, ob sie nun zurückschlagen würde. Endlich.

»Und trotzdem«, entgegnete sie, »ist es dir gelungen, dir einen Weg hineinzuscharren wie ein schlauer Fuchs.«

Das ließ mich innehalten. »Sollte das jetzt romantisch sein?«

»Mein Herz besteht *nicht* aus Zahnschmelz«, bemerkte sie mit finsterem Blick.

»Du hast was Romantisches zu mir gesagt!«

»Gar nicht.«

Doch sie konnte sich das Lächeln nicht verkneifen und ihre Wangen röteten sich.

»Du bist so albern«, sagte sie dann. »Du siehst aus, als hättest du gerade einen historischen Sieg eingefahren.«

Genau so fühlte ich mich auch, also ging ich zu ihr und küsste sie. Nach einem Moment machte sie sich von mir los. »Hör mal, ich habe das eben ernst gemeint. Ich möchte mich eine Weile auf diese Ausgrabung konzentrieren. Das ist alles so aufregend.«

Ich nickte und sagte nichts.

»Du würdest es auch aufregend finden. Das hier ist eine vollkommen neue Spezies! Ist das nicht der Grund, warum wir beide hier sind? Um das zu tun, was uns am meisten bedeutet? Als ich die Knochen gesehen habe … da hat mein Herz *gejubelt* vor Glück.«

Gejubelt. Ich war eifersüchtig, auf ihren Fund und alles andere, das mich ihrer Aufmerksamkeit beraubte.

»Darum will ich im Moment an nichts anderes denken«, fuhr sie fort. »Ich habe so hart gekämpft, um überhaupt hier sein zu können, Samuel –«

»Ich auch!«

»Das weiß ich. Darum versuch, das Beste daraus zu machen. Wir haben nur ein paar Monate Zeit. Die dürfen wir nicht verschwenden.«

Sie hatte recht. Natürlich hatte sie recht. Aber das bedeutete noch lange nicht, dass ich mich dadurch besser fühlte. Sondern eher wie ein gescholtenes Kind.

»Ich hatte nicht vor, sie zu verschwenden«, brummte ich.

»Diese Expedition könnte meinen Vater davon überzeugen, mich auf die Universität gehen zu lassen.«

Ich zog eine Grimasse. »Da will mein Vater mich auch hinschicken, dabei will ich überhaupt nicht.«

»Dann bist du ein Dummkopf«, fuhr sie mich an, mit einer Heftigkeit, die mich überraschte. *Damit* also konnte ich sie verärgern. »Was für ein Glück du hast, dass du in der Position bist, eine Chance auszuschlagen, von der ich nur träumen kann. Alles, was dich interessiert, ist, ob ich oft genug an dich denke!«

Wie erstarrt blickte ich in ihr wutverzerrtes Gesicht. Wusste nicht, was ich tun oder sagen sollte. Ich musste ein erbärmliches Bild abgegeben haben, denn plötzlich wurde ihre Miene wieder sanfter und sie trat auf mich zu und schlang die Arme um mich.

»Mich interessieren viele Dinge«, erklärte ich ihrem Scheitel. »Von dem Moment an, in dem ich zum ersten Mal den Zahn in der Hand hatte, wollte ich nichts mehr, als den *Rex* finden. Ich bin immer noch Feuer und Flamme dafür. Aber du bist mir eben noch wichtiger.«

Sie küsste mich. »Wenn ich dir so wichtig bin, ist es vielleicht besser, wenn wir uns eine Weile nicht sehen. Vater sagt, es könnte Wochen dauern, das Skelett freizulegen, und ab morgen ist unsere gesamte Gesellschaft hier bei der Arbeit.«

»Ich will nicht so lange warten, bis wir uns wiedersehen.«

»Ich auch nicht«, erwiderte sie. »Aber es wäre zu riskant.«

»Ich komme trotzdem«, sagte ich trotzig.

»Wie du meinst. Aber sei nicht traurig, wenn ich mich nicht wegschleichen kann, um dich zu treffen.«

Ich zuckte mit den Schultern und log: »Bin ich nicht.«

»Ich darf auf keinen Fall erwischt werden, Sam. Sonst schickt mein Vater mich nach Hause.«

»Das will ich auch nicht. Keine Sorge, ich bin vorsichtig.«

Wir küssten uns ein letztes Mal, und dann verkündete sie, sie müsse zurück. Am liebsten hätte ich ihr gleich wieder gesagt, dass ich sie liebe, aber ich hielt den Mund. Vielleicht, weil mir der Mut fehlte. Vielleicht, weil ich sie immer noch verletzen wollte. Ich sah ihr nach, als sie ging, ohne sich noch einmal zu mir umzudrehen.

Donnergrollen weckte mich. Blitze sprengten grelle Klüfte in den Nachthimmel. Der Donner dröhnte wie monströse Kirchenglocken, die sich aus ihrem Turm befreit hatten und nun direkt auf uns zurollten – und keine Häuser, keine Straßen oder Bäume würden sie aufhalten können. Im zuckenden Licht der Blitze schnellten Regenfäden vom Himmel wie angreifende Schlangen.

Es war beängstigend, aber ich liebte es. Dieses Unheilvolle. Ich konnte nur zu gut nachvollziehen, dass die Pawnee glaubten, ihr Gott habe eine Flut geschickt, um die Welt davonzuschwemmen. Der Wind zerrte an meinem Zelt und ich hörte die Schnüre ächzen.

Über eine Woche war vergangen, seit ich Sam zum letzten Mal gesehen hatte. Solange ich arbeitete, war ich absolut konzentriert, doch auf dem Weg zur Ausgrabungsstätte und später zurück ins Lager hielt ich ununterbrochen in den Hügeln und Schluchten nach ihm Ausschau.

Er hatte mich nicht hässlich genannt – aber er hatte mir auch nicht widersprochen, als ich es getan hatte. In jener Nacht in meinem Zelt hatte ich geweint, hatte mich damit zu trösten versucht, dass er ein eingebildeter Schuft sei. Am liebsten hätte ich ihn in eins meiner Präparategläser gesperrt. Darin würde ich ihn schmoren lassen, fest verkorkt, sodass ich sein hübsches Aussehen bewundern konnte, ohne dass er je wieder etwas Gemeines oder Dummes zu mir sagte.

Würde ich ihn jemals lieben können? Bei ihm wirkte verliebt sein so unglücklich, so beschwerlich. Als würde es mich bloß von dem abhalten, was ich im Moment am allerliebsten tun wollte.

Das Gewitter war nun direkt über uns, und der Donner war so laut, dass ich mir die Ohren zuhalten musste. Die Pferde wieherten, und ich hörte die Rufe der Soldaten, die draußen alles mit Seilen sicherten und einander zuschrien, sich zu ducken. Ich hörte, wie Papa seine Studenten anfuhr, in ihren Zelten zu bleiben. Dann gab es einen lauten Knall, und ich sah, dass der Stamm einer riesigen Pappel am Flussufer gespalten worden war.

Mein Gesicht und der Kragen meines Nachthemds waren nass. Ich verspürte mehr Angst und zugleich Verzückung als je zuvor in meinem Leben.

Und in diesem Moment wurde mir klar, dass ich mir nichts mehr wünschte, als dies zusammen mit Samuel zu erleben. Ihn an meiner Seite zu haben, seine Schulter an meiner, und gemeinsam mit ihm über die Wildheit der Welt zu staunen, in der alles niedergerissen wurde und im selben Atemzug Neues entstand.

Auch am nächsten Morgen regnete es weiter. Es war zu nass, um auf Fossilienjagd zu gehen oder gar zu graben. Der lehmdurchsetzte Fels unter unseren Füßen wurde so glitschig wie Seife.

Wir räumten uns eine Ecke im Wagen frei, sodass wir bei der Arbeit vor dem Regen geschützt waren. Von unserer letzten Ausgrabung lagen noch ein paar Knochen herum, die ich nun mit meinem Hammer von der Matrix befreite. Ich arbeitete wie immer in letzter Zeit, was bedeutete: mit meinen Gedanken bei Rachel.

»Cartland ist ein beachtlicher Fund gelungen«, erzählte Vater. »Ich habe die Stelle vor zwei Tagen im Vorüberreiten gesehen. Rückenwirbel so groß, dass man ein Schiff daraus bauen könnte.«

»Würde mich nicht wundern, wenn er eine Nachtwache an der Stelle postiert hat«, bemerkte ich. Sosehr ich meinen Vater auch für seine jüngsten Eskapaden verachtete, dass er im Dunkeln erschossen wurde, wollte ich nun doch nicht riskieren.

»Ich hege keinerlei Absichten.« Missmutig fügte er hinzu: »Cartland wird an seiner Universität einen neuen Saal bauen müssen, um den Koloss unterzubringen. Zweifellos wird er ihn nach sich selbst benennen.«

»Es ist nicht der *Rex*«, sagte ich. »Klingt zu groß.«

»Nein«, stimmte er mir zu, »ein Tier von der Größe kann kein Fleischfresser gewesen sein. Zu langsam. Der *Rex* war einer.«

Wir konnten ihn immer noch finden. Selbst wenn Cartland in diesem Moment in Führung zu liegen schien. Selbst wenn wir nur zu dritt waren und uns einem Meer aus Stein gegenübersahen. Ich würde ihn finden. Ganz gleich, was alles passiert war, das Feuer in meinem Inneren loderte noch immer.

Wie mechanisch arbeitete ich weiter. Ich hatte versucht, sie wiederzusehen. Einmal hatte ich stundenlang gewartet, nur um dann doch unverrichteter Dinge zurückreiten zu müssen. Ein anderes Mal hatte ich es nicht einmal in die Nähe der Ausgrabungsstelle geschafft, so sehr wimmelte es dort von Männern und Pferden.

Nach dem Mittagessen hörte der Regen auf. Hitch kümmerte sich um die Pferde. Ich suchte mir einen Stock und zeichnete ein Raster auf den aufgeweichten Boden neben unserem Herd – vier Mal vier Felder. Schrieb willkürlich Buchstaben hinein, in der Hoffnung, damit meine Gedanken zu beruhigen und Rachel für ein paar Minuten daraus zu verbannen. Vergeblich. Jedes Wort führte mich zurück zu ihr.

Leid. Liebe Rachel. Es tut mir schrecklich leid, dass ich gesagt habe, du seist hässlich. Denn das bist du nicht.

Kopf. Manchmal glaube ich, dein Kopf regiert unerbittlich über dein Herz.

Ruhen. Etwas, das mein Geist im Moment nicht kann.

Sie. Ein Pronomen, das in letzter Zeit allzu oft durch meine Gedanken spukt.

17

Brontosaurus

Je mehr wir uns der Ausgrabungsstätte näherten, desto größer wurde meine Aufregung – so war es jeden Tag. Papa behauptete, ich hätte den größten Dinosaurier der Geschichte gefunden. Einen riesenhaften Vierbeiner mit gewaltigem Schwanz und einem langen, schmal zulaufenden Hals, auf dem ein kleiner Kopf saß, mit Zähnen, die zum Zermahlen von Pflanzen geeignet waren. Mein Vater hatte sogar schon einen Namen vorgeschlagen. Es sah ihm überhaupt nicht ähnlich, so beherzt und spontan zu handeln. Vielleicht hatte ihn die Aufregung über unseren Fund einfach mitgerissen, oder aber er konnte es bloß nicht erwarten, Bolt zu übertrumpfen. Gestern jedenfalls, als wir zusammen auf unsere Ausgrabungen hinuntergeblickt hatten, hatte ich gemurmelt: »Stell dir nur vor, was für einen Lärm er gemacht haben muss, allein beim Laufen. Er muss doch mit jedem seiner Schritte die Erde zum Beben gebracht haben.«

Da hatte Papa gesagt: »Brontosaurus. Donnerechse.«

»Ich finde, das passt sehr gut«, hatte ich erwidert, und er hatte mir die Hand auf die Schulter gelegt.

Ich konnte bloß hoffen, dass dieser Fund, zusammen mit

dem Pterodaktylus, Papa endgültig davon überzeugen würde, dass ich für ein Leben als Fossilienjägerin mehr als geeignet war – und er mir endlich die Erlaubnis für ein Universitätsstudium geben würde. Doch noch wollte ich das Thema nicht ansprechen. Lieber ließ ich ihm noch eine Weile Zeit.

Unsere große Gruppe passierte die letzte Biegung ins Tal. Als unsere Ausgrabungsstätte in Sicht kam, traute ich meinen Augen nicht. Ein Bild der Zerstörung bot sich uns. Ich schwang mich von meinem Pony. Jeder Schritt trug mich näher an die Haufen zerschmetterter Knochen. Zerhackte Rückenwirbel, Rippen entzweigebrochen wie trockene Äste, zersplitterte Beinknochen, der Schädel bis auf ein paar verbliebene Zähne im Unterkiefer kaum noch als solcher zu erkennen. Die Tatwerkzeuge – unsere eigenen Spitzhacken und Schaufeln – lagen zwischen den Trümmern verstreut, Klingen und Spitzen zerbeult und verbogen, Griffe abgebrochen.

»Bolt«, knurrte mein Vater.

»Nein ...« Obwohl ich wusste, dass er sich an unserer letzten Ausgrabungsstätte vergriffen hatte, konnte ich mir nicht vorstellen, dass ein Paläontologe etwas so Wertvolles zerstören würde. Das wäre einfach zu entsetzlich.

Studenten wie Soldaten stolperten schockiert über das Trümmerfeld. Es wirkte wie der Schauplatz eines grausamen Massakers.

»Niemand berührt die Knochen!«, rief Papa. »Vielleicht können wir noch etwas retten, jaja. Knochen kann man leimen.«

»Bolt hat die Stelle gesehen«, bemerkte Daniel Simpson. »Er ist vor ein paar Tagen hier vorbeigeritten.«

»Das kann nicht ein Mann allein angerichtet haben«, entgegnete mein Vater. »Sein Junge und Plaskett und ihr schwachsinniger Fahrer müssen ihm geholfen haben.«

»So etwas würde Samuel niemals tun«, flüsterte ich.

»Nein?«, fuhr Papa mich an. »Ich würde sagen, wir haben bereits gesehen, wozu diese Familie imstande ist. Wer stiehlt, der kann auch eine solche Zerstörung anrichten.«

Krampfartige Bauchschmerzen durchzuckten mich, schlimmer als jene, die mich einmal im Monat heimsuchten. All diese wunderschönen, uralten Knochen, so fragil wie Neugeborene. Tränen stiegen mir in die Augen, und ich wandte mich ab, damit Papa sie nicht sah und mich für gefühlsduselig hielt. Ich bezweifelte, dass wir viel würden retten können. Zu viel war zerstört, all die Knochen, all die Arbeit. Meine Arbeit.

»Seht mal, wer gekommen ist, um sein Werk zu bewundern!«

Das war Hugh Friars Stimme, und wir alle sahen hoch zu dem Felsplateau, auf dem er stand und Samuel Bolt am Kragen gepackt hielt.

Du Dummkopf, dachte ich. Was machst du hier?

Ich stieß einen Schrei aus, als Hugh Samuel einen Schubs versetzte, der ihn den steilen Abhang ins Tal hinunterstolpern ließ. Zuerst gelang es ihm noch, sein Gleichgewicht zu halten, dann aber stürzte er und rollte den Rest des Wegs nach unten. Hugh schlitterte langsamer hinterdrein.

Mit zitternden Knien rappelte Samuel sich auf. Seine Handflächen bluteten und seine Ärmel waren an den Ellenbogen zerrissen. Am liebsten wäre ich auf ihn zugestürzt, doch ich riss mich zusammen und blieb an Papas Seite.

Hugh erreichte Sam als Erster und stieß ihn erneut zu Boden. Ich sah die Wut in Sams Gesicht, als er abermals aufstand und sich Hugh entgegenstellte.

»Was sollte das?«, knurrte er ihn an.

»Das weißt du ganz genau, du kleiner Mistkerl.«

Erst jetzt drehte Samuel sich um, und ich las aufrichtiges Entsetzen in seinem Gesicht, als er die zerstörten Knochen sah.

»Das war ich nicht«, sagte er, den Blick geradewegs auf mich gerichtet.

Wieder versetzte Hugh ihm einen Stoß. »Lügner!«

Samuel stürzte sich auf ihn und rammte Hugh die Faust mitten ins breite, gut aussehende Gesicht. Hugh, der kräftig gebaut und auch ein bisschen größer war als er, geriet kaum ins Wanken. Umso erbitterter rächte er sich. Mit Fäusten, Knien und Köpfen gingen die beiden aufeinander los.

»Aufhören, sofort!« Meine Stimme überschlug sich. Ich eilte auf die beiden zu, ergriff Hughs Arm und versuchte, ihn von Sam wegzuzerren, doch im nächsten Moment wurde ich selbst grob weggezogen und sah, wie Samuel von zwei blau uniformierten Soldaten gepackt wurde. Niemand hielt jedoch Hugh zurück, der Samuel die Faust in den Magen rammte, während er sich nicht wehren konnte. Keuchend und würgend krümmte Samuel sich vornüber.

»Hugh!«, schrie ich. »Lassen Sie ihn in Ruhe! Er war es nicht!«

»Und ob!«

»Hugh«, schaltete sich nun mit ruhiger Stimme mein Vater ein. Der Student wandte sich fluchend ab und trollte sich.

Um Sams rechtes Auge begann sich bereits ein Veilchen zu bilden und seine Lippe war aufgeplatzt.

»Sie können ihn jetzt loslassen«, sagte ich zu den Soldaten.

Diese sahen zuerst meinen Vater an, und erst als er nickte, ließen sie Samuel frei.

»Sie waren außerordentlich gründlich«, sagte mein Vater zu ihm.

»Wir waren das nicht«, wiederholte Samuel heiser.

»Ich hatte ja schon den Verdacht, dass Sie Knochen aus unserer anderen Ausgrabungsstätte gestohlen haben, aber dies hier ist an Grässlichkeit kaum mehr zu übertreffen. Sie haben ein komplettes Skelett zerstört – Sie haben mich und den Rest der Welt eines unermesslichen Schatzes beraubt!«

»Ich war es nicht!«

Papa lachte kalt. »Sicher nicht Sie allein. Aber Sie haben ganze Arbeit geleistet. Ich nehme an, Sie sind alle zusammen gestern während des Regens hergekommen.«

»Wir waren den ganzen Tag in unserem Lager.«

»Dann eben in der Nacht.«

Samuels Blick huschte zu mir, flehend – doch jetzt sah ich auch noch etwas anderes darin, eine schreckliche Ungewissheit, als fragte er sich selbst, ob sein Vater zu so etwas fähig wäre.

Ich glaube dir, versuchte ich, ihm stumm zu vermitteln.

»Woher sollen wir wissen, ob es nicht Ethan Withrow und seine Männer waren?«, warf ich rasch ein. »Oder die Indianer. Schließlich ist hier ganz in der Nähe ein Dorf.«

Mein Vater schüttelte bloß den Kopf und lächelte bitter. »Gehen Sie, und sagen Sie Ihrem Vater, dass er es zu weit getrieben hat. Ich werde diese Sache an die Öffentlichkeit bringen, in der wissenschaftlichen wie auch in der allgemeinen Presse. Und dann wird er ein sehr einsamer Mann sein, von allen Seiten geächtet. Seine Karriere, so er denn jemals eine hatte, ist am Ende.«

Vater schrie nicht. Seine Miene war ruhig, doch ich erkannte das boshafte Vergnügen in seinen Augen und erschauderte.

»Richten Sie Ihrem Vater das aus.«

Samuel warf mir einen letzten Blick zu, doch ich sah weg. Ich kam mir vor wie ein Feigling, ihn so im Stich zu lassen, aber ich wusste nicht, wie ich ihm in diesem Moment hätte beistehen können, und durfte nicht riskieren, dass Papa Verdacht schöpfte. Denn wenn das passierte, war mehr zerstört als nur unsere Dinosaurierknochen.

Auf dem Rückweg ins Lager pochte mein Kopf schmerzhaft bei jedem Schritt meines Ponys. Ich betastete mein Gesicht und spuckte aus, um zu sehen, ob ich noch Blut im Mund hatte. Wäre mein Vater zu so etwas fähig? Bestohlen hatte er Cartland bereits, aber würde er dessen Ausgrabungen wirklich *zerstören*? Es hätte all seinen Prinzipien als Wissenschaftler widersprochen. Und wäre zudem absolut hirnlos gewesen. Was meinte er denn, bei wem Cartland die Schuld suchen würde?

Wenigstens schien Rachel nicht zu glauben, dass ich es gewesen war. Ich hatte gehört, wie sie es Hugh zugeschrien hatte, bevor wir angefangen hatten, uns zu prügeln. Ob sie dachte, ich hätte den Kampf angezettelt? Gut, ich hatte tatsächlich als Erster zugeschlagen, aber erst nachdem der Kerl mich einen Abhang hinuntergestoßen hatte. Und dann gleich noch einmal zu Boden geschubst. Er hatte mich angeschrien und einen Lügner genannt. Was für ein Feigling, auf mich einzuschlagen, während die Soldaten mich festhielten. Als ich das Flussufer erreichte, sah ich unseren Wagen – und vier fremde Ponys, die daneben angebunden waren und grasten. Sie trugen keine Sättel. Ihre Schweife waren geflochten. Eisige Kälte durchzuckte mich bis in die Zehen.

Ich riss an den Zügeln und lenkte mein Pony hinter einen hohen Busch. Sprang aus dem Sattel. Meine Hand zitterte, als ich in der Satteltasche nach meinem Hammer wühlte. Dann schlich ich mich näher ans Lager heran. Ich sah vier Indianer. Der Größte von ihnen hielt einen Bogen in der Rechten und über seiner Schulter hing ein Köcher mit Pfeilen. Sie standen alle mit dem Rücken zu mir, Schulter an Schulter, die Köpfe schräg gelegt. Als beobachteten sie konzentriert etwas. Oder befragten jemanden. Ich hörte die Stimme meines Vaters, doch die Indianer nahmen mir die Sicht auf ihn.

Ein Stück abseits stand Ned, wie erstarrt, und sah zu. In der Mitte des Lagers kauerte Hitch neben der Feuerstelle. Es herrschte eine so greifbare Stille, dass jeden Moment etwas Furchtbares geschehen musste.

Ich ging noch ein wenig näher heran. Inzwischen war ich mir einigermaßen sicher, dass es Sioux waren. Ich spürte, wie sich eine seltsame Taubheit in mir ausbreitete, als wäre ich kurz davor, meinen Körper zu verlassen.

Ich könnte zu Cartlands Lager reiten und die Soldaten zu

Hilfe holen. Das würde zwei Stunden dauern. Bis dahin könnte alles passieren. Der Hammer in meiner Hand fühlte sich glitschig an. Ned bewahrte ein Gewehr unter dem Kutschbock auf. Wenn ich nur irgendwie darankommen würde.

Ned sah mich als Erster. Er grinste unsicher und deutete mit dem Kinn auf meinen Vater. Ich hatte keine Ahnung, was er mir damit sagen wollte. Dass alles in Ordnung war? Dass mein Vater so gut wie tot war? Dass dies meine Chance war, mir das Gewehr zu schnappen, solange die vier mir noch den Rücken zugekehrt hatten?

Die Entscheidung wurde mir abgenommen. Plötzlich drehten sich die Indianer alle gleichzeitig um, ihre Gesichter überrascht. Doch ich starrte nur einen von ihnen an. Es war der Junge, der mir zuvor in den Badlands begegnet war. Die Indianer waren so weit auseinandergewichen, dass ich endlich einen Blick auf meinen Vater erhaschte, der hinter ihnen auf einem Klappstuhl saß.

Absurderweise lächelte er. Entsetzt stellte ich fest, dass zwei seiner Schneidezähne fehlten. Hatten sie ihn geschlagen? Dann aber sah ich, dass er die Zähne in der Hand hielt, befestigt an der Prothese, die er sich vor einigen Jahren hatte anfertigen lassen.

Als er mich sah, rief er gut gelaunt: »Samuel. Leg den Hammer weg.«

Ich ließ ihn fallen. Die Indianer schienen sich nicht weiter für mich zu interessieren und wandten sich wieder meinem Vater zu. Dieser hielt nun, mit dramatischer Geste, seine falschen Zähne hoch und setzte sie sich geübt zurück in den Mund.

Nach einem Moment gebannten Schweigens vollführte der Kleinste der Indianer eine kreisende Handbewegung. Noch mal.

Noch zwei weitere Male nahm mein Vater bereitwillig seine

Prothese heraus und setzte sie wieder ein, bevor der Junge etwas zu den anderen Sioux sagte. Er klang verärgert. Als hätte er genug von diesem Unsinn. Zu meinem Erstaunen nickten die drei älteren Männer ergeben.

»Ned«, sagte mein Vater zögernd, »vielleicht sollten wir unsere Gäste zum Abendessen einladen. Hitch, was gibt es heute?«

Hitch, der noch immer beim Feuer hockte, begann, auf seine typisch nüchterne Art aufzuzählen, was er vorbereitet hatte. Er wirkte verängstigt und stotterte ein wenig. Seine Hände schnellten umher und klopften immer wieder seine Hose ab. Auch er besaß ein Gewehr und war ein sehr guter Schütze. Zwar sah ich seine Waffe nirgends, hatte jedoch eine Ahnung, dass wir erledigt waren, sollte er das Feuer eröffnen. Die Sioux trugen alle Messer bei sich.

»Das klingt doch wunderbar«, lobte mein Vater Hitch. »Ned, Sie sagten doch, Sie sprächen ein wenig Sioux.«

»Nicht viel, aber ich kann es versuchen.« Er sagte ein paar Worte, erntete jedoch nur ein Schnauben vonseiten der Indianer. Am Ende mimte er den Vorgang des Essens mit den Händen.

Die vier beachteten ihn gar nicht, sondern sahen sich stattdessen in unserem Lager um. Der Zweitgrößte von ihnen hatte ein pockennarbiges Gesicht. Sie gingen in unsere Zelte und durchwühlten unsere Kleider. Sie nahmen nichts mit, obwohl sie eine Weile interessiert Vaters Rasierutensilien beäugten.

Mein Blick schweifte zu ihren Ponys. Eins von ihnen hatte eine Spitzhacke auf den Rücken geschnallt. Ungewöhnlich für einen Sioux, dachte ich bei mir. An der Klinge haftete grauer Staub.

»Was ist denn mit deinem Gesicht passiert?«, fragte Ned mich.

»Kleiner Zusammenstoß mit Cartlands Truppe.«

»Das sieht aber böse aus, Junge.« Ned wirkte besorgter um mich als mein eigener Vater, der fasziniert die Sioux beobachtete, die noch immer in unseren Zelten stöberten.

»Sie haben Cartlands Ausgrabungsstätte zerstört«, flüsterte ich.

Das ließ meinen Vater aufhorchen. »Was?«

»Sie haben alles kurz und klein geschlagen«, erklärte ich. »Es sei denn natürlich, das warst du.«

»Red keinen Unsinn«, zischte mein Vater.

Die Sioux kletterten unterdessen in unseren Wagen und durchsuchten unsere Essensvorräte, kamen jedoch mit leeren Händen wieder heraus. Auf dem Boden davor standen mehrere offene Kisten, die wir gerade zu packen angefangen hatten. Die Indianer begannen, in dem Büffelgras zu wühlen, und hoben schließlich die Mehlsäcke heraus, in die wir einige Knochen verpackt hatten.

»Vorsichtig. Bitte«, stieß Vater hervor, der nicht länger an sich halten konnte. Mit beschwichtigend erhobener Hand trat er auf die Männer zu.

Die vier musterten ihn streng. »Gold?«, fragte der Pockennarbige und deutete auf einen der Säcke.

»Gold? Nein, nein.« Mein Vater schüttelte den Kopf.

War es das, was sie suchten? Mir fiel wieder ein, was Ned über die Black Hills erzählt hatte, aber die waren weit weg von hier. Dachten die Sioux vielleicht, wir hätten hier welches gefunden?

»Knochen«, sagte mein Vater und warf dann einen Blick zu Ned hinüber, um zu sehen, ob er das Sioux-Wort dafür wusste. Ned schüttelte hilflos den Kopf.

Mein Vater trat näher an die Kiste und streckte mit einem zuvorkommenden Lächeln die Hand nach dem Sack aus. »Darf ich? Ich zeige es Ihnen.«

Nach kurzem, angespanntem Zögern reichte der Sioux meinem Vater schließlich den Sack. Dieser löste die Schnur, griff hinein und förderte den Teil einer Rippe zutage.

»Knochen«, sagte er abermals, während er mit der anderen Hand eine seiner eigenen Rippen nachfuhr. »Von einem großen Tier.« Er ging auf alle viere und zockelte schwerfällig wie ein Rhinozeros durch den Staub. »Großes Tier!«, wiederholte er dann mit einem erwartungsvollen Nicken.

Der Anblick war so lächerlich, dass ich womöglich gelacht hätte, wenn mir nicht so mulmig vor Angst gewesen wäre. Die Sioux musterten ihn, als hätte er den Verstand verloren. Dann fing der Kleinste an zu lachen, und die anderen beiden Männer fielen mit ein. Der Junge dagegen starrte ihn missbilligend an. Er zischte den Männern unwirsch etwas zu, die daraufhin sofort verstummten. Es war erstaunlich, wie er mit ihnen umsprang.

Schließlich ging der Junge zu meinem Vater, der noch immer am Boden hockte. Zuerst dachte ich, er wollte ihn treten. Dieser Junge strahlte eine solche Wut aus, doch ich verstand nicht, warum. Er sagte etwas zu Vater und griff sich dann mit beiden Händen an den Hals, als wollte er sich den Kopf abreißen. Sein Blick war wild.

Langsam stand Vater auf, die Stirn gerunzelt. »Wir haben auch einen Kopf, ja«, sagte er und deutete auf eine der Kisten. Dann hob er die Hände an die Schläfen und formte zwei Hörner mit den Zeigefingern. »Tierkopf!«

»Nein.« Der Sioux deutete auf den Kopf meines Vaters.

Meine Eingeweide gefroren. Ich sah, wie Neds Blick zum Wagen huschte, wo sein Gewehr wartete. Der Junge wandte sich den anderen Indianern zu und sagte etwas zum Größten von ihnen. Er klang verärgert, aber auch frustriert.

»Ihr nehmen Köpfe«, sagte der groß gewachsene Mann zu Vater. »Unser Köpfe.«

Jetzt dämmerte es mir. Die Köpfe, die Cartland den Toten auf den Beerdigungsplattformen abgesägt hatte.

»Nein«, sagte ich und schüttelte eindringlich den Kopf.

Die Sioux musterten mich verächtlich, als hätte ich ohne Erlaubnis gesprochen, und wandten sich dann wieder Vater zu.

»Wir haben keine Köpfe genommen.« Er deutete einladend auf die Kisten. »Sehen Sie ruhig selbst. Ned, Sam, vielleicht sollten wir die Kisten auspacken, damit sie sicher sein können.«

Also machten wir uns unter den wachsamen Blicken der Indianer an die Arbeit. Sack für Sack legten wir vorsichtig auf den Boden und öffneten die Schnüre. Holzwolle quoll hervor, als wir Wirbel und Rippen, Oberschenkel- und Schienbeinknochen zutage förderten. Mir fiel auf, dass die drei Sioux-Männer sorgsam auf Abstand blieben, als verströmten die Knochen einen widerwärtigen Gestank. Die ganze Zeit dachte ich an die Köpfe, nach denen sie suchten, – daran, wer sie hatte – und machte mir Sorgen, dass sie auch noch etwas anderes zurückfordern würden. Als wir die zweite Kiste zur Hälfte ausgepackt hatten, hob der Große die Hand, um uns zu bedeuten, dass wir aufhören sollten. Genug.

»Nicht Köpfe«, sagte er.

»Keine Köpfe«, bestätigte Vater.

Der Junge wirkte ein wenig entmutigt. Die anderen Männer

warfen ihm Blicke zu, die von mitleidig bis ärgerlich reichten. Vielleicht hätte er mir sogar leidgetan, wenn ich nicht solche Angst gehabt hätte. Von allen vieren hatte er am finstersten dreingeblickt, während wir die Knochen auspackten. Jetzt bückte er sich, hob ein versteinertes Zehenglied auf und schloss mit einem trotzigen Blick zu meinem Vater die Faust darum.

»Ja, natürlich«, sagte Vater lächelnd. »Behalt ihn nur.«

Ned rief: »Hitch, ist das Essen fertig?«

»Fertig«, antwortete Hitch an der Kochstelle, von wo aus es schon die ganze Zeit verführerisch duftete.

»Möchten Sie essen?«, fragte mein Vater die Sioux.

Sie sagten nichts, sondern wechselten unschlüssige Blicke, bevor sie sich schließlich zu einigen schienen und auf den Boden setzten. Ned und ich brachten ihnen eilig Teller mit Essen und Besteck. Letzteres ignorierten sie jedoch und aßen mit den Fingern.

Mein Magen war vollkommen verkrampft. Ich stocherte in meinem Essen herum. Den Sioux dagegen schien es zu schmecken. Sie leerten im Nu ihre Teller und ließen sich sogar noch einen Nachschlag servieren. Es war ein schweigsames Mahl. Nur Hitch murmelte manchmal etwas vor sich hin, was wir längst von ihm gewohnt waren. Die Sioux aber starrten ihn jedes Mal erschrocken an und wandten sich dann fragend uns zu, woraufhin wir angestrengt lächelten, bis sie weiteraßen. Als sie fertig waren, bot Plaskett ihnen Kautabak an. Sie nahmen ihn, kauten eine Weile selbstversunken vor sich hin und spuckten hin und wieder aus. Schließlich erhoben sie sich, bestiegen ihre Ponys und ritten davon – nicht in die Richtung von Cartlands Lager, wie ich erleichtert feststellte.

»Ich will ehrlich sein«, sagte Plaskett. »Ich hatte da gerade einige sehr düstere Gedanken.«

»Ich dachte, wir wären geliefert«, stimmte ich ihm zu. »Wo reiten sie jetzt wohl hin?«

»Wahrscheinlich sind es Kundschafter«, sagte Ned. »Und jetzt reiten sie zurück in ihr Lager oder Dorf, um den anderen Bericht zu erstatten. Was sollte bloß all dieses Getue um die Köpfe?«

»Cartlands Gruppe ist auf dem Weg hierher auf Indianergräber gestoßen. Er hat den Toten die Köpfe abgeschnitten, um sie zu untersuchen.«

Vater warf mir einen scharfen Blick zu. »Woher weißt du das?«

»Rachel Cartland hat es mir erzählt. Ich bin ihr vor ein paar Wochen begegnet.«

Ned zog die Stirn kraus. »Wie haben die Indianer das herausgefunden?«

»Sie müssen sie beobachtet haben«, vermutete ich. Ob sie auch gesehen hatten, dass Rachel den Zahn genommen hatte? Vielleicht waren sie gar nicht bloß auf der Suche nach Köpfen.

»Das war ein Fehler«, prophezeite Ned finster. »Diese Gräber sind ihnen heilig. Man kann ihren Toten doch nicht einfach die Köpfe absägen.«

»Also dachten sie, wir wären die Schuldigen«, murmelte Vater.

»Gut, dass sie die Köpfe nicht bei uns gefunden haben. Sonst hätten *wir* jetzt wahrscheinlich keine mehr.«

Mit einem Mal kam mir ein entsetzlicher Gedanke. »Ob sie es als Nächstes in Cartlands Lager versuchen?«

Vater war bereits damit beschäftigt, die Knochen zurück in

die Kisten zu packen. »Das Risiko werden sie nicht eingehen, dafür hat er zu viele Soldaten bei sich.«

»Wir sollten sie warnen«, sagte ich.

»Ihnen wird nichts passieren, Sam. Sie haben fünfunddreißig Kavalleristen bei sich!«

»Trotzdem. Sie müssen wissen, dass in der Gegend Sioux unterwegs sind.«

»Die haben ihre eigenen Kundschafter.«

»Und jemand muss ihnen sagen, dass es die Indianer waren, die ihre Ausgrabungen zerstört haben. Einer der Sioux hatte eine Spitzhacke auf seinem Pony, voller Knochenstaub. Vielleicht war das ihre Rache an Cartland für die Sache mit den Köpfen. Wir müssen deinen Namen reinwaschen. Und vielleicht wäre es besser, wenn ich das übernehme.«

Ungeduldig wartete ich auf seine Antwort. Ich machte mir weit mehr Sorgen um Rachels Wohlergehen als um Vaters Ruf. Erst jetzt schien ihm mein übel zugerichtetes Gesicht aufzufallen.

»Wer hat dich denn so verdroschen?«

»Einer von den Studenten, als ich an ihrer Ausgrabung vorbeigeritten bin.«

»Ich hoffe, du hast ihm auch ein blaues Auge verpasst.«

»Kann schon sein. Cartland hat gesagt, er will deiner Karriere ein Ende setzen. Die Geschichte an die Öffentlichkeit bringen. Wir sollten ihm lieber Bescheid sagen, bevor er ein Telegramm schicken kann.«

»Zu gefährlich«, lehnte er ab. »Diese Sioux wirkten ganz schön aufgebracht.«

»Wenn sie mir etwas hätten antun wollen, hätten sie längst die

Gelegenheit gehabt«, wandte ich ein. »Sie haben gerade mit uns gegessen. Unseren Tabak gekaut. Ich glaube nicht, dass sie uns übel gesinnt sind.«

»Sam hat recht«, schaltete sich Ned ein. »Wir sollten es ihnen besser sagen. Aber in ein paar Stunden wird es dunkel. Ich reite mit ihm.«

Schließlich nickte Vater. »Haltet die Augen offen, wenn ihr in ihrem Lager seid. Seht, ob ihr irgendwas Interessantes entdeckt.«

»In Ordnung«, log ich. Es war mir egal, warum er mich zu Cartland schickte. Ich wollte lediglich sichergehen, dass es Rachel gut ging. Und eine Gelegenheit, mit ihr zu reden.

Als ich mein Pony sattelte, kam Plaskett zu mir herübergeschlendert und drückte mir eine Pistole in die Hand. »Du hast doch nicht dieselbe Einstellung zu so was wie dein Vater?«

»Nein.«

»Dann kann die hier nicht schaden.«

Er zeigte mir, wie die Pistole funktionierte, und befestigte sie an meinem Gürtel. Ich hatte noch nie eine Waffe in der Hand gehalten, geschweige denn abgefeuert. Als wir auf dem Weg zu Cartlands Lager waren und ich die Pistole an meiner Hüfte spürte, nahm ein diebischer Plan in meinem Kopf Gestalt an.

18

Der Dieb

Zwei Soldaten schleiften ihn bei Einbruch der Dunkelheit ins Lager. Sein Gesicht war blutüberströmt; er konnte nicht älter als fünfzehn sein.

»Den haben wir am Fluss aufgegriffen, Sir, hat sich im Gras versteckt«, berichtete einer der Soldaten dem Lieutenant. »Er ist ein Sioux. Hatte wohl ein Auge auf unsere Pferde geworfen.«

Sie hatten dem Jungen bereits die Hände auf den Rücken gefesselt. Nun stießen sie ihn neben einem Wagen zu Boden und banden ihn an die mächtige Deichsel. Beim Anblick seines übel zugerichteten Gesichts musste ich an Samuel denken und in meiner Kehle bildete sich ein Kloß.

Lieutenant Frye musterte den Jungen ohne eine Spur von Mitleid. »Waren noch andere in der Nähe?«, fragte er die beiden Männer.

»Wir haben niemanden gesehen.«

»Spricht er Englisch?«, wollte der Lieutenant wissen.

Einer der Soldaten schüttelte den Kopf. »Oder er will nicht.«

»Holt Duellant her!«, befahl der Lieutenant.

Über einem fernen Felsturm sammelte sich das letzte Licht und ließ ihn wie eine brennende Fackel wirken. Als Duellant den Sioux-Jungen erblickte, erstarrte seine normalerweise so gutmütige Miene zu einer ablehnenden Maske. Er ging vor ihm in die Hocke und sprach ein paar Worte. Der Junge sah ihn einen Moment schweigend an, dann spuckte er ihm ins Gesicht. Duellant wischte sich den Speichel ab und versetzte dem Jungen eine schallende Ohrfeige.

Ich keuchte auf. »Ist das denn wirklich notwendig?«

»Du solltest das nicht mit ansehen, Liebes«, sagte Papa und versuchte, mich fortzuziehen, doch ich schüttelte seine Hand unwillig ab.

»Sie brauchen kein Mitleid mit ihm zu haben, Miss Cartland«, sagte der Lieutenant. »Wir behandeln ihn noch schonend verglichen damit, wie sein Volk mit Pferdedieben umspringt. Ich kannte mal einen Trapper, der Handel mit den Sioux betrieb. Eines Nachts erwischten sie einen Crow-Indianer bei ihren Pferden. Zuerst haben sie ihn aus dem Sattel geschossen, und dann kamen die Krieger und holten sich ihre Coups – ist Ihnen diese Tradition bekannt? Die Männer sammeln Ehre mit jedem Schlag, den sie ihrem Gegner mit einem Stock versetzen, bevor er skalpiert wird. Und am Schluss kamen die Frauen mit Äxten, zerhackten ihn und verteilten die Stücke in der Prärie.«

Er machte eine Geste, als streue er Saat auf einem Feld aus, was das Gemetzel, das er beschrieb, nur noch abstoßender wirken ließ. Lieutenant Fryes leerreiche kleine Anekdoten über die Indianer hingen mir immer mehr zum Hals raus.

Duellant wandte sich uns zu. »Er sagt, er ist nicht gekommen, um Pferde zu stehlen.«

»Er lügt«, schnaubte einer der Männer, die ihn gefangen hatten. »Pferde sind für sie Gold wert.«

Immer mehr Studenten und Soldaten scharten sich um uns. Staunend beobachtete ich, was für eine Wirkung der Sioux-Junge auf sie hatte. Nicht nur auf die Soldaten, sondern auch auf die Studenten. Sie standen aufrechter. Redeten lauter. Schoben die Unterkiefer vor. Es war absolut lächerlich.

Wieder wechselten Duellant und der Junge ein paar Worte. Der Pawnee drehte sich zu meinem Vater um.

»Er sagt, Sie haben die Köpfe der Toten genommen. Er hat es gesehen.«

»Ah«, sagte Papa.

Ich hatte nie den trugbildartigen Reiter vergessen, den ich meinte, auf dem Hügel gesehen zu haben. Also waren wir wirklich beobachtet worden. Schuldbewusst fragte ich mich, was der Junge sonst noch gesehen haben mochte.

»Er will sie zurück«, fuhr Duellant fort.

Die Stimme des Jungen klang immer aufgebrachter.

»Einer der Toten war sein Vater«, übersetzte Duellant.

Papa musste mein bestürztes Gesicht gesehen haben, denn er sagte rasch: »›Vater‹ ist für diese Leute ein eher allgemeiner Begriff. So bezeichnen sie alle möglichen Verwandten oder auch nur Männer, die älter sind als sie.«

»Wir sollten sie zurückgeben«, sagte ich.

Er runzelte die Stirn. »Es gibt keine Beweise dafür, dass diese Männer tatsächlich mit ihm verwandt waren.«

Ein Stück abseits machte sich Mr Landry eifrig Notizen.

Wieder sagte der Junge etwas zu Duellant. Der Pawnee brummte etwas und wandte sich wieder uns zu.

»Er sagt, Sie haben seinem Vater noch etwas gestohlen. Einen Zahn.«

Mein Vater und ich wechselten einen Blick und mir wurde beinahe übel beim Gedanken an meine Mitschuld. Ich hatte tatenlos mit angesehen, wie sie die Leichen enthauptet hatten – vielleicht sogar die des Vaters dieses Jungen. Ich hatte Einwände erhoben, ja, aber vielleicht nicht entschlossen genug. Und dann hatte ich alles nur noch schlimmer gemacht, indem ich den Toten bestohlen hatte. Scham erfüllte mich, als mir bewusst wurde, dass ich es jederzeit wieder tun würde, um in den Besitz des Zahns zu gelangen.

»Er kann es uns sagen«, flüsterte Papa mir zu, und seine Miene verriet nackte Gier. »Er kann uns sagen, wo sein Vater ihn gefunden hat.«

Bevor ich auch nur reagieren konnte, war er davongeeilt. Ich sah ihn gerade noch in seinem Zelt verschwinden. Kurz darauf kam er mit dem Zahn in der Hand zurück, hockte sich vor den Jungen und legte ihn vor ihm auf den Boden. Ein wütendes Funkeln trat in die Augen des Gefesselten. Es war offensichtlich, dass der Zahn ihm wohlvertraut war.

»Duellant, würden Sie bitte für mich übersetzen?«, wandte Papa sich an den Pawnee. »Also: Wo hat dein Vater den hier gefunden?«

Duellant gab die Frage weiter, doch der Junge starrte bloß trotzig in die Ferne.

Duellant versetzte ihm eine Kopfnuss.

»Nein, nein!«, rief mein Vater. »Bitte, das ist nicht nötig!«

Dann zog Papa einen Silberdollar aus der Tasche. »Sagen Sie ihm, wenn er es mir verrät, bekommt er den hier.« Er legte die Münze auf den Boden.

Der Junge trat die Münze mit dem Fuß weg und stieß einen Schwall wütender Worte aus.

Ich bewunderte ihn für seinen Widerstand angesichts der Tatsache, dass er vollkommen wehrlos und von Dutzenden Soldaten umringt war.

Duellant übersetzte: »Er sagt, der Zahn gehört dem Toten und dass Sie Diebe sind und seine Leute alle Knochen, die Sie finden, zertrümmern werden, genau wie das große Skelett gestern.«

Ich warf meinem Vater einen triumphierenden Blick zu. »Also hatten die Bolts nichts damit zu tun!«

»Das ist im Augenblick, jaja, nicht von vorrangigem Interesse für mich«, erwiderte er. Er zeigte nicht die leiseste Spur von Reue. Im Gegenteil, seine Miene wirkte allenfalls noch kühler, und ich erkannte an der Art, wie er den Mund verzog und das Kinn nach vorne schob, dass er vor Wut schaumte.

Bedächtig stand er auf, verschränkte die Hände hinter dem Rücken und trat zu Lieutenant Frye. »Ich weiß, der Junge ist Ihr Gefangener, darum überlasse ich es Ihnen, was mit ihm passiert. Aber es wäre äußerst hilfreich, zu erfahren, wo der Zahn gefunden wurde. Das Skelett dieser Kreatur wäre ein enormer Gewinn für mich und die ganze Nation. Fällt Ihnen möglicherweise irgendein Weg ein, ihn ... zum Reden zu bringen?«

»Das sind zähe Burschen«, entgegnete der Lieutenant, »und sie sind stolz.«

»Wir könnten ihm eine anständige Tracht Prügel verabreichen«, schlug Daniel Simpson vor.

Ich warf ihm einen angewiderten Blick zu, doch im selben Moment sagte mein Vater: »Das wird nicht nötig sein. Wir sind schließlich keine Wilden. Aber seien Sie doch so gut, uns die Köpfe zu holen. Sie sind im Lagerwagen.«

Wollte er die Köpfe nun doch zurückgeben? Gleich darauf jedoch breitete sich ein ungutes Gefühl in mir aus. Papa hatte sich abermals hingekauert und starrte den Jungen an. Dieser starrte zurück. Wenn er eingeschüchtert war, so ließ er es sich jedenfalls nicht anmerken.

Daniel brachte die Leinensäcke, und mein Vater bedeutete ihm, sie auszupacken. Einen nach dem anderen legte er die drei Köpfe vor dem Jungen auf den Boden. Ich beobachtete seine Reaktion, prägte mir ein, auf welchem sein Blick am längsten verharrte. Als ich mich zu Papa umdrehte, sah ich, dass er zu demselben Schluss gekommen war. Ganz rechts. Der Vater des Jungen.

»Wenn du mir verrätst, wo der Zahn gefunden wurde, gebe ich dir die Köpfe *und* den Zahn zurück.«

Ich konnte mir nicht vorstellen, dass Papa dieses Angebot ernst meinte, und auch der Junge schien seine Zweifel zu haben.

»Er traut Ihnen nicht«, erklärte Duellant. »Er sagt, Sie sind ein Lügner, genau wie alle anderen *Wasicu*.«

Wasicu. Der Lieutenant hatte erzählt, dass die Indianer uns so nannten. Wörtlich übersetzt bedeutete der Name »Fett-Esser« und bezeichnete einen selbstsüchtigen Menschen, der den besten Teil des Tiers für sich behielt.

Mein Vater lachte kalt. »Nun gut. Dann lassen Sie ihn bitte wissen, Duellant, dass er etwas zerstört hat, jaja, was mir sehr viel bedeutet hat. Diese Knochen waren mein Eigentum, darum muss er mir nun etwas dafür geben. Ein Tauschhandel. Er soll mir sagen, wo ich die Knochen finde, die zu diesem Zahn gehören. Das ist nur gerecht.«

Seine Stimme klang ruhig, doch ich nahm einen beunruhigenden Unterton darin wahr.

Wieder übersetzte Duellant. Der Junge antwortete nicht. Ich war gerade zu dem Schluss gekommen, dass mein Vater nun nichts mehr tun konnte, als er aufstand und nach einem Spaten griff, der am Wagen lehnte.

»Professor Cartland«, meldete sich nun Mr Landry zu Wort. »Ich möchte Sie dringend bitten, diesem Jungen nichts anzutun.«

Überrascht und dankbar blickte ich den Journalisten an und fühlte mich schon nicht mehr ganz so allein.

»Mr Landry, Sie sind doch Journalist, nicht wahr?«, erwiderte mein Vater ruhig. »Dann schlage ich vor, dass Sie beobachten, jaja, anstatt sich ins Geschehen einzumischen.«

»Papa«, sagte ich und trat einen Schritt auf ihn zu. Ich legte ihm die Hand auf den Arm und spürte seine angespannten Muskeln.

»Keine Sorge, mein Kind, ich werde ihm nichts tun.«

Wie bei einem Abzählspiel setzte er die Spitze des Spatens nacheinander auf jeden der Totenschädel.

»Aber das hier sind schließlich nichts als Knochen, nicht wahr?«

Seine Fingerknöchel traten weiß hervor, als er den Spaten

in den Kopf ganz links rammte – immer wieder, bis Schädel und Oberkiefer vollkommen zertrümmert waren. Ich riss entsetzt die Augen auf, doch mein Blick lag nicht auf den zerschmetterten Überresten, sondern auf meinem Vater, dessen wutverzerrtes Gesicht und schmale, funkelnde Augen ich plötzlich nicht mehr wiedererkannte.

»Also«, stieß er dann gepresst hervor, »ich werde dir diese Frage nicht noch einmal stellen. Ich will wissen, wo ihr diesen Zahn gefunden habt.« Er setzte den Spaten auf den Kopf ganz rechts, der dem Vater des Jungen gehörte. Sachte tippte er mit dem Metallblatt auf die Stirn, die Nase, die klaffende Mundhöhle.

Dann wandte er sich wieder an den schweigenden Jungen – »Nein?« – und hob drohend den Spaten.

»Hör auf!«, schrie ich.

Im selben Moment stemmte sich der Junge schreiend gegen seine Fesseln und mein Vater ließ den Spaten sinken.

Duellant begann stockend zu übersetzen – immer wieder unterbrach er den Jungen, um sich nach Details zu erkundigen. »Er sagt, der Ort ist knapp einen Tagesritt flussaufwärts von hier entfernt. Dort gibt es einen Hügel, der höher ist als alle anderen. An dessen Fuß liegt eine enge Schlucht mit vielen großen Steintürmen wie ...« Er zeichnete einen geschwungenen Umriss in die Luft, der an einen Pilz erinnerte.

»Hoodoos«, sagte Lieutenant Frye.

Ich wusste, was er meinte. Diese Felsgebilde wuchsen hier zu Tausenden aus dem Boden: hohe Säulen mit einer Art großen Steinkappe am oberen Ende, die zum Teil sehr wackelig wirkten.

»In der Nähe davon«, fuhr Duellant fort, »wurde der Zahn gefunden.«

»Sagt er die Wahrheit?«, wollte mein Vater wissen.

Der Pawnee musterte den Jungen und antwortete dann: »Ich weiß es nicht.«

Der Junge fügte noch etwas hinzu.

»Was hat er gesagt?«, fragte ich.

»Er verlangt, dass er jetzt freigelassen wird, mit den Köpfen und dem Zahn.«

»Sagen Sie ihm, morgen«, erwiderte mein Vater. »Gleich nachdem er uns an den Fundort geführt hat.«

»Du hast ihn belogen!«, rief ich empört.

»Nur damit *er* uns nicht belügt«, entgegnete Papa geduldig.

Der Lieutenant sagte: »Ich würde ihn ungern noch länger hier festhalten, Professor. Seine Leute werden sich bald auf die Suche nach ihm machen, und auf einen Kampf möchte ich es nicht ankommen lassen, erst recht nicht, solange Sie und Ihre Tochter hier sind. So etwas ist nichts, was Sie mit ansehen sollten.«

»Verstehe, Lieutenant. Würden Sie uns für den Weg zur Fundstelle einige Ihrer Soldaten zur Verfügung stellen?«

»Wir sind Ihnen jederzeit zu Diensten, Professor. Aber Sie sollten sich darüber im Klaren sein, dass der Junge Sie in einen Hinterhalt locken könnte – oder geradewegs zu einem Indianerlager.«

»Das ist mir bewusst, jaja.«

»Natürlich ist das nichts, womit meine Männer nicht umzugehen wüssten«, fügte der Lieutenant mit einem selbstbewussten Lächeln hinzu. »Und Duellant und Bester-von-Allen werden Sie ebenfalls begleiten.«

Der Sioux-Junge schrie und tobte vor Wut. Wieder schnappte ich das Wort *Wasicu* auf.

Ich fuhr zu Papa herum. »Hast du überhaupt vor, ihm die Köpfe und den Zahn zurückzugeben?«

»Warten wir erst einmal bis morgen.«

Er bückte sich und hob den Zahn wieder auf. Dann nickte er Daniel Simpson zu, der gerade die Köpfe zurück in den Sack steckte. Der Junge schrie immer lauter, bis Duellant ihm eine weitere Ohrfeige versetzte.

»Hören Sie auf, ihn zu schlagen!«, fuhr ich ihn an.

Die Fesseln hinderten den Jungen daran, sich die Tränen abzuwischen, also verzog er das Gesicht zu einer Furcht einflößenden Maske. Er war gefangen genommen worden. Er hatte sein Pferd verloren. Und jetzt saß er gefesselt und gedemütigt vor einem Pawnee, einem Erzfeind seines Volks.

Ich sah zu Landry hinüber, der sich noch immer mit grimmiger Miene Notizen machte. Kurz fragte ich mich, wie viel von dem, was gerade hier passierte, wohl gedruckt werden würde.

»Sieh nicht so finster drein, mein Kind«, sagte Vater zu mir. »Morgen um diese Zeit stehen wir vielleicht schon vor dem Skelett. Stell dir das nur vor! Wie es vor uns liegen wird, jaja, in den Fels gebettet wie ein schlummernder Riese.«

Ich drehte mich weg, wollte nicht mehr »mein Kind« von ihm genannt werden. Es war einfach unmenschlich, wie er den Jungen behandelte.

Doch ich musste wohl ebenfalls ein Unmensch sein, denn

selbst jetzt, nach allem, was heute Abend geschehen war, machte mein Herz einen kleinen, freudigen Hüpfer, als Papa den schlummernden Riesen erwähnte und mir klar wurde: Wir könnten diejenigen sein, die ihn weckten.

Der Schuss ließ mich dermaßen zusammenzucken, dass ich fast von meinem Pony gefallen wäre. Es tänzelte nervös und gab ein leises Wiehern von sich.

»Stehen bleiben!«, bellte eine Stimme.

Es war schon dunkel, als wir uns Cartlands Lager näherten, weswegen ich die blaue Uniform des Soldaten nicht sah, bis er sich aus den Schatten eines der Wagen löste.

»Ich bin's, Sam Bolt!«, rief ich. »Aus Professor Bolts Lager!«

»Nur ein Warnschuss«, erklärte der Soldat, als wir uns ihm näherten. »Hab nicht auf Sie gezielt.«

Nach der Abreibung, die sie mir an der Ausgrabungsstätte verpasst hatten, war ich mir da nicht so sicher. Ich fragte mich, wie Cartland mich wohl empfangen würde.

»Wir haben heute einen Sioux gefangen, der versucht hat, unsere Pferde zu stehlen«, fuhr der Soldat fort.

Ich wechselte einen Blick mit Ned. Einen von unseren Besuchern? Ich war erstaunt, dass die Sioux sich so nah an das Lager herangewagt hatten. Sie mussten doch gesehen haben, dass es hier von Soldaten nur so wimmelte.

»Einen einzelnen?«, fragte Ned.

»Kann gut sein, dass noch mehr in der Nähe sind. Der Lieutenant hat für heute Nacht die Wache verdoppelt.«

Warum hätte einer von ihnen riskieren sollen, erwischt zu werden? Es sei denn, er hatte im Alleingang gehandelt und vielleicht die Einwände der anderen ignoriert. *Der Junge*, dachte ich sofort.

»Uns haben heute auch vier von ihnen einen Besuch abgestattet«, sagte Ned.

»Darum sind wir hier«, fügte ich hinzu. »Um Sie zu warnen.«

»Bisschen spät. Aber reden Sie am besten mit dem Lieutenant.«

Ned und ich banden unsere Ponys an und betraten das Lager. Ordentliche Reihen aus Zelten, manche rund, andere rechteckig, eingeschlossen in eine weitläufige Wagenburg. Ich sah einen einfachen Pferdepferch. Es gab sogar eine fachgerechte Latrinengrube. Über dem Küchenzelt ragte ein Schornstein auf. Überall wurden Kisten zusammengehämmert, Pferde versorgt oder Sättel und Zaumzeug gesäubert. Einer der Studenten, Simpson, verstaute gerade einen Leinensack in einem der Wagen. Als ich einen Blick hineinwarf, sah ich zahlreiche offene Kisten und einen kleinen Schreibtisch.

Ich war erleichtert, alles so geordnet und normal vorzufinden. Auf dem Weg hierher hatte ich mir die schlimmsten Szenen von einem ausgebrannten Lager und massakrierten Leichen ausgemalt.

Ich blieb stehen, als ich den an einen Wagen gefesselten Indianerjungen sah. Vor ihm kniete ein Offizier mit Arztkoffer und versuchte, eine hässliche Wunde in seinem Gesicht zu versorgen. Doch der Junge riss immer wieder den Kopf zur Seite, schrie und spuckte. Irgendwann gab der Arzt es auf. Er schloss seinen Koffer, stand auf und nickte mir zu.

»Ein stolzes Volk«, sagte er. »Will sich partout nicht helfen lassen.«

Der Indianerjunge warf mir einen hasserfüllten Blick zu, bevor er wieder zu Boden starrte. Ich fragte mich, was er wohl dachte. Dass ich ein Lügner sei? Einer von Cartlands Leuten? Am liebsten hätte ich ihm alles erklärt, aber ich wusste nicht, wie. Ich war schockiert über sein blutüberströmtes, geschwollenes Gesicht. Wie er dort auf dem Boden saß, die Arme auf dem Rücken gefesselt, wirkte er wesentlich jünger als zuvor.

»Ich muss Sie in aller Form um Entschuldigung bitten, Samuel.«

Ich hob den Kopf und sah Professor Cartland und den Lieutenant auf mich zukommen.

»Wie Sie sehen, haben wir den wahren Vandalen gefasst. Ich hoffe, Friar hat Ihnen nicht allzu sehr zugesetzt – aber soweit ich die Sache beurteilen konnte, kämpfen Sie deutlich über Ihrer Gewichtsklasse. Ganz der Vater, wie es scheint.«

Seine Worte klangen freundlich, aber sein Lächeln wirkte gezwungen.

»Er war zuerst bei uns«, sagte ich mit einem Nicken in Richtung des Jungen, »zusammen mit drei Männern. Sie haben unsere Sachen durchsucht. Ich glaube, sie waren auf der Suche nach Köpfen.«

Mehr sagte ich nicht, denn den Rest wollte ich von ihm hören. Und er enttäuschte mich nicht.

»Ganz recht.« Völlig unbekümmert erzählte er mir, wie sie in Besitz der Köpfe gelangt waren. Den Zahn erwähnte er nicht. »Ich nehme an, unsere Ausgrabungen zu zerstören, war ihre Art, sich an uns zu rächen.«

»Wie wäre es denn«, fragte Ned, »wenn Sie ihnen die Köpfe einfach zurückgeben und den Jungen laufen lassen? Würde eine friedlichere Atmosphäre für uns alle hier draußen schaffen.«

»Vielen Dank für Ihren guten Rat, Mr Plaskett«, entgegnete der Professor steif. »Wir werden den Jungen morgen freilassen.«

»Wir wollten Sie lediglich warnen«, merkte ich an.

»Und dafür sind wir Ihnen dankbar«, schaltete sich der Lieutenant ein. »Sie müssen über Nacht bleiben. Es ist keine gute Idee, heute nach Einbruch der Dunkelheit wieder zurückzureiten. Das Abendessen sollte bald fertig sein.«

»Wir haben schon gegessen, danke«, erwiderte Ned.

»Dann essen Sie ein zweites Mal!«, sagte der Lieutenant kameradschaftlich.

Cartlands säuerliche Miene ließ keinen Zweifel daran, dass er alles andere als glücklich über diese Entwicklung war. Vielleicht hatte er Sorge, dass wir nachts durchs Lager schleichen und in seinen Funden herumschnüffeln könnten – was selbstverständlich genau das war, was mein Vater von uns erwartete.

»Sehr freundlich von Ihnen«, bedankte sich Ned.

Als ich Rachel sah, hielt ich meine Mimik sorgsam unter Kontrolle aus Angst, dass mir meine Freude auf den ersten Blick anzusehen war.

»Miss Cartland, hallo«, begrüßte ich sie. Ich sah, wie ihr Blick über mein ramponiertes Gesicht glitt.

»Ich hoffe, es hat Sie nicht allzu schlimm erwischt«, sagte sie.

»Mir geht es gut, danke. Ned und ich sind hergekommen, um Sie zu warnen, dass Indianer in der Nähe sind. Aber das haben Sie ja schon selbst bemerkt.«

»Stimmt, aber haben Sie vielen Dank.«

»Es tut mir leid, was sie mit Ihren Ausgrabungen angerichtet haben.«

»Ein bisschen was werden wir wohl retten können, hoffe ich.«

Das Denken fiel mir schwer, so begierig war ich darauf, sie anzusehen und ihren Duft einzuatmen, aber dafür war sie zu weit weg. Sie spielte ihre Rolle wirklich gut.

Nach dem Essen ging ich zu meinem Pferd, um meine Bettrolle zu holen. Auf dem Rückweg durch das dunkle Lager tauchte plötzlich Rachel neben mir auf.

»Es tut mir so leid, was passiert ist«, flüsterte sie.

In unserer Nähe tummelten sich ein paar Soldaten und Studenten, aber solange wir nur gesittet nebeneinander hergingen, achtete niemand auf uns.

»Ist schon in Ordnung. Der Anblick der Knochen war schlimmer. Und das, nachdem du so hart gearbeitet hast.«

»Na ja. Es gibt ja noch mehr Skelette da draußen.«

»Und du wirst sie sicher finden. Du bist wie eine Wünschelrute.«

Sie streifte meine Finger mit ihren. So eine simple Berührung. Und doch schoss mir sogleich die Hitze in Ohren und Wangen. Am liebsten hätte ich sie an mich gezogen und geküsst.

»Du hast mir gefehlt«, sagte ich leise, und mein Herzschlag dröhnte mir in den Ohren. Ich hatte das Gefühl, zu schnell einen Hügel hinunterzuhasten. Als müsste ich immer schneller und schneller laufen, um nicht hinzufallen. »Es tut mir leid, was für gemeine Sachen ich bei unserem letzten Treffen zu dir gesagt habe. Ich bin wirklich ein Idiot. Weißt du eigentlich, dass es seit unserer allerersten Begegnung keinen einzigen Tag gab, an dem ich nicht an dich gedacht habe – nicht mal eine Stunde?«

Sie hielt den Blick starr geradeaus gerichtet, als sie antwortete: »Du tauchst auch regelmäßig in meinen Gedanken auf.«

»Ich habe mit mir selbst das Buchstabenspiel gespielt. Es war schrecklich.«

Das brachte sie zum Lachen. »Nun ja, du bist wirklich nicht sonderlich gut darin.«

»Nein, ich meinte, dass mich jedes einzelne Wort an dich erinnert hat.«

»Jedes Wort?«

»Jedes Wort.«

Sie schüttelte den Kopf. »Das ist doch Unsinn.«

»Mir hat dein Duft gefehlt. Und diese kleine Stelle in deinem Nacken.« Ich warf ihr einen Blick zu, und selbst in der Dunkelheit sah ich die tiefe Röte, die ihr in die Wangen stieg.

»Hör auf, mich in Verlegenheit zu bringen«, sagte sie.

»Ich wache mitten in der Nacht auf und kann nicht mehr einschlafen. Es ist, als würde mich dein Geist verfolgen. Einmal habe ich dich angefleht, mich schlafen zu lassen, und du hast es getan.«

»Du bist wirklich albern«, schalt sie mich. »Aber jetzt hör zu. Der Zahn, den ich gestohlen habe, gehörte dem Vater dieses Sioux-Jungen. Es war seine Leiche, die wir geköpft haben. Der Vater des Jungen hat die Dark Beauty gefunden!«

Ich war so verblüfft, dass ich mich kaum davon abhalten konnte, zu ihr herumzufahren. Dieser Junge war der Sohn des Mannes, dem die Dark Beauty gehört hatte. »Das hat er euch erzählt?«

Sie nickte. »Papa will ihn zwingen, uns zu dem Ort zu führen, an dem sein Vater ihn gefunden hat.«

»Wann?«

»Morgen.«

Ich ging weiter, den Blick geradeaus gerichtet. Auf dem Weg hierher hatte ich einen Plan ausgeheckt – einen verrückten, waghalsigen Plan. Doch jetzt schrumpfte er in sich zusammen wie ein Stück Papier im Feuer.

»Warum sollte er euch helfen?«

»Papa hat versprochen, ihm den Zahn und die Köpfe zurückzugeben.«

»Und hat er das wirklich vor?«

»Ich glaube nicht.«

Die Vorstellung, dass Cartland die Dark Beauty bekommen würde, versetzte mir einen schmerzhaften Stich, direkt unterhalb der Rippen. Außerdem: Ich hatte die ganze Zeit heimlich davon geträumt, dass Rachel und ich sie gemeinsam finden würden.

»Hat er gesagt, wo die Stelle ist?«, fragte ich.

»Er hat einen Ort ein Stück flussaufwärts beschrieben, in der Nähe von ein paar Hoodoos.«

»Die gibt es hier überall. Wahrscheinlich hat er gelogen – ich wüsste nicht, warum er euch helfen sollte.«

»Darum zwingt Papa ihn ja auch, uns hinzuführen.«

Ich zögerte kurz, bevor ich sagte: »Dann solltet ihr hoffen, dass er sich heute Nacht nicht befreit und mitsamt Zahn und Köpfen verschwindet.«

Sie nickte in Richtung eines geschlossenen Planwagens. »Selbst wenn er den Wagen mit den Ausgrabungsobjekten findet, sollte es schwierig werden, den Zahn aus Papas Zelt zu stehlen.«

»Er bewahrt ihn in seinem Zelt auf?«

In dem Moment tauchte Professor Cartland vor uns auf und starrte mich auf eine Art an, die mir ganz und gar nicht behagte. Schnell verabschiedete ich mich von Rachel und machte mich auf die Suche nach Ned. Wir setzten uns zu ein paar der Studenten ans Feuer und lauschten ihren Liedern, sangen manchmal sogar mit. Doch der Gesang war nur mehr ein Hintergrundrauschen in meinem Kopf, während ich heimlich an meinem Plan feilte.

19

Der Antrag

In der Nacht wurde es kühler. Das Feuer brannte zu knisternder Glut herunter. Langsam breitete sich Ruhe im Lager aus, bis nur noch das gedämpfte Murmeln der Wachposten zu hören war.

Neds Schnarchen schwoll an und ab. Ich jedoch durfte nicht einschlafen. Mein Verstand arbeitete unermüdlich, und mein Körper kribbelte vor Panik angesichts dessen, was ich vorhatte. Ein leichter Wind erhob sich und forsch aufziehende Wolken verdeckten den Mond. Von meiner Schlafstelle aus konnte ich im schwachen Licht gerade eben den Sioux-Jungen am Wagen erkennen. Ich konnte nicht sagen, ob er schlief oder nicht. Es war niemand bei ihm, der ihn bewachte. Sie mussten ein ziemliches Vertrauen in ihre Fesselkünste haben.

Ich wartete, bis die Wachablösung vorbei war und im Lager wieder Ruhe einkehrte. Dann schlüpfte ich aus meiner Bettrolle. Barfuß schlich ich zu dem Wagen, auf den Rachel gedeutet hatte und in dem Daniel Simpson zuvor den Leinensack verstaut hatte. Darin mussten sie ihre Funde aufbewahren. Wenn mich jemand erwischte, würde ich einfach behaupten, ich sei auf dem Weg zur Latrine und hätte mich verirrt.

Im Wagen angekommen, schloss ich die Plane hinter mir und

wühlte in meiner Tasche nach Streichhölzern und einer Kerze. Ich schirmte die Flamme mit der Handfläche ab. Rings um mich Regale voller kleiner Kisten, offene Truhen mit steinverkrusteten Knochen darin. Überall lagen Leinensäcke, von denen ich ziemlich viele öffnen musste, bevor ich die Köpfe fand.

Zurück im Freien sputete ich mich. Wenn mich jetzt jemand aufhielt, würde ich mich nicht herausreden können. *Was ist in dem Sack, Junge?* Nichts, bloß Kleider zum Wechseln, Rasierzeug und ein Stück Seife. Ach ja, und ein paar Köpfe.

Vor Professor Cartlands großem Zelt angekommen, legte ich den Sack mit den Köpfen auf den Boden. Die Zeltklappe hing nach unten, war aber nicht zugeknöpft. Ich kauerte mich hin und lauschte, dann öffnete ich die Klappe ein Stück, sodass ein wenig Mondlicht hineinfiel. Mit einem lautlosen Schritt war ich drinnen. Die Kerze anzuzünden, traute ich mich nicht, aus Sorge, dass der Geruch ihn wecken würde. Er war nur ein dunkler Schemen im hinteren Teil des Zelts. In einer Ecke stand ein kleiner Klappstuhl, auf dem er seine Kleider abgelegt hatte. Dort fand ich auch seine Jacke und klopfte die Taschen ab. Nichts. Ich spürte ein Prickeln im Nacken und unter den Armen. Ein paar aufeinandergestapelte Koffer dienten als Tisch. Darauf stand ein Kästchen mit seinen Rasierutensilien. Ich trat einen Schritt näher und öffnete es. Rasiermesser, Riemen, Seife, Spiegel. Ich nahm den Einsatz heraus, und darunter sah ich eine dunkle Silhouette, lang und spitz.

»Jaja«, sagte der Professor plötzlich und setzte sich auf.

Meine Hand verharrte mit gespreizten Fingern über den Rasiersachen. Seine Augen konnte ich in der Dunkelheit nicht erkennen, bloß die Silhouette seines klobigen Kopfs. Ich stand im Gegenlicht. Er konnte mich nur als Schatten erkennen – ich hätte davonrennen können, zurück in meine Bettrolle kriechen und so tun, als schliefe ich, bevor er Alarm schlug. Doch ich rührte mich nicht.

»Jaja«, murmelte er abermals und legte sich wieder hin. Er begann, leise zu schnarchen. Mit klopfendem Herzen blieb ich noch einen Moment reglos stehen, bevor ich den Zahn aus dem Kästchen nahm.

Rückwärts verließ ich das Zelt und schloss die Klappe. Mir war, als müsste ich ersticken, doch ich gestattete mir nicht, zu atmen, bis ich ein gutes Stück vom Zelt entfernt war. Erst dann rang ich gierig nach Luft.

Als ich bei dem Jungen ankam, riss er überrascht die Augen auf, und sein Blick huschte sofort zu dem kleinen Messer, das ich aus der Tasche gezogen hatte. Ich hob den Zeigefinger an die Lippen. Bedeutete ihm mit Gesten, was ich vorhatte. Er blieb ruhig.

Ich öffnete den Sack mit den Köpfen und ließ ihn hineinsehen. Dann hockte ich mich neben ihn und begann, die Fesseln auf seinem Rücken zu zerschneiden. Das Geräusch machte mir Sorgen. Der Junge wandte immer wieder ungeduldig den Kopf nach hinten. Vielleicht, weil er sich fragte, warum ich so lange brauchte, vielleicht aber auch, weil er vorhatte, mich anzugreifen, sobald ich ihn befreit hatte. Ich durchschnitt den letzten Strick und wich zurück, das Messer fest in der Hand für den Fall, dass er sich auf mich stürzte.

Er musterte mich unschlüssig. Ich zog den Zahn aus der Tasche und streckte ihn ihm hin. Als er ihn nahm, hob ich fragend die Handflächen, deutete auf den dunklen Horizont und stellte die Frage mithilfe meiner Augen. Alle meine Hoffnungen ruhten auf diesem Moment. Darauf, dass er mir dankbar sein würde. Dass er mir verraten würde, wo sein Vater den Zahn gefunden hatte. Vorausgesetzt, er wusste es überhaupt.

Er begann, etwas in den Staub zu zeichnen. Eine Schlangenlinie, von der ich annahm, dass sie den Fluss darstellen sollte. In einer der engeren Biegungen setzte er eine Markierung und sah dann kurz zu mir auf, um sicherzugehen, dass ich verstand. Cartlands Lager. Ich nickte. Er zeichnete weiter. Ich staunte, wie gut er den Verlauf des Flusses zu kennen schien. Er fügte eine enge S-Kurve hinzu und dann, ganz im Osten, weit entfernt vom Fluss, drei schlanke, steile Erhebungen. Sie sahen aus wie verschleierte Nonnen.

»Da?«, flüsterte ich. »Da kommt der hier her?« Ich berührte den Zahn.

Er sah mich an und nickte knapp, dann stand er auf und spähte gebückt zum Rand des Lagers hinüber, wo man in regelmäßigen Abständen die Laternen der Wachen aufflackern sah. Ohne sich noch einmal zu mir umzudrehen, schnappte er sich den Sack und den Zahn und rannte Richtung Fluss. Dort verschwand er im Schatten. Ich wusste nicht, was ich sonst noch für ihn hätte tun können.

Einen Moment lang lauschte ich, halb in der Erwartung, Schreie zu hören oder, schlimmer noch, Schüsse. Doch alles blieb ruhig. Er musste es geschafft haben. Aber wie lange würde es dauern, bis jemand merkte, dass er weg war?

Angestrengt starrte ich auf die Karte, die er gezeichnet hatte, die drei Hügel. Ich konnte mich nicht erinnern, irgendwo in der Gegend etwas Derartiges gesehen zu haben. Woher sollte ich wissen, wie groß oder klein sie waren? Ob es sie überhaupt gab? Sorgsam prägte ich mir jede Krümmung des Flusses ein. Dann zeichnete ich die Karte aus dem Gedächtnis nach und verglich sie mit dem Original. Ich hatte ein gutes Gespür für Formen. Schließlich wischte ich beide Karten mit der Hand weg. Ich musste das Ganze trotzdem so schnell wie möglich zu Papier bringen. Irgendwo in meiner Bettrolle steckte ein Bleistift.

Ich konnte nicht schlafen. Meine Gedanken kreisten noch immer um all das, was heute passiert war. Gerade hatte ich meine Zeltklappe aufgeknöpft, um etwas frische Luft hereinzulassen, als ich draußen Schritte hörte. Es war nicht das gleichmäßige Stapfen eines Soldaten – sondern das verstohlen Tappen von jemandem, der sich Mühe gab, leise zu sein. Mein erster Gedanke war: der Sioux-Junge. Mein Magen krampfte sich zusammen vor Angst, dennoch kroch ich vor und hob die Klappe, um nach draußen zu spähen.

Ich erkannte die vertraute Silhouette von Samuel, der den Kopf noch ein bisschen weiter einzog als gewöhnlich, während er auf Zehenspitzen vorbeischlich.

»Wo willst du denn hin?«, zischte ich ihm zu.

Er zuckte zusammen und sah zu mir herunter.

»Latrine«, flüsterte er so unglaubhaft, wie es einem Menschen nur möglich war.

»Stimmt nicht.«

Er kniff die Augen zusammen. »Woher willst du das wissen?«

Er wirkte so schuldbewusst. »Was hast du angestellt?«

»Pssst«, machte er mit einem nervösen Blick hinter sich.

Ich hatte die Schritte auch gehört und handelte rein instinktiv: Schon hatte ich ihn beim Ärmel gepackt und zerrte ihn zu mir ins Zelt. Er landete auf meiner Bettrolle, und ich sperrte das fahle Mondlicht aus, indem ich blitzschnell die Zeltklappe schloss. Ich konnte nur hoffen, dass die Luft hier drinnen einigermaßen erträglich war.

Die Schritte – vermutlich ein Soldat, dessen Wachdienst gerade endete oder begann – entfernten sich wieder, und danach schien das einzige Geräusch von meinen eigenen Bemühungen herzurühren, möglichst flach zu atmen. Ich saß ganz still, die Finger auf meiner Bettdecke, um nicht im Dunkeln aus Versehen irgendetwas zu berühren. Ich spürte seine Gegenwart überdeutlich. Er ist in meinem Zelt, konnte ich nur denken.

Ganz leise hörte ich, wie er sich bewegte, und seine Hand fand mein Bein. Ich tastete nach seinem Gesicht, strich behutsam über die Schwellung um sein Auge, den verkrusteten Riss in seiner Lippe. Die Dunkelheit war hypnotisierend. Als wäre die ganze Welt auf das Gefühl in meinen Fingerspitzen zusammengeschrumpft; meine Sinne entfalteten sich wie die Tentakel einer Seeanemone. So intim wie ein Traum. Ich wünschte mir mehr als alles andere, dass er mich küsste.

Sein Atem auf meiner Wange. »Ich habe ihn freigelassen.«

Ich zog die Hand zurück. »Was?«

»Den Jungen. Ich habe ihn freigelassen.«

Eine Salve von Gedanken prasselte auf mich ein. Natürlich war es gut, dass der Junge wieder frei war; schließlich hatte ich Papa selbst dazu gedrängt. Einen Jungen zu schlagen und zu fesseln, das war abscheulich. Aber die Dark Beauty – er hatte uns doch an ihren Fundort führen sollen.

»Warum?«, verlangte ich zu wissen. »Um meinen Vater zu sabotieren?«

»Der Junge hätte euch sowieso nicht geholfen! Er hasst euch. Ihr habt seinem Vater den Kopf abgesägt –«

»*Ich* habe niemandem –«

»– ihm seinen geheiligten Zahn gestohlen. Ihn geschlagen. Warum sollte er deinem Vater helfen wollen? Wahrscheinlich hätte er euch nur in einen Hinterhalt gelockt und umbringen lassen. Gut möglich, dass ich euch allen das Leben gerettet habe!«

Wir waren beide wütend und zischten einander unsere Worte direkt ins Ohr. Seine Lippen streiften mein Ohrläppchen, und ich vergaß kurz, was ich sagen wollte. Ich riss den Kopf zurück.

»Hör auf, dich herauszureden. Du willst bloß nicht, dass mein Vater ihn findet!«

»Stimmt«, erwiderte er entschlossen. »Ich will nicht, dass *er* ihn findet. Sondern *wir*.«

»Was soll das heißen?« Wieder eine dieser überstürzten Albernheiten, die er so oft von sich gab.

»Der Junge hat mir den Ort verraten.«

»Einfach so?«

»Ja. Nachdem ich ihn losgebunden hatte. Hast du vielleicht Stift und Papier? Ich will es lieber aufzeichnen, bevor ich es vergesse.«

Ich hörte, wie er in seinen Taschen kramte und kurz darauf

ein Streichholz anriss. Seine Augen leuchteten. Ich hielt den Docht meiner Kerze an die Flamme.

»Hör zu«, fuhr er dann fort, »die Karte, die er für mich gezeichnet hat, sah vollkommen anders aus als der Weg, den er deinem Vater beschrieben hat.«

»Woher willst du wissen, dass er dich nicht angelogen hat?«

»Na ja, ich habe ihm die Köpfe zurückgegeben.« Er hielt kurz inne und verzog das Gesicht. »Und deinen Zahn.«

Es war wie eine Ohrfeige, obwohl ich dasselbe von meinem Vater verlangt hatte. Dieser Zahn war mein erster Fund gewesen. Schon für sich allein genommen, war er unglaublich wertvoll, und jetzt hatte Samuel ihn einfach fortgegeben. »Du Mistkerl! Dazu hattest du kein Recht!«

»Ich weiß! Aber dafür habe ich jetzt eine Karte!«

Ein weiterer Gedanke platzte in mein Bewusstsein. »Du warst im Zelt meines Vaters?«

Er nickte. Im flackernden Licht fiel sein Blick auf das Notizbuch neben meiner Bettrolle und er deutete hoffnungsvoll darauf.

»Darf ich sie nur kurz aufzeichnen, bitte?«

Ich reichte ihm das Buch, zusammen mit einem Bleistift. Die nächsten paar Minuten lang sah ich zu, wie er die Karte skizzierte, wobei er immer wieder Details ausradierte und korrigierte.

»So müsste es stimmen«, murmelte er schließlich. »Glaube ich.« Er schlug das Buch zu und gab es mir zurück. »Ich will, dass das hier uns gehört. Dass wir ihn finden.«

Ich schüttelte den Kopf. »Das sagst du so. Aber wie stellst du dir das vor?«

»Wir brauchen nicht die Hilfe unserer Väter dafür. Oder ihre Erlaubnis. Wir machen uns einfach allein auf die Suche.«

Ich hatte den Verdacht, dass er sich den Plan gerade erst aus dem Ärmel schüttelte. Das alles war zu absurd, um es ernst zu nehmen. »das ist doch völlig unrealistisch! Wir haben überhaupt keine Ausrüstung.«

Er beugte sich dichter zu mir vor und flüsterte mir seinen Plan zu: dass wir uns mit Ethan Withrow zusammenschließen könnten. Der hatte Männer und wir verfügten über das nötige Wissen. Wir würden uns mit ihm auf einen Handel einigen und ihn zu der Stelle führen. Dort würden wir dann gemeinsam die Dark Beauty ausgraben. Und den Finderlohn von Barnum kassieren.

Samuel schien gründlich darüber nachgedacht haben. Einen Moment lang ließ ich den Plan zwischen uns in der Luft hängen wie eine Fata Morgana. Dann schüttelte ich den Kopf über seine Blauäugigkeit. »Und was ist mit dem Skandal, den wir verursachen würden, indem wir zusammen ausreißen? Darüber hast du wohl nicht nachgedacht.«

»Wir würden natürlich vorher heiraten«, erwiderte er und sah mir in die Augen. Diese Wärme in seinem Blick.

»Das ist nicht dein Ernst.«

»Wir werden das Skelett als Mr und Mrs Bolt finden. Willst du mich heiraten?«

Es war, als wäre in meinem Kopf eine Sprengladung explodiert. Fetzen meiner Gedanken stoben in alle Richtungen wie Schrapnell.

»Du siehst ziemlich entsetzt aus«, bemerkte er.

Ich pustete die Kerze aus. Die Dunkelheit war tröstlich, aber ich konnte noch immer nicht klar denken.

»Das kommt so unerwartet«, brachte ich heraus.

»Hast du denn noch nie darüber nachgedacht?«, fragte er. »Nie?«

Natürlich hatte ich das – heimlich, flüchtig, besonders in den Momenten vor dem Einschlafen oder wenn ich mir vorzustellen versuchte, wie sich die Berührung eines Mannes anfühlte. Doch am nächsten Morgen erschien mir das alles jedes Mal so versponnen und unrealistisch wie ein Traum.

»Wie sollten wir denn heiraten?«, fragte ich. Es war der erste zusammenhängende Gedanke, der mir in den Kopf kam.

Ich hörte, wie er frustriert die Luft ausstieß. *»Wie?«*

»Wo?« Das war natürlich längst nicht die wichtigste Frage, aber sie verschaffte mir Zeit zum Nachdenken.

»Na ja, Crowe. Wahrscheinlich in Crowe.«

»Das heißt, wir würden zusammen durchbrennen?«

»Genau. Der Friedensrichter dort könnte uns trauen. Ist das ein Ja?«

Ich sagte nichts. Mein Blick huschte wie wild durch die Dunkelheit.

Ein Ja würde bedeuten, dass mein Vater mich verstoßen würde. Ein Ja würde bedeuten, dass er ganz sicher nicht für mein Universitätsstudium zahlen würde – und im Moment bestand wenigstens noch eine vage Chance, dass er es tun würde. Ein Ja würde bedeuten, dass ich meinem komfortablen Zuhause Lebwohl sagen müsste, meiner geliebten Bibliothek, in der ich so viele Stunden gesessen und Vaters Fossilien gezeichnet hatte.

Auf der anderen Seite würde ich vermutlich nie mehr als seine Helferin sein, während er selbst Fossilien und wissenschaftliche Veröffentlichungen anhäufte wie einen Schatz. Irgendwann würden mein Frust und meine Einsamkeit zu wuchern beginnen wie ein Krebsgeschwür, bis sie mich ganz und gar erfüllten. Im besten Fall würde ich in einer Schule unterrichten können und als New Havens Fossilien sammelnde verschrobene Jungfer enden.

Ein Ja würde Sams lockiges Haar, seinen gut gebauten Körper mit den großen Füßen und der schlechten Haltung bedeuten, seine verbesserten Küsse, seinen Schweineschmalzgeruch. Aber ...

»Würdest du mich zur Universität gehen lassen?«, fragte ich.

»Natürlich! Das versteht sich doch wohl von selbst.«

»Und du würdest auch für mein Studium bezahlen?«

»Selbst wenn es mich meinen letzten Penny kostet.«

»Und mich auf Expedition gehen lassen?«

»Na ja. Nur mit mir zusammen natürlich.«

Wenn es eine Aussicht gab, über die ich in Verzückung geraten konnte, dann war es diese. Doch bevor ich die Gelegenheit bekam, etwas zu erwidern, brach draußen Geschrei los. »Feuer! Feuer auf dem Hügel!«

20

Der Brand

Ich stürzte aus Rachels Zelt und sah Flammen über der Hügelkette emporzüngeln. Nach über einer Woche ohne Regen war das Gras so trocken wie Papier. Die tosende Feuersbrunst fraß sich durchs Gesträuch und die Hänge herunter auf das Lager zu. Auf allen anderen Seiten waren wir vom Fluss eingeschlossen.

Männer eilten umher und brüllten einander Befehle zu. Ich wollte mich gerade von Rachels Zelt wegstehlen, als mein Blick auf Professor Cartland fiel, der vor seinem eigenen stand, einen Hosenträger hochgezogen. Er starrte erst mich an und dann seine Tochter, die in der offenen Zeltklappe kniete.

Lieutenant Frye kam herbeigerannt und rief: »Die Indianer!«

Überall auf den Hügeln, flimmernd im stetig greller werdenden Feuerschein, zeichneten sich die Silhouetten von Pferden und Reitern ab. In diesem Moment setzten sie zu einem lang gezogenen Kriegsgeheul an, das mir das Blut in den Adern gefrieren ließ. Dann: eine Gewehrsalve.

»Ist das ein Angriff?«, fragte Cartland wutentbrannt, als wäre das Ganze eine persönliche Beleidigung.

»Die Schützen sind unsere«, erwiderte Frye. »Was mir mehr Sorgen macht, ist das Feuer.«

Plötzlich stand Ned Plaskett neben mir. »Kann sein, dass es uns gar nicht erreicht«, sagte er. »Das meiste Gras in der Umgebung haben Sie ja für die Pferde abgemäht, und der Rest ist ziemlich platt getrampelt. Das sollte uns schützen.«

»Trotzdem müssen wir es löschen«, entgegnete der Lieutenant. »Lassen Sie Ihre Studenten eine Eimerkette bilden«, fügte er an Cartland gewandt hinzu und eilte davon, um seinen Soldaten Anweisungen zu geben.

Cartland sah kurz mich an, dann Rachel: »Bleib in deinem Zelt«, blaffte er, bevor er sich aufmachte, um seine Studenten zusammenzutrommeln.

»Na, dann los«, sagte Ned zu mir.

Wir eilten durchs Lager und schnappten uns jeden Eimer, den wir im Küchenzelt oder bei den Pferden finden konnten. Rachel, die sich hastig angezogen hatte, half uns. Mit den leeren Eimern liefen wir zum Fluss. Auch von den Hügeln am anderen Ufer ertönte nun Kriegsgeschrei, und mir wurden die Knie weich, als mir bewusst wurde, dass wir eingekesselt waren. Wie viele Indianer mochten dort draußen lauern?

Außer uns dreien war niemand am Fluss. Jeder von uns füllte zwei Eimer und stolperte damit ans vordere Ende des Lagers zurück. Auf dem Weg kamen wir an einigen Studenten vorbei und riefen ihnen zu, sich zu einer Kette zu formieren. Alles war nun auf den Beinen. Ich sah Landry, den Journalisten, wie erstarrt in seiner Unterhose dastehen. Panisches Geschrei hallte von überall her.

»– haben uns umzingelt!«

»– jeden Moment angreifen!«

»– wenn die Zelte Feuer fangen –«

»– verdammte Rothäute –«

»– die Pferde –«

»– wie tief der Fluss ist –«

»– können sie rüberbringen –«

»– allesamt ausrotten ist die einzige Möglichkeit –«

»– Vorräte in Sicherheit?«

»– keine Zeit –«

Überall zwischen den äußeren Wagen hockten Soldaten und feuerten blindlings in die Dunkelheit. Dann hörte ich Lieutenant Frye rufen:

»Feuer einstellen!«

Die Schüsse brachen ab – plötzlich war nur noch das Geschrei der Indianer zu hören, vermischt mit dem verängstigten Schnauben unserer Ponys.

»Sie schießen nicht«, bemerkte Ned. »Sie wollen uns bloß Angst einjagen. Sie wollen den Jungen zurück.«

»Der ist weg«, grollte der Lieutenant. »Hat sich selbst befreit, oder irgendjemand war hier und hat ihn direkt unter unserer Nase losgebunden.«

Da hatte ich den Jungen freigelassen, und das war der Dank dafür? Dass sie versuchten, uns lebendig zu verbrennen? Die Flammen waren noch etwa fünfzig Meter von den Wagen entfernt und rückten stetig näher.

Bevor wir mit unseren Eimern auch nur in die Nähe des Feuers gelangen konnten, hielt der Lieutenant uns auf.

»Lassen Sie meine Männer das machen. Sorgen Sie lieber für Nachschub.«

Ich musste zugeben, dass ich erleichtert war. Ich wollte nicht dort hinaus, in Reichweite der Gewehrkugeln und Pfeile. Die

Soldaten jedoch stürmten geduckt voran und schütteten Eimer um Eimer Wasser ins Gras, nachdem sie es zuerst mit den Stiefeln niedergetrampelt hatten. In der Zwischenzeit wurde schon die nächste Fuhre Eimer gebracht und wir gaben die leeren nach hinten weiter.

Trotz des Feuers wurde es plötzlich dunkler. Ich blickte hoch. Der Mond war nicht mehr zu sehen. Dicke Wolken bedeckten den Himmel. Wind schlug mir ins Gesicht und fachte das Feuer zusätzlich an. Eine Pappel, die der sengenden Hitze bislang Widerstand geleistet hatte, ging nun in Flammen auf wie eine Fackel. Aus dem trockenen Geäst stoben Funken wie Glühwürmchen über unsere Köpfe hinweg.

»Nein«, flüsterte ich, als ich sah, wie sie geradewegs ins Lager trudelten. Einer landete auf einem Zelt und fraß sich in die Plane.

»Feuer im Lager!«, schrie ich. Ich nahm den vollen Eimer, der gerade an mich weitergereicht wurde, stürmte zu dem Zelt und löschte den Brand.

Das Lager war auf Gras errichtet. Platt getreten oder nicht, die Halme würden immer noch gut brennen. Wir würden Richtung Fluss zurückgedrängt werden. Wir würden vielleicht nicht sterben, aber das Lager wäre dennoch zerstört.

Jetzt, da der Mond verschwunden war, erfüllten zuckende Schatten, Qualm und Panik das Lager. Ich rannte zurück auf meinen Posten in der Eimerkette, doch die Reihe war unterbrochen, weil immer wieder jemand davonlief, um die kleineren Brände zu löschen.

»Spritzt die Wagen ab!«, schrie jemand. Ich glaubte, die Stimme des Lieutenants zu erkennen, aber ich war nicht sicher. »Fangt mit dem Munitionslager an!«

»Haltet die Eimerkette am Laufen!«, rief jemand anderes.

Doch es war hoffnungslos. Der Wind frischte immer mehr auf. Meine Augen tränten von all dem Rauch. Wo war Ned? Rachel? Immer mehr leere Eimer kamen zu mir zurück, doch es war niemand da, an den ich sie weitergeben konnte, also rannte ich selbst zum Fluss und reichte die vollen Eimer jedem, der die Hände danach ausstreckte. Immer wieder lösten sich Gestalten aus dem Qualm und der Dunkelheit, wild und bedrohlich. Einmal war ich überzeugt, einen Indianer mit erhobenem Knüppel auf mich zustürmen zu sehen. Rauch stieg mir in die Lungen und ich würgte. *Rachel, wo bist du?*

Jemand packte mich beim Arm, und ich fuhr zu Ned herum, dessen Gesicht beinahe andächtig gen Himmel gerichtet war. Einen Moment lang befürchtete ich, er hätte eine Gotteserscheinung.

»Hör doch!«, rief er.

Über dem Getöse der Flammen erhob sich ein bis in die Knochen spürbares Donnergrollen, und im nächsten Moment peitschte der Wind aus einer anderen Richtung heran. Drängte den Qualm zurück. Vereinzelte Tropfen klatschten mir ins Gesicht und schwollen rasant zu einem Schauer an. Prasselten auf Zelte und Wagenplanen nieder. Der Grasbrand erlosch und ließ zornige Rauchwolken zurück. Noch immer flogen Funken durch die Luft, doch selbst diejenigen, die landeten, wurden sofort vom Regen ertränkt. Binnen Sekunden waren wir alle bis auf die Haut durchnässt, arbeiteten jedoch fieberhaft weiter, um auch die letzten hartnäckigen Flammen zu löschen. Der Regen hatte uns gerettet.

Endlich sah ich Rachel und rannte auf sie zu, denn ich wusste, dass uns nicht mehr viel Zeit miteinander blieb. Ihre Bluse und ihr Rock trieften vor Nässe, das Haar klebte ihr zerzaust am Kopf. Am liebsten hätte ich sie in die Arme geschlossen, doch wir waren von zu vielen Leuten umgeben.

»Sag Ja«, sagte ich.

Im Regen dauerte es einen Moment, ehe mir auffiel, dass sie weinte.

»Er hat dich aus meinem Zelt kommen sehen! Er weiß Bescheid.«

»Das spielt doch jetzt keine Rolle.«

Ihr Gesicht verzerrte sich vor Wut und Verzweiflung. »Natürlich spielt es eine Rolle! Wir haben alles verdorben! Er wird mich nach Hause schicken. Jetzt ist alles vorbei.«

Papa weckte mich und befahl mir, mich anzuziehen; er wolle mich in seinem Zelt sprechen. Ich hatte nur wenige Stunden Schlaf bekommen und meine Arme schmerzten von den schweren Wassereimern. Mein Haar stank nach Qualm. Meine Hände zitterten, während ich hastig meine Kleider zuknöpfte, -schnürte und -hakte. Ich wusste, was mich erwartete. Im Lager herrschte Stille, als ich zu Papas Zelt hinüberging, in dem Sam zu meiner Überraschung bereits wartete, mit müden Augen, zerzaust und noch immer nicht ganz trocken.

Papa saß auf seinem Klappstuhl, und wir beide standen vor ihm wie Schulkinder, die darauf warteten, bestraft zu werden.

»Ich muss ganz genau wissen, jaja, was sich in dem Zelt abgespielt hat.«

»Wir haben nur geredet«, sagte ich.

Er wandte sich an Sam. »Ist das alles?«

»Das ist alles«, bestätigte dieser.

»Ich bin kurz davor, euch beide übers Knie zu legen.«

Ich sah, wie Sam die Schultern straffte, und sagte rasch: »Es ist die Wahrheit.«

Papa holte Luft und hob das Kinn. »Ein Mann landet für gewöhnlich nicht im Zelt einer Dame, ohne dass vorher ein gewisses Bekanntschaftsverhältnis herrscht.«

»Wir sind Freunde«, gab ich zu. »Wir haben uns auf der Zugfahrt unterhalten und sind uns ein paarmal in den Badlands über den Weg gelaufen.«

»Und da dachtet ihr, ihr könntet eure Freundschaft auch bei Nacht fortsetzen?«

»Ich kam gerade von der Latrine zurück«, antwortete Sam, »und da habe ich Rachel vor ihrem Zelt gesehen – sie wollte bloß ein bisschen Luft schnappen. Wir haben uns unterhalten. Ins Zelt sind wir nur gegangen, weil ein Soldat vorbeikam und wir nicht wollten, dass er irgendwelche Gerüchte verbreitet.«

Mein Vater riss die Augen auf. »Sie dachten, sich im Zelt einer Dame zu verstecken, gibt weniger Anlass zu Gerüchten?«

Sam war so klug, den Mund zu halten. Ich merkte Papa an, dass er immer mehr in Rage geriet, alles, was wir sagten, würde seine Wut nur noch weiter anfachen. Die nächsten Worte wählte er mit Bedacht, jedes einzelne ein festes Bündel des Zorns. »Wir können uns glücklich schätzen, dass wir uns fern jeglicher Zivilisation befinden und ich der Einzige bin, der Zeuge dieses skandalösen Gebarens wurde. Sonst wäre der Ruf meiner Tochter jetzt unwiederbringlich ruiniert.«

»Ja, Sir«, sagte Sam. »Das war sehr unverantwortlich von mir. Es tut mir leid.«

Zu meiner Erleichterung erwähnte er nicht, dass ich es gewesen war, die ihn ins Zelt gezogen hatte, und ich hatte nicht vor, diese Tatsache richtigzustellen.

»Was mich jedoch beinahe genauso sehr ärgert«, fuhr Papa fort, der Sam weiterhin mit eisigem Blick fixierte, »ist, dass Sie uns zweifellos ausspioniert haben –«

Sam wollte protestieren, doch Papa schnitt ihm barsch das Wort ab.

»– dass Sie meiner Tochter gegenüber Gefühle vorgetäuscht haben, in der Hoffnung, an Informationen über unsere Arbeit zu gelangen. Wollen Sie das etwa abstreiten?«

Ich hatte entsetzliche Angst vor Sams Antwort. Ob er Papas Verdacht nun zurückwies oder bestätigte – ich wusste nicht, was schlimmer wäre.

Sam ließ den Kopf hängen, und seine Stimme war so leise, dass ich ihn kaum verstand. »Sie haben recht«, sagte er. »Ich habe ihr bloß etwas vorgespielt. Ich wollte so viel herausfinden, wie ich nur konnte.« Er warf mir einen kläglichen Blick zu. »Aber Ihre Tochter hat mir nie etwas Brauchbares erzählt. Nichts.«

Ich wusste, dass er log, spürte jedoch mit Staunen, wie sich mir die Kehle zuschnürte. Ein Echo all meiner früheren Angste hallte mir durch den Kopf. War seine Zuneigung wirklich nur gespielt? War er nur daran interessiert gewesen, mich auszuspionieren? Nein, er log meinen Vater an, und das war im Moment das einzig Richtige. Wenn er zugegeben hätte, wie nah wir uns in Wirklichkeit waren, wäre Papas Zorn nicht mehr zu bremsen gewesen. Auf diese Weise bestand wenigstens noch die Hoffnung, dass Papa mich aus Mitleid bleiben lassen würde.

»Wenigstens geben Sie es zu, jaja«, sagte mein Vater und schüttelte dann den Kopf. »Sie kommen wahrhaftig nach Ihrem Vater. Ich will Sie nie wieder irgendwo in der Nähe des Lagers oder einer unserer Ausgrabungsstellen sehen. Verstanden? Und jetzt wecken Sie Ned Plaskett und verschwinden Sie.«

Samuel sah mich nicht einmal mehr an, bevor er das Zelt verließ.

»Möchtest du mich auf einen kleinen Spaziergang begleiten?«, fragte Papa mich. Ich kam mir vor wie eine Gefangene, die zu einer Besichtigung des Galgens eingeladen wurde.

In trauter Zweisamkeit schlenderten wir um das Lager. Überall war das Gras zu schwarzen Stoppeln versengt. Erst bei Tageslicht sah ich mit Schrecken, wie knapp wir einer Katastrophe entgangen waren. Ich wagte es nicht, als Erste zu sprechen. Und als Papa schließlich stehen blieb und mir die Hand auf den Arm legte, bekam ich erst recht Angst.

»Es tut mir leid, mein Kind, dass du auf diesen Halunken hereingefallen bist. Aber ein wenig überrascht bin ich doch, das muss ich gestehen. Du bist doch viel zu intelligent, um zu glauben, dass seine Bemühungen um dich ehrlicher Natur waren.«

Ich entzog ihm meinen Arm. Hielt er es für so ausgeschlossen, dass ein Mann echte Zuneigung für mich empfinden könnte?

»Wie kommst du darauf, dass ich auf ihn hereingefallen

bin?«, entgegnete ich kühl. Ich war nicht geübt im Lügen, darum war ich umso überraschter, wie leicht es mir fiel. »Meine Gefühle ihm gegenüber waren allerhöchstens freundschaftlich. Wir haben ein paar Gemeinsamkeiten, und er ist nun mal die einzige Person in meinem Alter in einem Umkreis von hundert Meilen.«

Papa nickte, musterte mich jedoch skeptisch. »Das freut mich zu hören. Ich könnte den Gedanken nicht ertragen, jaja, dass er dir das Herz gebrochen hat.«

»Nicht im Geringsten«, sagte ich.

»Ich möchte nur, dass du glücklich bist. Dieser Junge hat sich dir höchst schamlos aufgedrängt. Du musst ihn so schnell wie möglich vergessen. Das wird dir leichter fallen, wenn du erst auf dem Weg nach Hause bist.«

Diesen Moment hatte ich kommen sehen, ihn gefürchtet wie die Schlinge des Henkers, doch als er schließlich da war, erfüllte mich eine seltsame Leere. Mein Blick lag auf einer Pappel, von deren obersten Zweigen noch immer Rauch aufstieg.

»Du willst mich nach Hause schicken.«

»Zuerst nach Fort Crowe und von dort nach Hause, sobald sich eine angemessene Reisebegleitung für dich gefunden hat.«

Nun holte mein Ärger mich doch ein. »Ich will aber nicht nach Hause! Hier ist noch viel zu viel zu tun.«

»Wer weiß, wozu diese Sioux noch fähig sind? Es war dumm von mir, dich überhaupt mit auf diese Expedition zu nehmen. Hier ist es zu gefährlich für dich. Das habe ich dem Lieutenant gesagt, jaja, und das werden auch Commander Collins und seine Frau zu hören bekommen. Von den anderen Gründen muss niemand erfahren, sonst ist dein Ruf ruiniert.«

Ich seufzte erschöpft. »Und wennschon – hat sich nicht inzwischen sowieso jeder damit abgefunden, dass ich nie heiraten werde, weil ich zu hässlich bin? Was gibt es da noch zu ruinieren?«

Seine Brust schwoll an. »Ich muss auch an mich selbst denken, an mein Ansehen als Wissenschaftler. Und ich werde nicht zulassen, dass meine Tochter sich wie eine Dirne aufführt.«

Meine Wangen brannten, als hätte er mich geschlagen. Es wäre mir lieber gewesen.

Er wandte sich ab. »Ich will nur dein Bestes, jaja. Und ich schütze dich vor dir selbst. Ich habe nämlich meine Zweifel daran, dass du mir die Wahrheit sagst. Du empfindest etwas für diesen Jungen. Schließlich hast du um seinetwillen riskiert, in einen Skandal verwickelt zu werden. Und ich habe den Verdacht, dass du ihm einiges erzählt hast. Von unserem Pterodaktylus vielleicht? Oder dem Brontosaurus?«

»Du weißt genau, dass es die Indianer waren, die die Knochen zerstört haben!«, entgegnete ich ausweichend.

»Mein Entschluss steht fest. Ich werde morgen eine Ladung Fossilien auf den Weg schicken und du fährst mit.«

»Das ist nicht fair!«, protestierte ich. »Du hast so viele Funde bei dieser Expedition mir zu verdanken.«

»Der Pterodaktylus war in der Tat eine gute Entdeckung, das bestreite ich nicht. Dennoch frage ich mich, ob wir heute nicht das gesamte Skelett unser Eigen nennen könnten, wenn du nicht Freundschaft mit Samuel Bolt geschlossen hättest.

Und was den Brontosaurus betrifft – den hätte jeder finden können. Du hattest lediglich das Glück, über ihn zu stolpern.«

Einen Moment lang war ich sprachlos vor Schmerz darüber, wie er meine Verdienste kleinredete. War er denn überhaupt nicht stolz auf mich? Keine Spur? Und trotz meiner Wut, trotz all meiner Mühen, fing ich an zu weinen angesichts dieser schieren Ungerechtigkeit.

»Na, na, Kind«, sagte er und legte mir die Hand auf die Schulter. »Nun sei nicht traurig.«

»Ich bin nicht traurig!«, fuhr ich auf. »Ich bin wütend!«

»Das ist alles meine Schuld«, entgegnete er. »Dies ist einfach keine angemessene Beschäftigung für eine junge Frau.«

»Es ist genau die Beschäftigung, die ich mir wünsche«, widersprach ich, während ich mir die letzten Tränen aus dem Gesicht wischte und ihn wutentbrannt anstarrte. »Und ich bin sehr gut darin.«

»Ich hätte dich nicht derart ermutigen sollen, als du noch klein warst, das ist mir nun klar. Ich habe dich kein bisschen auf deine Zukunft vorbereitet.«

»Zu meiner Zukunft gehört ein Studium«, erwiderte ich. »Du kannst mich nach Hause schicken, aber eine akademische Laufbahn kannst du mir nicht verweigern.«

»Ich habe dir nie etwas versprochen, mein Kind. Und die jüngsten Ereignisse haben mir vor Augen geführt, dass du für eine wissenschaftliche Karriere nicht geeignet bist.«

Ich schluckte, sprachlos vor Entsetzen.

»Du bist bei dieser Expedition mehr als leichtsinnig gewesen. Immerhin hast du dir bei der Fossiliensuche fast den Hals gebrochen.«

»Und dabei habe ich den Pterodaktylus entdeckt!«

»Du hast dich von einem jungen Mann manipulieren lassen, der einzig und allein darauf aus war, dich auszuhorchen.«

»Ich habe ihm nie etwas erzählt, das uns hätte schaden können!«

Er hörte mir gar nicht zu. »Auch im Umgang mit den Indianern hast du dich von deinen Gefühlen beeinträchtigen lassen. Ich fürchte, dir fehlt der objektive Blick für ein ernsthaftes Wissenschaftsstudium. Du bist einfach zu emotional.«

»Und was ist mit dir?«, gab ich zurück. »Du bist immerhin derjenige, der hergekommen ist, um seinen Rivalen zu schlagen. Du lässt dir seine Telegramme schicken, sabotierst seine Veröffentlichungen. Ist das etwa nicht emotional?«

»Langsam wirst du mir wirklich zu vorlaut, junge Dame. Bisher habe ich es hingenommen – selbst vor meinen Studenten. Aber damit ist nun Schluss. An der Universität lernen die Studenten, das Wort ihres Professors zu respektieren – etwas, wozu du ganz offensichtlich nicht fähig bist. Du wirst heute im Lager bleiben und dich für die Reise bereit machen. Und morgen fährst du mit nach Fort Crowe.«

Zu meiner Empörung ließ er mich einfach stehen und ging weg, ohne mir die Chance zu geben, mich zu verteidigen oder zu widersprechen. Ich schäumte vor Wut. Die Hände so fest geballt, dass meine Fingernägel sich mir in die Handflächen gruben, marschierte ich auf und ab. Es war so ungerecht. Ich würde ohne großes Federlesen nach Hause geschickt werden wie ein Haufen Fossilien. Und wenn es nach meinem Vater ginge, würde ich genau dazu werden: ein Fossil, das ein versteinertes Dasein in seiner Bibliothek fristete.

Ich blieb stehen und sah zur Sonne hoch, die soeben über die Hügel stieg. Aber so weit musste es nicht kommen. Ich besaß eine Karte, die mich zur Dark Beauty führen würde. Ich hatte einen jungen Mann an meiner Seite, der um meine Hand angehalten hatte. Wir hatten einen Plan – und wir würden ein gutes Team abgeben.

Meine Gedanken rasten, und ich stapfte zurück zu meinem Zelt, wo mir Mr Landry begegnete und sich an den Hut tippte.

»Guten Morgen, Miss Cartland, ich bin gekommen, um mich von Ihnen zu verabschieden.«

Ich blinzelte. »Sie verlassen uns?«

»Die Begegnung mit den Sioux hat mich doch sehr erschüttert, wie ich zugeben muss.«

»Es war wirklich eine grässliche Nacht.«

»Ja, das Feuer, natürlich. Aber ich meinte eher die Art, wie der gefangene Junge behandelt wurde.«

Plötzlich sah ich den Journalisten mit völlig neuen Augen. Ich war – vielleicht vorschnell – davon ausgegangen, dass er bloß ein Vasall meines Vaters war, der gehorsam dessen Triumphe dokumentierte.

»Ich wollte Ihnen noch danken, dass Sie eingeschritten sind«, sagte ich. »Ich dachte schon, ich wäre die Einzige gewesen, die schockiert war.«

Er lächelte und schüttelte den Kopf.

»Nun ja, Sie haben wahrscheinlich reichlich Material für Ihren Artikel gesammelt. Auch wenn ich fürchte, dass wir darin in nicht allzu gutem Licht erscheinen werden.«

»Ich denke, da müssen Sie sich keine Sorgen machen.«

»Ich wünschte, Sie würden noch bleiben, Mr Landry.«

»Tja, um ehrlich zu sein, Miss, hat Ihr Vater mir heute nahegelegt, zu gehen.«

Ich schnaubte. »Dann wurden wir also beide der Prärie verwiesen.«

Seine Lider flatterten einen Morsecode der Verwunderung.

»Ja. Vater schickt mich nach Hause, weil es hier zu gefährlich für mich ist.«

»Eine Schande. Sie scheinen ein solches Talent für diese Arbeit zu haben.«

»Vielen Dank.« Ich lächelte, nicht nur über das Kompliment, sondern auch, weil sich gerade zwei Puzzleteile meines Plans nahtlos ineinandergefügt hatten. »Dann kommen Sie auf Ihrem Weg nach Crowe doch sicher am Lager der Bolts vorbei, nicht wahr?«

»Ich denke schon, ja.«

»Mr Landry, wären Sie so nett, eine Nachricht von mir dort abzugeben?«

Als Ned und ich das Lager erreichten, hatten Vater und Hitch gerade mit dem Frühstück angefangen. Vom Feuer und den Schüssen hatten sie nichts mitbekommen – Cartlands Lager war zu weit entfernt, als dass man hier etwas davon gehört hätte. Beide lauschten verblüfft, als wir berichteten, was in der Nacht geschehen war.

»Ich würde vorschlagen, dass wir von jetzt an zusammenbleiben«, sagte Ned.

Vater runzelte die Stirn. »Aber auf die Weise kommen wir viel langsamer voran. Glauben Sie wirklich, dass die Sioux uns übel gesinnt sind?«

»Gestern kam's mir noch nicht so vor«, erwiderte Ned. »Aber nach letzter Nacht bin ich mir nicht mehr so sicher, dass es sie kümmert, ob wir Uniformen tragen oder nicht. Es war ein schrecklicher Fehler, diesen Jungen gefangen zu nehmen und zu schlagen. Von den abgesägten Köpfen mal ganz zu schweigen.«

Ich war todmüde und durchgefroren nach einer Nacht in einer feuchten Bettrolle unter einem von Cartlands Wagen. Mein blaues Auge pochte. Mein ganzer Kopf pochte. Wann würde ich Rachel wiedersehen? Ich ging ins Zelt, um mir trockene Kleider anzuziehen, und eigentlich hatte ich mich nur für eine Minute hinlegen wollen, doch ich musste eingeschlafen sein. Als ich wieder aufwachte, stand die Sonne hoch am Himmel, und Hitch bereitete das Mittagessen.

»Kommst gerade richtig«, sagte er.

»Danke, Hitch.« Ich setzte mich zu ihm und machte mich über den Eintopf her, den er mir in eine Blechschale schöpfte.

»Sind Ned und mein Vater weg?«

Er nickte. »Ned hat gesagt, sollst weiterschlafen.«

Nicht mein Vater, sondern Ned. Er hatte gewollt, dass ich mich ausschlafe. Niedergeschlagen ließ ich den Kopf hängen. Aber Hitchs Gegenwart war tröstlich. Er war so still, so friedlich. Wenn er aß, dann aß er einfach. Wenn er putzte, dann war das alles, was er tat, und jeder Handgriff war wohldurchdacht. Wenn er eins seiner Lieblingsbücher herausholte, dann konzentrierte er sich ausschließlich aufs Lesen. Er schien voll und ganz für den Moment zu leben, ohne störendes Geplapper in seinem Kopf. Darum beneidete ich ihn.

Mein Kopf war voll von Geplapper. Was hatte sich zwischen Rachel und ihrem Vater abgespielt, nachdem ich gegangen war? Würde er sie wirklich nach Hause schicken? Würde er ihr verbieten, das Lager zu verlassen? Kurz bevor Ned und ich aufgebrochen waren, hatte ich zwei Soldaten darüber reden gehört, dass sie möglicherweise einen neuen Lagerplatz würden suchen müssen, weil in der Umgebung sämtliches Futtergras für die Pferde verbrannt war. Solange Rachel im Lager war, konnte ich mich ihr nicht nähern. Wahrscheinlich hatte ihr Vater den Soldaten Anweisung gegeben, auf mich zu schießen – und diesmal vielleicht ohne vorherige Warnschüsse.

Aber es bestand immer noch die winzige Chance, dass ihr Vater sie bleiben ließ. Wenn ja, würde sie dann heute an der Brontosaurus-Ausgrabungsstelle sein? Ich würde extrem vorsichtig sein müssen. Aber ich musste sie sehen. Ich brauchte eine Antwort, egal, wie sie lauten würde. Große Hoffnung hatte ich nicht. In der Nacht zuvor im Regen hatte sie geradezu wütend auf mich gewirkt.

Ich war gerade dabei, mein Pony zu satteln, um mich auf den Weg zu machen, als Hitch zu mir trat, einen betretenen Ausdruck im Gesicht. Er hielt mir einen zerknitterten Umschlag hin.

»Den hat der Mann mir gegeben. Mr Lenny.«

»Wann?«

»Heute Morgen. Du hast geschlafen.«

Ich riss den Umschlag auf und zog ein einzelnes Blatt Papier heraus. Es war ein ziemlich langer Brief, der mit Rachels Namen unterschrieben war. Ganz oben stand das Wort »Ja«.

21

Zurück im Pioneer

Es dauerte fast den ganzen Nachmittag, bis ich sie fand. Ich folgte der Wegbeschreibung in Rachels Brief bis zu der Stelle, an der sie die Männer zum letzten Mal hatte arbeiten sehen, und hielt dort nach ihnen Ausschau. Nach einer Weile entdeckte ich Withrow und einen seiner Begleiter hoch oben am Hang, wo sie an einem Kohleflöz arbeiteten. Ich kletterte hinauf. Die beiden waren mit einer glänzend schwarzen Rußschicht überzogen.

»Kein Glück bisher«, berichtete Withrow, der nun sein Halstuch löste und sich damit das Gesicht abwischte. Er hatte mithilfe einer Archäologenkelle die weiche Kohle gelockert, in der Hoffnung, darunter auf Knochen zu stoßen.

»Hier werden Sie auch nicht viel finden«, erwiderte ich. »Zumindest nicht das, was Sie suchen.«

»Ach nein?« Er lachte kurz und nahm einen Schluck aus seiner Feldflasche, bevor er sie mir anbot.

Ich trank ebenfalls. »Aber ich weiß, wo Sie suchen sollten.«

Er setzte sich und lehnte sich mit dem Rücken an den Fels, dann nahm er seinen Schlapphut ab und strich sich durchs feuchte Haar. »Dann lassen Sie mal hören.«

»Zuerst müssen wir uns über ein paar Dinge einig werden«,

entgegnete ich. »Ich kann Sie zur Dark Beauty führen, aber ich muss wissen, was Sie mir dafür zahlen würden.«

Seine Augenbrauen rutschten leicht nach oben. »Weiß Ihr Vater, dass Sie hier sind?«

»Das hier hat nichts mit meinem Vater zu tun. Ich versuche es auf eigene Faust.«

Er lachte nicht, wie ich erwartet hatte, sondern nickte bloß, ohne mich aus den Augen zu lassen. »Also bezieht sich Ihr Angebot nur auf Sie – keine Helfer, keine Ausrüstung, kein berühmter Professor.«

Ich wusste, dass er mir das Gefühl geben wollte, als wäre das für ihn kein sonderlich vorteilhaftes Geschäft.

»Ich bin ein ebenso guter Fossilienjäger wie mein Vater und sogar noch besser darin, Knochen zuzuordnen. Außerdem habe ich eine Karte.«

Ich erzählte ihm von dem Zahn und dem Jungen.

Withrow warf einen Blick zu Thomas hinüber, seinem Sioux-Führer, der alles mit angehört hatte. »Vielleicht hat der Junge nicht die Wahrheit gesagt.«

»Er war bereits losgebunden. Nichts hätte ihn daran gehindert, wegzulaufen. Er war nicht gezwungen, mir die Karte zu zeichnen.«

»Trotzdem«, sagte Withrow. »Die Möglichkeit bleibt bestehen.«

Schweigend wartete ich ab.

»Also müssten wir Arbeitskräfte, Ausrüstung und Verpflegung für Sie zur Verfügung stellen.«

»Für mich und eine weitere Person.«

»Und wer ist diese Person? Ned Plaskett?«

»Nein.«

»Wozu brauchen Sie diesen Helfer? Wozu brauche *ich* diesen Helfer?«

»Die Karte gehört uns beiden. Und sie befindet sich im Augenblick bei Miss Cartland.«

Withrow grinste. »Miss Cartland?«

Ich ging nicht darauf ein. »Also, wie viel wäre die Dark Beauty Ihnen wert?«

Er nannte eine Summe, ich nannte eine andere, und dann feilschten wir eine Weile, klärten ein paar Details und jonglierten mit Zahlen, bis wir das Geschäft schließlich mit Handschlag besiegelten.

»Gut. Dann sollten wir so bald wie möglich aufbrechen«, sagte Withrow.

»Ja«, erwiderte ich. »Ich muss nur noch zuerst heiraten.«

Er nickte, als überraschte ihn diese Ankündigung kein bisschen. »Womit wir wieder bei Miss Cartland wären, nehme ich an?«

Ich konnte mir das Grinsen nicht verkneifen. »Ja. Morgen.«

»Tja, dann gratuliere ich. Ich fürchte, damit handeln Sie sich eine Menge Ärger ein, aber vielleicht können wir Ihnen ein wenig Rückendeckung geben.«

Daniel Simpson deponierte mich im Salon des Scots-Hotels – einem der wenigen geeigneten Orte für eine unbegleitete junge Dame –, bevor er und die Soldaten weiter zum Bahnhof gingen, um den Versand unserer Kisten in Auftrag zu geben und unsere Post abzuholen. Ich saß in einem ausladenden Sessel, wo der Empfangssekretär mich gut im Auge behalten konnte. In ungefähr einer Stunde sollte ich abgeholt und ins Fort gebracht werden, wo man mich – wie eine verurteilte Verbrecherin – in die Obhut des Commanders und seiner Frau übergeben würde.

Der Abschied von Papa heute früh war eine knappe, nüchterne Angelegenheit gewesen. Vermutlich hatte er sich gewundert, dass ich mich nicht erbitterter widersetzt hatte, mich nicht unter Tränen und Schreien geweigert hatte, auf den Wagen zu steigen, was ich wahrscheinlich auch alles getan hätte, wenn ich keine anderen Pläne gehabt hätte.

Eine Fliege brummte immer wieder gegen die Fensterscheibe, und ich konnte nicht aufhören, über all das nachzugrübeln, was hatte schiefgehen können. Hatte Mr Landry meinen Brief wirklich überbracht? Hatte er ihn der richtigen Person ausgehändigt? Hatte vielleicht Professor Bolt ihn geöffnet und Samuel an den Wagen gefesselt, um ihn daran zu hindern, mich zu treffen? Hatte Samuel den Brief bekommen, aber etwas anderes hatte ihn aufgehalten? War er auf dem Weg hierher vom Pferd gefallen und hatte sich das Bein gebrochen? War er von Sioux angegriffen worden? Hatte er es sich schlicht anders überlegt und machte sich in diesem Moment allein auf die Suche nach der Dark Beauty?

Ich rief mich zur Ordnung. Das Einzige, was ich sicher wusste, war: Wenn er auf dem Weg zu mir war, musste ich ihm mehr Zeit verschaffen. Simpson und die Soldaten würden bald zurückkommen, und wenn ich einmal im Fort war, hätte Samuel keine Möglichkeit mehr, mich zu erreichen.

Ich sah zum Empfangssekretär hinüber. Sein Blick huschte mit der Verlässlichkeit eines Metronoms zwischen mir und seinen Büchern hin und her. Einmal schenkte er mir sogar ein geradezu schurkenhaftes Lächeln. Ich ging zum Tresen.

»Ich möchte ein Zimmer für heute Nacht buchen«, sagte ich.

Er legte den Kopf schief. »Ich dachte, Sie warten hier nur auf Ihre Bekannten, Miss.«

»Meine Pläne haben sich geändert«, entgegnete ich in der Hoffnung, dass meine Stimme hochmütig genug klang. »Ich habe beschlossen, die Nacht hier zu verbringen und ein Bad zu nehmen, bevor ich meine Reise fortsetze.«

Ich zog einen Dollarschein aus der Tasche und legte ihn auf den Tresen, um meiner Forderung Nachdruck zu verleihen.

»Wie Sie wünschen.« Er warf einen Blick in sein Buch. »Ich hätte ein Zimmer frei.«

»Hat man von dort aus einen Blick auf die Straße?«, fragte ich.

»Ja. Nur für die eine Nacht?«

Ich bejahte. Dann nahm ich den Schlüssel und fünfzig Cent Wechselgeld entgegen.

»Brauchen Sie Hilfe mit Ihrem Gepäck, Miss Cartland?«

Meine Sachen waren im Wagen. Alles, was ich hatte, war die Karte, die Samuel gezeichnet hatte, und sein Versprechen, mich zu heiraten. »Die Männer werden es mir später bringen«, antwortete ich und machte mich auf den Weg die Treppe hoch.

Im Zimmer angekommen, verriegelte ich die Tür hinter mir und setzte mich aufs Bett. Die Matratze war durchgelegen. In der Luft hing der durchdringend süße Geruch nach Schmierseife, der wohl etwas anderes, weit Unangenehmeres verdecken sollte. Mein Herz klopfte. Nach einer Weile öffnete ich das Fenster. Die Luft, die hereinwehte, stank nach Mist, aber wenigstens nicht nach Seife. Ich rückte mir einen Stuhl zurecht, sodass ich das Treiben auf der Straße beobachten konnte. So würde ich ihn sofort sehen. Wenn er denn kam.

Ich hatte das Gefühl, bei den Proben für ein Amateur-Theaterstück zuzusehen: Leute kamen und gingen, Gesprächsfetzen wehten zu mir herauf, verärgerte Rufe, unterbrochen von Hufgetrappel und vorüberrumpelnden Wagen, fernes Hämmern aus den Kulissen. Es war, als wartete ich darauf, dass mein wirkliches Leben begann.

Das Klopfen an meiner Tür kam später als erwartet. Ich hatte mir genau überlegt, was ich sagen wollte.

Als ich öffnete, stand Daniel Simpson vor mir, der, den Hut in den Händen, mit verblüffter Miene und sichtlichem Unbehagen von einem Fuß auf den anderen trat.

»Miss Cartland, fühlen Sie sich unwohl?«

»Ein bisschen, ja. Ich wollte mich kurz hinlegen, und da schien es mir am einfachsten, mir ein Zimmer zu nehmen. Ich würde gern heute Nacht hierbleiben, bevor ich weiterreise.«

Er nickte und musterte mich aufmerksam, als versuchte er, die Ursache meines Leidens zu ergründen.

»Soll ich einen Arzt rufen?«

»Nein, nein. Ich glaube, es liegt nur an der Hitze. Eine Nacht erholsamen Schlafs wird schon alles wieder richten. Es tut mir leid, dass ich Ihnen so zur Last falle. Konnten Sie unsere Kisten am Bahnhof aufgeben?«

»Ja. Es ist nur ... Die Soldaten möchten Sie gern so bald wie möglich ins Fort bringen. Es sind nicht einmal zwei Stunden Fahrt. Glauben Sie nicht, dass Sie dazu in der Lage wären?«

Er war misstrauisch. Schließlich hatte er mich in den Badlands von morgens bis abends arbeiten sehen, ohne dass die Hitze mir auch nur im Geringsten zu schaffen gemacht hatte.

»Es tut mir leid. Aber es geht wirklich nicht.«

Wieder nickte er. »In Ordnung, dann werden wir alles Nötige veranlassen. Soll Ihr Gepäck heraufgebracht werden?«

»Oh, ja, den kleinen Koffer, bitte. Haben Sie vielen Dank.«

Danach kehrte ich auf meinen Platz am Fenster zurück und versuchte, die Wörter »töricht« und »verhängnisvoll« und »Irrsinn« aus meinen Gedanken zu verbannen. Kurz darauf erklang abermals Simpsons zaghaftes Klopfen, und er rief mir durch die Tür zu, dass er meinen Koffer davor abgestellt habe.

Drei Uhr und ich starrte auf die Straße.

Vier Uhr und ich starrte auf die Straße.

Langsam bekam ich Hunger, also beschloss ich, hinunterzugehen, um zu sehen, ob dort etwas zu essen serviert wurde. Zu meiner Erleichterung war das Speisezimmer fast leer – keine Spur von Simpson und den Soldaten –, und ich bat um einen Tisch am Fenster. Ich war noch nie allein in einem Restaurant gewesen. Ohne auch nur eine einzige Zeile wahrzunehmen, überflog ich die Speisekarte, denn mein Blick huschte immer wieder zur Straße. Ich bestellte das Gericht, das mir am wenigsten widerlich erschien. Es kam – und war widerlich.

Mit einem Mal tauchte der Empfangssekretär mit einem gefalteten Zettel neben mir auf.

»Entschuldigen Sie, Miss Cartland. Diese Nachricht wurde soeben für Sie abgegeben.«

Ich wartete, bis er wieder gegangen war, bevor ich den Zettel auseinanderfaltete. Die Nachricht war so kurz gehalten wie ein Telegramm. »Lass Essen stehen. (Sieht widerlich aus.) Geh über die Straße zum Pioneer. Erwarte dich drinnen. Ich liebe dich. Sam.«

Durchs Fenster beobachtete ich, wie sie die Straße überquerte. Mein Herz hämmerte. Ich dachte: *Das ist ihr Gang zum Altar. Sie kommt, um mich zu heiraten.* Wieder machte mein Herz einen Satz. Sie blinzelte im grellen Licht, warf flüchtige Blicke nach links und rechts und über die Schulter. Als hätte sie Angst, jemand könnte sie verfolgen oder versuchen, sie aufzuhalten. Ich hatte auch Angst. Und sie wuchs mit jedem Meter, den Rachel sich mir näherte. Jemand würde herbeistürmen und sie davonzerren. Oder niemand würde sie aufhalten, und dann würde sie den Saloon betreten, und wir würden diesen wahnwitzigen, folgenschweren Schritt tatsächlich zusammen machen.

Ich trat zur Tür, damit sie mich gleich sah, wenn sie hereinkam. Sie schenkte mir ihr leicht argwöhnisches Lächeln und ich lachte auf vor schierem Glück.

»Warum treffen wir uns hier?«, flüsterte sie mir mit einem Blick in Richtung der Bar und der Kartentische zu.

»Tja, wie sich herausgestellt hat, ist Mr Murchinson, der Besitzer dieses Saloons, auch der Friedensrichter.«

Bei unserer letzten Begegnung hatte er mit rauchender

Schrotflinte auf dem Tresen gestanden und uns zugebrüllt, seinen Saloon zu verlassen. »Er wird uns trauen.«

»In einem Saloon?«

»Eine Kathedrale war leider nicht zu bekommen. Bist du bereit?«

»Brauchen wir keine Trauzeugen?«

Ich fragte mich, ob sie kalte Füße bekommen hatte. »Murchinson holt gerade zwei Männer aus dem Barbiersalon.«

In diesem Moment kam er zurück, hinter sich einen Mann, an dessen Adamsapfel noch ein Rest Rasierschaum klebte.

»Einen brauchen wir noch«, verkündete er an mich gewandt. »Ich hole jemanden von hinten. Hier entlang.«

Er führte uns zu einer Tür neben der Bar.

Ich ergriff Rachels Hand. »Bist du bereit?«

Ihr Nicken war kaum als solches zu erkennen. Eiskalte Füße. Wir folgten Murchinson durch einen engen Flur in ein vollgestopftes Büro. Drinnen war kaum genug Platz, und wir drängten uns um seinen überraschend edlen Schreibtisch. In einem Regal lehnten beruhigend dicke, offiziell wirkende Bücher. Die oberste Schublade eines Aktenschranks stand offen und gab den Blick auf Legalität verheißende Buchhaltungsunterlagen frei.

Was tröstlich war, denn Murchinson selbst wirkte nicht gerade vertrauenswürdig. Er war ein untersetzter Mann mit den Augen einer Taschenratte und einem Körper, der an ein müdes *b* erinnerte. Braun gefleckte Zähne. Einer seiner oberen Schneidezähne schien auf und ab zu hüpfen und manchmal sogar die Plätze mit seinem Nachbarn zu tauschen. Aber ganz sicher konnte ich mir da nicht sein. Seine linke Hand steckte die ganze Zeit in seiner Hosentasche und klimperte dort wie zur Untermalung seiner Worte mit ein paar Münzen. Als Allererstes wollte er wissen, ob wir die Gebühr dabeihätten. Ich zählte zwei Dollar ab. Dann erkundigte er sich nach unseren Namen, unserem Alter und unseren Geburtsorten und notierte alles auf einem Blatt mit einer eleganten Prägung am oberen Rand.

Ich wollte gerade fragen, wo denn der zweite Zeuge blieb, als die Tür aufging und Mrs Cummins hereinkam, sorgfältig zurechtgemacht und in leuchtende Farben gekleidet. Als unsere Blicke sich trafen, sah ich in ihrem keinerlei Erstaunen. Kein Anzeichen dafür, dass sie mich wiedererkannte.

»Wie reizend«, sagte sie und wandte sich Rachel zu. »Und noch so jung.«

»Waren Sie nicht mit uns im Zug?«, wollte Rachel wissen.

»Nicht, dass ich wüsste«, antwortete Mrs Cummins.

Murchinson ließ seine Münzen klimpern. »Fangen wir an. »Wollen Sie, Samuel, äh …«

»Bolt«, half ich ihm auf die Sprünge.

»Bolt« – *klimperklimper* – »die hier anwesende Rachel Cartland zu Ihrer rechtmäßig« – klimperklimper – »angetrauten« – klimperklimperklimper – »Ehefrau nehmen?«

Ich versuchte, nicht zu grinsen.

»Ja, ich will.«

Dann war Rachel an der Reihe. Ich blickte ihr ins Gesicht, wollte sehen, wie ihre Lippen die Worte formten.

Ich wartete.

Und dann wartete ich noch ein bisschen länger.

Es war eine Sache, »Ja« in einem Brief zu schreiben. Aber es laut auszusprechen, hier vor dem Friedensrichter, in einem Saloon, mit einer Dame von schlechtem Ruf als Trauzeugin, während durch die Wand die Geräusche eines Zechgelages zu uns hereindrangen und vier erwartungsvolle Augenpaare auf mich gerichtet waren ... Mit einem Mal erschien mir das alles vollkommen verrückt. Mein gesunder Menschenverstand sagte mir: Warte. Dieser Schritt war einfach zu bedeutsam.

Als ich Samuel ins Gesicht blickte, erschrak ich – vor seiner Entschlossenheit, vor dem, was er von mir erwartete. Er hatte ja keine Ahnung, wie unterschiedlich wir waren. In ihm loderte ein Feuer – dementsprechend leidenschaftlich war auch seine Liebe. Andererseits verloschen die wildesten Flammen am schnellsten. Wenn er sich so Hals über Kopf in mich verliebt hatte, konnte es dann nicht sein, dass er genauso schnell das Interesse an mir verlor? Und was war, wenn ich ihn nicht zurücklieben konnte? Ich war kompliziert und kratzbürstig und hatte keinerlei Erfahrung in Sachen Liebe.

Wäre es wirklich so schlimm, weiterhin zu leben wie eine Nonne, solange ich nur meine Bücher und meine Lupe hatte, hin und wieder auf Expeditionen gehen und Fossilien zeichnen konnte? Wäre es so schlimm, einfach so weiterzumachen wie zuvor?

Doch zuvor hatte ich Samuel Bolt nicht gekannt. Und er hatte alles verändert mit seinem Charme, seinen Augen, seinen wilden Locken und Liebesschwüren – und dem Versprechen, mich auf die Universität zu schicken und damit meinen Traum, Paläontologin zu werden, in Erfüllung gehen zu lassen.

Aber was war, wenn seine Liebe nicht von Dauer war? Was war, wenn sie einfach verging?

Doch das war unmöglich vorauszusagen. Die Liebe lag in greifbarer Nähe, hier und jetzt, und ich konnte mir nicht vorstellen, dass mich jemals ein anderer Mann so sehr lieben würde wie Samuel. Oder mich als gleichwertige Partnerin mit auf Fossilienjagd nehmen würde.

Ich dachte: Wenn nicht jetzt, wann dann?

Und ich sagte: »Ja. Ich will.«

22

Die Hochzeitsnacht

Bevor wir Murchinsons Büro verließen, tippte mir Mrs Cummins auf die Schulter und drückte mir zehn Dollar in die Hand.

»Kleines Hochzeitsgeschenk«, sagte sie.

»Das ist sehr freundlich«, antwortete Rachel errötend. »Aber das können wir wirklich –«

»Natürlich können wir«, fiel ich ihr ins Wort.

»Ich weiß, wie schwer es für ein so junges Paar sein kann, sich ein eigenes Leben aufzubauen«, sagte Mrs Cummins. Ich hätte schwören können, dass ihre Augen feucht schimmerten.

»Danke«, sagte ich.

In einer Hand unsere Heiratsurkunde, führte ich Rachel an der anderen durch den Saloon nach draußen. Ich hatte das Gefühl, im Gehen nicht einmal die Füße heben zu müssen.

»Sie war ganz sicher mit uns im Zug«, flüsterte Rachel mir zu. »Und sie wirkte sehr vertraut mit deinem Vater.«

»Ja«, sagte ich bloß.

»Wie großzügig von ihr, uns etwas zu schenken.«

»Von wegen. Das war nur ein Teil des Geldes, das sie uns gestohlen hat.«

»Was?«

Ich erzählte ihr alles, während wir die Straße zum Hotel überquerten. In diesem Moment kam es mir vor wie die lustigste Geschichte der Welt, und wir lachten beide ausgelassen, als plötzlich jemand rief: »Miss Cartland!« Ich drehte mich um und sah ein Stück entfernt Daniel Simpson stehen und winken.

»Ich hatte gehofft, uns würde etwas mehr Zeit bleiben«, seufzte Rachel.

Wir eilten ins Hotel und die Treppe hinauf. Der Empfangssekretär warf uns einen strengen Blick zu, sagte jedoch nichts.

In ihrem Zimmer – *unserem* Zimmer – angekommen, schlossen wir die Tür hinter uns ab und kicherten wie ungezogene Schulkinder. Ich war in einem Hotelzimmer, allein mit einer Frau. Ich schlang die Arme um Rachel und küsste sie. Wir zitterten beide. Mir war etwas fiebrig zumute.

»Wir haben es getan«, japste sie.

»Ja.«

»Sind wir verrückt geworden?«

Es klopfte an der Tür.

»Wer ist da?«, fragte Rachel.

»Miss Cartland, hier ist Daniel. Ist alles in Ordnung bei Ihnen?«

»Danke, ich habe mich ein wenig hingelegt.«

»Ich habe Sie gerade draußen auf der Straße gesehen.«

Ich blickte Rachel an, gespannt, was sie darauf antworten würde.

»Nur ein bisschen frische Luft schnappen.«

»Der Empfangssekretär hat Sie mit einem jungen Mann gesehen. Sah mir sehr nach Samuel Bolt aus. Sind Sie sicher, dass alles in Ordnung ist?«

»In bester Ordnung, Mr Simpson.«

»Könnten Sie bitte kurz die Tür öffnen, damit ich mich vergewissern kann, dass es Ihnen gut geht?«

»Um ehrlich zu sein, hätte ich gern ein wenig Ruhe.«

»Der Empfangssekretär macht sich auch Sorgen. Er hat angeboten, die Tür aufzuschließen, wenn Sie es nicht tun.«

Mit einem verärgerten Seufzer öffnete Rachel die Tür und gewährte Simpson einen Blick auf uns beide.

Er erbleichte. Dann schluckte er und sagte: »Miss Cartland, ich habe Anweisung, Sie zum Fort zu bringen.«

Während er redete, sah er die ganze Zeit mich an.

»Daraus wird nichts. Sie können meinem Vater ausrichten, dass ich hierbleibe. Und ich bin nicht mehr Miss Cartland. Ich bin von nun an Mrs Bolt.«

Ich muss genauso schockiert dreingeblickt haben wie Simpson. Es war das erste Mal, dass ich sie diese Worte sagen hörte. Mrs Bolt.

Simpsons trockener Mund gab einen kratzigen Laut von sich, bevor er wieder etwas sagte: »Sie haben geheiratet?«

»Ja.«

»Davon wird Ihr Vater erfahren wollen.«

»Das bezweifle ich«, sagte sie. »Aber Sie können es ihm gern erzählen, wenn Sie möchten.«

Dann schlug sie dem sprachlosen Simpson die Tür vor der Nase zu. Einen Moment lang standen wir mit angehaltenem Atem da, bis wir seine Stiefel die Treppe hinunterpoltern hörten.

»Sein Gesicht!«, prustete sie. Eine Weile konnte vor Lachen keiner von uns beiden sprechen. Nichts erschien mehr real. Nicht der Stuhl, die Kommode. Nicht das Bett.

»Er wird nicht vor morgen früh zurückreiten, oder?«, fragte sie.

»Nicht, wenn er nicht bei Nacht unterwegs sein will.«

»Dann kann Papa nicht vor morgen Mittag hier sein.«

»Er kann sowieso nichts tun«, erwiderte ich. »Wir sind verheiratet. Das müssen sie akzeptieren. Und bis irgendjemand hier ist, sind wir ohnehin längst über alle Berge.«

»Genau.«

Unsicher musterten wir einander.

Ich sagte: »Du bist jetzt meine Frau.«

Zu meiner Überraschung schienen meine Worte sie zu verärgern. »Das klingt ja, als wäre ich dein Eigentum. Bei der Vorstellung, jemandem zu gehören, muss ich nur daran denken, was ich gerade hinter mir gelassen habe. Nämlich im Haus eingesperrt zu sein, und nur hin und wieder mal nach draußen gelassen zu werden.«

»So meinte ich das doch …« Ich schüttelte den Kopf. »Du hast wirklich keinen Sinn für Romantik, was?«

»Das weißt du. Aber du hast recht, wir sind jetzt Mann und Frau.«

Wir standen neben dem Bett und küssten uns. Unsere Hände und Münder wurden fordernder. Sie öffnete ihr Haar, sodass es ihr über die Wangen und Schultern fiel, und ich strich darüber, vergrub die Nase darin, um den Geruch einzuatmen. Es gab nun keinen Teil mehr von ihr, den ich nicht berühren durfte. Wir fuhren die Konturen des anderen nach und umschlangen einander mit den Armen. Sie bat mich, die Vorhänge zu schließen. Ich war ihr dankbar für diese schlichte Aufforderung, denn ich war wie in einen Rausch verfallen und stumm vor Verlangen.

Als ich mich wieder umdrehte, sagte sie: »Jetzt zieh mich aus.«

So viele Knöpfe und Haken und Ösen. Bei jedem neuen freigelegten Zentimeter Haut musste ich innehalten und ihn küssen. Nie hätte ich gedacht, dass sich unter all diesen steifen Schichten ein so warmes, weiches Wesen verbergen könnte. Trotzdem war es eine komplizierte Angelegenheit, die meine gesamte Aufmerksamkeit beanspruchte. Rachel lachte, als ich ihr Stiefel, Strümpfe und Bluse auszog, und sagte, es kitzele. Als ich bei der letzten Schicht Kleidung anlangte, wurde sie stiller. Ich ließ die Hände sinken, und sie trat einen Schritt zurück, um den Rest selbst zu erledigen. Sie ging ganz methodisch dabei vor, ohne große Gesten, und dann war sie fertig.

Ich hatte noch nie eine nackte Frau gesehen. Und es gab einiges zu bestaunen.

»Du bist schön«, stellte ich fest. Ich wollte sie überall gleichzeitig berühren.

»Du bist dran«, entgegnete sie mit einer Handbewegung, die verspielt und gleichzeitig ungeduldig wirkte. »Na los.«

Hastig schlüpfte ich aus meinen verschwitzten Sachen, Jacke, Hose, Hemd, Unterhose. Dann blickte ich unglücklich an mir herunter, auf jenen Teil von mir, der mir in letzter Zeit durch seine Unberechenbarkeit so viel Verdruss bereitet hatte – und der ausgerechnet jetzt völlig leblos dahing.

»Irgendwas …«, murmelte ich und spannte die Oberschenkelmuskeln an, um ihn zu wecken, »stimmt nicht. Ich weiß nicht, was ich mit dem Kerl machen soll.«

»Lass ihn am besten erst mal in Frieden«, entgegnete sie. »Komm, leg dich zu mir.«

Sie zog die Decke zurück, kletterte ins Bett und rückte auf die andere Seite, um mir Platz zu machen. »Dieses Bett hat anscheinend schon einiges mitgemacht«, sagte sie, als die Sprungfedern unter ihr quietschten.

»Meinst du, es hat schon mal eine Hochzeitsnacht erlebt?«

»Mehr als eine, würde ich sagen«, antwortete sie lachend und wippte ein paarmal auf der Matratze auf und ab.

Gemeinsam wippten wir noch ein wenig, um zu sehen, wer dem Bett das lauteste und gequälteste Quietschen entlocken konnte. Auch das saubere Laken konnte die modrige Matratze nicht verbergen. Genauso wenig wie den leichten Uringeruch, der bei jeder Bewegung zu uns hochwaberte. Doch die Tür war verschlossen, die Vorhänge waren zugezogen, und das kleine Zimmer gehörte uns beiden ganz allein.

Dann wandten wir uns einander zu. Ich spürte die Wärme ihres Körpers, von Kopf bis Fuß. Ich liebte alles daran. Als ich ihr über die Wange strich, war sie glühend heiß. Ich küsste sie und flüsterte, dass ihr Körper der schönste sei, den ich je gesehen hätte, und sie flüsterte zurück, dass es schließlich auch der *einzige* sei, den ich je gesehen hätte, und außerdem sei es ein ganz gewöhnlicher Körper. Dann nahm sie meine Hand, um mir zu zeigen, wie ich sie am besten berühren sollte.

Und von diesem Moment an, selbst wenn ich von tausend rückwärts gezählt hätte, selbst wenn Mrs Shaw höchstpersönlich plötzlich neben uns im Bett gekniet hätte, hätte mich nichts mehr aufhalten können.

»Sieht mir nicht aus, als würde irgendwas nicht stimmen«, flüsterte Rachel mir zu.

Als ich mich auf sie legte, musste ich erst ein bisschen fummeln, bevor alles an der richtigen Stelle war. Doch dann war es plötzlich, als wären ihr Körper und meiner, jeder einzelne Teil davon, perfekt füreinander geschaffen.

Sie zuckte zusammen. Ihre Augen waren weit aufgerissen, und wir starrten einander an wie versteinert. Ich spürte, wie mich Hitze und ein beinahe unwiderstehlicher Drang durchfluteten, doch ihr Gesicht verzog sich bei jeder meiner Bewegungen. Schließlich kniff sie die Augen zu, ihre Lider kräuselten sich und Tränen quollen darunter hervor.

»Ich tue dir weh«, sagte ich und hielt inne, obwohl es das Letzte war, was ich jetzt tun wollte.

Sie fing an zu weinen. »Tut mir leid. Ich hätte nicht gedacht, dass es so wehtun würde.«

»Wir können auch aufhören«, bot ich an.

»Nein, mach weiter.«

Ich schüttelte den Kopf und schämte mich fürchterlich, denn offensichtlich machte ich irgendetwas falsch.

»Vielleicht soll es ja wehtun«, sagte sie.

»Meinst du?«

»Ich weiß nicht. Niemand hat je mit mir darüber gesprochen.«

Da ging es mir genauso wie ihr. Unser Haus war bis zum Bersten mit Büchern gefüllt gewesen, aber keins davon hatte mich auf diesen Moment vorbereitet.

»Wir können ja noch warten«, sagte ich. Beim Anblick ihrer Tränen war ich sowieso wieder erschlafft.

»Blutet es? Ich glaube, beim ersten Mal soll es bluten.«

Ich inspizierte das Laken und schüttelte den Kopf.

»Kannst du mich einfach in den Arm nehmen?«, fragte sie.

Ich zog sie an mich, und sie schmiegte den Kopf auf meine Brust, den Arm über meinen Bauch gelegt.

»Du bist so rücksichtsvoll«, bemerkte sie und presste sich noch enger an mich. »Bei dir fühle ich mich sicher.«

Ich strich ihr übers Haar, atmete ihren Geruch ein und starrte an die Decke. Nichts kam mir mehr wirklich vor. Ich war in Hochstimmung und gleichzeitig verrückt vor Angst. Fühlte mich im einen Moment wie ein siegreicher Eroberer und im nächsten wie ein angeschossener Soldat, der auf den Tod wartete. Mir war, als könnte ich nie wieder schlafen. Doch genau das tat ich. Ebenso wie Rachel.

Als ich aufwachte, war es noch dunkel, aber kurz vor Sonnenaufgang. Ein dünner Streifen Licht sickerte durch den Spalt zwischen den Vorhängen. Unsere Körper hatten sich in der Nacht voneinander gelöst und du lagst von mir abgewandt auf der Seite und schliefst.

Ich weiß nicht, warum ich dich nicht weckte. Mein Körper wollte mehr von dir, aber du schliefst so friedlich, und ich hatte dich noch nie so gesehen. Ich mochte den Anblick deines Haars, das wie ein Fächer über das Kissen ausgebreitet lag. Auf einen Ellenbogen hochgestemmt, betrachtete ich dein Ohr, deine Wange, deine Nase. Entdeckte ein kleines, knubbeliges Muttermal in deinem Nacken. Betrachtete dein Gesicht, aber du wachtest nicht auf. Es fühlte sich an, als würdest du voll und ganz mir gehören.

Nach einer Weile wollte ich nicht mehr allein sein und küsste dich auf dein Muttermal, fuhr mit der Zungenspitze seine Konturen nach. Ich presste meine Nase in deinen Nacken und atmete tief ein, stupste und drückte so lange, bis du dich mit einem verschlafenen Lächeln zu mir umdrehtest.

»Hast du auch geschlafen?«

»Kein bisschen«, log ich. »Ich habe die ganze Nacht wach gelegen und deine Schönheit bewundert.«

Sie schnaubte. »Keinen Sinn für Romantik, schon vergessen?«

»So schnell gebe ich nicht auf«, entgegnete ich und gab ihr einen Kuss auf den Hals.

Da klopfte es so laut an die Tür, dass wir beide kerzengerade im Bett saßen.

»Wie spät ist es?«, flüsterte ich überflüssigerweise. Meine Taschenuhr steckte in meiner Jacke, die am anderen Ende des Zimmers auf dem Boden lag.

Eine strenge Stimme drang durch die Tür. »Rachel. Hier ist dein Vater.«

In diesem Moment hätte ich mir keine Furcht einflößenderen Worte vorstellen können. »Mach nicht auf«, zischte ich Rachel zu. Natürlich war mir klar, dass wir früher oder später ihrem Vater Rede und Antwort stehen mussten. Aber ich hatte nicht damit gerechnet, dass es so bald dazu kommen würde. Simpson und die Soldaten mussten die Nacht durchgeritten sein, um die Neuigkeit zu überbringen.

»Samuel!«

Wieder zuckte ich zusammen. Diese Stimme gehörte *meinem* Vater. Sie waren beide hier. Auf der anderen Seite dieser Tür.

»Es ist zu früh«, antwortete Rachel erstaunlich würdevoll. Ich konnte sie nur bewundern. »Wir können später reden.«

Das Geräusch eines Schlüssels im Schloss. Der

Türknauf drehte sich. Rachel riss sich die Decke bis zum Kinn hoch. Die Tür schwang auf. Ich sah den Empfangssekretär, der einen neugierigen Blick zu uns hereinwarf, bevor er sich zurückzog, um Platz für Cartland und meinen Vater zu machen. Sie marschierten so feierlich ins Zimmer – wie kaiserliche Gesandte –, dass ich beinahe gelacht hätte.

Die beiden Seite an Seite zu sehen, vereint in ihrer Empörung, war beinahe genauso schockierend wie die Tatsache, dass sie nun am Fußende des Betts standen. In dem ich nackt unter der Decke lag, neben mir meine frischgebackene, ebenso nackte Ehefrau. Sie waren schmutzig nach dem langen Ritt und ihre Mienen so erschöpft wie finster.

»Steh auf!«, befahl Cartland seiner Tochter.

»Ich kann nicht«, entgegnete sie. »Ich habe nichts an.«

Sprachlos vor Zorn fuhr Cartland zu meinem Vater herum, als wäre das alles seine Schuld.

»Wir sind verheiratet«, merkte ich so selbstbewusst ich konnte an.

»Diese Ehe ist ungültig«, verkündete Cartland.

Ich erklärte, sie sei ordnungsgemäß in Gegenwart zweier Zeugen vor dem Friedensgericht geschlossen worden.

»Glücklicherweise«, sagte Cartland, »hat eine Eheschließung hier in den Territorien sehr wenig Gewicht. Mr Murchinson hat sich äußerst kooperativ gezeigt.«

Er zog ein Blatt Papier aus der Tasche und hielt es uns gerade lange genug hin, dass ich das Original unserer Heiratsurkunde erkennen konnte, die offensichtlich aus dem Buch des Friedensrichters gerissen worden war.

»Die Zeugen werden sich wohl mit ein paar Dollar überzeugen lassen, die ganze Sache zu vergessen«, fügte er hinzu und fing dann an, die Urkunde zu zerfetzen – in kleinere und immer kleinere Schnipsel.

»Das ändert gar nichts«, sagte Rachel. »Wir haben unser eigenes Exemplar.«

»Du meinst das hier?«, fragte ihr Vater mit einem Blick auf die Urkunde, die wir am Abend zuvor in unserem Leichtsinn auf die Kommode gelegt hatten.

»Rühren Sie sie nicht an«, rief ich. »Wir sind verheiratet. Das müssen Sie akzeptieren.«

»Gar nichts muss ich. Ihr beide seid nichts als Kinder, die ohne unser Einverständnis eine Dummheit –«

»Wir brauchen Ihr Einverständnis nicht!«, fiel ich ihm ins Wort. »Geben Sie das her!« Ich wusste, dass er sie zerreißen würde, und sprang, nackt, wie ich war, aus dem Bett.

Cartland zerriss die Urkunde in der Mitte. Ließ die beiden Hälften zu Boden flattern. Pure Mordlust erfasste mich, und ich wollte mich auf ihn stürzen, doch mein eigener Vater trat mir in den Weg und rammte mir die Faust in den Magen.

»Ist die Ehe vollzogen?«, herrschte Vater mich an, während ich mich keuchend vornüberkrümmte. In diesem Moment hasste ich ihn. Blitzschnell richtete ich mich auf und boxte ihn ins Gesicht, so fest ich konnte. Er taumelte rückwärts, und ich setzte ihm nach, um weiter auf ihn einzuschlagen, doch Cartlands Faust, die in meinem Gemächt landete, hielt mich davon ab. Diesmal sank ich wimmernd auf die Knie.

»Wie könnt ihr es wagen!«, hörte ich Rachel rufen. »Rührt ihn nicht an! Reißt die Urkunde ruhig in Fetzen, das ändert gar nichts. Wir haben eine Nacht als Mann und Frau zusammen verbracht.«

»Verstehe«, sagte mein Vater, während er sich Blut von der aufgeplatzten Lippe tupfte.

»Wir sind verheiratet«, sagte ich im Aufstehen. Meine Stimme zitterte nicht mehr. »Das lässt sich nicht rückgängig machen. Gott ist unser Zeuge.«

Das weckte erst recht Vaters Zorn. »Wag es nicht, dich auf Gott zu berufen. Was ihr getan habt, hat nichts mit Gott zu tun. Du hast eine Dummheit begangen. Dieses Mädchen ist keine von uns. Diese Hochzeit hat nie stattgefunden.«

Ich hatte damit gerechnet, dass sie wütend sein würden, aber nicht mit so etwas – dass sie sich schlicht weigern würden, unsere Hochzeit anzuerkennen. Ich wusste nicht mehr weiter. Sie hatten alle Beweise zerstört. Sie würden die Zeugen bestechen. Sie würden lügen. Sie wollten uns für immer auseinanderbringen.

»Und was ist, wenn ich schwanger bin?«, fragte Rachel vom Bett aus.

Ich sah sie an, sprachlos über ihre Hinterlist – und die Erkenntnis, dass ich sehr leicht Vater werden könnte. Nicht nach letzter Nacht, aber von diesem Tag an. Als ich mich zu unseren Vätern umdrehte, sah ich, wie sie einen ratlosen Blick wechselten. Cartland sprach als Erster.

»Unwahrscheinlich. Aber erst einmal fährst du zurück in den Osten und dann, jaja, sehen wir weiter. Wenn du schwanger sein solltest, verlässt du bis zur Geburt nicht das Haus. Und dann geben wir das Kind in ein Waisenhaus. Bolt, sind Sie einverstanden?«

Voller Entsetzen sah ich meinen Vater nicken.

»Ihr Ungeheuer!«, spie Rachel. »Alle beide!«

»Zieh dich an!«, befahl ihr Vater, der mit angewidertem Gesicht ihre Kleider aufhob und sie hinter dem verzierten Wandschirm ablegte.

Rachel funkelte ihn an. Ich warf ihr einen Blick zu und nickte. Ich sah die Verwirrung in ihren Augen, auf ihrer Stirn, aber ich nickte abermals, bat sie, mir zu vertrauen. Sie hüllte sich fest in die Bettdecke und verschwand hinter dem Wandschirm.

Ich straffte die Schultern. Irgendwo hatte ich einmal gelesen, dass die Sioux nackt in den Kampf ritten, und es war mir vollkommen unbegreiflich gewesen, wie man sich dermaßen verletzlich machen konnte. Nun aber musste ich zugeben, dass es etwas seltsam Befreiendes an sich hatte, als trennte mich nichts mehr von meiner Wut. Sie wollten mich demütigen. Aber es gab etwas, was ich ihnen beiden voraushatte: eine Ehefrau.

»Verschwindet«, forderte ich sie auf. »Ihr seid hier nicht willkommen.«

Cartland schnaubte. »Ich gehe nicht ohne meine Tochter.«

»Dann werden Sie erst an mir vorbeimüssen.«

»Ganz der Vater«, brummte Cartland. »Aber bitte.«

Er zog ein paar Armeehandschellen aus dem Gürtel.

Ich sah meinem Vater an, dass er genauso schockiert war wie ich. »Das ist doch wohl nicht Ihr Ernst, Cartland.«

»Wir waren uns einig, dass wir sie als Erstes trennen müssen, jaja. Das hier wird den Prozess beschleunigen. Helfen Sie mir mal, Bolt.«

»Sie werden meinen Sohn nicht in Ketten legen wie einen Schwerverbrecher.«

»Komm her, Junge!«, bellte Cartland mich an.

Mein Vater packte ihn beim Arm. »Nein!«

Blitzschnell ließ Cartland eine der Handschellen um den Unterarm meines Vaters zuschnappen. »Ich hatte so eine Ahnung, dass Sie Probleme machen würden, Bolt.« Er grapschte nach Vaters anderer Hand, doch dieser versetzte Cartland einen Faustschlag, der ihn zu Boden schleuderte. Dabei löste sich, neben einem Schlüsselbund, ein zweites Paar Handschellen von seinem Gürtel und schlitterte über den Boden auf mich zu. Ich hob sie auf. Wie viele Leute hatte er denn vorgehabt, in Fesseln zu legen?

Cartland hechtete im selben Moment auf mich zu, als mein Vater sich auf ihn warf.

Rachel lugte ungläubig hinter dem Wandschirm hervor. »Was ist denn –«

»Zieh dich an!«, rief ich ihr zu.

Unsere Väter wälzten sich ineinander verkeilt auf dem Boden, während jeder schlagend und tretend versuchte, den anderen zur Aufgabe zu zwingen. Ich nahm meine Handschellen und schloss eine davon um Cartlands zappelndes Fußgelenk, dann ergriff ich das Bein meines Vaters und tat dasselbe mit der zweiten. Bevor die beiden begriffen, dass sie aneinandergefesselt waren, tauchte ich mitten hinein ins Gewirr. Ich kassierte Hiebe von allen Seiten, aber es gelang mir, mir das lose Ende der Fessel am Arm meines Vaters zu schnappen, und ich versuchte, sie um Cartlands Handgelenk zu zwängen. Dieser konzentrierte sich nun vollends auf mich und kämpfte wie ein Berserker. Ich versetzte ihm einen gezielten Schlag auf jede Seite seiner enormen Rübe und er gab endlich Ruhe.

»Ich hoffe«, schnaufte ich, als ich die letzte Fessel schloss, »ihr zwei werdet glücklich miteinander.«

Dann sprang ich auf. An Händen und Füßen aneinandergefesselt, wanden sich die beiden auf den Bodendielen. Beide schrien mich an, sie zu befreien, konnten jedoch nicht einmal lange genug zusammenarbeiten, um wenigstens auf die Beine zu kommen. Schnell zog ich mich an. Als sie kurz davor schienen, sich aufzurichten, eilte ich hinüber und stieß sie wieder um. Sie zappelten wie zwei auf dem Rücken gelandete Käfer und verfluchten abwechselnd mich und einander.

Rachel trat fertig angezogen hinter dem Wandschirm hervor.

»Wir gehen jetzt«, verkündete sie.

»Du weißt nicht, was du da tust!«, wandte Cartland sich an seine Tochter. Er hatte aufgehört zu schreien, stattdessen war seine Stimme nun kalt und unheilvoll. »Bolt hat meine Verlobte verführt – die Frau, die später deine Mutter wurde.«

»Was?«, rief mein Vater.

Mein Blick huschte zwischen den beiden hin und her, unschlüssig, wo er sich niederlassen sollte. Diese Geschichte war mir neu. Ohne Rachel aus den Augen zu lassen, fuhr Cartland fort:

»Bolt und ich haben uns als Studenten in Europa kennengelernt. Ich habe ihm Briefe mitgegeben, die er zu Hause meiner Verlobten aushändigen sollte. Aber er hat ihr selbst den Hof gemacht. So ein Strolch! Und sein Sohn wird genauso werden wie er. Früher oder später wird er dich sitzen lassen!«

Mein Vater gab Cartland eine Kopfnuss. »Das ist eine Lüge!«

»Sie wissen genau, dass es die Wahrheit ist, Bolt. Es gibt Briefe, die es beweisen!«

Ich sah Rachel an, deren Gesicht völlig ausdruckslos war.

»Wir müssen los!«, sagte ich verzweifelt. Ich trat ans Fenster und zog die Vorhänge ein Stück auseinander. »Da draußen sind Soldaten.«

»Tu es nicht!«, flehte Cartland seine Tochter an.

»Samuel, wag es nicht, dieses Zimmer zu verlassen!«, polterte mein Vater.

Ich klaubte die zerrissenen Hälften unserer Heiratsurkunde vom Boden auf und griff dann nach Rachels Hand. Sie nahm ihren Koffer. Am Ende des Flurs gab es eine Hintertür, durch die man auf eine wackelige Holztreppe gelangte. Kurz darauf waren wir unten und rannten die Straße hinunter. Ich blieb kurz stehen, um mir den schnellsten Weg zum Stall in Erinnerung zu rufen, und zog Rachel dann mit mir.

Gleich neben dem Stall wartete ein Planwagen mit bereits angespannten Pferden. Auf dem Kutschbock lümmelte schnarchend Ethan Withrow.

»Withrow!«, rief ich und rüttelte an seinem Fuß.

Sein Kopf ruckte hoch. »Ah! Guten Morgen, Mr und Mrs Bolt.«

»Wir müssen los. Sofort!«

»Na, dann springen Sie auf.«

Wir kletterten auf die Ladefläche mit unserer Ausrüstung und schlossen die Plane hinter uns, während sich der Wagen schon in Bewegung setzte. Geradewegs am Hotel und den Soldaten vorbei fuhren wir die Hauptstraße hinunter. Ich spähte durch ein Loch in der Plane. Am Fenster im ersten Stock sah ich Cartland und meinen Vater – noch immer aneinandergefesselt –, die versuchten, den Soldaten Befehle zuzurufen, sich jedoch hauptsächlich gegenseitig anschrien. Unter angespanntem Schweigen fuhren wir weiter, bis wir den Stadtrand erreicht hatten. Erst dann schlug Ethan Withrow die Plane zurück und beugte sich zu uns herein.

»Muss ja eine Mordshochzeit gewesen sein«, bemerkte er.

Teil III

Die Dark Beauty

Im Monat, in dem die Kirschen schwarz wurden, *brachen in seinem Dorf die Pocken aus, und selbst die Dark Beauty vermochte nicht, ihn zu retten. Als der Mann starb, waren einige entsetzt. Andere meinten, sein Tod komme nicht überraschend: Er habe sich der Kraft der gehörnten Schlange bedient, darum sei es nur eine Frage der Zeit gewesen, bis er genauso besiegt worden sei wie sie.*

Er wurde mitsamt der Dark Beauty begraben, jedoch ein Stück abseits der anderen Gräber, aus Respekt wie auch aus Furcht.

Dennoch hofften viele Jungen, dass sie, wenn es an ihnen war, sich auf die Suche nach einer Vision zu machen, selbst der gehörnten Schlange begegnen würden und einen ihrer Zähne mit nach Hause brächten. Doch der Mann hatte nie viel darüber geredet, wo er seine Vision gehabt habe. Er hatte behauptet, sich nicht genau erinnern zu können. Immerhin sei er schon wieder auf den Beinen gewesen, als er erwacht war.

Der Einzige, dem er mehr verraten hatte, war sein Sohn, und selbst diesem war es nie gelungen, den genauen Ort zu bestimmen, an dem sein Vater die Dark Beauty gefunden hatte.

23

Flitterwochen

Ich hatte Bücher gelesen, in denen Paare von einer großen Feiergesellschaft in die Flitterwochen verabschiedet wurden und sich auf die Reise nach Europa begaben. Unsere Flitterwochen begannen auf der Ladefläche eines stickigen, schwankenden Planwagens, zwischen Reissäcken und Schaufeln, Abdeckplanen und Erdklumpen – und mit einer hitzigen Diskussion.

»Glaubst du, es ist wahr?«, fragte ich Samuel. »Was mein Vater gesagt hat?«

»Ich wusste, dass mein Vater in Europa war«, antwortete er, »aber er hat deinen Vater in dem Zusammenhang nie erwähnt, ganz zu schweigen vom Rest der Geschichte.«

»Kein Wunder. Das wäre ja auch einfach zu schändlich.«

»Wenn es denn stimmt. Dein Vater ist schließlich nicht der Vertrauenswürdigste!«

»Deiner genauso wenig. Er hat uns bestohlen.«

»Und deswegen glaubst du jetzt, dass er deinem Vater auch die Verlobte gestohlen hat?«

»›Sie verführt‹, hat mein Vater gesagt.«

Das Wort hatte etwas seltsam Verwirrendes an sich, als

wäre es von einer Art Schimmer umgeben. Eine Weile hing es zwischen uns in der Luft und wir starrten beide darauf.

Samuel räusperte sich. »Das kann vieles bedeuten. Es heißt nicht zwangsläufig, dass er ... na ja, intimen Kontakt mit ihr hatte.«

»Mit meiner Mutter!«

»Damals war sie ja noch nicht deine Mutter. Und vergiss nicht, dein Vater hat auch gesagt, meiner hätte ihr den Hof gemacht. Das ist etwas ganz anderes als verführen. Es bedeutet lediglich, dass man jemanden umwirbt. Aber du scheinst sowieso einfach davon auszugehen, dass das alles wahr ist! Mein Vater hat es abgestritten und wir haben nie seine Version der Ereignisse gehört!«

»Tja«, sagte ich, »irgendwas ist jedenfalls zwischen unseren Vätern vorgefallen – das würde zumindest erklären, warum sie einander so sehr hassen.«

»Dafür gibt es genug andere Gründe«, entgegnete er, womit er wohl nicht ganz unrecht hatte.

Er betastete den Bluterguss an seinem Bauch und zuckte zusammen. Sein Blick wurde traurig.

»Ich habe ihn geschlagen. Meinen eigenen Vater.«

Ich legte ihm den Arm um die Schultern. »Er hatte es mehr als verdient.«

Samuel nickte, wirkte jedoch nicht getröstet.

»Ihr zwei seid eben ein explosives Gespann«, fügte ich hinzu. »Ihr werdet euch schon wieder vertragen. Glaubst du, unsere Väter werden sich auch irgendwann versöhnen?«

Bis zu diesem Moment hatte ich selbst noch nie darüber nachgedacht. Ich war vollauf damit beschäftigt gewesen, mir auszumalen, ob Sam ein guter Ehemann sein, ob er mir geben würde, was mein Vater mir verwehrte. Jetzt jedoch drängte sich mir die Frage auf, was es für unser gemeinsames Leben bedeutete, wenn es uns niemals gelang, unsere Familien miteinander auszusöhnen.

»Wen kümmert das?«, erwiderte Sam aufgebracht. »Sie widern mich alle beide an.«

»Mich auch, aber ... es wäre so traurig, wenn sie es nie akzeptieren würden. *Uns.*«

Er zuckte mit den Schultern, als wollte er nicht mehr darüber nachdenken.

»Wir haben beide keine Mutter«, sagte ich. »Und jetzt haben wir auch keine Väter mehr. Wir sind so gut wie Waisen.«

Er zog mich an sich, genau wie ich es gehofft hatte.

»Können wir denn Waisen sein«, fragte er, »solange wir einander haben?«

»Ja«, sagte ich.

»Wonach wir suchen, ist Folgendes«, begann ich. »Vor zwanzig oder dreißig Jahren hat ein Mann einen riesigen Zahn im Stein gefunden. Der Geschichte nach zu urteilen, könnte an der Stelle auch ein Kieferknochen liegen, vielleicht sogar ein Stück Schädel. Die Witterung lässt das Gestein bröckeln und über die Jahre erodieren, sodass wir heute wesentlich mehr davon sehen sollten als der Mann damals. Rachel ist eine bessere Zeichnerin als ich, darum wird sie nun skizzieren, wie der Schädel aussehen könnte.«

Es war schon fast dunkel. Wir hatten fast den ganzen Tag gebraucht, um die drei Felserhebungen von der Karte des Sioux-Jungen zu finden. Kurz vor Crowe hatten wir uns mit den restlichen von Barnums Männern getroffen und uns zusammen über sanft gewelltes Grasland Richtung Norden aufgemacht, die tiefer liegenden Badlands zu unserer Linken. Von oben hatte ich die Windungen des braunen Flusses verfolgt und sie mit der Karte abgeglichen. Die Prärie wurde zunehmend steiniger, wirkte verdorrt und ausgezehrt. Beim Anblick der Hügelkuppen, die aussahen wie drei Nonnen, die ihre Köpfe zusammensteckten, hatten sich meine Schultern entspannt, und mir war bewusst geworden, wie verkrampft ich die ganze Zeit vor Sorge gewesen war. Es gab die Hügel wirklich. Der Sioux-Junge hatte nicht gelogen.

Wir waren inzwischen weit entfernt vom Fluss, doch Thomas hatte eine nahe Schlucht ausfindig gemacht, in der wir unser Lager aufschlugen. Da es in einer halben Stunde dunkel werden würde, kam ein Erkundungsgang nicht mehr infrage, also hatte ich stattdessen alle zu einer Lagebesprechung zusammengerufen. Alle hockten vor mir, als hielte ich eine Unterrichtsstunde ab. Als wäre ich der Professor. Dies war meine Expedition, meine Ausgrabung. Ich gab Männern Anweisungen, die deutlich älter waren als ich selbst, was mir anfangs nicht leichtfiel. Ich musste stark wirken und durfte keine Schwäche zeigen, sonst hätte die Mannschaft sofort das Vertrauen in mich verloren.

Jetzt sah ich Rachel an, die ein Stöckchen aufgehoben hatte, um damit in die trockene Erde zu zeichnen. »Erinnerst du dich an den Schädel des *Laelaps*?«, fragte ich sie.

Sie nickte. »Ich werde ihn ein wenig vergrößern.« Während

des Zeichnens kommentierte sie jeden Strich. Sie war wirklich sehr begabt. »Das hier ist die Mandibel, der Unterkiefer. Gut möglich, dass darin noch Zähne stecken. Denken Sie daran, dass die Zähne groß sind, knapp dreißig Zentimeter lang, und bananenförmig gekrümmt, aber einige werden auch kleiner sein oder in Stücke zerbrochen. Zähne sind ziemlich leicht zu erkennen; sie sind mit Schmelz überzogen und dadurch glatt und leicht glänzend. Was den Rest des Schädels angeht … Darin sind mehrere Löcher, sehen Sie? Das große hier ist die Augenhöhle und gleich darunter sind noch ein paar weitere Öffnungen. So was nennt man Fenestra. Das ist Lateinisch und bedeutet Fenster – eins hier, eins hier und dann noch die Nasenlöcher ganz vorn.«

Das mit dem Latein hätte sie sich vermutlich sparen können, aber die Männer schienen ihr aufmerksam zuzuhören. Nur der Bursche mit den unheimlichen Augen, Hobart, sah eine Winzigkeit zu lange sie an statt auf ihre Zeichnung, was mich ein wenig beunruhigte.

»Wie groß ist der Schädel denn?«, wollte Withrow wissen.

»Ungefähr anderthalb Meter lang«, antwortete ich.

Er stieß einen leisen Pfiff aus.

»Es könnte auch sein, dass Sie in der Nähe des Schädels Halswirbel finden. Rachel, vielleicht solltest du die auch aufzeichnen. Die sehen etwas seltsam aus, müssen Sie wissen, wie eine Reihe Zacken, die von einem Bogen abstehen. Natürlich werden Sie das alles nicht so ordentlich und sauber vorfinden. Die Knochen können zerborsten oder verstreut sein. Wenn sie eine Weile freigelegen haben, sind sie möglicherweise weiß ausgeblichen. Andere dagegen können dunkel sein. Wir hoffen auf ein silbriges Schwarz, wie der Zahn der Dark Beauty. Halten Sie einfach die

Augen offen, und wenn Sie etwas auf dem Boden finden, sehen Sie immer den Hang hoch, denn weiter oben befindet sich eventuell noch mehr.«

»Wie sollen wir die Knochen von Steinen unterscheiden?«, fragte Withrows zweiter Mitarbeiter, Browne. Er hatte einen buschigen roten Bart, in dem ein Essensrest hing – möglicherweise immer noch derselbe, den ich schon den ganzen Tag darin gesehen hatte. »Alles, was mir seit Wochen untergekommen ist, sah entweder aus wie Stein oder wie altes Holz. 'nen Knochen erkenn' ich nur, wenn er wie eine große Hähnchenkeule aussieht.«

Ich rang mir ein Lachen ab, obwohl mir ihre Unerfahrenheit Sorgen machte. »Wenn der Knochen schon lange freiliegt«, erklärte ich, »könnte er mit Flechten überzogen sein, die sind für gewöhnlich gelb. Er könnte auch ein bisschen an Holz erinnern – Sie haben recht, das ist schwer auseinanderzuhalten –, aber Knochen haben manchmal einen dunkleren, violettstichigen Ton. Und eine poröse Textur. Sie können Ihre Zunge daranhalten. Wenn sie kurz kleben bleibt, ist es Knochen. Bei Stein funktioniert das nicht. Aber wenn Sie irgendwas sehen und sich nicht sicher sind, rufen Sie uns einfach.«

»Wir sollten eine Wache aufstellen, wegen der Sioux«, schlug Thomas vor.

»Gutes Stichwort«, sagte Withrow. »Thomas meint, nicht weit von hier beginnt das Indianer-Territorium.«

»Wie weit?«, fragte ich.

»Ungefähr eine Meile nördlich von hier«, antwortete Thomas.

Ich sah Rachel an. Mir war nicht klar gewesen, dass wir den Indianern so nah waren.

»Na ja, zumindest sind wir auf der sicheren Seite«, sagte ich.

Thomas zuckte mit den Schultern. »Ich glaube nicht, dass irgendwelche Linien auf einer Karte noch viel bedeuten. Dafür werden sie zu oft ausradiert und neu gezogen.«

»Wir haben ein wenig Platz gelassen zwischen Ihrem Zelt und unseren«, informierte Mr Withrow Samuel und mich beim Abendessen.

Zum Glück war es dunkel, sodass er nicht sah, wie rot ich wurde.

»Und, Sam«, fügte Hobart hinzu, »durchsuchen Sie's erst auf Klapperschlangen. *Eine* Schlange im Zelt sollte genügen.« Er lachte über seinen eigenen vulgären Witz.

Nachdem wir die Überreste des Abendbrots aufgeräumt hatten, war ich froh, als Sam und ich uns in unser Zelt zurückziehen konnten. Das ich als Erstes nach Klapperschlangen durchsuchte, so wie ich es jeden Abend tat, seit wir in den Badlands waren. Es kam vor, dass tagsüber welche auf der Suche nach einem kühlen Versteck hineinschlüpften. Nachts hingegen suchten die Tiere die Wärme menschlicher Körper – und nahmen dabei, wie ich erwiesenermaßen wusste, zur Not auch mit Tante Bertons schrumpeliger Achselhöhle vorlieb.

Das Zelt war gerade groß genug für unsere zwei Bettrollen, dicht nebeneinandergezwängt. Ich dimmte den Docht unserer Laterne. Samuel knöpfte die Zeltklappe zu, dann küsste er mich gierig. Zusammen sanken wir aufs Lager.

»Darauf habe ich den ganzen Tag gewartet«, sagte er.

»Wirklich?« Die meiste Zeit über hatte er voll und ganz auf seine Karte konzentriert gewirkt und den Horizont nach unseren drei Hügeln abgesucht. Ich hatte mich schon gefragt, ob er überhaupt hin und wieder an mich dachte.

»Natürlich!«, erwiderte er.

»Ich musste auch ein-, zweimal an dich denken.« Ich gab mich kokett, etwas, was ich noch nie zuvor getan hatte, aber es brachte ihn zum Lächeln.

»Ist der Boden hart genug für dich?«, fragte er, während er mit der Faust prüfend die Bettrollen abklopfte. »Oder hättest du es lieber etwas härter?«

»Wenigstens quietscht er nicht«, entgegnete ich. Beim Gedanken an die vier Männer, die in wenigen Metern Entfernung umherschlurften, wurde mir ein bisschen mulmig zumute. »Du hast dich vor Withrow und seinen Männern gut geschlagen«, sagte ich dann.

»Findest du?«

Seine Unsicherheit war nicht gespielt, was mich sehr berührte. Ich hatte erwartet, dass sein Charme und sein Selbstbewusstsein ihn mühelos durch jede Situation tragen würden wie ein fliegender Teppich. Ich nickte bekräftigend, wünschte mir jedoch gleich darauf, ich hätte das Thema nicht angesprochen, denn sein Blick schweifte plötzlich ab.

»Glaubst du, dein Vater wird nach dir suchen kommen?«, fragte er.

»Ich denke schon, ja.«

»Er wird versuchen, uns auseinanderzubringen.«

»Das schafft er nicht. Wir sind verheiratet. Du hast die Urkunde.«

»Ja, in zwei Hälften gerissen. Du hast ihm doch nichts von unserer Karte erzählt?«

»Natürlich nicht!«

»Wenn er seine Armee-Kundschafter auf die Suche nach uns schickt, bleibt uns vielleicht eine Woche, wahrscheinlich aber weniger, bis sie uns entdecken. Und dann wird er Anspruch auf unser Ausgrabungsgebiet erheben.«

»Tja, das kann er aber nicht. Schließlich gehören ihm die Badlands nicht.«

»Uns aber auch nicht. Er könnte einfach sein Lager hier in der Nähe aufschlagen und zu suchen anfangen. Wir müssen uns beeilen.«

Ich legte ihm die Hand in den Nacken und spürte, wie sich die Muskelstränge dort unter meinen Fingern entspannten. Seine Schultern sackten nach unten. »Darüber müssen wir jetzt nicht nachdenken«, murmelte ich. »Schließlich sind wir gerade in den Flitterwochen.«

Er grinste und atmete gedehnt aus. Wir küssten und umschlangen einander und stellten schließlich die Laterne ein Stück zur Seite, damit wir sie nicht umstießen, während wir uns auszogen. Sein Körper war noch immer so neu für mich, obwohl es sich gleichzeitig überraschend normal anfühlte, ihn nackt zu sehen. Ich war furchtbar neugierig auf ihn. Unter der Decke spürte ich, wie sich bei ihm etwas regte, und sosehr ich mich auch danach sehnte, ihm nahe zu sein, beim Gedanken an das letzte Mal breitete sich Nervosität in mir aus.

Ich mochte es, sein Gewicht auf mir zu spüren; es verlieh mir ein Gefühl von Geborgenheit. Natürlich war ich mit der Theorie des Ganzen vertraut – ich hatte oft genug Tiere bei der Paarung gesehen und wusste, welche Teile wo hingehörten. Aber ich hatte nun mal nie eine Mutter gehabt, die mir hätte erzählen können, wie es sich anfühlen würde. Papa danach zu fragen, wäre mir nicht im Traum eingefallen. Und der bloße Gedanke an Tante Berton erfüllte mich mit Entsetzen. Dass sie jemals bei einem Mann gelegen hatte, konnte ich mir auch nicht vorstellen. Ich war nicht darauf vorbereitet gewesen, dass es wehtun würde – und vielleicht sollte es das ja auch gar nicht. Wehleidig war ich noch nie gewesen; einmal, mit acht Jahren, hatte ich mir den Arm gebrochen und kein bisschen geweint, nicht einmal, als der Arzt sich beim Richten des Knochens furchtbar ungeschickt angestellt hatte. Jetzt aber hatte ich Angst, dass etwas mit mir nicht stimmte.

Als er in mich eindrang, spürte ich, wie ich mich verkrampfte. Es tat weh, aber nicht ganz so sehr wie beim letzten Mal.

»Soll ich aufhören?«, flüsterte er mir ins Ohr.

Ich schlang meine Arme um ihn und biss mir auf die Lippe. »Nein.«

»Bist du sicher?«

»Ja. Mach weiter.«

Denn der Schmerz begann bereits abzuklingen und einer wohligen Hitze zu weichen, jenem Kribbeln, das ich mir hin und wieder selbst verschaffte, nur dass es jetzt viel intensiver war – und viel, viel besser.

Stein rau wie Elefantenhaut. Stein mit tiefen Fissuren. Stein in der Form halb geschmolzener Eiskugeln. Die Umgebung wirkte, als hätte jemand einen riesigen Putzlumpen über die Landschaft geworfen, schlaff, faltig und grau.

Die Sonne stand hoch am Himmel und mein Haar klebte mir unter meinem Hut am Kopf.

Mein Mund schmeckte nach ihrem Mund. Meine Haut roch nach ihrer Haut.

Suchen. Immer weitersuchen.

Unter meinen Füßen: dürre, ums Überleben kämpfende Kakteen, eine abgeworfene Schlangenhaut, totes Gras, winzige Kaninchenschädel, die in einer Million Jahre Fossilien sein würden. Und Steine, Hunderte von Steinen, ein farbenfrohes Sammelsurium der Erdzeitalter. Überall Krater – einige davon gerade so groß, dass man sich beim Hineintreten das Bein brechen würde, andere tief genug, um ein oder zwei ausgewachsene Männer zu verschlingen.

Die Wölbung ihrer Taille unter meinen Händen, das feuchte Haar in ihren Achselhöhlen.

Hier oben war die Landschaft viel trister und wüster als unten am Fluss. Thomas hatte uns den Namen der drei Hügel verraten: Die Schwestern. Sie hatten breite Rümpfe, Felsterrassen weiter oben und zerklüftete Gipfel. Es könnte Wochen dauern, all diese Oberflächen sorgfältig zu erforschen.

Fürs Erste hatte ich uns in zwei Gruppen eingeteilt. Dabei hatte ich darauf geachtet, dass Hobart, der unheimliche Kerl, in meiner Gruppe war, zusammen mit Thomas, von dem ich glaubte, dass er ein gutes Auge hatte. Rachel führte die andere Gruppe an, zu der Ethan Withrow und Browne gehörten. Wenn die Männer erst ein wenig Übung im Unterscheiden von Knochen und Stein hatten, so hoffte ich, würden wir drei Gruppen bilden können, vielleicht sogar vier.

Wenn der Sioux vor zwei oder drei Jahrzehnten über die Dark Beauty gestolpert war, musste heute weit mehr von ihr freiliegen. Ich stellte mir ihren Schädel vor, der wie die Galionsfigur eines Schiffs aus dem Fels ragte. Wie sehr wünschte ich mir, jeden Moment einen freudigen Aufschrei zu hören.

Doch alles, was wir an diesem Morgen gefunden hatten, war ein sonnengebleichter Haufen Bisonknochen.

Der Abend kam und wir waren noch immer nicht auf mehr gestoßen.

In dieser Nacht träumte ich, der *Rex* sei aus der Erde emporgestiegen. Seine verstreuten Knochen fanden wieder zueinander und fügten sich klickend zusammen. Überglücklich sah ich zu. Da war er! Ich hatte ihn gefunden! Aber er wurde mit jeder Sekunde größer und furchterregender, und ich bekam es mit der Angst. Was hatte ich getan? Er nahm Witterung auf, suchte den Boden nach seinen Zähnen ab, die wie von selbst an ihre Plätze in seinem Kiefer glitten. Doch ein Zahn fehlte. Er schnaubte. Dann richtete er sich zu voller Größe auf und blickte mich an. Er forderte seinen Zahn von mir. Die Flucht zu ergreifen, wäre sinnlos gewesen. Höher und höher ragte er über der Ebene auf und starrte wütend auf mich herunter.

24

Etwas fehlt immer

Samuel kam als Letzter zurück ins Lager, genau wie an den vergangenen vier Tagen. Er suchte, bis die Sonne hinter dem Horizont versank, und machte sich erst dann auf den Weg zurück, die Kleider schweißdurchtränkt, das Gesicht bleich vor Staub.

»Wir stehen noch ganz am Anfang«, tröstete ich ihn, als er sich erschöpft neben mich sinken ließ. Ich nahm seine Hand, und er drückte geistesabwesend die meine und rang sich ein Lächeln ab, doch sein Blick ging ins Leere.

Für mich begann jeder Tag mit einem freudigen Summen in meinem Kopf. Mit meinem Hammer in der Hand schlenderte ich vergnügt zwischen den uralten Felsen umher, und meine Augen, durch den Hut vor der Sonne geschützt, suchten unermüdlich die Umgebung ab. Mich erfüllte noch immer dieselbe Aufregung wie als kleines Mädchen damals in Connecticut. Doch ich wusste, dass es Sam anders ging, der mit jedem Tag schweigsamer wurde und verbissener arbeitete.

Er rührte sein Essen kaum mehr an. Redete nur noch davon, wie viel Gelände wir schon geschafft hatten und wie viel noch vor uns lag. Und von der Dark Beauty selbst – spekulierte darüber, wie sie zu Lebzeiten ausgesehen haben mochte, und veranschaulichte ihre Größe anhand von Steinbrocken, Hügeln und Felstürmen.

Er erinnerte mich an seinen Vater in Philadelphia. Samuel war ein ebenso gewandter Unterhalter, obwohl sein Eifer, sein Publikum zu beeindrucken, ihn bisweilen ein wenig verzweifelt wirken ließ. Er sprühte vor Ideen und versah den *Rex* mit allerlei abenteuerlichen Details, als hoffte er, Withrow und seine Männer auf diese Weise bei der Stange zu halten. Es machte mich traurig, zu sehen, wie er sich abmühte, und weckte gleichzeitig den Drang, ihn zu beschützen.

»Ich habe heute einen Reiter gesehen«, sagte Thomas.

Browne pflückte sich eine gebackene Bohne aus dem Bart. »Armee?«

»Zu weit weg. Hätte alles Mögliche sein können, Sioux, Soldat, Trapper.«

»Hat er dich gesehen?«, fragte Withrow.

Thomas zuckte mit den Schultern.

Ich wusste, woran Samuel dachte; an meinen Vater, der nach uns suchte. Ich hatte keine Ahnung, was passieren würde, wenn er uns fand.

Später in unserem Zelt versuchte ich, ihn auf andere Gedanken zu bringen, indem ich fragte: »Was meinst du, wo sollen wir leben? Im Osten oder hier draußen im Westen?«

Ich wollte ihn an unseren Traum erinnern, eines Tages als erfolgreiches Wissenschaftlerpaar gemeinsam auf Expedition zu gehen, abhängig von niemandem.

»Nirgends«, brummte er, »wenn wir den *Rex* nicht finden.«

»Wir brauchen trotzdem ein Zuhause.«

»Schwer, eins zu finden, solange wir kein Geld haben.«

»Ich habe nachgedacht«, sagte ich, »über meinen Vater. Ich kann mir nicht vorstellen, dass er mich vollkommen verstoßen wird. Und selbst wenn, habe ich noch meine Tante –«

»Ich will kein Geld von deiner Familie«, blaffte er.

»Nur für den Anfang, bevor –«

»Ich finde den *Rex*«, fuhr er auf. »Wenn diese Karte nicht erlogen ist, dann finde ich ihn.«

»Du meinst wohl, *wir* finden ihn.« Meine Worte klangen schroffer, als ich beabsichtigt hatte. Ich hatte ihn beruhigen wollen, aber es ärgerte mich, wie er auf einmal davon redete, den Rex allein finden zu wollen.

»Ja, meinte ich«, lenkte er erschöpft ein.

»Wir sind Partner. Und unsere Männer sind nicht so übel. Withrow hat kein schlechtes Gespür und Browne macht sich auch immer besser.«

»Das ist gut«, sagte er.

Und damit drehte er sich auf die Seite, weg von mir – so, wie er immer schlief –, und schwieg. Auch gestern hatte er mich nicht angerührt und es fehlte mir. Ich vermisste sein Gewicht auf mir, sehnte mich danach, von unserer gemeinsamen Wärme erfüllt zu werden.

Ich strich ihm über die drahtigen Locken an seinem Hinterkopf, dann den feinen Flaum in seinem Nacken, doch er war schon eingeschlafen. Behutsam schmiegte ich mich an ihn, aber er wachte nicht auf. Ich konnte nur hoffen, dass er wirklich schlief; denn den Gedanken, dass er im Dunkeln dalag und mich ignorierte, hätte ich nicht ertragen.

Es war, als hätte er sich plötzlich vor mir verschlossen wie eine Muschel. Ich fühlte mich einsam. Verstohlen wie eine Katze, versuchte ich, ihm etwas von seiner Wärme zu stibitzen. Hatte er mich womöglich schon über? Nachdem er mich nackt gesehen, meinen Körper kennengelernt hatte – ob er unseren Schritt bereute?

»Samuel?«, flüsterte ich.

Sie sagte meinen Namen, aber meine Gedanken waren so verworren wie trockener Beifuß. Was ich hatte: eine Karte, die vielleicht die Wahrheit zeigte, vielleicht aber auch nicht, sechzehn Dollar und neunundfünfzig Cent, die Kleider und Stiefel, die ich am Leib trug. Und eine Ehefrau.

Es war der reinste Irrsinn. Wie sollte ich ohne den *Rex* eine Ehefrau ernähren, eine Familie? Ich hatte kein Geld. Ich hatte noch nicht einmal die Schule beendet. Und ich hatte Rachel versprochen, sie auf die Universität zu schicken – wie sollte ich das bezahlen? Von unseren Vätern konnten wir keine Hilfe erwarten, im Gegenteil. Sie würden nur versuchen, uns auseinanderzubringen. Ich war voll und ganz auf mich allein gestellt. Den ganzen Tag lang starrte ich auf Felsen und versuchte fieberhaft, etwas darin zu entdecken. Jede Stunde, die verging, war eine weitere Niederlage, die sich auf unzählige andere türmte. Es gab noch so viel Gestein abzusuchen. Und woher sollte ich wissen, wie viel Zeit mir noch blieb? Bevor Cartland und seine Armee uns aufspürten, uns trennten oder unsere Ausgrabungsstätte plünderten. Ich hatte Withrow ein Versprechen gegeben, das ich möglicherweise nicht halten konnte. Ich war nichts als ein Junge, der vorgab, ein Mann zu sein.

Hoffnungslosigkeit breitete sich in mir aus, die ich am liebsten ausgeblasen hätte wie eine Kerzenflamme. Ich sehnte mich danach, dass der Schlaf mich in die Besinnungslosigkeit riss.

»Samuel«, flüsterte sie noch einmal, bevor sie schließlich von mir abrückte.

Ich wollte nicht, dass sie meine Angst sah. Meine Gedanken begannen zu verschwimmen; ich dachte daran, dass niemand je ein vollständiges Skelett gefunden hatte. Noch nie. Irgendetwas fehlte immer. Ein winziges Zehenglied, eine Rippe oder, noch häufiger sogar, der Schädel. Man konnte nie alles haben. Im Laufe der Jahrmillionen ging viel verloren, wurde zermalmt oder davongetragen. Aber ich war mir sicher, dass es keinen einzigen Paläontologen auf der Welt gab, der nicht davon träumte, eines Tages ein Skelett bis auf den letzten Knochen auszugraben. Vom Prunkstück seiner Sammlung. Jenem Fund, nach dem man ruhigen Gewissens behaupten konnte: *Es ist vollbracht.*

In der Nacht murmelte er immer wieder vor sich hin, als hätte er einen Albtraum, der einfach nicht enden wollte. Einmal trat er sogar wild um sich und riss mir die Decke weg; vorsichtig zog ich daran, aber sie war unter ihm eingeklemmt. Das ließ ich mir natürlich nicht bieten und holte mir mit einem kräftigen Ruck meinen Teil der Decke zurück. Später schnarchte er und einmal entfuhr ihm ein geradezu musikalischer Wind. Ich hatte mir nie ausgemalt, wie es sein würde, mit einem Mann das Bett zu teilen – erst recht nicht mit einem, der im Schlaf so rastlos und gierig war.

Ich schlief schlecht, döste ein, schreckte wieder hoch und tastete hastig nach Samuel neben mir. Es war so dunkel, dass ich mir ständig in Erinnerung rufen musste, wo ich überhaupt war und was in den vergangenen Tagen passiert war. Ich musste fest daran denken, dass draußen vor dem Zelt noch immer eine Welt auf mich wartete und die Sonne den nächsten Tag bringen würde.

Als ich das nächste Mal aufwachte, hatte Samuel sich bereits angezogen und das Zelt verlassen, ohne mir auch nur einen guten Morgen zu wünschen.

Ich kehrte der Felswand den Rücken zu und rieb mir den schmerzenden Nacken. Die Moskitos schienen mich ein für alle Mal aufgegeben zu haben. Meine Haut war so braun gebacken wie ein Stück Ton aus dem Brennofen.

Nichts und wieder nichts – bloß meine Gedanken, die mir unaufhörlich durch den Kopf hallten:

Die Karte war ein Schwindel, oder:

Die Karte war kein Schwindel, aber die Dark Beauty war zu lange den Elementen ausgesetzt gewesen und zerstört worden. Ausgeblichen von der Sonne, geborsten unter dem Frost, die Kalkreste vom Regen davongespült, oder:

Der Sioux hatte vor all diesen Jahren bloß einen einzelnen Zahn gefunden, genau wie Plaskett. Und das war alles. Der Rest der Dark Beauty lag vielleicht ganz woanders.

Die reinste Qual.

Zurück an die Arbeit, zurück zu den Felsen.

In diesem Moment wehte ein verzerrter Ruf zwischen den Felstürmen hindurch zu mir herüber.

»Wir haben was! Hier drüben!«

Als ich sie erreichte, starrten Rachel und Withrow auf einen Punkt in etwa zweieinhalb Metern Höhe am Felshang.

Eindeutig Knochen.

»Ich glaube, es könnte ein Teil eines Unterkiefers sein«, sagte Rachel. Ihre Augen leuchteten vor Aufregung.

Ich wünschte mir mehr als alles andere, dass es *der* Unterkiefer war – dass sich mir derselbe Anblick bot wie damals dem Sioux. Ich stellte mich auf die Zehenspitzen. Es waren mehrere große Bruchstücke von Knochen, die in einem schrägen Winkel zueinander standen, doch die Form deutete auf den vorderen Teil eines Unterkiefers hin. Zähne sah ich keine, aber der Stein daneben war von scharfen Furchen durchzogen, und ich fragte mich, ob sich darunter wohl noch mehr verbarg. Es war schwer, auf die Gesamtgröße zu schließen. Darauf, wie viel von dem Knochen zu sehen war und wie weit er in den Fels hineinreichte.

Wenn man Knochen zu einem Skelett zusammengefügt oder auf einer Illustration sah, waren die einzelnen Teile leicht zu erkennen. Im Stein jedoch waren die Knochen meist zerbrochen und lagen wirr durcheinander. Ein solches Durcheinander zu ordnen, konnte sehr lange dauern.

»Ich würde die Farbe nicht unbedingt schwarz nennen«, bemerkte Withrow.

Das gab mir ebenfalls zu denken. Versteinerte Zähne waren oft dunkler als der Rest der Knochen, aber der Legende zufolge sollte das gesamte Skelett schwarz sein. Andererseits war es eben auch nur eine Legende. Der Sioux, der den Zahn gefunden hatte, konnte nicht viel von dem Skelett zu sehen bekommen haben. Gut möglich, dass er den Zahn einfach auf dem Boden gefunden hatte, ohne auch nur hochzusehen.

Zu Withrow sagte ich: »Können wir ein paar Kisten und Holz für eine Plattform hierherschaffen? Das würde die Arbeit erleichtern.«

Nachdem wir ein einfaches Gerüst zusammengezimmert hatten, fragte Withrow: »Was sollen wir anderen jetzt machen?«

»Warten«, antwortete ich. »Ich will zuerst wissen, womit wir es hier zu tun haben.«

»Warum können wir nicht einfach anfangen, zu graben und die Knochen rausholen?«

»Weil wir sie damit wahrscheinlich zerstören würden«, erwiderte ich. »Wir müssen uns von oben nach unten vorarbeiten, Schicht für Schicht. Wir brauchen eine fachgerechte Ausgrabungsstätte.«

»Auf diese Weise«, fügte Rachel hinzu, »bekommen wir gleich einen Überblick, wie die Knochen liegen und wie sie zusammenpassen.«

»In Ordnung.« Withrow nickte widerstrebend. »Sie sind die Experten. Dann machen Sie sich an die Arbeit. Wir essen derweil zu Mittag.«

Seite an Seite, unsere Hämmer und Ahlen gezückt, standen Rachel und ich da. Als ich sie ansah, grinste sie.

»Genau so hatte ich es mir vorgestellt«, sagte sie.

Zum ersten Mal seit Tagen hatte ich das Gefühl, dass alles gut werden würde. Wir machten uns an die Arbeit. Ich hätte langsamer vorgehen sollen, vorsichtiger. Ich grub tiefer. Spaltete den Fels. Viel zu ungeduldig. Von dem Kieferknochen ausgehend, arbeiteten wir uns zu den Seiten vor und erkundeten den Stein. Als tastete man unbeholfen mit der Hand in einem dunklen Schrank. Ich wollte mir einen Eindruck von der Größe des Schädels verschaffen. Ich wollte Zähne finden.

»Ziemlich groß«, bemerkte Rachel. »Ich glaube, ich habe hier den Oberkiefer.«

Ich sah hinüber. »Kann sein. Wenn die Kiefer geschlossen sind. Aber wo sind die Zähne?«

Mit einer Bürste fegten wir Steinreste beiseite, wischten uns die tränenden Augen, machten weiter. Wir gruben ein beachtliches Loch in den Hang, ich wusste nicht, wie weit wir es noch vertiefen durften, ohne zuerst das Deckgestein darüber abzutragen. Ich wollte noch nicht aufhören. Meine Welt schrumpfte zusammen, bis sie nur noch aus Kanten und Texturen zu bestehen schien. Der Schneide des Messers. Der Spitze meiner Ahle.

Während ich dem Verlauf des Kieferknochens weiter in den Fels hineinfolgte, stieß ich auf eine gezackte Reihe dunklerer Knochen. Die Oberflächen schimmerten glatt.

»Na, wer sagt's denn, wer sagt's denn …«, murmelte ich.

»Was?«, fragte Rachel mit einem Blick zu mir.

»Zähne, ziemlich sicher …«

Ich grub um die Fossilien herum, schätzte ihre Größe ab und pulte sie vorsichtig aus dem Stein. Dann wich ich zurück. Und starrte auf die Zähne.

»Das ist er nicht«, sagte ich.

Rachel trat neben mich und wischte sich Staub und Schweiß aus dem Gesicht.

»Die Zähne passen nicht«, sagte ich.

Ich merkte, wie Withrow näher kam und zu uns auf die Plattform sprang, um besser sehen zu können.

»Was ist los?«, fragte er.

»Woher willst du das wissen?«, fragte Rachel.

»Sieh sie dir an!« Die Zähne ragten wie dürre Blätter aus dem wuchtigen Kiefer hervor. »Die sind viel zu klein.«

»Aber du hast doch noch gar nicht alle freigelegt.«

»Muss ich auch nicht. Erkennst du denn nicht den Unterschied?«

Sie sah genauer hin. »Vielleicht ist es ja noch ein Jungtier …«

»Das sind nicht mal Fleischfresserzähne! Die hier haben eine vollkommen andere Form. Du hast doch wohl schon mal die Zähne eines Pflanzenfressers gesehen, oder?«

»*Danke*, ich kenne mich aus mit Zähnen«, erwiderte sie spitz.

»Also ist es nicht die Dark Beauty?«, fragte Withrow.

Jetzt sah ich mir das vordere Ende des Kiefers genauer an, das Rachel freigelegt hatte. »Das ist ein Schnabel«, sagte ich und zeigte darauf.

Sie runzelte die Stirn, bemüht, meinen Gedanken zu folgen. »Bist du sicher?«

Es war eindeutig. »Absolut«, antwortete ich ungeduldig. »Das hier ist nicht unser *Rex*.«

Withrow leckte sich über die trockenen Lippen. »Aber Sie haben doch noch nie einen gesehen, wie können Sie sich dann so sicher sein?«

»Das hier ist eher eine Art riesige Kuh«, sagte ich. »Sehen Sie mal, wie weit hinten die Zähne anfangen. Fleischfresserzähne fangen direkt vorne an und verlaufen den gesamten Unterkiefer entlang nach hinten.«

»Meinst du nicht, wie sollten lieber noch ein bisschen weitergraben?«, fragte Rachel.

Ich merkte ihr an, dass sie nicht überzeugt war von dem, was ich sagte. Sie vertraute mir nicht. Mein Leben lang hatte ich Knochen zusammengesetzt, war sogar besser darin als mein Vater. Und sie vertraute mir nicht.

»Es ist nicht annähernd groß genug!«

»Diese Berechnungen, die dein Vater angestellt hat –«

»Hör auf, meine Meinung infrage zu stellen! Das hier ist nicht unser *Rex*!«

Wütend starrte sie mich an und ich sah einen feuchten Schimmer in ihren Augen.

»Es hat keinen Sinn, ihn auszugraben«, brummte ich. Sie hätte mir nicht widersprechen sollen.

»Tja«, erwiderte sie kühl, »am besten lassen wir Mr Withrow entscheiden, schließlich ist er unser Auftraggeber.«

Wut stieg in mir auf. Aber sie hatte recht.

»Wenn Sie ganz sicher sind«, wandte sich Withrow an mich, »suchen wir lieber woanders weiter. Unser Ziel ist die Beauty. Der hier läuft uns ja nicht weg. Aber wenn es nicht mal ein Raubtier ist, glaube ich nicht, dass Mr Barnum sich dafür interessieren wird.«

»Ein paar Stunden Tageslicht bleiben uns noch«, sagte ich mit einem Blick auf den Himmel im Westen. »Suchen wir einfach weiter.«

»Wird gemacht, Boss«, sagte Withrow. Ich glaube, er versuchte, mich aufzuheitern.

Während die anderen zurück an die Stellen gingen, an denen sie aufgehört hatten zu suchen, blieb ich noch einen Moment stehen. Ich umklammerte fest meinen Hammer. Sah zu, wie sich meine Fingerknöchel weiß verfärbten. Mein Geist war leer, aber auf eine gefährliche Art.

»Du hättest mich nicht so zurechtweisen müssen«, sagte Rachel hinter mir, und ich zuckte zusammen. Ich hatte gedacht, sie wäre auch gegangen.

»Du hast mir vor Withrow widersprochen«, entgegnete ich.

»Wir sind Partner. Das hast du selbst gesagt. Und das hier ist unsere gemeinsame Expedition.«

»Aber *ich* habe den Handel mit Withrow abgeschlossen; er muss Vertrauen in mich haben.«

»Mein Vater hat mich nie derart vor anderen bloßgestellt.«

»Dann geh doch zurück zu ihm!«, fuhr ich sie an, hob meinen Hammer und rammte das spitze Ende in die Felswand. Rachel schrie auf, flehte mich an aufzuhören, aber ich hieb immer wieder und wieder zu. Knochenstücke und Steine flogen in alle Richtungen, bis ich knapp einen halben Meter unserer Ausgrabung zerstört hatte. Dann ließ ich keuchend den Arm sinken.

Als ich mich zu Rachel umdrehte, sah ich Entsetzen in ihrem Blick. Und Furcht.

Vielleicht hätte ich versuchen sollen, ihn zu trösten, ihm den Rücken tätscheln und ihm versichern sollen, dass wir den *Rex* schon finden würden, dass alles gut werden würde. Vielleicht hätte das etwas geändert. Doch meine Wut hielt mich davon ab. Er war kein Stück besser als sein fäusteschwingender Vater, ein hochexplosives Bündel Emotionen. Und selbst nachdem seine Wut scheinbar verraucht war, hatte er weiter verbissen seinen Hammer umklammert.

Wir redeten nicht viel an diesem Abend, und als er sich auf unserem Lager von mir wegdrehte, wandte ich mich in die andere Richtung. Ich war wütend auf ihn, weil er mich wie eine begriffsstutzige Schülerin behandelte, weil er meinen Körper ignorierte. Was war aus seiner flammenden Liebe geworden, all den zärtlichen Worten?

In der Nacht spürte ich, wie meine Blutung einsetzte, und war froh, nicht schwanger zu sein.

25

Väterlicher Besuch

Als ich am nächsten Abend ins Lager zurückkehrte, wartete dort Papa auf mich. Er saß auf einer Kiste neben unserer Kochstelle, zu seinen Füßen lag seine Satteltasche. Abgesehen von seinem breitkrempigen Schlapphut sah er aus, als hätte er gerade eine Vorlesung gegeben. Im Schatten an unserem Wagen lehnte Duellant, der Pawnee. Soldaten sah ich keine. Nicht weit entfernt grasten ihre beiden Pferde.

»Wo ist Samuel?«, fragte Papa im Aufstehen mit einem kurzen Blick auf Withrow und Browne.

»Noch im Gelände. Was führt dich hierher?«

»Die Sorge um das Wohlergehen meiner Tochter.«

Ich war überrascht, was für einen Stich seine Worte mir versetzten, der vertraute Anblick seiner untersetzten Statur, seiner glänzenden, gewölbten Stirn. Mein Leben lang war er der einzige Mensch, den ich, mit nur wenigen Ausnahmen, jeden Tag zu Gesicht bekommen hatte.

»Wir wussten, dass ihr nicht den Zug genommen hattet, und Samuel hat sein Pferd in Crowe zurückgelassen. Ich hatte so eine Ahnung, dass ihr euch allein auf Expedition begeben würdet, aber dazu brauchtet ihr Hilfe.«

»Wir helfen einander«, meldete sich Withrow zu Wort. »Ihre Tochter ist eine ausgezeichnete Fossilienjägerin.«

Vater musterte Withrow mit nahezu unverhohlener Verachtung, bevor er sich wieder mir zuwandte.

»Mir geht es sehr gut«, sagte ich. »Es tut mir leid, dass du dir Sorgen gemacht hast. Ich hätte dir eine Nachricht hinterlassen, wenn es im Hotel nicht zu einer solchen Szene gekommen wäre.«

Er hob das Kinn, als sei es unter seiner Würde, auch nur daran zurückzudenken. »Sollen wir ein Stück gehen?«

»Hast du wieder ein Paar Handschellen an deinem Gürtel?«

»Haha«, lachte er und zog seine Jacke zurück. »Keine Handschellen, wie du siehst.«

Ich warf Ethan Withrow einen Blick zu und er neigte kaum merklich den Kopf. Nur zu. Papa und ich schlenderten ans andere Ende des Lagers; ich achtete sorgsam darauf, dass die Männer stets in Sichtweite blieben. Ethan ließ uns nicht aus den Augen.

»Kind«, begann Papa und hob beschwörend die Hände. Hände, die so gut mit Geologenhammern, Äxten und Spaten umzugehen wussten. Sie hatten Füllfederhalter, Journale und wissenschaftliche Vorträge gehalten. Als ich noch klein war, hatten sie mich auf den Wagen gehoben, mir geholfen, meine allerersten Buchstaben zu schreiben. »Du kannst doch nicht so weiterleben wollen. Komm mit mir zurück.«

Ich sagte nichts.

»Du musst nicht wegen eines jugendlichen Fehltritts den Rest deines Lebens wegwerfen.«

»Willst du damit sagen, dass ich meinen Ehemann verlassen soll?«

Bei dem Wort zuckte er zusammen, als hätte ihm jemand etwas Unerwartetes in den Mund gesteckt. Ich sah, wie sein Blick über unsere Zelte glitt. »Darüber, ob er dein Ehemann ist oder nicht, lässt sich streiten.«

»Wir sind verheiratet«, erwiderte ich, »in jeglicher Hinsicht.«

»Wie dem auch sei – ich möchte einfach nur, dass du mit uns zurückkommst und dort in Ruhe über alles nachdenkst. Ein wenig Zeit für dich wird dir helfen, dir über einige Dinge klar zu werden.«

Ich hätte beinahe gelacht über seinen Versuch, listig zu sein. Dennoch konnte ich nicht abstreiten, dass sein Angebot verführerisch klang. Die Vorstellung der einfachsten Dinge: eine weichere Bettrolle, ein Zelt für mich allein, meine Kleider, eine bessere Waschschüssel. Ich wünschte, Samuel wäre hier gewesen. Wo blieb er überhaupt?

Ich holte tief Luft. Was ich dann sagte, kostete mich erstaunlich viel Kraft: »Ich bleibe hier.«

»Dieser Junge kann dir kein annehmbares Leben bieten. Dafür war ihm sein Vater ein zu schlechtes Beispiel. Ein rechter Schwerenöter.«

»Das sagst du.«

»Seine Frauengeschichten sind weithin bekannt. Und er zieht seinen Glauben ins Lächerliche.«

Ich dachte an die Frau im Zug. »Samuel ist aber nicht sein Vater.«

Er schnaubte. »Du wirst es bitter bereuen, wenn du bei

ihm bleibst. Und mit ziemlicher Sicherheit wirst du sehr arm leben.«

»Ist das eine Drohung?«

»Er verfügt über keinerlei Mittel«, wich Papa meiner Frage aus.

»Wir arbeiten jetzt für Mr Barnum. Wenn wir etwas finden, werden wir bezahlt.«

»Was zweifellos Samuels Idee war. Sein Urteilsvermögen lässt genauso zu wünschen übrig wie das seines Vaters. Ich würde keine allzu großen Hoffnungen in eine Truppe wie diese setzen.« Er deutete mit dem Kinn in Richtung der anderen Männer. »Die sehen allesamt so brauchbar aus wie Totengräber.«

»Wir werden etwas finden.« Wo war Samuel? Warum war er nicht hier, um mir den Rücken zu stärken?

»Seine Liebe wird nicht von Dauer sein.«

»Wie kannst du so was behaupten?«, fauchte ich, bevor mir klar wurde, dass ich die Frage tatsächlich ernst meinte.

»Er ist bloß ein Junge. Der leichtfertige Sohn eines ebenso leichtfertigen, fehlgeleiteten Vaters, der sich schon bald selbst zugrunde richten wird. Alles, worum ich dich bitte, ist, mit mir zurückzukommen, über alles nachzudenken und am Ende mit klarem Kopf eine Entscheidung zu treffen.«

»Mein Kopf ist absolut klar.«

»Ich kann für dich sorgen.«

Meine Stimme war heiser vor Wut. »Indem du mich weiterhin als dein treues Helferlein benutzt?«

»Indem ich dich zur Universität gehen und selbst Paläontologin werden lasse.«

Einen Moment lang drohte ich, schwach zu werden, dann aber schnaubte ich bloß. »Bei unserem letzten Gespräch hast du noch behauptet, ich sei für die Universität nicht geeignet.«

»Ja, das habe ich, und das war nicht richtig. Ich war wütend und besorgt um dich. Aber ich habe seitdem viel darüber nachgedacht. Und ich glaube, es wäre ein großer Verlust für die Welt der Wissenschaft, wenn du keine angemessene Ausbildung erhieltest.«

Ich starrte ihn an, als wäre er ein absonderliches Reptil. »Ich will nur sichergehen, dass ich dich richtig verstehe: Du bietest mir an, mich zur Universität zu schicken, wenn ich ...«

»Genau, wenn du dich dafür entscheidest, diesen Irrsinn mit Samuel Bolt hinter dir zu lassen. In dem Fall könntest du völlig frei deiner wahren Leidenschaft nachgehen. Ich kenne dich besser, als du denkst. Im Moment vernebelt dir die Liebe den Verstand, das weiß ich, jaja, sogar ich weiß das. Aber sie wird nicht halten, und deine Lebenssituation wird eine schreckliche Bürde sein. Armut. Ein nichtsnutziger, unsteter Ehemann. Es mag sein, dass er dir Bildung und Chancen versprochen hat. Aber diese Dinge kann ich dir sehr viel verlässlicher bieten.«

Ich brachte kein Wort heraus und wusste, dass ich kurz davor war, in Tränen auszubrechen.

»Na, na, meine Liebe. Kein Grund, zu weinen. Wir können das alles wieder in Ordnung bringen.«

»Ich weine«, sagte ich, »weil du mir all diese Dinge unter normalen Umständen niemals angeboten hättest. Und nicht einmal jetzt weiß ich, ob ich dir glauben kann. Noch dazu ist es unfair, mir derartige Versprechungen zu machen, nachdem ich gerade eine sehr schwere Entscheidung getroffen habe.«

»Sieh mal, ich habe etwas mitgebracht, was ich dir zeigen wollte.«

Er ergriff mich beim Ellenbogen und führte mich zurück ins Lager. Withrow warf mir einen fragenden Blick zu. Ich lächelte schwach. Vater bückte sich nach seiner Satteltasche.

»Wir haben in der Nähe unseres neuen Lagers einen sehr vielversprechenden Fund gemacht.«

»Ihr seid weitergezogen?«

Er öffnete die Schnallen. »Ein Stück weiter flussabwärts. Wir brauchten neues Gras für die Pferde. Darum habe ich beschlossen, diesen Sioux-Jungen beim Wort zu nehmen. Seine Wegbeschreibung, erinnerst du dich? Wir haben die Hoodoos ausfindig gemacht, die er beschrieben hat, und angefangen, zu graben. Und jetzt sieh dir das an.«

Mit beiden Händen zog er einen einzelnen Knochen hervor; es war ein riesiger Rückenwirbel. Was mir jedoch als Erstes auffiel, war die Farbe – dasselbe silbrige Schwarz wie der Zahn der Dark Beauty.

»Wer hat den gefunden?«, verlangte ich zu wissen.

Ich war gerade ins Lager zurückgekehrt, wo ich Withrow und Browne vorfand, die die Köpfe mit Rachel und Professor Cartland zusammensteckten. Allein ihn zu sehen, erfüllte mich mit Zorn – der nur noch mehr wuchs, als ich sah, was er in den Händen hielt.

Withrow antwortete: »Der Professor hat uns gerade einen Knochen gezeigt, den sie ausgegraben haben.«

»Manganoxid aus dem Gestein, kein Zweifel«, sagte Cartland zu Rachel, als wäre ich gar nicht da. »Erinnert mich, jaja, an deinen Zahn. Scheint, als hätte dieser Junge uns tatsächlich die Wahrheit gesagt.«

Ich trat näher, wie magisch angezogen von dem schwarzen Knochen. Mit einem Mal fühlte ich mich hohl wie ein ausgestopftes Tier. Mein Mund war trocken. Der Form nach zu urteilen, handelte es sich um den Schwanzwirbel einer kolossalen Kreatur. Wie gern hätte ich ihn berührt. Ob er unserem *Rex* gehörte?

»Wie viel habt ihr schon ausgegraben?«, hörte ich Rachel fragen. Sie klang wie in Trance.

»Diesen hier haben wir erst gestern gefunden und konzentrieren uns seit heute voll und ganz auf die Ausgrabung«, erwiderte Cartland. »Wir könnten deine Hilfe gut gebrauchen, mein Kind.«

Ich warf ihm einen finsteren Blick zu, dann Rachel, und wartete einen Moment, dann noch einen, auf ihre Antwort. Als sie nicht reagierte, sagte ich: »Rachel geht nirgendwohin.«

Meine Worte klangen tyrannisch, und als Rachel zu mir hochsah, war ich nicht sicher, ob ich Erleichterung oder Verachtung in ihrem Blick las. In diesem Moment ging mir auf, dass ich noch nie gut in ihren Augen hatte lesen können.

»Oder haben Sie etwa vor, sie zu entführen?«, fragte ich Cartland.

»Wenn einer von uns ein Entführer ist, dann bin es nicht ich«, entgegnete der Professor.

»Wir sind zusammen durchgebrannt«, stellte Rachel richtig. »Ich bin nicht entführt worden.« Sie sah mich an. »Aber ich glaube nicht, dass Papa Derartiges im Sinn hat.«

»Dieser Fund gibt mir große Hoffnung«, sagte Cartland ruhig, während er den Knochen wieder in seiner Satteltasche verstaute. »Auch wenn es ein Jammer ist, dass wir den Zahn verloren haben. Ich nehme an, der Junge hat ihn mitgenommen, als er sich davongemacht hat. Erstaunlich, dass er auf den Gedanken gekommen ist, in meinem Zelt danach zu suchen!«

Cartlands Blick lag auf mir, als er das sagte. Ich hielt mein Gesicht so unbewegt, als wäre es ein Fossil und ich spähte durch die Augenhöhlen zu ihm hervor.

»Er muss ein geübter Dieb gewesen sein«, sagte Rachel.

»Die Sioux-Köpfe sind auch verschwunden. Der Lieutenant meint, der Junge habe vielleicht einen Komplizen gehabt. Einem Gefangenen der Armee zur Flucht zu verhelfen, ist ein schweres Vergehen.«

»Warum hätte jemand das tun sollen?«, gab ich zu bedenken.

»Vielleicht in der Hoffnung auf eine Gegenleistung«, erwiderte Cartland.

Ich war gut im Starren. Das hatte ich beim Kartenspielen mit meinem Vater gelernt. Wenn Cartland etwas wusste, hatte er zumindest keinerlei Beweise, sonst hätte der Lieutenant mich umgehend verhaftet. Cartland sah als Erster weg.

»Gut, mein Kind, ich muss zurück. Soll ich warten, während du deine Sachen packst?«

Er lächelte seine Tochter an, und mir fiel auf, dass ich noch nie zuvor ein Lächeln in seinem Gesicht gesehen hatte. Doch es verschwand sofort wieder, als Rachel langsam den Kopf schüttelte.

»Verstehe. Dann wünsche ich dir viel Glück, jaja, aber dir muss klar sein, dass du davon nicht viel haben wirst, solange du hier bei dem jungen Bolt bleibst. Ausgeschlossen.«

Ihre Augen wurden feucht. »Ich bleibe hier.«

»Nun, falls du deine Meinung änderst, weißt du, wo du mich findest«, entgegnete er steif.

Als ihr Vater zu seinem Pferd ging, trat ich neben Rachel und legte ihr die Hand auf die Schulter, doch sie wirkte verkrampft und schien meilenweit von mir entfernt zu sein. Sie blickte Cartland und dem Pawnee nach.

Withrow fragte: »Was war das für ein Knochen, den er uns gezeigt hat?«

»Ein Rückenwirbel. Vermutlich vom unteren Teil der Wirbelsäule, dem Schwanz. Könnte von allen möglichen Arten von Dinosauriern stammen.«

»Der Dark Beauty?«

Ich zuckte mit den Schultern. »Könnte sein. Ich habe ihn nicht nachgemessen.«

»Sah mir ziemlich groß aus.«

»Ja, groß war er.«

»Und die Farbe«, merkte er an.

»Die Farbe stimmte«, räumte Rachel ein.

»Das heißt noch lange nicht, dass er die Dark Beauty hat«, erwiderte ich.

»Na, *wir* haben sie jedenfalls nicht«, bemerkte Withrow.

»Noch nicht«, sagte ich.

»Sie haben uns ja gar nicht erzählt, dass dieser Sioux zwei

Karten ausgespuckt hat.« Seine Stimme klang ruhig, aber der Vorwurf darin war unüberhörbar.

»Weil die erste eine Lüge war«, antwortete ich. »Warum hätte er jemandem, der ihn gefesselt und geschlagen hat, die Wahrheit sagen sollen?«

»Um losgebunden zu werden, vielleicht«, meldete sich Hobart zu Wort, der aussah, als sei er selbst schon das eine oder andere Mal in seinem Leben gefesselt gewesen.

»Aber *ich* habe ihn losgebunden«, beharrte ich. »Und ihm seine Sachen zurückgegeben. Warum hätte er mich anlügen sollen?«

Withrow starrte in seine Blechtasse. »Ich will ehrlich sein: Ich mache mir allmählich Sorgen, dass dieser Sioux-Junge nichts als ein paar sinnlose Schnörkel in den Sand gemalt hat.«

Allmählich, dachte ich. Diese Sorgen machte ich mir schon seit Tagen. Jedes Mal, wenn ich kurz mit der Arbeit innehielt und einen Blick über die spröde Landschaft warf. Der Gesang der Zikaden erfüllte mich mit Sorge. Ich sorgte mich im Takt meines eigenen Herzschlags. Wieder war ich ein kleiner Junge im Haus meines Vaters, vor mir ein Haufen Knochen, während alle Augen auf mich gerichtet waren und langsam die Zeit davontickte, und wieder vermochte ich das Rätsel nicht zu lösen.

Ich sagte: »Es ist noch viel Gelände übrig, das wir noch nicht abgesucht haben.«

Von den drei Hügeln hatten wir inzwischen zwei gründlich abgesucht und mit dem dritten gerade erst angefangen.

»Vielleicht haben wir noch Arbeit für zwei oder drei Tage«, sagte Withrow.

Ich nickte.

»Und wenn wir bis dahin nichts finden?«, fragte er.

»Dann könnte ich das Gebiet selbst noch einmal prüfen – gut möglich, dass sie etwas übersehen haben.«

Hobart fletschte die Zähne in meine Richtung.

Withrow sagte: »Und danach sitzen wir in der Tinte?«

Als er mich in dieser Nacht unter der Decke berührte, sagte ich: »Ich habe meine Blutungen.«

»Oh.« Er zog die Hand weg. »Ist das schlimm? Wir sind doch beide nicht zimperlich.«

»Ich möchte lieber nicht.«

Er drehte sich von mir weg, und ich dachte, was für ein Mistkerl er doch war, dass er mich nicht einmal in den Arm nahm. Er hätte mich trotzdem küssen können, mich an sich ziehen. Ich dachte, er wäre längst eingeschlafen, als er plötzlich fragte: »Hast du überlegt, mit ihm zu gehen?«

»Nein«, log ich.

»Ich hatte ein anderes Gefühl.«

»Natürlich habe ich überlegt«, gab ich zu.

»Das habe ich gemerkt.«

»Er mag kein guter Vater sein, aber er ist nun mal der einzige, den ich habe. Mein Leben lang war er der einzige Mensch, der je für mich gesorgt hat!«

Er drehte sich zu mir um: »Ich kann auch für dich sorgen!«

»Ich bin doch geblieben, oder etwa nicht?«

»Soll ich dir etwa dafür danken? Ich bin immerhin dein Ehemann.«

»Und ich bin deinetwegen geblieben.«

»Ich kann nicht glauben, dass du auch nur darüber nachgedacht hast.«

»Vielleicht fällt es dir leicht, dich von deinem Vater loszusagen, aber für mich ist es schmerzhaft. Ist das so schwer nachzuvollziehen?«

»Er hätte unser Baby in ein Waisenhaus gegeben!«

Mit einem Mal kamen mir die Tränen. Mein Gesicht verzog sich. Er küsste meine Lider und legte mir die Hand auf die Wange.

»Schon gut«, flüsterte er, und seine Stimme klang endlich sanft. »Er kommt nicht zurück. Ich werde für dich sorgen. Und unser Kind wird nicht im Waisenhaus enden.«

Bevor ich mich eines Besseren besinnen konnte, sagte ich: »Ich will kein Kind.«

Seine Hand auf meiner Wange fühlte sich plötzlich anders an. Reglos, still, wie etwas Sterbendes.

»Was soll das heißen?«, fragte er. »Warum nicht?«

»Ich ... bin nicht bereit dafür. Sobald ich schwanger bin, werde ich aufhören müssen, zu arbeiten. Das will ich nicht.«

»Doch nur für eine Weile ...«

»Wir wollten Partner sein. Aber wenn wir ein Kind haben, muss ich mich darum kümmern. Dann bin ich wieder bloß eine Frau, die in irgendeinem Haus hockt. Ich will nicht direkt vom Haus meines Vaters in deinem landen. Das wollte ich nie.«

»In Ordnung«, sagte er schließlich. »Du willst also noch kein Baby.«

»Ich kann jedes Mal schwanger werden, wenn wir miteinander schlafen.«

»Ich werde aufpassen und … wenn wir das nächste Mal in einer Stadt sind, kaufe ich mir so einen Pariser.«

»Das wäre gut«, sagte ich und danach nichts mehr.

Doch meine Gedanken brodelten unter all dem, was ich nicht gesagt hatte. Ich dachte an ein Leben in Armut; daran, wie wir uns die ganze Zeit stritten; daran, wie ich in einem Haus gefangen sein würde, während mein Mann all die Dinge tat, die ich liebte. Ich dachte an Professor Bolt, der auf der Zugfahrt getrunken und sich mit einer Dirne vergnügt hatte; ich dachte an Samuels weiße Fingerknöchel am Griff seines Hammers.

Ich dachte daran, dass ich mir nicht sicher war, ob ich ein Baby mit Samuel wollte – jetzt oder irgendwann in der Zukunft.

In dieser Nacht träumte ich wieder von der Dark Beauty. Ich träumte von ihren silberschwarzen Knochen, die wie Juwelen in einem samtenen Kästchen ausgelegt waren. Jeder Knochen war vom Stein befreit, jede Oberfläche auf Hochglanz poliert, jedes Stück so eindeutig erkennbar, dass nicht einmal Schilder nötig waren. Ich würde sie problemlos zusammensetzen können. Es gäbe keine irreführenden Teile.

Und es würde kein einziges fehlen.

26

Die Sioux

Ich erwachte schreiend, spürte, wie ich rückwärtsgerissen wurde und mein Kopf heftig auf den Boden schlug. Ein Stück Leintuch klatschte mir ins Gesicht, als ich versuchte, den Kopf zu wenden, um zu erkennen, wer mich da aus dem Zelt schleifte. Vor dem farblosen Himmel sah ich einen Indianer. Er hielt mich bei den Knöcheln gepackt. In seinem geflochtenen Haar trug er schwarz-weiße Federn.

Ein zweiter Sioux zerrte Samuel hinter sich her, der fluchend um sich trat, die Augen weit aufgerissen vor Verwirrung und Wut – und Angst. Als er mich sah, versuchte er, zu mir zu kriechen, doch der Indianer hielt ihn auf und schleuderte ihn mit solcher Wucht zurück zu Boden, dass er mit dem Kopf auf die Erde prallte. Er blieb reglos liegen.

Ich schrie seinen Namen, und endlich, nach ein paar Sekunden, rührte er sich und blinzelte. Sein Blick huschte kurz zu mir und richtete sich dann auf die zwei Indianer, die über uns standen. Der mit den meisten Federn hielt einen über ein Meter langen Knüppel in den Händen. Am einen Ende davon befand sich eine Quaste aus Pferdehaar, am anderen ein länglicher Stein von der Größe eines Straußeneis.

Es waren noch mehr Indianer im Lager. Auch Withrow, Browne und Thomas wurden nun schreiend aus ihren Zelten geschleift. Hobart lag bereits zusammengesackt neben den glimmenden Resten des Feuers. Sein Haar war blutverschmiert. Sie mussten sich angeschlichen und ihn niedergeschlagen haben. Ein Indianer trat mit einem Armvoll Waffen aus einem unbewohnten Zelt. Ein anderer sprang in unseren Wagen, aus dem nun Gegenstände nach draußen in den Staub flogen. Alle Angreifer trugen Messer in perlenverzierten Scheiden an ihren Lendenschurzen. Ihre Oberkörper waren nackt, genau wie ihre Füße. Manche von ihnen trugen Beinlinge aus Büffelleder.

»Thomas!«, schrie Withrow vom Boden aus. »Rede mit ihnen! Sag ihnen, dass wir nicht von der Armee sind!«

Thomas stand langsam auf, die Hände erhoben, und begann zu sprechen. Die Sioux drehten sich erstaunt um. Sie starrten ihn an und hörten eine Weile zu, dann aber schien das, was Thomas sagte, sie wütend zu machen. Sie schrien ihn an. Er versuchte, weiterzureden, aber sie brüllten nur noch lauter. Ich verstand nicht, was sie wollten. Glaubten sie ihm nicht? Dass wir bloß Fossiliensammler waren, dass wir nichts mit der Armee zu tun hatten? Vielleicht interessierte sie auch bloß, dass wir *Wasicu* waren – und einer der ihren ein Verräter, der uns half. Mein Blick huschte immer wieder zurück zu dem Knüppel des einen Indianers, während ich mir vorstellte, wie er in weitem Bogen damit ausholte, wie der Stein auf Schädelknochen prallte.

Zwei der Männer traten nun mit geschwellter Brust und kampflustigen Mienen auf Thomas zu. Sie zupften verächtlich an seinem Baumwollhemd. Rissen an seinem kurzen Haar, schlugen ihn ins Gesicht und stießen ihn zu Boden. Einer zückte sein Messer, stellte einen Fuß auf Thomas' Brust und bückte sich.

Thomas hieb mit den Fäusten um sich. Der andere Indianer versetzte ihm einen harten Schlag, kniete sich auf seine Arme und griff nach seinem Haar.

»Halt!«, schrie ich. Alles brüllte jetzt durcheinander, die Luft vom Gewirr zweier Sprachen erfüllt.

»Bitte nicht! Warten Sie!«

Samuel wollte aufspringen, doch der Indianer mit dem Knüppel warf ihm einen warnenden Blick zu. Seine Faust schloss sich fester um die steinbewehrte Keule und hob sie an.

Da hörte ich einen weiteren Ruf, der alle anderen übertönte. Der Indianer mit dem Messer an Thomas' Kopf hielt inne und ließ von ihm ab. Alle drehten sich zu dem jungen Sioux um, der gerade das Lager betrat. Es war derselbe Junge, den die Männer meines Vaters geschlagen und gefesselt hatten, der, den Samuel freigelassen hatte.

Der Blick des Jungen blieb kurz an mir hängen, bevor er auf Samuel verharrte. Dann wandte er sich an den Mann mit dem Knüppel. Während des Redens deutete er auf Samuel. Der ältere Mann antwortete barsch. Ihre Worte klangen in meinen Ohren nach einem Streit, und ich staunte, welch herrischen Tonfall der Junge dem erwachsenen Mann gegenüber anschlug.

Im nächsten Moment sah ich aus dem Augenwinkel, wie Hobart sich am Lagerfeuer bewegte. Sein Gesicht konnte ich nicht sehen, dafür aber seine Hand, die nach etwas zu greifen schien, was unter seiner Kleidung verborgen war. Ich erhaschte einen Blick auf den glänzenden Lauf eines Revolvers. Wenn Hobart jetzt das Feuer eröffnete, waren wir alle geliefert. Es gelang mir nicht, seinen Blick aufzufangen.

Der Junge und der ältere Mann redeten noch immer, und je länger sich das Gespräch hinzog, desto besorgter wurde ich. Plötzlich sah der Junge Sam an und schrie etwas auf Sioux.

»Was hat er gesagt?« Verzweifelt sah Sam Thomas an.

»Er hat gesagt: ›Geht nach Hause.‹ Er hat gesagt, es kommen noch viel mehr, und die werden Sie nicht kennen. Sie werden nicht wissen, dass Sie ihn freigelassen haben.«

Ich sah Hobart an; er hatte noch immer die Hand auf seiner Waffe, verborgen unter den Falten seiner Jacke.

»Dann gehen wir!«, rief ich. »Sagen Sie ihm das, Thomas.«

Warum sah Hobart, dieser Dummkopf, nicht in meine Richtung? Ich musste ihm mit einem Kopfschütteln bedeuten, dass er nicht schießen durfte.

Aufgebracht erwiderte der Junge etwas und Thomas übersetzte.

»Er sagt, wir befinden uns auf Indianergebiet. Es wird einen Krieg geben. Und wir werden sterben, wenn wir hierbleiben.«

»Danke«, sagte Samuel. »Sagen Sie ihm, dass wir ihm danken, Thomas.«

Erleichtert sah ich, dass Hobart seine Waffe wieder unter seinen Kleidern verschwinden ließ.

Die Indianer verließen das Lager. Ich wusste, es war Wahnsinn, aber ich konnte nicht anders. Der Junge hatte soeben unser aller Leben verschont, und ich wollte ihn nicht verärgern, aber er stand nun mal vor uns, hier an dem Ort, den er Samuel beschrieben hatte.

»Thomas, fragen Sie ihn, wo genau sein Vater den Zahn gefunden hat.«

Samuel sah mich überrascht an, dann Withrow, der Thomas knapp zunickte und sagte: »Nur zu. Na los, fragen Sie ihn!«

Der Junge hatte sich bereits zum Gehen gewandt, als Thomas das Wort ergriff.

Jetzt blieb er stehen; genau wie der Mann mit dem Knüppel. Die beiden wechselten einen Blick und drehten sich zu uns um. Es war unmöglich, in ihren Gesichtern zu lesen, aber mich beschlich eine Ahnung, dass ich einen fürchterlichen Fehler gemacht hatte.

Der Junge wandte sich direkt an Samuel.

»Er sagt, er weiß nicht, warum Sie danach suchen«, übersetzte Thomas. »Ohne eine Vision sind diese Knochen nichts wert.«

Samuel nickte. »Ja. Aber weiß er, wo?«

In mir regte sich die wilde Hoffnung, dass er einfach bloß in die entsprechende Richtung zeigen und »Da drüben« sagen würde.

Der Indianerjunge schnaubte. Antwortete, er wisse es nicht. Nicht einmal sein Vater habe genau gewusst, wo sein Kampf stattgefunden hatte. Außerdem sei es dunkel gewesen, aber das Erste, was er gesehen habe, als er sich unter freiem Himmel wiedergefunden hatte, seien die Drei Schwestern gewesen.

Dann drehte er sich um und ging den anderen hinterher. Sie

hatten alle unsere Waffen mitgenommen, aber wenigstens die Pferde hatten sie uns gelassen.

Samuel stürzte zu mir und nahm mich fest in den Arm. Eine Weile starrten wir alle ungläubig zu Boden, als hätten wir soeben einen Wirbelsturm überlebt.

Ich hob die Hand an Sams Schläfe und er zuckte zusammen. Es blutete ein wenig. »Eine neue Beule für deine Sammlung«, stellte ich fest.

»Wenigstens hab ich noch meinen Revolver«, verkündete Hobart mit einem zufriedenen Blick auf seine Waffe. Ich dagegen war alles andere als zufrieden bei der Vorstellung, dass ausgerecht der am unzurechnungsfähigsten wirkende von Withrows Männern nun im Besitz unserer einzigen Waffe war.

Ich schlang mir eine Decke über mein Nachthemd und stand mit zitternden Knien auf. Dann stieg ich den Hang des nächsten Hügels hoch.

»Wo willst du hin?«, fragte Samuel.

»Ich will sie sehen.«

Er folgte mir. Vom ersten Vorsprung aus konnten wir die Indianer sehen, die nun ihre Pferde bestiegen hatten und in einer Reihe hintereinander herritten. Sie mussten die Tiere dort angebunden haben, um sich besser anschleichen und uns überraschen zu können. Weiter in der Ferne, hinter einer flachen Hügelkette, erhaschte ich einen Blick auf einen langen Konvoi von Sioux. Einige Pferde zogen Holzschlitten mit verschnürten Habseligkeiten hinter sich her. Zwischen den Ponys tollten Hunde umher. Die Kolonne bewegte sich Richtung Norden.

»Sie reiten in den Tod.«

Als ich mich umdrehte, stand Thomas hinter mir, der ebenfalls auf die Indianer hinuntersah.

»Es sind einfach zu viele«, sagte er. Ich wusste, dass er mit »zu viele« die Wasicu meinte.

»Sie sollten wissen, wann sie sich geschlagen geben müssen«, merkte Hobart an, der gerade ebenfalls zu uns hochkletterte. Es schien, als wären wir nun alle auf dem Hügel versammelt.

»Wir würden auch kämpfen«, entgegnete Samuel, »wenn es umgekehrt wäre. Oder etwa nicht? Wenn wir eines Tages aufwachen würden und plötzlich wäre alles voller Menschen, die wir nicht kennen, die anders aussehen, sich anders kleiden, die durch die Straßen schlendern und sich auf Land ausbreiten, das ihnen nicht gehört. Vielleicht würden sie behaupten, dass sie nur unsere Häuser wollten, und uns sogar Geld für sie geben, aber es wäre alles andere als ein fairer Handel. Und dann würden sie sich immer mehr nehmen. Da würden wir wahrscheinlich auch versuchen, sie zu töten, bevor noch mehr kämen. In der Hoffnung, dass sie, wenn wir nur genug von ihnen töten, ihre Meinung ändern und uns in Frieden lassen.«

Unsere Blicke kreuzten sich, und ich schenkte ihm ein kleines, liebevolles Lächeln. Ich konnte mir nicht vorstellen, dass es auch nur einen anderen Mann unter tausend gab, der etwas Derartiges sagen würde, schon gar nicht nach dem, was uns gerade passiert war.

»Natürlich würden wir kämpfen«, sagte Browne. »Und vielleicht wird es auch eines Tages dazu kommen. Aber im Moment, würde ich sagen, gibt es genug Land für alle, und wir wüssten wenigstens was damit anzufangen. Wir könnten

Eisenbahnstrecken bauen, Farmen und Städte. Die Indianer können sich ja anpassen. Genau wie Thomas hier.«

Thomas sagte nichts dazu. Ich hatte nicht das Gefühl, dass ihm der Sinn nach reden stand. Er starrte schweigend den Hang hinunter. Nach einer Weile machten wir uns alle zurück auf den Weg ins Lager, zogen uns an und begannen aufzuräumen. Die Sioux hatten ein wenig von unseren Vorräten mitgenommen, aber nicht viel.

»Also, wie lange bleiben wir noch hier?«, wollte Browne wissen, während er unser Frühstück bereitete.

Hobart schnitt eine Grimasse. »Wir packen jetzt unsere Sachen, oder etwa nicht?«

»Ich denke, wir sollten erst unsere Arbeit beenden«, sagte Samuel.

»Unsere Arbeit beenden?«, echote Hobart. »Sind Sie verrückt geworden? Der einzige Grund, warum wir noch am Leben sind, ist, dass Sie diesen Jungen kannten. Aber der wird nächstes Mal vielleicht nicht in der Nähe sein.«

»Wir sind am richtigen Ort«, beharrte Samuel, jetzt an Withrow gewandt. »Ich dachte, Cartland hätte den Fund vielleicht eingeheimst, mit seinen schwarzen Knochen. Aber er muss irgendwo hier sein. Das hat der Junge gesagt.«

Withrow schüttelte den Kopf. »Das habe ich anders verstanden. Er hat gesagt, selbst sein Vater kannte den genauen Ort nicht. Er war auf Visionssuche – hat vermutlich halluziniert unter dem Einfluss von irgendwas, das er geraucht hatte. Er hat lediglich gesagt, die Hügel seien das Erste gewesen, woran sein Vater sich erinnert habe. Möglich, dass er vorher die halbe Nacht durch die Gegend geirrt ist.«

Das war ein guter Einwand, wenn auch keiner, der mir sonderlich gefiel. Wenn wir jetzt mit leeren Händen aufbrachen, wie groß war dann die Wahrscheinlichkeit, dass wir noch einmal eine solche Gelegenheit bekamen? Ich wusste, wie sehr Sam darauf gesetzt hatte, dass wir dieses Skelett fanden und den Finderlohn einstreichen würden, mit dem wir uns ein gemeinsames Leben aufbauen konnten.

Ich wartete darauf, dass er mich nach meiner Meinung fragte, als er es nicht tat, sagte ich:

»Ich denke, wir sollten die Suche abbrechen. Es ist zu gefährlich. Wir können nächstes Jahr wiederkommen.«

»Haben Sie vielen Dank, kleine Lady«, sagte Hobart. »Endlich eine Stimme der Vernunft.«

Ich konnte es nicht ausstehen, wie er mich behandelte, noch weniger allerdings gefiel mir, dass Samuel mich nicht einmal ansah. Hatte er überhaupt gehört, was ich gesagt hatte? Er sah noch immer Withrow an und sagte nun: »Noch drei Tage. Nur um das Gebiet um den letzten Hügel zu erforschen.«

»Wir haben nur einen einzigen Revolver übrig!«, rief Browne.

Withrow sah von seinen Männern zu Samuel. Ich konnte nicht sagen, ob er genauso versessen auf den Fund war wie Samuel oder bloß Mitleid mit ihm hatte, aber er nickte: »Drei Tage.«

Als Browne und Hobart protestieren wollten, hob er die Hand. »Länger nicht. Ich habe nicht vor, der letzte weiße Mann hier draußen zu sein, wenn es wirklich ungemütlich wird. Und ich hoffe, dass Ihre beiden Väter genauso vernünftig sind.«

»Ihrem wird nichts passieren«, sagte Thomas zu mir. »Er hat eine Menge Soldaten bei sich. Einen solchen Kampf werden die Sioux nicht riskieren.«

»Aber was ist mit meinem?«, murmelte Sam, und es war offensichtlich, dass ihm der Gedanke gerade erst gekommen war. »Er hat nur Ned und Hitch.«

»Lieutenant Frye wird ihn sicher warnen, denkst du nicht?«, erwiderte ich.

»Nur wenn er weiß, was vor sich geht, und das ist nicht gesagt. Außerdem ist dein Vater mit seinen Leuten weitergezogen. Sie können meinen nicht mehr beschützen. Ich sollte zurückreiten. Nur um zu sehen, wie die Lage ist. Bis zum späten Nachmittag bin ich wieder hier.«

Withrow seufzte. »In Ordnung. Thomas kann Sie begleiten.«

»Ich kenne den Weg«, entgegnete Samuel.

»Thomas reitet mit Ihnen«, beharrte Withrow. »Wir brauchen Sie lebendig zurück, wenn wir dieses Skelett finden wollen.«

Samuel machte sich daran, sich auf den Aufbruch vorzubereiten, und ich folgte ihm in unser Zelt.

»Du hast mich kein einziges Mal nach meiner Meinung gefragt«, sagte ich, nachdem ich die Zeltklappe hinter uns geschlossen hatte.

»Darüber, ob wir aufgeben sollen? Ich dachte, die würde ich kennen. Aber offenbar habe ich mich geirrt. Ich dachte, du willst den *Rex* genauso dringend finden wie ich.«

»Das will ich auch, aber –«

»Wenn wir ihn jetzt nicht finden, sind wir erledigt. Dann

heuert Withrow uns ganz sicher kein zweites Mal an. Vielleicht findet dein Vater ihn dann zuerst oder ein Krieg bricht aus und wir kommen nie wieder hierher zurück. Wir brauchen ihn jetzt!«

»Wir wären heute beinahe getötet worden. Und jetzt willst du mich einfach allein lassen?«

»Wie soll ich meinen Vater denn sonst warnen? Dir wird nichts passieren. Ich vertraue Withrow. Bei ihm bist du sicher.«

»Wir befinden uns auf indianischem Gebiet! Selbst mit dir bin ich hier nicht sicher!«

»Dann geh doch zurück zu deinem Vater!«, blaffte er. »Ist es das, was du willst?«

Ich starrte ihn an, schockiert über diesen Ausbruch.

»Ist es das, was *du* willst?«, gab ich zurück. »Denn im Moment kommt es mir nicht so vor, als wolltest du mich bei dir haben. Partner sind wir jedenfalls keine. Du kritisierst mich und lässt mich außen vor. Nicht mal im Bett scheinst du mich noch zu wollen.«

»Du bist doch diejenige, die keine Kinder will!«

»Und dafür habe ich meine Gründe! Ich habe dich nicht geheiratet, um deine Dienerin zu werden. Sondern damit ich zur Universität und später mit dir auf Expedition gehen kann!«

»Ist das der einzige Grund?«

Bevor ich mich bremsen konnte, antwortete ich: »Es hat eine ziemlich wichtige Rolle bei meiner Entscheidung gespielt!«

Er nickte. Seine Lippen waren aufeinandergepresst, und ich

sah, wie seine Kiefer sich bewegten, als versuchte er, Worte zu formen – oder sie zurückzuhalten.

»Dann nehme ich an«, entgegnete er, und jedes seiner Worte klang kalt und scharf, »dass dir die Entscheidung leichtfallen wird. Schließlich hat dein Vater dir jetzt versprochen, dich zur Universität zu schicken. Er hat einen großartigen Fund gemacht. Und wie es scheint, kann er wesentlich besser für dich sorgen als ich.«

»Vielleicht haben wir beide einen Fehler gemacht«, sagte ich.

Er antwortete nicht.

»Wir haben uns hinreißen lassen.«

Er sagte noch immer nichts. Ich hatte das Gefühl, als schwebte ich irgendwo außerhalb meines Körpers, als würde ich Zeugin eines schrecklichen Unfalls.

»Es war unvernünftig«, fügte ich hinzu.

Ich wollte, dass er etwas sagte, dass er mir widersprach. Stattdessen jedoch griff er in seine Tasche und zog die zwei Hälften unserer Heiratsurkunde hervor. Dann reichte er sie mir.

»Dein Vater hatte recht«, sagte er. »Unsere Ehe hat keinerlei Gewicht. Verbrenn die Urkunde. Und dann geh, wenn es das ist, was du willst.«

Damit verließ er das Zelt, um sich auf den Weg zu seinem Vater zu machen.

27

Jugendlicher Überschwang

Während des Ritts tobte ich innerlich vor Wut. Ich dachte an all die Arten, auf die ich ihr gezeigt hatte, dass ich sie liebte, all die liebevollen Dinge, die ich zu ihr gesagt hatte. Aber sie war genauso kalt, genauso hartherzig wie ihr blutleerer Vater; es war, als fehlte ihr ein wichtiger Teil. Sie wollte kein Baby mit mir. Sie hatte mir noch immer nicht gesagt, dass sie mich liebte. Sie war einfach nicht fähig, irgendjemanden zu lieben.

»Sieht aus, als würden sie zusammenpacken«, bemerkte Thomas, als wir uns dem Lager meines Vaters näherten. Es war eigenartig: Bis vor Kurzem war dies auch mein Lager gewesen, jetzt jedoch war es nur noch Vaters. Hitch, der oben auf dem Wagen saß, entdeckte uns als Erster und winkte. Ich sah, wie Ned, der gerade ein Zelt abbaute, hochsah und meinem Vater etwas zurief, der damit beschäftigt war, eine Kiste zuzunageln.

Ich war nervös, als die drei uns entgegentraten. Machte mir Sorgen, dass Vater einen Wutanfall bekommen würde, sich auf mich stürzen könnte. Thomas und ich stiegen ab.

»Sam!«, rief Hitch und riss mich in eine erstaunlich herzliche Umarmung. »Du hast geheiratet! Glückwünsch!«

Ich lachte. »Danke, Hitch.«

Ich wusste nicht, was mein Vater ihnen erzählt hatte; aber ich nahm an, dass es schwer geheim zu halten gewesen war, nachdem er gemeinsam mit Cartland losgezogen war, um uns aufzuhalten. Ned lächelte mich an, sagte jedoch nichts. Vermutlich wollte er Vater nicht verärgern, indem er mir auch alles Gute wünschte. Aber ich erkannte es an seinem freundlichen Blick.

»Also«, sagte Vater. Wir schüttelten einander weder die Hand noch umarmten wir uns. »Wie man hört, hast du dich mit Barnums Männern zusammengeschlossen.«

»Hat Cartland dir das erzählt?«, fragte ich.

Er nickte. »Und wo ist Rachel?«

»Im Lager. Wir hatten heute Morgen ein ziemlich unangenehmes Aufeinandertreffen mit ein paar Sioux.« Ich erzählte ihm, was passiert war. »Das wollte ich dich nur wissen lassen.«

»Lieutenant Frye schickt uns eine Eskorte für den Rückweg nach Crowe«, erklärte Ned. »Die anderen streichen auch für diese Saison die Segel. Ist ja auch schon fast September. Bald wird's hier lausig kalt. Was habt ihr vor?«

»Wir bleiben noch ein paar Tage«, antwortete ich. »Wir verfolgen gerade eine vielversprechende Spur.«

»Zum *Rex*?«, wollte Vater wissen.

Ich hatte nicht vor, ihm irgendetwas zu verraten. »Das würde Ethan Withrow sicher freuen.«

»Habt ihr schon Knochen gefunden?«

Ich sagte nichts. Mein Vater wartete einen Moment und winkte dann ab, als spielte es keine Rolle. Hitch und Ned machten sich wieder an ihre Packarbeiten und ließen uns miteinander allein. Schweigend standen wir da. Ich konnte mich nicht erinnern, ihn jemals so wortkarg erlebt zu haben.

Ich deutete mit dem Kinn in Richtung der Kiste, die er eben zugenagelt hatte. »Was habt ihr gefunden?«

»Wir sind doch jetzt Konkurrenten, oder nicht?«

»Mag sein. Aber die Welt ist groß.«

»Weise gesprochen. Es könnte eine Unterart des Hadrosauriers sein. Ziemlich großer Kopf mit einem seltsamen, hohlen Kamm auf dem Scheitel …« Gedankenverloren brach er ab. Dann:

»Ich weiß es zu schätzen, dass du hergekommen bist, Sam, aber –«

»Aber.« Ich hatte nichts anderes erwartet. »Sie ist keine Quäkerin, und sie ist die Tochter deines Erzfeindes und du willst, dass ich die ganze Sache vergesse.«

Einen Moment lang fühlte ich ein winziges Fünkchen von dem, was Rachel empfunden haben musste – die Versuchung. Einfach dorthin zurückzukehren, wo wir aufgehört hatten, zu dem, was wir kannten und was am leichtesten war.

Vater musterte mich verwundert. »Nein. Ich wollte eigentlich sagen, dass du besser zu deiner Frau zurückgehen solltest.«

»Oh.« Ich nahm den Hut ab und kratzte mich am Kopf. »Ich weiß gar nicht, ob sie mich zurückhaben will.«

Er sagte nichts. Mein nie um Worte verlegener Vater, da stand er nun und wartete zum ersten Mal in meinem Leben darauf, dass ich etwas sagte. Und als folgten sie irgendeinem physikalischen Naturgesetz, strömten die Worte plötzlich ungehindert aus mir heraus und füllten die Stille.

»Sie glaubt, wir haben vielleicht einen Fehler gemacht. Ich bin nicht mal sicher, ob sie mich liebt. Zumindest hat sie es mir noch nie gesagt.«

»Sie ist mit dir durchgebrannt und hat dich geheiratet. Dafür hat sie eine Menge aufs Spiel gesetzt.«

»Ich habe ihr versprochen, dass ich sie auf die Universität gehen lasse und sie mit mir zusammenarbeiten kann. Und vor ein paar Tagen ist ihr Vater in unserem Lager aufgetaucht und hat ihr dasselbe angeboten. Unter der Bedingung, dass sie mich verlässt.«

»Aber sie ist geblieben.«

»Ja, aber …« Mir ging so viel auf einmal durch den Kopf, dass ich nicht wusste, wo ich anfangen sollte.

»Als ich noch jünger war«, begann Vater, »wenn auch vielleicht nicht ganz so jung wie du heute, habe ich während meines Studiums in Washington eine Frau kennengelernt. Sie war sehr schön und sehr klug, und wir haben uns oft getroffen. Irgendwann erwähnte ich sie in einem Brief nach Hause, und meine Eltern begannen zu ahnen, dass sie mir viel bedeutete. Aber sie war keine Quäkerin. In ihrem Antwortbrief versuchten meine Eltern, mir meine Zuneigung auszureden. Doch ich gab nichts auf ihre Meinung.«

»Bist du mit ihr durchgebrannt?«, fragte ich erstaunt.

»Nein, nein. Ich war zwar nicht immer ein gehorsamer Sohn, aber als meine Eltern mich wieder nach Hause zitierten, gehorchte ich.«

Es war schwer zu glauben, dass mein Vater jemals etwas getan hatte, was er nicht wollte.

»Sie sagten mir, das sei bloß jugendlicher Überschwang, der sich von selbst wieder geben würde, und dann könne ich eine geeignete Quäkerin heiraten. Sie schickten mich zum Studium nach Europa, damit ich das Mädchen vergaß.«

Zuerst war ich nicht ganz sicher, ob diese Geschichte mich etwas lehren sollte oder worauf er damit hinauswollte, als mir plötzlich ein Gedanke kam.

»Dort hast du Cartland kennengelernt.«

»Genau. Aber deswegen erzähle ich dir diese Geschichte nicht –«

»Du hast nie erwähnt, dass du ihn in Europa getroffen hast.«

Er seufzte. »Nein, weil mir unsere Freundschaft – wenn man denn überhaupt je von so etwas sprechen konnte – heute wie eine Farce vorkommt. Cartland und ich haben uns an der Universität von Berlin kennengelernt und uns angefreundet, wie es zwei Amerikaner, die so weit weg von zu Hause sind, nun einmal tun. Er war ein nüchterner Gelehrter, vielleicht ein bisschen pedantisch für meinen Geschmack, aber wir tauschten oft Aufzeichnungen aus und gingen sogar das eine oder andere Mal zusammen auf Fossiliensuche. Am Ende des Sommers benannte jeder von uns eins seiner kleineren Fundstücke nach dem anderen. Er bekam eine Molluske und ich einen Tausendfüßler.«

Ich schüttelte ungläubig den Kopf. Unvorstellbar.

»Und jetzt will ich dir meine Version der Geschichte erzählen, die du von Cartland gehört hast.«

Er ließ es klingen, als erklärte er sich nur dazu bereit, weil er sich dazu gezwungen sah; aber ich wusste, dass er es mir gern erzählen wollte.

»Ich machte mich einen Monat vor ihm auf die Heimreise nach Amerika, darum bat er mich, seiner Verlobten, Melissa, in New Haven ein Päckchen zu überbringen. Es war kein großer Umstand. Und seine Verlobte war – zu meiner Überraschung – alles andere als hässlich. Erstaunlich ansehnlich sogar, aber zugleich überhaupt nicht mein Typ Frau. Ihre Familie lud mich ein, noch eine Weile zu bleiben, bevor ich nach Philadelphia zurückkehrte – sie wollten alle Neuigkeiten über Frederick Cartland und Europa hören. Ich ließ mich überreden und Melissa entwickelte eine gewisse Zuneigung zu mir.«

»Was soll das heißen?«

Er blies die Wangen auf. »Sie schien zu glauben, in mich verliebt zu sein – zumindest hat sie das in den Briefen geschrieben, die sie mir schickte, als ich wieder in Philadelphia war.«

Ich musterte ihn kühl. »Und du hast nichts getan, um ihr falsche Hoffnungen zu machen?«

»Ich schäkere gern; das ist kein Geheimnis. Aber ich schäkere mit *allen* Frauen. Ich gebe zu, das ist ein unschönerer Zug meiner Persönlichkeit, aber ich scheine nicht dagegen anzukommen. In jedem Fall habe ich keinerlei bewusste Bemühungen angestellt, sie zu umwerben. Und ich habe sie ganz sicher nicht verführt, wie Cartland behauptet hat! Sie hat mir jedoch auch weiterhin geschrieben, selbst nachdem sie Cartland geheiratet hatte!«

»Aber du hast ihr nie geantwortet?«

»Ich habe ihr nur ihre eigenen Briefe zurückgeschickt. Die sie unklugerweise aufgehoben hat – weswegen Cartland nun offenbar den Verdacht hegt, wir hätten ein Liebesverhältnis gehabt. Aber ich gebe dir mein Wort, dass es so nicht war, Samuel. Es tut mir leid für Cartland – das war natürlich eine schreckliche Demütigung für ihn. Es war einfach dumm von ihr, diese Briefe zu behalten.«

Mein Leben lang hatte ich meinen Vater beobachtet, ihm zugehört, von ihm gelernt, versucht, ihn zufriedenzustellen und seine wechselhaften Stimmungen einzuschätzen. Ich kannte jeden seiner Gesichtsausdrücke, sein Pokerface, seinen schlaufüchsigen Charme. Wahrscheinlich war es falsch, aber in diesem Moment glaubte ich ihm.

Jahrelang hatte ich versucht, einen Sinn in seinem Hass auf Cartland zu erkennen, und jetzt, endlich, bekam ich eine Ahnung davon, woher er rührte. Es war nicht der einzige Grund, aus dem sie einander verachteten. Wenn man berücksichtigte, wer sie waren – ihre Persönlichkeiten, ihre Lebensumstände, all das, was sie einander angetan hatten –, dann schien es geradezu unausweichlich, dass sie Feinde geworden waren.

»Ich bin froh, dass ich jetzt auch deine Version der Geschichte kenne«, sagte ich.

»Vielleicht habe ich ein wenig weit ausgeholt«, entgegnete er und klang dabei ungewohnt entschuldigend, »was mich von dem abgebracht hat, was ich eigentlich sagen wollte. Ich bin also nach Hause zurückgekehrt. Dort habe ich deine Mutter kennengelernt und wir haben geheiratet. Aber es verging kein einziger Tag, an dem ich nicht an diese junge Frau aus Washington gedacht hätte.«

»Wünschst du dir, du hättest sie geheiratet statt meiner Mutter?«

»Ja. Ich wünschte, ich hätte den Mut gehabt oder die Unvernunft. Oder beides. Ob wir miteinander glücklich geworden wären – wer könnte das beurteilen? Deine Mutter war eine gute Frau, Samuel, ich bin ihr ein schlechter Ehemann gewesen. Sie war sehr intelligent und hat großes Interesse an meiner Arbeit bekundet, aber ich habe sie immer ausgeschlossen. Und als es mit ihrer Gesundheit bergab ging, habe ich sie umso mehr im Stich gelassen. Auf mein Herz mag ich keinen Einfluss gehabt haben, aber ich habe ihr darüber hinaus meine Freundschaft und den Zugang zu meinem Geist verweigert. Und wenn man einmal seine Entscheidung getroffen und das Eheversprechen geleistet hat, ist das eine große Sünde.«

Er hatte mir noch nie viel über meine Mutter erzählt. Und ich hatte so wenige Erinnerungen an sie, dass ich selten auf die Idee kam, ihn danach zu fragen. Was mich umso mehr erschütterte, war die ungeschönte Art, auf die er mir nun all diese Dinge berichtete. Ich hatte ihn noch nie so schonungslos offen erlebt. Ein guter Ehemann zu sein, erschien mir mit einem Mal wesentlich komplizierter, als ich immer angenommen hatte. Vielleicht war das Problem, dass ich mir eigentlich nie ernsthafte Gedanken darüber gemacht hatte.

Vater deutete zur Kochstelle. »Es gibt Mittagessen.«

»Nein, danke. Ich sollte wirklich zurück.«

Er streckte die Hand aus und ergriff meine. »Kümmere dich gut um deine Frau. Zeig ihr, dass du sie liebst.«

»Das werde ich. Das mache ich.«

Sein Griff war fest. »Und dann komm mit uns zurück«, fügte er hinzu. Einen Moment lang sah ich aufrichtige väterliche Sorge in seinen Augen aufflackern. Doch kurz darauf schob sich wieder das allzu vertraute Schmunzeln darüber. »Zusammen mit Rachel, meine ich natürlich. Wir können ja im nächsten Frühjahr wiederkommen, du und ich und Rachel, und dann finden wir diesen *Rex*.«

Ich lächelte, obwohl ich gleichzeitig ein Brennen in den Augen spürte. Er war noch immer ein schlauer Fuchs und die Vorstellung war beinahe zu verlockend. Dann aber schüttelte ich den Kopf. »Wir werden ihn allein finden.«

»Wie du willst. Aber weißt du was? Die Vorstellung, Rachel zur Schwiegertochter zu haben, gefällt mir immer besser.« Er grinste. »Ich wette, Cartland ist außer sich vor Wut.«

Mehr Segen für meine Heirat konnte ich mir nicht erhoffen. Es war nicht viel, aber es war mehr, als ich erwartet hatte, und es verlieh mir das Gefühl, dass ich meinen Vater doch nicht verlieren würde.

Als Thomas und ich zurückkamen, war das Lager verlassen, und wir machten uns zwischen den Hügeln auf die Suche nach den anderen. Meine Gedanken überschlugen sich vor all den Dingen, die ich Rachel sagen wollte. Schließlich fanden wir Hobart, der allein auf einem Plateau arbeitete, und Thomas ging zu ihm. Ich sagte, ich würde später wiederkommen, und traf kurz darauf auf der anderen Seite des Felsturms auf Withrow und Browne. Rachel war nirgends zu sehen.

»Ich glaube, sie wollte noch ein Stück weiter«, sagte Withrow, als ich mich nach ihr erkundigte.

Die Felssäule ragte in den Himmel wie ein mächtiges Steinmonument. Ich marschierte an ihrem Fuß entlang, schirmte meine Augen vor der Sonne ab, sah sie nicht. Sah sie immer noch nicht.

»Rachel?«, rief ich.

Wie hatte Withrow sie ganz allein losziehen lassen können? Gut möglich, dass ein paar Sioux sie gesichtet hatten. Dass sie abgestürzt war. Dass sie beschlossen hatte, sich heimlich davonzumachen und wieder bei ihrem Vater zu leben. Wieder rief ich ihren Namen. Panik stieg in mir auf, presste mir die Luft aus den Lungen. Meine Stimme hallte von den steilen Felswänden wider.

»Ich bin hier«, hörte ich sie schließlich antworten.

Sie erhob sich. Sie musste in einer flachen Senke gehockt haben. Einen Moment lang starrte ich sie nur an, stumm vor Erleichterung. *Da bist du ja.* Sie sah mir entgegen, als ich auf sie zulief. Mit jedem Schritt sehnte ich mich mehr nach dem Gefühl ihres Körpers an meinem. Ich kletterte zu ihr in die Senke und zog sie an mich. Sie legte ihren Hammer hin, schlang die Arme um mich und drückte mir ihre Handflächen fest auf den Rücken. Ich spürte ihre tröstliche Wärme, atmete den Duft ihres Haars und ihrer Haut ein, und eine Weile sagte keiner von uns etwas.

Ich brach das Schweigen als Erster. »Ich habe keinen Fehler gemacht.«

Ich fühlte ihren Atem auf meiner Brust.

»Den ganzen Ritt zurück«, sagte ich, »habe ich an meine Sammelkisten gedacht, die ich hatte, als ich noch ein Kind war. Daran, wie ich sie alle füllen wollte. Aber es fehlte ständig etwas anderes, irgendwo tat sich stets eine neue Lücke auf. Du bist das Stück, nach dem ich immer gesucht habe.«

Ihre Finger glitten sanft über meine Kehle, als wollte sie, dass ich aufhörte, zu reden.

»Nein«, sagte sie. »Es wird immer etwas fehlen. In deinem Leben wird es immer etwas geben, das du suchen und finden musst.«

»Vielleicht.« Ich gab mir Mühe, meine Worte gut abzuwägen und ehrlich zu sein. »Aber vielleicht kann ich, solange ich mit dir gemeinsam danach suchen kann, besser damit leben. Solange wir zusammen sind, bin ich glücklich. Und ich werde dir ein besserer Partner sein, versprochen.«

Ihre Worte an meinem Hals: »Ich bin nicht bloß vor meinem Vater weggelaufen. Ich bin *zu dir* gelaufen. Ich wollte von dir geliebt werden, mit dir zusammen sein.«

»Also sind wir uns einig?«, fragte ich. »Wir bleiben verheiratet?«

»Ja!«

Sie zog die zwei Hälften unserer Heiratsurkunde aus ihrer Tasche und reichte mir eine davon. »Hier, jeder von uns bewahrt eine auf. Zur Sicherheit.«

Ich hörte das Rasseln und im nächsten Moment sah ich die Schlange an Rachels Stiefel züngeln. Wir standen beide stocksteif.

»Das ist eine Klapperschlange«, sagte ich.

»Die will nicht beißen.« Ihre Stimme klang erstaunlich ruhig. »Sie sucht nur Schatten.«

Die Schlange glitt über ihre Stiefelspitze und ihr Kopf näherte sich Rachels Knöchel.

»Wie werden wir sie wieder los?«, fragte ich.

»Sam. Bleib ganz ruhig. Ich kenne mich mit Schlangen aus. Die geht von allein wieder weg.«

»Wann?«

Ein schwaches Rasseln ertönte vom Schwanz der Schlange.

»Sei still«, flüsterte sie. »Du erschreckst sie.«

Der Kopf schob sich weiter ihren Knöchel hoch bis zu ihrer Wade.

Meine Hand schnellte vor und packte die Schlange – gleich

unterhalb des Kopfes, damit sie mich nicht beißen konnte –, und ich schleuderte das zischende Tier fort ins Gestrüpp.

»So!«, sagte ich dann.

»Sam.«

Behutsam nahm Rachel meine Hand in ihre. In meinem Handballen, knapp über dem Gelenk, leuchteten zwei rote Bissmale.

28

Die Klapperschlange

»Du Dummkopf!«, schimpfte ich. »Warum hast du das gemacht?«

»Verdammt«, knurrte er. »Verdammt.«

Ich packte ihn beim Arm, schloss die Lippen um den Biss und saugte. Schmeckte Blut und spuckte aus. Dann wiederholte ich das Ganze weitere zwei Male.

»Nur für alle Fälle«, sagte ich. »Vielleicht war es ja nur ein trockener Biss. Manchmal injizieren sie gar kein Gift oder nur ganz wenig – bloß als Warnung. Setz dich hin. Hier, lehn dich an den Felsen. Leg deine Hand auf den Boden. Sie muss tiefer sein als dein Herz.«

Er blickte mich mit den schreckgeweiteten Augen eines kleinen Jungen an. Sein Körper war hart, seine Muskeln angespannt, bereit zur Flucht, als könnte er dem Gift davonlaufen, das sich möglicherweise durch seine Adern ausbreitete.

»Alles in Ordnung?«, fragte eine Stimme hinter mir, und ich drehte mich zu Mr Withrow um. »Ich habe gehört, wie er nach Ihnen gerufen hat.«

»Ich habe sie gefunden«, sagte Sam. »Aber ich bin gebissen worden.«

»Klapperschlange?«, fragte Withrow und trat näher. Er sah die blutigen Bissmale an Sams Handgelenk. »Ich hole Thomas. Er kennt sich mit Schlangenbissen aus.«

»Er ist auf der anderen Seite des Felsturms«, sagte Sam.

»Halten Sie durch«, sagte Withrow noch und rannte los.

»Was passiert jetzt?«, fragte Sam mich.

»Nichts«, antwortete ich, während ich meine Satteltasche nach einem sauberen Stück Stoff zum Verbinden durchsuchte. »Sitz einfach still.«

Wenn er tatsächlich Gift im Körper hatte, würde jeder Herzschlag die Ausbreitung beschleunigen. Aber davon sagte ich ihm nichts, denn dieses Wissen würde wohl jedermanns Herz zum Rasen bringen.

»Danke«, sagte er und zwang ein Lächeln auf sein bleiches Gesicht. »Gut, dass du so viel über Schlangen weißt.«

»Na ja, ich habe mir nie Giftschlangen gehalten, aber ich habe viel über sie gelesen. Tut es weh?«

»Wie eine heiße Schraubzwinge«, antwortete er gepresst.

»Die Schwellung sieht jedenfalls nicht allzu schlimm aus«, stellte ich fest. »Das ist ein gutes Zeichen.«

Die Wunde blutete noch immer ziemlich stark, als ich den Verband darumlegte.

Dann setzte ich mich neben ihn und fühlte mich schrecklich hilflos. Ich hatte so viel über Schlangenbisse gelesen – sie lieferten Stoff für unwiderstehliche Geschichten. Es gab unzählige Behandlungsmöglichkeiten, unzählige Heilmethoden, aber jede einzelne war umstritten, manche sogar schlichtweg gefährlich. Die einzige, deren Nutzen niemand anzweifelte, war, zu versuchen, das Gift aus der Wunde zu saugen.

Nach ein paar Minuten kamen die anderen herbeigerannt. Thomas kniete sich sofort neben Samuel. Er löste den Verband und besah sich den Biss.

»Haben Sie das Blut herausgesaugt?«

»Dreimal«, antwortete ich.

Er zog sein Messer hervor und setzte zwei tiefe, kreuzförmige Schnitte über die Wunde, bevor ich auch nur reagieren konnte. Sam schrie auf und versuchte, seinen Arm wegzuziehen, aber Thomas hielt ihn fest. Dann legte er die Lippen über die Wunde, und seine Wangen wölbten sich nach innen, während er mit aller Kraft saugte und ausspuckte. Beunruhigend viel Blut quoll hervor.

Ich hatte gelesen, dass es mehr schadete als nützte, die Wunde aufzuschneiden, und sprach Thomas darauf an.

»Hilft, die Wunde ausbluten zu lassen«, erwiderte er. »So wird das Gift mit herausgeschwemmt.«

Daran hatte ich meine Zweifel.

»Jetzt einen Druckverband«, fuhr er fort, griff wieder nach meinem Verband und knotete ihn Sam ein Stück oberhalb des Ellenbogens um den Arm. Sam verzog das Gesicht.

Davon hatte ich schon gehört. »Aber nicht zu fest«, warnte ich. »Die Blutzufuhr darf nicht abgeschnürt werden.«

»Wenn sich das Gift ausbreitet, könnte er mehr verlieren als nur den Arm.«

»Ich verliere meinen Arm?«

»Nein«, sagte ich mit einem finsteren Blick in Thomas' Richtung zu Sam.

»Im Lager Ihres Vaters gibt es einen Armeearzt«, wandte sich Withrow an mich. »Wir sollten ihn dorthin bringen.«

»Nein«, sagte Sam und schüttelte den Kopf. Selbst hier im Schatten stand ihm der Schweiß auf der Stirn.

»Der Arzt wird besser wissen, was zu tun ist, als wir.«

»Auf keinen Fall!«, rief Sam.

»Mehr als das hier kann niemand für ihn tun«, sagte Thomas. »Und er sollte sich sowieso nicht bewegen.«

»Ich hab mal gelesen, man soll Milch in die Wunde gießen«, meldete sich Browne zu Wort.

»Nein«, sagte Thomas.

»Whiskey hilft«, wusste Hobart zu berichten. »Halbes Quart, unverdünnt getrunken.«

»Nein«, sagte ich.

»Ich bin aus New York City, zum Teufel«, rief Withrow. »Dort haben wir solche Probleme nicht. Was können wir sonst noch tun?«

»Ihn zurück ins Lager bringen«, sagte Thomas. »Mit einer Decke als Trage.«

Auf dem Weg ins Lager begann Sam zu zittern; ich weiß nicht, ob der Grund dafür Fieber war oder bloß Angst. Während ich neben der behelfsmäßigen Trage herlief, fühlte ich immer wieder seine Stirn. Sie war kühl. Aber seine Haut hatte einen schmierigen Schimmer angenommen.

»Die Schwellung ist stärker geworden«, sagte Sam.

Ich sah nach. »Nein, ist sie nicht.« War sie wirklich nicht.

»Ich habe schon weitaus Schlimmeres gesehen«, sagte Thomas mit einem Blick über die Schulter.

»Haben die Leute überlebt?«, wollte Sam wissen.

»Manche.«

»Tut es sehr weh?«, fragte ich Sam.

»Auszuhalten.«

»Das ist auch gut«, erwiderte ich. »Manche Leute krümmen sich vor Schmerzen.«

Zurück im Lager brachten wir ihn geradewegs in unser Zelt und setzten ihn aufrecht hin, damit seine Hand unterhalb seines Herzens blieb. Dann gaben wir ihm Wasser und er trank ein wenig. Ich wich ihm nicht von der Seite.

»Verfluchter Schwachkopf«, schalt er sich selbst.

»Das ist aber nicht gerade Quäkersprache, was?«, neckte ich, um ihn zum Lächeln zu bringen. Es funktionierte nicht.

»Übel«, stieß er hervor, drehte sich um und übergab sich gegen die Zeltwand.

»Keine Sorge«, versuchte ich, ihn zu trösten. »Das ist ganz normal.«

»Tut mir leid«, japste er.

»Das muss es nicht.« Ich warf eins meiner Kleider über die Lache und knüllte es zusammen. »Der Biss ist schon fast eine Stunde her, und die Schwellung nimmt nicht zu. Ich glaube, das Schlimmste ist überstanden. Schluck Wasser?«

Er schüttelte den Kopf.

»Ich habe mal etwas sehr Interessantes über Schlangen gelesen. Je weiter man sich nach Süden und Westen bewegt, desto giftiger werden sie. Das ist doch ein gutes Zeichen.«

»Wir sind ziemlich weit im Westen«, brummte er.

»Gerade mal ein Drittel des Wegs«, entgegnete ich. »Und selbst wenn, wie es aussieht, hast du ohnehin nicht viel Gift abbekommen. Du hast sie ja sehr schnell weggeschleudert. Der Biss kann nicht tief gewesen sein.«

Ich hatte noch nie einen Kranken gepflegt. Wenn mein

Vater oder ich krank gewesen waren, hatte sich immer ein Dienstmädchen um uns gekümmert. Und ich hatte schließlich nie eine Mutter gehabt, die mich umsorgt oder mir so etwas beigebracht hätte, also wiederholte ich einfach immer wieder dieselben beruhigenden Worte und versicherte Sam, dass alles gut werden würde.

Doch so war es nicht. Zum Abend hin verschlechterte sich sein Zustand. Die Bissstelle schwoll an. Er weigerte sich, zu trinken oder zu essen. Er übergab sich noch einige Male mehr, obwohl nicht mehr viel herauskam. Eine Weile wollte er über die Dark Beauty sprechen und die Stellen, an denen wir noch nicht gesucht hatten, doch das Thema schien ihn nur noch mehr aufzuregen, sodass ich schließlich sagte, wir würden am nächsten Morgen darüber reden.

»Ich bin müde«, murmelte er. Seine Augen schlossen sich und sein Atem wurde schneller. Er war schrecklich bleich. Kalter Schweiß benetzte seinen Hals.

Ich wünschte mir den Morgen herbei – wie ich die Dunkelheit hasste. Ich redete noch ein wenig auf ihn ein und versicherte ihm, dass er wieder gesund werden würde.

Schon im Halbschlaf nuschelte er: »Hast du sie?«

»Was?«, fragte ich.

»Es muss ... alle Teile?«

Ich hatte keine Ahnung, wovon er redete. Unserer Heiratsurkunde? Also sagte ich einfach: »Ja.«

Sein Kopf hob sich ein Stück, die Augen halb geöffnet. »Du hast sie?«

»Ja, Sam, ich habe sie.«

Sein Kopf sank zurück. »Verlier sie nicht«, sagte er.

»Nein.«

»Man findet so selten welche. Ohne, dass etwas fehlt.«

»Ich weiß«, sagte ich, als ich schließlich verstand. »Wir haben alle Teile.«

Er schwieg.

Du Dummkopf. Die Schlange zu packen, als es am klügsten gewesen wäre, gar nichts zu tun. Typisch für dich, so etwas Unüberlegtes.

Dein Puls raste, dein Gesicht war grau und schweißbedeckt, und ich wusste, dass du sterben würdest.

Ich rutschte ganz nah an dich heran, sodass ich deinen Atem hören konnte, und befahl dir, nicht zu sterben. Ich befahl dir, zu überleben, weil ich mich noch nie von jemandem so geliebt gefühlt hatte wie von dir. Niemand könnte mich je so lieben wie du. Ich sagte, es tue mir leid, dass ich mich mit Liebesbekundungen so schwergetan hätte. »Komm zurück zu mir. Ich liebe dich, Samuel Bolt. Bitte lass mich nicht allein.«

Ich zog an dem Druckverband um meinen Arm. Meine Finger lösten den Knoten, bis der Stoff abfiel. Schon viel besser. Ich konnte mich nicht daran erinnern, das Zelt verlassen zu haben, doch plötzlich war ich draußen. Tauchte ein in die Nacht wie in einen kühlen See. Konnte wieder atmen. Unter einer Mondsichel und so vielen Sternen.

Meine Hand fühlte sich dick an, die Haut so straff gespannt wie ein Lederhandschuh. Außerdem war sie heiß, aber immerhin verhinderte ihre Hitze, dass ich fror. Ich spürte keinen Schmerz mehr. Ich war so leicht, dass ich davonzuschweben drohte. Musste mich konzentrieren, um meine Füße auf dem Boden zu halten. Mein Herz schlug stolpernd.

Es tat gut, im Freien zu sein, weg von der erdrückenden, künstlichen Dunkelheit im Zelt. Aber es machte mich traurig, Rachel zurückzulassen. Bis zum Morgen würde es noch eine Weile dauern. Mit jedem Schritt spulte sich ein Stück mehr von dem Faden ab, der mich mit ihr verband, und irgendwann würde er aufgebraucht sein, er konnte nicht ewig reichen, und dann würde es mir vielleicht nicht mehr gelingen, meine Füße auf der Erde zu halten.

Ach, Rachel, ich wünschte, du könntest jetzt den Himmel sehen. Am liebsten würde ich hinauffliegen. Würdest du mit mir kommen? Auch wenn wir zwei völlig verschiedenen Spezies anzugehören scheinen, nur eine zerrissene Heiratsurkunde haben und du nicht einmal ahnst, wie sehr ich dich liebe. Wenn ich in Philadelphia den Pennsylvanian nach New York nehmen würde, könnte ich an der Penn Station in einen Zug der New-England-Line umsteigen, der mich in weiteren zwei Stunden nach New Haven bringen würde. Hast du nicht gesagt, euer Haus steht auf einem Hügel? Dort würde ich dich finden, nicht wahr?

Ich wollte rennen, also rannte ich. Es war eine unbeholfene Angelegenheit. Mein Arm hing seltsam schlabberig an meiner Seite. Ich stolperte über etwas, fiel zu Boden, schmeckte Blut auf der Zunge. Wieder auf die Beine, ein Schritt, schlabber, plumps, noch ein Schritt, schlabber. Wie gut es sich anfühlte, wieder unterwegs zu sein! Durch nichts verlangsamt, die Hügel am Horizont wie eine nahtlose Fläche aus Schwarz.

Etwas riss mich aus meinem Traum. Ich hörte das Heulen eines Kojoten, das aus allen Richtungen gleichzeitig zu kommen schien. Rings um mich bewegten sich Dinge in der Erde. All die nächtlichen Gerüche der Prärie stiegen empor, um mich zu grüßen. Doch noch immer kannte ich nicht alle ihre Namen. Ich torkelte und stapfte dahin, jedes Geräusch, das ich verursachte, laut wie ein Donnerschlag. Kojoten! Skorpione! Indianer! Schhhh. Schlaf weiter.

Wie viele Sterne sah ich? Noch nie hatte ich so viele Makel im pockennarbigen Antlitz des Mondes erkannt.

Ich hatte kein Ziel, also war jedes so gut wie das andere.

Ich weiß, du hältst mich für schrecklich unbesonnen, und du hast recht – warum sonst sollte ich hier durch die Dunkelheit stolpern und riskieren, mir den Knöchel zu brechen, in eine Spalte zu stürzen oder von ein paar Kriegern skalpiert zu werden, die einander ihre Mannhaftigkeit beweisen wollen?

Der Junge, der Sioux-Junge. Sein Vater hatte einen Kampf in der Dunkelheit geführt, bevor er sich unter freiem Himmel wiedergefunden hatte. Waren das nicht seine Worte gewesen?

Wieder fiel ich hin. Es gefiel mir. Der Schmerz. Ich wünschte mir einen Kampf herbei, irgendetwas, dem ich die Stirn bieten konnte.

Ich rannte, das Gesicht zum Himmel gehoben. Die Sterne rasten um mich herum und verschwanden schließlich ganz. Ich wurde abwärtsgerissen, spürte meine Wirbelsäule, meinen Hinterkopf auf harten Fels prallen. Meine Arme und Beine wurden beinahe aus den Gelenken gerissen – doch jeder markerschütternde Schlag machte mir nur bewusster, dass ich noch immer am Leben war. Ich konnte nicht sagen, wie lange ich fiel, doch da waren Schlangen. Ich konnte sie nicht sehen, aber ich spürte ihre zusammengerollten Körper überall um mich. »Schhhh, schhhh«, zischten sie.

Ich fiel weiter, drang tiefer in die Zeit ein, wirbelte die Erde auf, um ihr ihre Geheimnisse zu entlocken. Dies war so viel leichter als die Fossiliensuche! Ein einziges Stottern meines Herzens, und schon war ich eine Million Jahre in der Vergangenheit, dann noch eine Million. Als mein Fall endete, wusste ich, dass ich begraben war wie all die Fossilien, nach denen ich mein Leben lang gesucht hatte. Der Stein war solide, doch die Dunkelheit noch mehr. Ich spürte, wie sich im Gestein etwas regte, etwas anspannte. Etwas bewegte sich auf mich zu.

Ich hätte Angst haben sollen. Stattdessen verspürte ich unbändige Freude. Endlich! Von oben drang ein fahler Lichtschein zu mir herab und ich sah den Mond. Ich betrachtete meine blutigen Hände, eine davon geschwollen.

Als ich hochsah, war ich wie im Fieberwahn vor Glück. Aus dem Stein löste sich das schönste und zugleich furchterregendste Gesicht, das ich jemals erblickt hatte. Es war die Kreatur, mit der der Vater des Sioux-Jungen in der Dunkelheit gekämpft hatte. *Bumm, bumm, bumm,* schlug mein Herz.

Ihr Schädel war aus schwarzem Knochen, die Kiefer geöffnet, die Zähne, jeder von der Länge meines Unterarms, wie gekrümmte Sensen, und sie war durch siebzig Millionen Jahre Stein gereist, um mich zu begrüßen.

29

Was übrig blieb

Als ich erwachte, war er nicht da. Ich wusste, dass etwas Schreckliches geschehen sein musste. Er war in der Nacht gestorben, und sie hatten seine Leiche aus dem Zelt gebracht, um mir den Anblick zu ersparen. Oder er hatte sich zum Sterben davongeschlichen, wie ein verwundetes Tier. Obwohl ihm das überhaupt nicht ähnlich sah – das war eher etwas, was ich tun würde. Die Knöpfe der Zeltklappe waren offen und gaben den Blick auf den farblosen Morgenhimmel frei. Ich hatte keine Ahnung, wie lange er schon weg war oder wie lange ich geschlafen hatte. Ich stürzte aus dem Zelt und sah Withrow, der ruhig und gelassen das Feuer anheizte.

»Wo ist Samuel?«, fragte ich.

Erschrocken blickte er hoch. »Was meinen Sie?«

Ich schrie seinen Namen, sah mich in alle Richtungen um.

»Er hat sich davongemacht?«, fragte Withrow, der nun aufstand. »Du meine Güte.«

Er ging die anderen Männer wecken, und ich hörte, wie er Hobart anfuhr: »Haben Sie ihn denn nicht gesehen? Sie hatten Wachdienst! Er kann sich schließlich nicht in Luft aufgelöst haben!«

Im Stockdunkeln dort draußen konnte ihm alles passiert sein. Das Land war von Kratern durchsetzt, in denen man sich im besten Fall nur den Knöchel brach. Es gab Hänge, die zehn Meter senkrecht nach unten führten.

»Sam! Sam!«

Willkürlich entschied ich mich für eine Richtung und rannte los. Sams Name hallte von den Felswänden wider, waberte durch die Schluchten. Und dann sah ich ihn – er kam von Westen her auf mich zugehinkt. Ich rief nach ihm, und er schirmte seine Augen ab, denn soeben war die Sonne über den Horizont gestiegen. Er hob eine Hand hoch in die Luft.

Darin hielt er den größten, schwärzesten Zahn, den ich je gesehen hatte.

Beim Graben war ich keine große Hilfe; mein Handgelenk war geschwollen, und bei jeder Bewegung zuckte mir Schmerz den Arm hoch. Andererseits fühlte es sich auch nicht an, als würde mir jeden Moment die Hand abfallen; sie hatte sich weder blau noch schwarz verfärbt, und ich konnte noch alle meine Finger spüren und bewegen. Doch das Fieber hatte mich geschwächt. Das Schaufeln würde ich noch eine Weile sein lassen müssen.

Ungeduldig sah ich zu, wie Rachel und die anderen den Krater vergrößerten, bis zwei Leute gleichzeitig hineinpassten, um zu graben. Was kein einfaches Unterfangen war, denn auf einigen der schattigen Vorsprünge lagen zusammengerollte Klapperschlangen. Es bedurfte einer sehr ruhigen Hand, um die Tiere vorsichtig mit dem Spaten hochzuheben und dann mit Schwung davonzuschleudern. Es glich einem Wunder, dass ich mir nicht sofort den nächsten Biss eingehandelt hatte, als ich im Dunkeln dort hinuntergerutscht war.

Am späten Nachmittag schließlich half mir Withrow in die Grube hinunter zu Rachel. Zum ersten Mal seit Jahrmillionen fielen Sonnenstrahlen auf die Kiefer der Dark Beauty.

»Was für ein Ungetüm«, sagte Rachel.

Ein gutes Stück des Oberkiefers ragte bereits aus dem Sandstein, bewehrt mit einer Reihe messerscharfer Zähne. Einige von ihnen waren noch halb vergraben, andere lagen beinahe komplett frei. Sofort sah ich die auffälligen Lücken, wo zwei Zähne aus dem Stein gebrochen worden waren – einer vor Jahrzehnten von dem Sioux und einer von mir selbst in den frühen Morgenstunden. Ich legte meine heile Hand auf den kohlschwarzen Knochen, fuhr mit den Fingerspitzen über die glatte Oberfläche. Angestrengt starrte ich auf den Fels, versuchte, mir die Form des ganzen Schädels auszumalen, die Choane und das Nasenbein, stellte mir die *Fenestra antorbitalis* vor und die Orbitalhöhle, die den riesigen Augapfel beherbergt hatte. Ich sah regelrecht vor mir, wie die Nasenlöcher sich blähten, als sie mich witterten.

»Er ist genauso groß, wie wir dachten«, sagte ich zu Rachel. »Der Schädel muss mindestens anderthalb Meter lang sein.«

»Wir werden einen größeren Wagen brauchen«, rief Withrow mit einem breiten Grinsen zu mir herunter.

»Mr Barnum wird seinen amerikanischen Drachen bekommen«, erwiderte ich.

»Was meinen Sie, wie groß?«, fragte Withrow.

»Ein Monstrum. Sechs Meter hoch, mindestens.«

»Wie lange wird es dauern, ihn auszugraben?«, wollte Thomas wissen.

»Wenn er so groß ist, wie wir vermuten«, antwortete Rachel, »könnten wir den Großteil einer Saison dafür brauchen.«

»Was meinen Sie, Sam?«, fragte Withrow.

»Meine Partnerin hat recht«, sagte ich und sah, wie sie lächelte.

»So viel Zeit haben wir nicht«, bemerkte Hobart missmutig.

Ich dachte einen Augenblick nach. »Wir nehmen nur den Schädel mit«, beschloss ich. »Und im Frühling kommen wir wieder und holen uns den Rest. Ich könnte mir vorstellen, dass Mr Barnum damit ziemlich zufrieden wäre, meinen Sie nicht?«

Am zweiten Tag unserer Grabungen unternahm Thomas einen Aufklärungsritt und berichtete, im Süden den Rauch mehrerer Lagerfeuer gesichtet zu haben. Jeder Tag, den wir länger blieben, war ein Risiko. Wir mussten uns auf den Weg zurück nach Crowe machen.

Doch selbst für den Schädel würden wir noch mehrere Tage brauchen. Er war sehr gut erhalten, und Rachel legte ihn fachmännisch frei, indem sie ihn rundherum aus dem Fels schlug, sodass wir ihn in einem Stück herausheben konnten. Es gefiel mir nicht, nur dabei zusehen zu können, und Rachel musste mich mehrere Male auffordern, den Mund zu halten, weil ich von meinem Platz am Rand der Grube zu viele Anweisungen gab. Es war das prachtvollste Fossil, das ich je zu Gesicht bekommen hatte.

Rachel hatte die Idee, aus Mehl, Wasser und Stoffresten eine Art Gipsmischung anzurühren, mit der wir den gesamten Block zu seinem Schutz ummanteln konnten, bevor wir ihn heraushoben. Während die Masse trocknete, errichteten Withrow und seine Männer ein hölzernes Gerüst über dem Loch.

Am letzten Tag war meine Hand so weit verheilt, dass ich endlich mit anpacken konnte. Wir schlangen ein Seil um den riesigen Block, bauten einen Flaschenzug und ließen ihn von den Pferden aus der Grube ziehen. Es war ein schönes Stück Arbeit, ihn anschließend wohlbehalten auf den Wagen zu bugsieren.

Als Letztes schütteten wir die Grube zu. Rachel pflanzte sogar ein paar Sträucher auf die Stelle, und wir rundeten das Ganze mit einigen Felsen ab. Nachdem wir fertig waren, wirkte das Ergebnis in etwa so unauffällig wie ein frisches Grab, aber ich wusste, dass innerhalb weniger Tage die Sonne alle Feuchtigkeit aus der Erde gezogen haben würde. Und nach ein paar weiteren Tagen würde sie so festgebacken und rissig sein wie jeder andere Fleck in den ausgedörrten Badlands.

Ich hoffte ohnehin, dass unsere Tarnung nicht nötig sein würde. Es war äußerst unwahrscheinlich, dass über den Winter irgendwelche anderen Fossilienjäger hierherkommen würden. Schon gar nicht jetzt, da die Indianer in Aufruhr waren und sich alle für einen Krieg wappneten.

Rachel fertigte mehrere Skizzen an, damit wir die Stelle im Frühling, wenn wir zurückkehren würden, ohne Schwierigkeiten wiederfanden.

Und wir würden zurückkehren. Darauf gab Withrow uns sein Wort. Als Zeichen seines guten Willens händigte er uns außerdem einen Teil des Lohns, auf den wir uns geeinigt hatten, in bar aus. Den Rest würden Rachel und ich bekommen, wenn wir in New York City waren. Er sagte, es sei gut möglich, dass Mr Barnum uns sogar einen Vorschuss zahlen würde, damit wir ihm im Frühling die Dark Beauty ausgruben – und wer wusste schon, was danach kam?

Am darauffolgenden Morgen ritten wir nach Crowe und bestiegen den nächsten Zug nach Osten.

In der ersten Nacht im Zug, nachdem die Schlafwagenschaffner sämtliche Vorhänge zugezogen und die Lampen heruntergedreht hatten, kletterte ich aus meiner Koje und schlüpfte in Sams. Seine Arme erwarteten mich und zogen mich in der Dunkelheit zu ihm. Sein Körper war wunderbar warm und ich schmiegte meinen Rücken an seine Brust. »Ich kann es kaum abwarten, New York zu sehen«, flüsterte ich.

»Wir haben genug Geld, um uns dort für den Winter eine gemütliche Wohnung zu mieten.«

»Und genug Zeit, um den Schädel für Mr Barnum zu präparieren.«

»Du und ich, wir sind jetzt Fossilienjäger«, wisperte er mir ins Ohr. »Wir können arbeiten, für wen wir wollen. Wir können unsere Funde an Museen und Paläontologen verkaufen, sogar an unsere eigenen Väter.«

Daraufhin mussten wir beide kichern.

»Ich glaube, wir werden ein ziemlich turbulentes Leben zusammen führen«, sagte ich.

Er spreizte die Finger. »Ich mache mir ein bisschen Sorgen wegen meiner Hand. Dass ich nie wieder vollständig Gefühl darin haben werde.«

Ich griff nach seiner Hand und legte sie auf meinen Körper.

»Das kann ich fühlen«, sagte er.

»Dann musst du dir keine Sorgen machen.«

Wir küssten einander lange, und während der Zug sachte durch die Dunkelheit rumpelte, schwankte und kollerte, gingen unsere Hände auf Wanderschaft, forschend, zunächst ganz sanft. Wir waren geduldig miteinander, bis schließlich keiner von uns mehr geduldig sein wollte. Deine rechte Hand schmerzte noch immer, aber wir fanden einen Weg – wir waren beide äußerst geschickt mit unseren Fingern –, und die einzige Schwierigkeit für mich lag darin, nicht aufzuschreien.

Du schliefst als Erster ein.

Ich schmiegte mich an dich, deine Beine mit meinen verschlungen, dein Arm über meiner Brust, von allen Seiten von dir umschlossen, von deinem ganz eigenen, mir so lieb gewordenen, Geruch aus Wüste und Schweiß und selten gewaschenen Kleidern.

Während der Zug uns Richtung Osten durch die Prärie trug, durch die Weiten dieses ehemaligen Binnenmeers, musste ich daran denken, wie wenig von uns allen nach dem Tod übrig blieb. Dass keiner unserer wichtigsten Teile die Zeit überdauerte. Alles verging: Küsse, zärtliche Berührungen, Zungen, Lippen. Jede Leidenschaft verpuffte zusammen mit unserer kreatürlichen Wärme, löste sich in Luft auf und ließ nichts Bleibendes zurück. Kein Echo gesprochener Worte, keine Seufzer, kein Keuchen, kein liebevolles Flüstern würde in den Schichten der Erde gespeichert werden.

Du hast gesagt, ich hätte keinen Sinn für Romantik, und

damit hattest du zum größten Teil recht. Jetzt aber dachte ich daran, dass Knochen überdauerten, wie die jener schrecklichen Echsen, die ihre Zähne und riesigen Oberschenkelknochen zurückgelassen hatten, damit wir Paläontologen unserer Leidenschaft zum Puzzeln frönen konnten.

Ich hoffte, dass du und ich, wenn man uns eines Tages fand, genauso miteinander verschlungen sein würden wie jetzt, inmitten der Dinosaurier, in den Ruinen der Welt.

Danksagung

Zum »Vom Suchen und Finden« hat mich größtenteils die Geschichte zweier zukunftsweisender amerikanischer Paläontologen – Edward Drinkwater Cope und Othniel Charles Marsh – inspiriert.

Ihr Konkurrenzkampf im späten neunzehnten Jahrhundert wurde so berühmt, dass man ihm den Namen »Bone Wars« – Krieg der Knochen – verlieh, in dem jeder der beiden Wissenschaftler versuchte, den anderen zu übertrumpfen, seine Arbeit zu untergraben und sogar dessen Ruf zu zerstören.

Nichtsdestotrotz gelang es ihnen beiden, insgesamt über hundert neue Dinosaurierarten zu entdecken und zu benennen – obwohl heute nur noch eine geringe Anzahl davon als gültig erachtet werden.

Die Recherche für dieses Buch war faszinierend, und ich danke von Herzen Donald Henderson, dem Kurator des Bereichs Dinosaurierkunde im Royal Tyrrell Museum, Donald Brinkman, dem Leiter der Abteilung für Erhaltung und Forschung, und Dennis Braman, Forscher auf dem Gebiet der Palynologie – die es mir ermöglicht haben, sie zu einer Ausgrabung im Dinosaurier-Provinzpark in Alberta, Kanada, zu begleiten.

Alle drei haben sich viel Zeit für mich genommen und mir geduldig meine vielen Fragen beantwortet.
Insbesondere zwei Bücher waren für meine Recherchen über Cope und Marsh und die Geschichte der amerikanischen Paläontologie von unschätzbarem Wert. Das erste ist »The Gilded Dinosaur« von Mark Jaffe, eine fesselnde Chronik des Fossilienkriegs zwischen Cope und Marsh und zugleich eine wunderbare Einführung in die Entwicklungsgeschichte der amerikanischen Wissenschaften. Das zweite Buch ist »The Life of Fossil Hunters« von Charles H. Sternberg. Sternberg war Autodidakt und als Fossilienjäger für Cope unentbehrlich, bevor er beschloss, als unabhängiger Sammler eigene Wege zu gehen. Im Jahr 1912 zog Sternberg mit seinen drei Söhnen nach Kanada, wo sie jahrzehntelang im Bundesstaat Alberta nach Dinosauriern suchten.
Die Zeit, zu der die Handlung dieses Buchs spielt, war unglaublich ereignisreich – nicht bloß in wissenschaftlicher Hinsicht, sondern auch in gesellschaftlicher und politischer. Der Bürgerkrieg lag erst wenige Jahre zurück, die Union-Pacific-Railroad hatte gerade die beiden Küsten des Kontinents miteinander verbunden, und die Bevölkerung drang immer weiter in den Westen vor, wo sie die Indianer der Great Plains verdrängten, Territorialabkommen wie Versprechen brachen und eine Politik verfolgten, deren Ziel es war, die Indianervölker in immer kleinere und immer schlechtere Reservate zu pferchen sowie nicht zuletzt deren traditionelle Hauptnahrungsquelle, den Büffel, auszurotten. Das Buch »Black Elk Speaks« von John G. Neihardt hat mir wichtige Einblicke in dieses Kapitel der amerikanisch-indianischen Beziehungen

verschafft. Zudem bietet Thomas Kings »The Inconvenient Indian« einen ausgezeichneten Überblick über das Aufeinanderprallen der sogenannten First Nations und weißen Siedlern aus Europa. Da in meiner Geschichte auch einige Lakota und Pawnee auftreten, war es mir sehr wichtig, ihre Figuren so authentisch wie möglich zu gestalten – weswegen ich Brandy Tuttle zu großem Dank verpflichtet bin, einem Mitglied der Lakota-Stammesgruppe, die sich bereit erklärt hat, dieses Buch vor der Veröffentlichung zu lesen und entsprechend zu kommentieren.

Zu guter Letzt danke ich meinen Lektoren Justin Chanda, Hadley Dyer und Bella Pearson, die mir wie immer geholfen haben, ein wesentlich besseres Buch zu schreiben.

Kenneth Oppel

Kenneth Oppel

Kenneth Oppel wurde 1967 in Port Alberni auf Vancouver Island, British Columbia, geboren. Seine Kindheit verbrachte er in Victoria, British Columbia und in Halifax, Neuschottland. Er schrieb bereits als Kind gerne Geschichten und beschloss in der 7. Klasse, Schriftsteller zu werden. Kenneth Oppel studierte an der University of Toronto in Ontario und lebt heute mit seiner Frau und seinen drei Kindern in Toronto. Seine liebsten Freizeitbeschäftigungen sind Lesen, Filme schauen, lange Spaziergänge und Reisen.